Kontaktadresse nach EU-Produktsicherheitsverordnung:
produktsicherheit@fischerverlage.de

Die USS Boston ist ein interstellares Siedlungsschiff auf der Suche nach einer neuen Welt. Und ihr droht dasselbe Schicksal wie ihrem verschollenen Schwesterschiff, der USS London. Doch dem Offizier Maximilian Harper gelingt das Unmöglich: Er entwickelt ein völlig neues Navigationsmodell und bringt die Crew mit 200 Jahren Verspätung ans Ziel. Umso größer ist die Überraschung, als sich herausstellt, dass Cygnus bereits besiedelt ist und auf Maximilian eine Verurteilung wartet. Die Anklage: Er ist der Bruder von Jazmin Harper und kein Mensch.

Jazmin Harper ergeht es nicht besser. Mit der USS London irrt sie durch einen Gravitationsknoten, aus dem es kein Entkommen zu geben scheint. Sie kann weder das Aldemarin-System finden, noch zur Erde zurückkehren. Der beinahe lichtschnelle Vorbeiflug an einem Schwarzen Loch hat sie zudem Tausende von Jahren in die Zukunft geschleudert. Erst als ein unbekanntes Flugobjekt aus den Tiefen des Raums Kurs auf das Schiff nimmt, geraten die Dinge in Bewegung: Die Rückkehr zur Erde ist nun möglich, aber zu welchem Preis? Der dunkelste Tag der Menschheit hat begonnen ...

Thariot hat eine Schwäche für spannende Geschichten. Bereits als Fünfzehnjähriger begann er mit dem Schreiben, vor allem Kurzgeschichten, bis er dann in 2009 die Arbeit an seinem ersten Buch in Angriff nahm. Mittlerweile hat er über dreißig Science-Fiction-Romane veröffentlicht. Er lebt mit seiner Familie und seinem Dackel auf Malta.

THARIOT

EXODUS 9414
DER DUNKELSTE TAG

ROMAN

FISCHER | TOR

Die Nutzung unserer Werke für Text- und Data-Mining im Sinne von § 44b UrhG behalten wir uns explizit vor.

3. Auflage

© 2023 S. Fischer Verlag GmbH,
Hedderichstr. 114, 60596 Frankfurt am Main

›Exodus 9414‹ wurde vermittelt durch die AVA international GmbH Autoren- und Verlagsagentur, München.

Printed in Germany
ISBN 978-3-596-70038-7

I.
AD 9414 – GEFLÜSTER

Die Vorstellung, einen 6740 Jahre alten Mann zu küssen, störte Jazmin nicht, sie war nur drei Jahre jünger. Ihr biblisch hohes Alter war dabei nur eine grobe Näherung, Mutter, ihrer Bord-KI, fehlten passende Referenzen, um die genaue Zeit zu bestimmen. Also hatte Jazmin vorerst festgelegt, im Jahr 9414 zu leben.

Sanft strich sie Denis durch sein krauses Brusthaar und umspielte mit dem kleinen Finger eine widerspenstige Tolle. Sie lag in seinen Armen. Was konnte es Schöneres geben, als den Abend gemeinsam im Bett zu verbringen? Ein Moment der Ruhe, den sie beide genossen. Wie Milch und Schokolade, der Kontrast ihrer Haut gefiel ihr. Sie streckte ihre Finger aus und beobachtete, wie sich durch ihre sanfte Berührung einzelne Härchen an seinem Bauch aufrichteten. Sie lächelte, ihr Baby würde wunderschön werden.

»Alles in Ordnung?«, fragte Denis, der mit dem Kopf auf dem Kissen lag. Mit jeder Faser seines Körpers dem Moment hingegeben.

»Ja.« Es hätte nicht besser sein können. Nein, das stimmte nicht. Natürlich hätten einige Dinge auf der USS London besser laufen können, eine Menge Dinge sogar. Es hatte viel Leid gegeben, aber für den Moment wollte sie davon nichts wissen.

»Worüber denkst du nach?«

»Nicht darüber ...« Mit dem Finger schnippte sie seine zum

Spielen bereite Männlichkeit auf die Seite. Für Sex war sie nicht in der richtigen Stimmung.

»Ähm ...« Er zog die Decke höher.

»Denis.« Sie hob den Kopf und sah ihn an. »Tun wir das Richtige?« Diese lästige Frage verfolgte sie seit Wochen. War es die richtige Entscheidung zurückzufliegen? Oder hätten sie weiterhin in der großen Schwärze nach ihrem Zielplaneten Alpha Cephei suchen sollen?

»Ganz sicher.« Seine braunen Haare reichten bis zur Schulter, er hatte sie sich wachsen lassen. Er rasierte sich auch nicht jeden Tag. Da sie allein an Bord waren, gab es niemanden, der daran Anstoß nehmen konnte.

»Keine Zweifel?«

»Keine!« Mit dem Finger gab er ihrer Nase einen zärtlichen Stups. »Ich weiß es!«

»Woher?« Jazmin setzte sich auf, sie war komplett nackt, ihre langen weißblonden Haare reichten ihr, als Zopf gebunden, bis zum Bauchnabel. Sie hatte darauf verzichtet, sie zu färben. Diese ungewöhnliche Farbe gehörte jetzt zu ihr, genauso wie ihre dunkle Haut und die vielen schrecklichen Erinnerungen.

»Weil niemand da ist, der das Gegenteil behaupten könnte.« Denis legte die Hand auf ihren Bauch, dessen Wölbung im fünften Monat bereits deutlich zu sehen war. Eine völlig neue Erfahrung, das würde ihr erstes Kind werden.

»Du machst es dir wieder einfach!«

»Natürlich ... ich mag's einfach.« Er beugte sich zu ihr und küsste ihren Bauch. Eine typische Antwort für ihn. Manchmal wäre sie froh, ihr gemeinsames Leben ähnlich unbeschwert sehen zu können.

»Guten Morgen, Prinzessin«, sagte er.

»Sie schläft.« Es würde ein Mädchen werden. Mit ihrem Sturkopf und seinem guten Aussehen, wahrlich eine Prinzessin. Auch wegen des Kindes stellte sie ihre Entscheidungen in Frage.

»Das solltest du auch tun.«

»Ich bin nicht müde.« Da waren zu viele Gedanken, die sie nicht losließen. Die frühere Mission der USS London, das neunundvierzig Lichtjahre entfernte Alderamin-System zu erreichen, war grandios gescheitert. Sie hatten Alpha Cephei nicht finden können. Und sich verflogen. 1400 Jahre lang hatte eine frühere Instanz von Mutter versucht, die richtige Ausfahrt zu finden, und war letztendlich daran zugrunde gegangen. Ein Irrflug mit fatalen Folgen, die übrige Besatzung lebte nicht mehr, und auch das Schiff zeigte bereits gefährliche Abnutzungserscheinungen.

Sogar Denis und sie waren bereits gestorben. Nur hatten sie dank modernster Technologie in den Körpern ihrer Klone eine neue Chance bekommen. Mit an Bord befanden sich, neben im Kälteschlaf befindlichen Klonen von ebenfalls während der aufreibenden Ereignisse verstorbenen Besatzungsmitgliedern, auch drei Millionen Embryonen, ihre wichtigste Fracht, für deren Überleben Jazmin weitere Entbehrungen in Kauf nehmen würde.

»Jaz, bist du überhaupt bei mir?« Denis wedelte mit der Hand vor ihrem Gesicht umher.

»Ähm ... ja.« Sie war gerade abgeschweift. Er hatte recht, sie sollte sich nicht solche Sorgen machen.

»Hör auf, dir laufend den Kopf zu zerbrechen ...« Denis lehnte sich zurück und zog sie zu sich heran. Den Kopf auf seine Brust zu legen, seinem Herzschlag zu lauschen, gemeinsam mit ihm zu atmen, beruhigte sie.

Verdammt, sie waren bereits ewig unterwegs und wussten noch nicht einmal, wann sie auf der Erde eintreffen würden! Wenn sie überhaupt jemals dort ankommen sollten. Die Navigation war ein Albtraum. Das Weltall, scheißgroß, wie es war,

war weder leer, noch gab es halbwegs brauchbare Routen. Die USS London schaffte eine Reisegeschwindigkeit von 0.44 c, das war beinahe halb so schnell wie das Licht. Sie glich einem superschicken Sportwagen, der dafür gebaut worden war, rasend schnell über eine spiegelglatte Straße zu gleiten. So oder so ähnlich mussten die Architekten des Schiffs sich das All vorgestellt haben. Sie hätten damit nicht falscher liegen können.

Es gab ultraheiße Gase, ähnlich schnelle Partikel, Meteoriten und gravitative Schlaglöcher, in der Größe des heimischen Sonnensystems. Von jedem Punkt im Universum sah der Rest völlig anders aus. Deshalb waren die Sternenkarten von der Erde nicht zu gebrauchen. Gravitation änderte alles. Ein Lichtstrahl, den ein entferntes Sonnensystem zur Erde entsandte, wurde durch andere Systeme, Schwarze Löcher und die enormen Entfernungen derart gekrümmt, dass er eher einer verknoteten Schlange glich.

»Du grübelst ja immer noch!«
»Woher willst du das wissen?«
»Ich kenne dich ... du bist keine gute Schauspielerin.« Das stimmte. Er kannte sie wirklich. Vermutlich war Jazmin auch nicht schwer zu durchschauen.
»Ich mache mir Sorgen ...«
»Worüber?«
»Über unsere Zukunft.« Welche Frau in ihrer misslichen Lage würde das nicht tun?
»Wir sind zusammen. Uns geht es gut. Der Kühlschrank ist gefüllt. Bier gibt es auch noch. Das Schiff fliegt mehr oder weniger geradeaus. Und unsere Tochter braucht eine Mutter, die zuversichtlich ist!« Denis war ein pathologischer Berufsoptimist.
»Du hast recht ...«
»Als ob dir das reichen würde ... los spuck es aus! Wo drückt dich der Schuh?«

»Hab keinen an.« Mit einem Lächeln hob sie ihr nacktes Bein.

»Jaz! Ich meine das bitterernst!«

»Ich auch ... was ist, wenn wir nie ankommen? Wenn Mutter die Erde nicht finden kann und wir ewig weitersuchen?«

»Wäre schlimm, oder?«

»Ja!«

»Dann würden wir auf dem Schiff alt werden, unsere Kinder großziehen und in vielleicht fünfzig, sechzig Jahren sterben.«

»Denis!«

»Wäre das so schlimm?« Denis war Techniker und alles andere als dumm. Sie war froh, ihn zu haben, auch wenn ihr sein penetranter Optimismus manchmal auf den Geist ging.

»Hält das Schiff überhaupt so lange?«

»Wenn du nicht wieder Beulen reinfliegst!«

»Blödmann!«

»Ich werde unsere Tochter mit einem Schraubenzieher in der Hand erziehen. Sie wird die britische Lady in Schuss halten, wenn ich es nicht mehr kann.«

»Wir können neue Leben leben ...« Und dabei ihr Bewusstsein behalten. Genauso wie sie ihre ersten Tode überstanden hatten.

»Aber das möchte ich überhaupt nicht. Ich möchte alt werden dürfen und irgendwann das alles meinen Kindern überlassen. Dann bin ich aus der Nummer raus.«

»Kindern?«

»Klar!«

»Du bist verrückt!«

»Eins reicht mir nicht!« Er lachte und küsste sie.

»*Ich störe nur ungern*«, erklärte Mutter, ihre Bord-KI, über den Lautsprecher.

»Dann lass es!« Denis rollte sich auf die Seite.

»*Es ist wichtig.*«

»Wie wichtig?«, fragte Jazmin, die den Ernst in Mutters Stimme zu deuten wusste. Sie und die KI verband so viel mehr, als die Absicht, die USS London sicher zurück zur Erde zu bringen. Sie vertraute der KI bedingungslos.

»*Eine gefährliche Notlage. Ein unbekanntes Objekt, der Größe nach ein 500 Kilogramm schwerer Meteorit, fliegt auf uns zu.*«

Jazmin war hellwach. Natürlich hatte Mutter sie stören müssen. »Zeit bis zum Einschlag?«

»*Vier Minuten, drei Sekunden. Ich habe den Brocken vor 37 Sekunden geortet.*«

»Und was ist das Problem?«, fragte Denis. »Du kannst dem Steinklumpen doch ausweichen oder ihn in handliche kleine Stücke schießen!«

»*Das ist richtig.*«

»Und?«

»*Ich habe die Hochenergiegeschütze aktiviert, wir haben drei Salven abgeschossen, und wir haben dreimal verfehlt.*«

»Wie bitte?«, fragte Denis.

»Das Waffenleitsystem verfehlt nie sein Ziel ...«, sagte Jazmin und dachte nach. Wenn alles auf der USS London so zuverlässig funktionieren würde wie die Laserkanonen und die Railguns, hätten Denis und die Reparaturdrohnen, die ihm halfen, erheblich weniger zu tun.

»*Das war bisher so. Jetzt ist es anders. Ich habe den Verdacht, dass die Zielerfassung bei diesem besonderen Meteoriten Probleme mit dessen Zusammensetzung hat. Die Sensoren zeigen unterschiedliche Ergebnisse an. Bei einer Messung ist es ein massiver Ferritklumpen, bei der nächsten lockeres Gestein und Eis. Auch die Größe und die Masse variieren. Ich kann mir das nicht erklären ...*«

»Dann weich dem Ding doch einfach aus!«, rief Denis und warf die Arme in die Luft.

»Das habe ich versucht. Leider mit wenig Erfolg. Das Objekt rast immer noch nahezu frontal auf uns zu.«

»Oh ...« Denis sprang auf, lief nackt in der Kabine umher und suchte seine Hose. »So eine verdammte Scheiße!«

»Mutter, was hast du genau getan?« Jazmin wollte es besser verstehen. Meteoriten neigten in der Regel nicht dazu, den Kopf einzuziehen, wenn jemand auf sie schoss.

»Das Objekt hat zwei Kurskorrekturen um 0.3 und 0.5 Grad vollständig antizipiert.«

»Verbleibende Flugzeit bis zur Kollision?« Auch sie stand auf und griff nach ihrer Unterwäsche.

»Drei Minuten, siebzehn Sekunden. Geschwindigkeit 0.15 c. Das Objekt ist selbst schnell unterwegs. Jetzt melden die Sensoren, es wäre nur siebzig Kilogramm schwer und aus Kalksandstein. Das muss ein Irrtum sein, es gibt keine Meteoriten aus diesem Gestein, die so schnell werden können.«

»Die würden zerbröseln.« Das wusste Jazmin auch. »Könnte das ein Raumschiff sein?«

»Das kann ich bei den Varianzen der Sensoren weder bestätigen noch ausschließen. Das Objekt fliegt gerade eine Kurve und folgt meinem aktuellen Ausweichmanöver. Es beschleunigt auf 0.18 c, um die entstandene Lücke zu schließen.«

»Funk es an!«, rief Jazmin und zog sich eine Latzhose an, jetzt griff sie nach ihrer Strickjacke. Weder sie noch Denis trugen in den letzten Monaten die körperbetonten Uniformen der Flotte. Sie hätten auch den ganzen Tag nackt umherlaufen können.

»Das versuche ich bereits seit geraumer Zeit auf allen verfügbaren Frequenzen. Das Objekt reagiert nicht und hält weiter mit hoher Geschwindigkeit auf uns zu. Offensichtlich beabsichtigt es eine Kollision. Ich kann nicht ausschließen, dass es sich um ein sehr fortschrittliches Waffensystem handelt, das in der Lage ist, unsere Sensoren zu täuschen.« Mutter hatte offenbar bereits das komplette Repertoire ihrer Optionen ausgereizt.

»Und was machen wir jetzt?«, fragte Denis, während er auf einem Bein hüpfte und seine Jeans anzog.

»Ein Waffensystem?« Jazmin fehlte die Phantasie, um sich in dieser abgelegenen Ecke der Milchstraße ein Rudel blutrünstiger Aliens vorzustellen, die ihnen wie Wegelagerer auflauerten. Zudem würde eine Kollision mit der USS London bei der Geschwindigkeit nur heißen Staub von ihnen übrig lassen.

»Ein Raumschiff würde kaum versuchen, uns frontal zu rammen. Von denen würde auch nichts zurückbleiben. Eine Kollision würde uns gemeinsam in einer kleinen Sonne verschmelzen. Geschwindigkeit jetzt 0.19 c. Wir haben 0.43 c. Es bleiben noch zwei Minuten und achtunddreißig Sekunden.«

»Jazmin, was soll ich tun?« Denis stand auf dem Schlauch. Sie ebenfalls. »Soll ich nach vorne, um die Überladung der Supraleiter zu überwachen?«

»Nein ... du würdest es nicht mehr bis dorthin schaffen.« Jazmin legte die Hände in die Hüfte und ließ den Kopf hängen. Sie dachte nach. Sie brauchten einen besseren Plan. »Mutter, kannst du die Deflektoren nutzen, um den Angreifer abzuweisen? Vielleicht können wir ihn am Schiff vorbeileiten.«

»Das kommt auf die Masse an. Einen kleineren Brocken bekommen wir weggeschoben, einen bis zu einer Tonne schweren, intelligenten Torpedo allerdings nicht.«

»Probiere es! Versuche, ihn mit den Hochenergiegeschützen in eine passende Position zu treiben! Wenn er nah genug ist, setze die Railguns ein.« Jazmin wusste, dass der Plan gewagt war. Einen besseren hatte sie leider nicht. »Wie lange haben wir noch?«

»Eine Minute und einundzwanzig Sekunden. Der Kurs des Angreifers wird nun deutlicher. Er wird uns voraussichtlich nicht mittig am Bug treffen, sondern versetzt auf der rechten Seite.«

»Warum? Was haben wir dort Besonderes?« Jazmin konnte den Sinn dieses Manövers nicht nachvollziehen.

»*Nichts, was einen Unterschied ausmachen würde. Eine Kollision würde uns, egal wo, pulverisieren.*«

»Genauso wie den Angreifer ...«

»Geh mal nicht davon aus, dass das Ding von einem Piloten gesteuert wird. Ich bin ganz Mutters Meinung: Das ist ein unbemanntes Waffensystem!«, sagte Denis, der ratlos vor ihr stand. Sie spürte seine Anspannung.

»Und wer will uns bitte töten?«, schnauzte sie zurück. Das ergab keinen Sinn.

»Woher soll ich das wissen?«, gab Denis pampig zurück.

»*Streitet nicht ...*«

»MUTTER!«, riefen Denis und Jazmin im Chor.

»*Es sind noch 58 Sekunden. Nutzt die Zeit besser. Ich werde mit der gezielten Modulation der Frontaldeflektoren bei T minus 30 Sekunden beginnen. Die Railguns kommen später, sie werden bei T minus 15 Sekunden Sperrfeuer schießen.*«

»Du hast recht.« Denis senkte den Kopf.

»Entschuldige ...« Jazmin ging auf Denis zu, um ihn in die Arme zu schließen. Obwohl sie die ungewisse Zukunft fürchtete, jagte ihr der plötzliche Tod im Moment einen größeren Schrecken ein. Dafür war sie noch nicht bereit. Verdammt, sie bekam ein Baby. Die kleine Prinzessin sollte doch zumindest eine Chance bekommen. »Ich habe Angst.«

»Ich auch ...«

»*T minus 49 Sekunden. Alle Drohnen sind aktiviert, um Schäden und Feuer zu bekämpfen. Ich schließe alle Druckschleusen und pumpe Luft aus nicht relevanten Zonen ab. Alle Systeme gehen in den Notbetrieb. Ich schalte das Netzwerk in den Gefechtsmodus und isoliere zur Sicherheit meinen Kernel. Ihr müsst in eurer Kabine bleiben. Ich sichere die Tür. Nutzt die Notsitze und schnallt euch an.*«

Jazmin folgte der Order und setzte sich in den Notsitz, einen ergonomischen Sessel, um kurzzeitig sehr hohen G-Kräften, die beim Aufprall entstehen könnten, zu trotzen. Denis legte ihr eine zusätzliche Halskrause an. An sich eine überflüssige Maßnahme, da sie und jeder Krümel Materie an Bord binnen des Bruchteils einer Sekunde verglühen würden. Die Vehemenz der zu erwartenden Explosion würde genügen, um einen ganzen Planeten in Stücke zu sprengen. Dabei lag der Großteil der Energie nicht beim Angreifer, sondern gebunden in der großen Masse und der enormen Geschwindigkeit der USS London.

»Ich liebe dich ...« Denis hielt ihre Hand.

»Ich dich auch!« Von ganzem Herzen. Jazmin spürte, wie ihre Hände anfingen zu zittern. Diese Machtlosigkeit war erstickend, sie konnte nichts mehr tun.

»T minus 38 Sekunden. Ich habe alle unnötigen Energieverbraucher deaktiviert. Im kompletten Bug gibt es keinen Sauerstoff mehr. Das sollte Brände eindämmen. Alle Systeme sind bereit, die Frontaldeflektoren maximal zu überladen. Unser Antrieb wird die volle Schubkraft in die Deflektoren umleiten.«

»Mutter, ich vertraue dir!« Mehr blieb Jazmin nicht. Sie spürte einen kräftigen Stups an der Bauchdecke. Ihre kleine Prinzessin war wach. Ein schönes und beängstigendes Gefühl.

»T minus 32 Sekunden. Ich gebe vollen Schub auf die Backbord-Steuertriebwerke. Maximale Kurskorrektur. Ich schiebe das gesamte Schiff auf die Seite. Der Angreifer beschleunigt weiter. Messung zeigt eine Geschwindigkeit von 0.21 c. Er hält präzise seinen Kurs und scheint genau zu wissen, welche Stelle am Bug er treffen will.«

Jazmin schnappte nach Luft. Die Halskrause aktivierte sich. Auch der Notsitz umschloss nun dicht ihren ganzen Körper. Mutters Manöver mit den Steuertriebwerken auf der Backbordseite drückte die USS London für eine Sekunde mit 80 g auf die Seite. Sie konnte Denis' Hand nicht mehr halten. Sie schrie.

»*T minus 28 Sekunden. Volle Leistung auf die Frontaldeflektoren. Angreifer anvisiert. Ein Einsatz der Hochenergiewaffen ist wegen der kurzen Distanz nicht mehr möglich. Koordinaten an die Feuerleitsysteme der Railguns übertragen.*«

Die Handläufe des Notsitzes vibrierten. Da wirkten immer noch hohe Querkräfte auf sie. Mutter ritt die alte britische Lady wie ein Rennpferd auf Speed. Das Chassis des Schiffs knarrte.

»*Angreifer hält Kurs und Geschwindigkeit. Die erste Schicht der Frontaldeflektoren hat ihn verfehlt ... ich weiß nicht, wie der das macht. Er weicht aus, korrigiert das Manöver sofort wieder und hält weiter auf sein Ziel zu. T minus 25 Sekunden. Ich demoduliere das Deflektorenfeld, um sein eben gezeigtes Manöver zu antizipieren. Die Railguns sind für den Einsatz bereit. Sie werden ihn erwischen. Das Streufeld ist größer als sein möglicher Bewegungsradius. Ich werde auf einem Korridor von 7 bis 24 Grad Sperrfeuer schießen lassen.*«

Mutter kämpfte weiter. Sie war ihre letzte Verteidigungslinie. Sie tat, wozu Jazmin und Denis in dieser Lage nicht mehr fähig waren. Jazmin wusste genau, was die KI gerade dachte. Natürlich tat sie das. Mutter war wie sie. Mutter war sie. Sie war Mutter.

»*T minus 22 Sekunden. Fehler in den Sensor-Clustern 4, 9, 11 und 17. Ich kann den Angreifer nicht mehr ausmachen. Fehler in der Kontrolle der frontalen Deflektorsteuerung. Abfall in der Energieumleitung. Temperaturkontrolle der Supraleiter nicht mehr möglich. Notabschaltung in ... Error ... Notabschaltung in ... Error. Aktiviere sekundäre Protokolle. Reboot des Kernels eingeleitet. Das ist ein Angriff. Error ...*«

Jazmin wurde heiß und kalt. Dieses fremde Waffensystem hackte gerade Mutter. Wenn es dem Angreifer gelänge, die KI auszuschalten, wären sie verloren.

»Wir haben noch die Railguns!«, rief Denis.

»Nur ohne eine Bord-KI, die sie aktiviert.« Auch wenn Jazmin es nicht wahrhaben wollte, das war die Realität, der sie sich gerade zu stellen hatten.

»T minus 15 Sekunden. Die Aktivierung der Railguns ist nicht erfolgt. Das zentrale Feuerleitsystem verwehrt mir den Zugriff. Der Start meiner sekundären Protokolle auf einem Hot-Swap-Cluster war hingegen erfolgreich. Ich konnte meinen Kernel vor einem Eindringen des Angreifers schützen.«

Jazmin schüttelte hilflos den Kopf. Wenn die Railguns kein Sperrfeuer schossen, wären sie verloren. Das feindliche Objekt würde dann frontal gegen die USS London krachen. Ihr ganzes Leben stürzte auf sie ein. An was sollte man denken, wenn man wusste, dass gleich alles vorbei war? Was wäre eine würdige Erinnerung, um ihr Leben zu beenden?

Die Zeit kollabierte. Alles aus ihrem Blickfeld verlor an Bedeutung. Jazmin stürzte. Sie fiel. Durch Dinge, die sie erlebt hatte. Schöne, aber auch schreckliche Ereignisse. Das konnte sie nicht trennen. Wie hätte sie ihre Tochter nennen wollen? Sie wusste es nicht. Denis hatte schon einige Vorschläge gemacht. Valerie, Manu, Zaria waren seine Favoriten, aber sie hatte sich noch nicht entschieden. Schließlich würde es doch noch einige Monate dauern, bis die kleine Prinzessin das Licht der Welt erblickte. Erst dann hätte sie sich festlegen wollen. Die Vorfreude darauf war die schönste Sache der Welt.

Jazmin stand auf einer Wiese. Ein besonderer Ort, in einiger Entfernung konnte sie Glamis Castle sehen. Hier war sie aufgewachsen. Ein wunderschöner Ort in Schottland. War das real? War diese Frage wichtig? Jazmin sah sich als Mensch, aber ihr digitaler Verstand war in der Lage, besondere Dinge zu leisten. Wie zum Beispiel die Bord-KI Mutter in höchster Not mit ihrem Verstand neu zu starten. Dennoch waren Mutter und sie nicht mehr dieselben. Mutters Bewusstsein hatte nach der Trennung ihre neue Rolle akzeptiert und sich mit unglaublicher Geschwindigkeit weiterentwickelt.

»Hallo Jaz.« Max stand neben ihr. Jazmins kleiner Bruder, der allerdings einen halben Kopf größer war als sie. Die drei Jahre spielten, seitdem sie erwachsen waren, keine Rolle mehr. Sie hatte sich mit ihm immer gut verstanden. Und er war wie sie von der Erde aufgebrochen, um eine neue Welt zu entdecken. Max war Major. Dr. Maximilian Harper, Physiker und zweiter Navigator auf der USS Boston, dem Schwesterschiff der USS London.

»Hi Max.« Es war schön, ihn zu sehen, ein echter Sonnyboy, der sein Physikstudium mit weniger als fünf Stunden Lernzeit in der Woche absolviert hatte. Groß, sportlich, intelligent, es gab eigentlich nichts, was er nicht konnte.

»Wie läuft es so?«, wollte er wissen.

»Gerade nicht so gut, aber danke der Nachfrage.« Jazmin hatte die Probleme, in denen sie steckten, nicht vergessen.

»Echt, was ist passiert?«

»Da fliegt gerade so ein kleiner Scheißer auf die USS London zu. Mutter kann ihn nicht loswerden ... er wird in ein paar Sekunden einschlagen und mich umbringen.«

»Ach was! Das glaub ich nicht! Kopf hoch! Mutter ist genauso raffiniert wie du. Euch wird etwas einfallen.«

»T minus 5 Sekunden. Ich kann nichts mehr gegen den Angreifer tun. Er wird das Schiff treffen. Sorry, ich habe versagt. Jazmin, Denis, alle Dinge haben ein Ende.« Mutters Stimme schallte in ihren Ohren. Jazmins Ausflug nach Glamis Castle war zu Ende. Sie konnte auch Max nicht mehr sehen. Klar, das Gespräch hatte sich nur in ihrem Kopf abgespielt.

»T minus 3 Sekunden.«

Jazmin hielt sich den Bauch. Sie hatte Schmerzen. Das waren Krämpfe, der Stress zeigte Wirkung. Sie schrie sich ihre Angst aus dem Leib. Dies war das Ende. Nichts ging mehr.

»Zwei.«

Jazmin holte tief Luft. Der letzte Atemzug. Mutter hatte sich

überrumpeln lassen, sie hatten gegen diesen Gegner nicht die geringste Chance gehabt.
»*Eins.*«
Sie schloss die Augen.

II.
AD 3075 – DIE ANKUNFT

Max wusste nicht, wieso er in diesem Moment an seine Schwester denken musste. Jazmin, die in der Schule alle nur Jaz gerufen hatten. Er hatte in seinem Leben mehr oder weniger jeden Rivalen hinter sich gelassen. Dafür hatte er noch nicht einmal seine Ellenbogen einsetzen müssen. Weder in seiner Schulzeit, während des Studiums, noch später beim Militär hatte ihm jemand das Wasser reichen können. Mit Ausnahme seiner großen Schwester, die Einzige, die er kannte, die, nachdem man sie mit einem Stein im Mund knebelte, vermutlich feinen Kies ausspucken würde.

Vielleicht lebte sie ja noch. Dank Raumschiffen, die mit dem Licht um die Wette flogen und Kältebetten, war da einiges möglich. Was er allerdings mit hoher Wahrscheinlichkeit ausschließen konnte, war, dass er Jaz noch einmal wiedersehen würde. Die USS London und die USS Boston hatten die Erde im Prinzip in verschiedene Richtungen verlassen. Wenn sie sich im Alderamin-System aufhielt, dürften sie das am weitesten voneinander entfernt lebende Geschwisterpaar der Menschheitsgeschichte sein. Zudem ging er davon aus, dass Jaz und ihre Crew nicht so unfähig waren, wie Colonel Jorgen Fenech, Erster Offizier und leitender Navigator der USS Boston. Der Typ hätte es noch nicht einmal geschafft, ohne Hilfe seinen eigenen Arsch zu finden.

»Major Harper!« Die Kommandantin rief seinen Namen,

General Lisbeth Matthieu. Sie hatte richtig entschieden, als sie Max ihr Vertrauen aussprach. Seitdem war die USS Boston mehr oder weniger keine Kreise mehr geflogen. Die Flugbahn sah eher wie eine Ellipse aus, die von einem betrunkenen Schimpansen gezeichnet worden war.

»Ja, Ma'am.« Heute würde es zum Showdown mit seinem Vorgesetzten kommen. Heute, am Montag, dem 6. Dezember 3075 um 15:32 Greenwich-Time.

»Haben wir Ihre berechneten Kursdaten einhalten können?«, fragte Matthieu. Eine gefährlich intelligente Französin, die natürlich wusste, wer für ihre Navigationsprobleme in der Vergangenheit verantwortlich war. Sie hielt sich ihre Optionen offen. Fenech stand neben ihr. Auf der Brücke der USS Boston hätte man eines von Fenechs wenigen Haaren fallen hören können.

»Ja, Ma'am.« Max hatte sich noch nie in seinem Leben bei einer Berechnung geirrt. Er machte keine Fehler, das machten Leute wie Fenech für ihn. Die Sternenkarten von der Erde waren nicht zu gebrauchen. So sah das All abseits des heimischen Sonnensystems nicht aus. Es war nicht nur groß, kalt und meist dunkel, sondern glich auch einer gravitativen Achterbahn. Um wirklich nach rechts zu fliegen, musste man dreimal links abbiegen und zwischendurch einen Purzelbaum machen. Mathematisch war das kaum abzubilden.

»Ich habe mich auf Ihr unorthodoxes Navigationsmodell eingelassen. Deshalb möchte ich mir heute gerne sagen lassen, dass wir 16 Cygni B geortet haben.«

»Natürlich Ma'am.« Nichts anderes würde heute passieren, dessen war Max sich sicher.

»Sonst würde ich wie eine Idiotin aussehen und Sie müssten mit der Zahnbürste die Toiletten putzen!« Sie legte die Beine übereinander und sah Fenech an, der neben ihr stand. Fenech war kleiner als er, älter, mit hoher Stirn und einem ungewöhnlich langen, dünnen Hals – und er war der Einzige an Bord, der Max scheitern sehen wollte. Die restliche Besatzung betete hingegen dafür, dass Max' Navigationsmodell, das bis auf Vater und er niemand nachvollziehen konnte, sie endlich ans Ziel brachte. 16 Cygni B befand sich im Sternbild Cygnus, war 68 Lichtjahre von der Erde entfernt und bot neben zwei gelben auch einen roten Zwerg. Ein Dreifachsonnensystem, das dennoch einen erdähnlichen Planeten hervorbrachte. Cygnus, ihre neue Heimat, an der Fenech dreimal vorbeigeflogen war. Eine Odyssee, die sie in das Jahr 3075 befördert hatte. Sie verspäteten sich um etwa zweihundert Jahre.

»Das ist nur fair, Ma'am. Aber ich bin optimistisch, dass wir unser Ziel erreichen.«

»Ma'am, das wird nicht funktionieren«, hielt Fenech kühl entgegen. Ein Kerl wie ein Eisschrank. Max hatte keine Ahnung, was seine Frau an ihm fand, die im Gegensatz zu ihm sympathisch war.

»Colonel, ich habe Sie lange gewähren lassen. Leider mit außerordentlich wenig Erfolg. Jetzt ist Major Harper an der Reihe. Wir können uns, im Falle seines Scheiterns, gerne gemeinsam passende Disziplinarmaßnahmen für ihn überlegen, aber heute möchte ich sehen, wo er uns hingeführt hat.« Der General nahm eine große Tasse Milchkaffee, lehnte sich zurück und wartete.

»Das mathematische Navigationsmodell ist irrwitzig. Noch nicht einmal Vater wäre darauf gekommen. Für eine solche Interpunktion gibt es keine Referenzen.« Der Colonel lag nicht nur mit Max im Clinch, mit Vater, ihrer zentralen Bord-KI, kam er auch nicht klar.

»Colonel Fenech, an dieser Stelle möchte ich höflich einwenden, dass gerade, weil keine Referenzen für diesen Funktionscluster existieren, ich über eine lange Zeit nicht in der Lage gewesen bin, eigenständig unseren Kurs anzupassen«, erklärte

Vater über den Lautsprecher. Die KI war allzeit präsent, überall und zu jeder Zeit.

Max lächelte und rief neue Daten ab. Mit den Fingern huschte er über seine holographische Arbeitsumgebung. Er hatte sich für viele Aufgaben Makros angelegt. Die kleinen Helfer machten einen langen Arbeitstag leichter. Makros, die inzwischen auch jeder andere auf der Brücke nutzte. Bis auf Fenech, der alles dafür tat, Max loszuwerden. »Vater, wir haben neue Daten von unseren Langstreckensensoren. Ich brauche für aktuelle Berechnungen mehr CPU-Zeit.«

»Captain Hindley, Captain Okinawa, helfen Sie dem Major, die Daten für die Analyse aufzubereiten«, ordnete Matthieu an.

Das waren zwei fähige Datenanalystinnen, Lana Hindley und Yuki Okinawa, die zudem ein Paar waren. Das störte auf der USS Boston niemanden, vor allem nicht Max, der mit beiden gelegentlich das Bett teilte.

»Bin bereit …« Yuki sah ihn aufmerksam an.

»Ich bilde zwei Streams. Da kommen laufend neue Daten. Yuki, nimm du den Input der primären Sensoren, Lana kann die sekundären Daten strukturieren und an Vater übergeben.«

Der Anflug auf 16 Cygni B würde noch eine Weile dauern. Die Entfernung betrug immer noch knapp drei Lichttage, das waren um die 78 Milliarden Kilometer. Sie konnten erst nach der Bestätigung des Ziels Umkehrschub geben und die USS Boston abbremsen. Beim Start hatte das Schiff neun Tage benötigt, um mit 17 g Schub die gewünschte Reisegeschwindigkeit zu erreichen. Das Bremsmanöver würde genauso lange dauern.

»Das ist doch Zeitverschwendung!«, zeterte Fenech und verschränkte die Arme.

»Streams allokiert, verwende das Makro 107 und filtere die Daten. Die Signalqualität liegt bei 99,97 Prozent.« Das war Lana, die aus Norwegen kam und auch so aussah, blond und groß.

»Vater …«, sagte der General. Alle hoben den Kopf. Jetzt wurde es spannend.

»Empfange die Daten. Bilde Abgleich mit der Referenz. Die Qualität der Daten ist hervorragend. Zwischen uns und dem untersuchten Zielsystem gibt es keine weiteren gravitativen Störungen.«

»Das wird wieder das falsche System sein!«, rief Fenech und warf trotzig die Arme nach oben. »Wir haben vier Fehlanflüge hinter uns, und das wird Nummer fünf werden. Die hätten uns niemals mit solchen Sternenkarten losschicken dürfen.«

»Colonel Fenech, bitte nehmen Sie Platz, trinken Sie eine Tasse Tee und seien Sie still.« Der General machte mit ihm kurzen Prozess.

»Die erste Hochrechnung ergibt eine Übereinstimmung von 67 Prozent. Das System hat drei Sonnen und vier Planeten, aber die Positionen sind nicht akkurat. Einen Moment bitte …«

Max schluckte erneut, das hatte er nicht hören wollen. Colonel Fenech wuchs binnen einer Sekunde um gefühlte zehn Zentimeter. Sein arrogantes Lächeln war nur schwer zu ertragen. Alle sahen zu Fenech, dann zu Max, niemand auf der Brücke wollte, dass er sich geirrt hatte. Die gesamte Besatzung wollte endlich an ihrem neuen Zuhause ankommen.

»Die Daten unserer Sensoren sind absolut korrekt.« Vater machte weiter. *»Die Referenzdaten stimmen nicht. Ich habe die Langstreckendaten, aufgezeichnet auf der Erde, durch das Navigationsmodell von Major Harper korrigiert. Die dabei entstandene Matrix ist zu 99,998 Prozent kongruent. Ich bestätige mit einer statistischen Abweichung kleiner 0,2 Prozent, dass wir 16 Cygni B anfliegen. Cygnus liegt wie erwartet in der habitablen Zone. Sein Magnetfeld ist intakt, es gibt flüssiges Wasser auf der Oberfläche und die drei Zwergsonnen sowie ein größeres Planeten-Mond-System schützen ihn vor vagabundierenden Meteoriten.«*

Max riss die Arme nach oben! Yuki fiel ihm als Erste um den Hals, Lana brauchte nur einen Moment länger. Die Brücke tobte. Sie waren am Ziel. Sie waren endlich am Ziel angekommen! Er hätte nicht glücklicher sein können. Danke Vater, damit dachte er an die Bord-KI und an seinen Vater Duncan Harper, von dem er so viel gelernt hatte.

»Major, das ist Ihr Verdienst!« General Matthieu stand neben ihm. Sie klatschte. Andere auf der Brücke taten es ihr gleich. Matthieu gab ihm die Hand, nein, sie nahm ihn auch in den Arm. Im Moment lag sich die ganze Brücke in den Armen. Die Freude war unbeschreiblich. Nur Colonel Jorgen Fenech schien den Raum verlassen zu haben.

»Max, das Bier nachher geht auf dich!«, rief Skagen, der leitende Techniker und sein Freund. Skagen hatte mehr Glück gehabt als sein Pendant von der USS London, der kurz vor dem Start von einem Zivilisten abgelöst worden war.

»War schon klar ... erst muss ich euch alle herbringen und dann muss ich auch noch die Runde zahlen. Kein Problem, ich werde dir mehr auf den Tisch stellen, als du vertragen kannst!«

»Das ist ein Wort! Auf dich!«

»Meine Damen, meine Herren! Ich bitte um Ihre Aufmerksamkeit! Von dem Bier habe ich nichts gehört! Sie kennen die Vorschriften im Umgang mit Genussmitteln an Bord! Bevor Sie also Ihre Karrieren einem billigen Rausch opfern, sollten wir den Landeanflug beginnen!« General Matthieu holte die Crew zurück in die Realität. »Vater, ich autorisiere das L-27-Bremsmanöver. Ich möchte unsere neue Heimat auf keinen Fall wieder verfehlen.«

Gelächter. Der ging auf Fenechs Konto, jeder wusste, wen sie gemeint hatte. Dennoch wurde es ruhiger, und die Crew bezog wieder ihre Positionen.

»*General Matthieu, bestätige Ihre Order. Leite das Bremsmanöver der USS Boston ein. Start der Steuertriebwerke in T minus 30 Sekunden. An die Sicherheitsteams, bitte bestätigen Sie, dass sich keine Personen mehr in nicht gegen hohe G-Kräfte gesicherten Zonen aufhalten. Die Schleusen versiegeln sich in T minus 90 Sekunden.«*

»Sektor sieben bis zwölf sind gesichert.«

»Eins bis sechs auch …«

Max blieb neben dem General stehen, für den restlichen Weg würden sie keinen Navigator mehr brauchen.

»Sektor 13 bis 18 sauber«, bestätigte der dritte Kommandooffizier. Im Moment war es voll auf der Brücke, sie waren zu elft. Matthieu hatte die gesamte erste Garde antreten lassen.

»Vater, Wendemanöver freigegeben!« Lisbeth Matthieu durfte sich selbst auf die Schulter klopfen, sie war eine hervorragende Kommandantin. Dann sah sie Max an. »Ich bin froh, dass ich Ihnen vertraut habe. Sie haben mich nicht enttäuscht.«

»Danke. Der Erfolg war zu einem großen Teil Ihr Verdienst« Max meinte es ernst. Er wusste, wie wichtig sie für die ganze Mission gewesen war. »Mir ist bewusst, welch schwierige Entscheidung Sie treffen mussten.«

»Start der Steuertriebwerke. Die Drehung des Schiffs hat begonnen. Supraleiter bei sieben Prozent Leistung. Uns fliegt nur wenig Staub entgegen.« Vater hatte den Rest des Manövers im Griff. Er hätte mühelos einige Kommandooffiziere arbeitslos gemacht, aber das widersprach der Direktive der integrierten Kommandoführung der Flotte. Die Bord-KI wurde von vielen wie ein weiteres Besatzungsmitglied gesehen.

»Major Harper, Maximilian, ich kannte Ihren Vater persönlich. Ich habe mein ganzes Leben diesem Projekt gewidmet. Es braucht viel Phantasie, um sich vorzustellen, einen Harper bei einem Fehler zu überraschen.«

»Danke.« Dass sie seinen Vater erwähnte, bedeutete Max viel. Inzwischen dürfte er nicht mehr leben.

»*Wir versiegeln die Schleusen in T minus 42 Sekunden. In T minus 72 Sekunden starten die Haupttriebwerke. Erbitte Bestätigung meiner Checklisten. Wir werden danach das K-8-Protokoll starten.*«

»Major, ich gebe Ihnen den Rest des Tages frei. Trinken Sie nicht zu viel. Wir alle brauchen Sie noch.«

»Ja, Ma'am.«

Eine Stunde später feierte Max mit seinen Freunden, deren Angehörigen und Kindern im Mannschaftskasino. Es ging hoch her. Lana tanzte auf dem Tisch. Mit ihr ihr neunjähriger Junge, der erst auf der Reise geboren worden war. Überall wurde gelacht, und immer wieder klopfte jemand Max auf die Schulter. Jetzt war es Skagen. Bereits zum dritten Mal. Das Bier, bei dem sich Max bisher zurückhielt, hatte Skagen für ihn mitgetrunken.

»Max! Ich bin echt froh, dass du klüger bist, als du aussiehst! Wirklich, das meine ich ernst.«

»Klar ...« Max saß am Tisch und hörte zu. Das ging in Ordnung. Bei Skagen hatte, mit 2,02 Meter Körpergröße und 150 Kilogramm Lebendgewicht, das eine oder andere Bier Spuren an seinen Hüften hinterlassen. Jeder verarbeitete Stress anders. Viele hatten während der Reise Angst gehabt, niemals anzukommen. Deswegen hatte es auch heftige Streitereien gegeben. An dieser Stelle konnten sie sich alle bei ihrem General bedanken. Sie besaß die magische Fähigkeit, aus solchen unterschiedlichen Charakteren wie Fenech, Skagen und ihm ein funktionierendes Team zu formen. Niemand hatte jemals ihre Führungsrolle in Frage gestellt.

»Bist du mein Freund?« Skagen hatte bereits sichtlich Probleme, den Blick gerade zu halten.

»Natürlich.«

»Wirklich?«

»Wenn ich's dir sage.«

»Dann lass uns trinken!« Skagen griff nach Max' Glas. »Auf deinen Verstand und meine gute Figur!«

Max ließ ihn gewähren.

»Stell dir mal vor, du sähst so gut aus wie ich!« Skagen strich sich durch seinen Vollbart, rülpste und warf seine schulterlangen Wikingerlocken nach hinten.

»Das wünsche ich mir jeden Tag …« Max nickte Yuki zu, da würde nachher noch mehr laufen.

»Du wärst ein Gott!« Er breitete die Arme aus und zog Lana und Yuki an sich heran. »HÖRST DU, EIN GOTT!«

»Major Harper«, meldete ein Kadett. Sofia Fenech, sie war erst neunzehn und beim Start noch ein Kind gewesen. Für ihren Vater konnte sie nichts.

»Ja.«

»General Matthieu bittet Sie auf die Brücke.«

»Sie hat mir für den Rest des Tages freigegeben.« Die Anfrage überraschte ihn.

»Es ist wichtig.«

»Ich habe auch schon zwei Bier getrunken.«

»Sir, das sollte in Ordnung gehen.« Kadett Fenech hatte ihrem alten Herrn bereits in jungen Jahren einiges voraus. Sie passte zur Crew, ihr Vater nicht.

»Ich komme …« Max verließ die Feier nur ungern, aber Dienst war Dienst. »Können Sie mir weitere Details nennen?«

»Ich denke, das möchte der General persönlich tun.« Sofia hielt ihm die Tür auf.

»Wie läuft es zu Hause?«

»Nicht gut … ich bin froh, endlich anzukommen. Ich habe mir immer gewünscht, auf Cygnus drei Sonnen am Himmel zu sehen, sicherlich ein unglaublicher Anblick, aber Sie kennen meinen Vater. Er ist noch missmutiger als sonst.«

»Das tut mir leid.«

»Nun, Ihr Triumph war seine Niederlage. Er sitzt in unserer Kabine und betrinkt sich.«

»Wenn ich helfen kann ...«

»Danke, Sir!«

»Major Harper. Hat das Bier geschmeckt?«, fragte General Matthieu mit einem Lächeln im Gesicht.

»Hab erst zwei geschafft ...« Max kontrollierte seinen Posten, aber bei der Navigation konnte er keine Probleme erkennen. Die USS Boston flog mit dem Heck nach vorne und verbrannte mit ihren gewaltigen Antimaterietriebwerken alles, was ihnen entgegenkam. Der Bremsschub betrug das Siebzehnfache der Erdanziehungskraft. Der Auswurf der Triebwerke erstreckte sich über einen halben Lichttag. Dennoch konnte man davon im Schiff nichts spüren. Im gesamten Aufenthaltsbereich der Besatzung wurde mit einem gegenläufigen Kraftfeld die Wirkung der enormen G-Kräfte neutralisiert.

»Sehr gut.«

»Ma'am, worum geht es?« Bis auf den General, einen Kommunikationsoffizier und ihn war die Brücke leer. Das war ungewöhnlich.

»Wie soll ich es sagen, auf so einer langen Reise kann viel passieren. Ich habe mit Schlimmerem gerechnet. Womit ich allerdings nicht gerechnet habe, ist das ...« Matthieu gab dem Mann an der Funkkonsole, einem Captain, ein Zeichen.

»*Unbekanntes Raumschiff! Sie dringen in ein geschütztes Sonnensystem ein! Wir haben das Abtasten Ihrer Langstreckensensoren registriert!*«, erklärte eine Stimme im besten Englisch.

»Wir sind angefunkt worden?« Das konnte Max nicht glauben. Der General wollte ihn auf den Arm nehmen.

»Ja.«

»Ma'am, das ist ein Scherz, oder?« Max schüttelte den Kopf. Wie sollte auf Cygnus jemand leben? Das alleine war schon unglaublich. Und dazu jemand, der Englisch sprach. Er ging nicht davon aus, dass der gemeine Alien das in der Schule lernte.

»Nein, Major, dafür ist die Sache zu ernst.« Sie presste konzentriert die Lippen zusammen. »Wir haben noch mehr.« Sie gab dem Captain ein weiteres Zeichen.

»*Unbekanntes Raumschiff! Sie dringen in ein geschütztes Sonnensystem der Föderierten Erdkolonien ein! Verringern Sie umgehend Ihre Geschwindigkeit oder ändern Sie Ihren Kurs! Wir sehen in der Größe Ihres Schiffs und der von uns registrierten Geschwindigkeit eine potenzielle Gefahr für unser gesamtes Sonnensystem! Wenn Sie nicht reagieren, starten wir notwendige Maßnahmen zum Selbstschutz!*«

»Bitte was? Föderierte Erdkolonie?«

»Major, Sie haben richtig gehört. Das hat dieser Mensch wirklich gesagt.«

»Ist er ein Mensch?« Max rieb sich den Mund. »Sie denken, dass Cygnus bereits von Menschen bewohnt wird?«

»Genau diesen Schluss muss ich ziehen.« Zudem zeigte sie auf ein Emblem auf der Brücke: USS Boston. »Major, unser Problem ist, dass sie nicht zu wissen scheinen, wer wir sind. Die erwarten uns nicht, sondern halten uns sogar für eine Bedrohung!«

»Vater?«

»*Ich muss den Überlegungen des Generals beipflichten. Ich kann keine bessere Erklärung liefern. Wir können davon ausgehen, dass unsere Abtastsignale zeitgleich mit deren eigenen Langstreckeninformationen wahrgenommen wurden. Die kennen unsere Schiffsmasse und Geschwindigkeit.*«

»Sind wir denn eine Gefahr für sie?«

»*Nach einer ungebremsten Kollision der USS Boston mit deren Sonne, oder auch einem Planeten, würde das gesamte System kollabieren. Das ist eine Gefahr.*«

»Wir müssen kommunizieren!« Das war der einzige Weg.

»Vater, hast du denen schon unsere Kennung gesendet?«

»*Bereits erfolgt ... wir werden auf eine Antwort warten müssen. Auch wenn wir ihnen entgegenfliegen, beträgt die Signalverzögerung mehr als 36 Stunden.*«

»Welche Botschaft für die Mannschaft halten Sie für sinnvoll?« Eine Frage, die Matthieu ihm nicht stellen musste. Das war ganz allein ihre Entscheidung.

»Ma'am. Die Wahrheit. Die Party ist vorbei. Wir müssen die gesamte Crew wieder auf ihren Positionen einsetzen. Ich empfehle, dass wir das Schiff auf alle Eventualitäten vorbereiten, auch auf ein Gefecht. Zusätzlich sollten wir weitere Besatzungsmitglieder aufwecken.«

»Major, ich schließe mich dieser Vorgehensweise an. Vater, wir geben Gefechtsalarm. Wir müssen zwangsweise von einer Gefahr für das Schiff ausgehen!«

Max stutzte, er hatte General Matthieu nichts erzählt, was sie nicht bereits wusste. Das war eine Prüfung gewesen. Sie hatte nur seine Entscheidung in einer Stresssituation hören wollen.

Er legte das Gesicht in seine Hände. Die zwei Bier hatten ihn nicht umgehauen, spüren konnte er sie dennoch. Das musste man sich einmal vorstellen, sie flogen ein von der Erde 68 Lichtjahre entferntes Dreifachsonnensystem an und mussten bei ihrer Ankunft feststellen, nicht die Ersten zu sein.

»*General Matthieu, das Schiff wird in fünfzehn Minuten gefechtsbereit sein!*«

»Vater, gib ihnen zwei Stunden. Die Crew sollte genug Zeit für eine große Tasse Kaffee, eine Dusche und eine frische Uniform haben.« Sie setzte sich auf ihren Kommandosessel. »Major Skagen Muller möchte ich erst in zwölf Stunden wiedersehen. Vorher ist er zu nichts zu gebrauchen.«

»*Selbstverständlich.*«

»Habe ich etwas vergessen?«
»*Colonel Fenech …*«
»Säuft er wieder in seiner Kabine?«
»*Wodka.*«
»Lass ihn dort … wir brauchen ihn nicht. Ein Arzt soll ihn beobachten. Ich möchte nicht, dass ihm etwas zustößt.«
»*Das würde seine Privatsphäre verletzen …*«
»Das ist besser, als ihn nachher erstickt in seinem Erbrochenem aufzufinden.«
»*Ich werde dem Arzt die Überwachung erlauben.*«

Lisbeth Matthieu hatte ihm noch nie so offen Einblick in ihre Gedanken gewährt. Sie wusste ganz genau, was sich auf dem Schiff abspielte. Sie griff allerdings nur ein, wenn es nicht mehr anders ging.

Max verabschiedete sich von der Brücke. Die Zeit für eine Dusche und eine frische Uniform wollte auch er gerne in Anspruch nehmen.

III.
AD 9414 – SCHREIE

Jazmin schwebte mitten im Nirgendwo, unfähig zu einem klaren Gedanken. Dessen ungeachtet lebte sie noch. Hatte sich die Physik gerade eine Auszeit genommen? Träumte sie oder war das wieder eine virtuelle Übung? Jazmins Erwartungen und ihre realen Wahrnehmungen widersprachen sich. Das ganze Schiff wurde erschüttert. Alles vibrierte, wackelte oder wurde mit hoher Energie umhergeworfen. Sie riss die Augen auf. Das Bettzeug, eine Tasse und andere Gegenstände flogen durch die Kabine. Zum Glück verfehlte das Zeug sie. Sie lebten noch!

Der Angreifer hatte zweifelsfrei einen heftigen Kontakt mit der USS London, aber das Schiff existierte noch. *Sie* existierte noch. »MUTTER! SCHADENSBERICHT!«

»*Mein Kernel ist intakt. Netzwerk intakt. Geschützte Überlebenszone intakt. Druck stabil. Antrieb stabil. Frontaldeflektoren unter Kontrolle und einsatzbereit. Alle Sensoren online. Begrenzter Hüllenbruch registriert. Das automatische Reparatursystem hat die Öffnung sofort wieder verschlossen!*«, erklärte Mutter mit fester Stimme. »*Keine Brände. In den beschädigten Sektoren gab es keinen Sauerstoff. Der Einschlag hat drei Sektoren zerstört. Keine kritischen Schäden. Zwei Decks und elf Räume wurden zertrümmert.*«

Jazmin wollte sich aufrichten, was in dem Notsitz, der sie vollständig umschloss, nicht so einfach war. Sie kämpfte damit, ihre Arme zu befreien.

»Jaz, alles in Ordnung?« Denis war schneller, er stand bereits wieder auf den Beinen. In der Kabine sah es wüst aus.

»Ja ... hilf mir bitte.«

»Mach langsam ... wir haben es überstanden.« Er lächelte und küsste sie auf die Stirn. Das war der Unterschied zwischen ihnen, sie war bereits einen Schritt weiter.

»Mutter, was ist mit dem Angreifer! Wo ist er? Wurde er beim Aufprall zerstört? Ich brauche ein Update!« Jazmin dachte an die unglaublich hohe Energie, die bei der Kollision eigentlich hätte freigesetzt werden müssen.

»Eindringling ausgemacht. Ein sechs Meter langes und zwei Meter breites Objekt. Es liegt auf Deck zwölf, in Sektor vier. Der Aufprall scheint die Integrität nicht verletzt zu haben.«

»Strahlung oder andere Emissionen?«

»Nicht feststellbar.«

»Quarantäne bilden. Bewaffnete Drohnen sollen alle Schleusen, die sich in der Nähe befinden, sichern!«

»Sicherungsmaßnahmen eingeleitet. Ich hatte drei Drohnen in diesen Sektoren positioniert. Zwei funktionieren noch. Sie werden das unbekannte Objekt untersuchen. Ansonsten ist die Zone hermetisch abgeriegelt.«

»Mutter, ich komme auf die Brücke.« Jazmin bewegte sich auf die Tür zu. Jetzt ging es um Sekunden. »Denis, dich brauche ich im Kampfanzug vor Ort.«

»Geht klar!« Er ließ ihre Hand los, öffnete die Kabine und sprintete mit Jeans, ohne Schuhe und mit nacktem Oberkörper los.

Auf der Brücke. Jazmin setzte sich auf den Kommandantensessel und ließ sich zurückfallen. Der Stress war nicht gut für sie. Ein Ziehen in der Leiste zeigte ihr ihre Grenzen. Sie musste auch an das Kind denken. Auf dem Weg zur Brücke hatte sie mit Mutter den Zustand des Schiffs überprüft. Es gab kaum

Schäden. Die USS London war gebaut worden, um noch ganz andere Dinge zu überstehen.

»Jaz, entspann dich ...« Mutters Stimme klang näher als zuvor. Auf der Brücke lief sie als Jazmins teiltransparentes Hologramm umher. Um ihr transferiertes Restbewusstsein zufriedenzustellen, hatte sie mal erklärt.

»Nicht so einfach ...« Ohne ihren ungebetenen Gast wäre sie mit Denis an ihrer Seite eingeschlafen. Jetzt angespannt auf der Brücke zu sitzen, war keine Verbesserung.

»Du hast Angst ... das ist in Ordnung.«

»Mutter ...«

»Schon gut. Ich bin bei dir.« Mutter trug als Jazmins Hologramm eine weiß-graue Uniform. Ohne dicken Bauch.

Zwei tiefe Atemzüge weiter. Ihr ging es besser. Mutter würde auf sich allein gestellt die gleichen Entscheidungen treffen wie sie. »Denis?«

»Ich hör dich.«

»Wo bist du?«

»Auf dem Weg.« Sie konnte ihn atmen hören.

»Geht es auch ein wenig genauer?«

»Noch zwei Decks und achthundert Meter.«

»Bist du alleine?«

»Ich habe sechzehn gepanzerte Drohnen dabei!« Denis rannte. *»Weitere kommen nach.«*

»Jaz, Denis, ich habe eine animierte Ansicht erstellt, um euch einen besseren Überblick zu verschaffen.« Mutter zeigte auf das stark verkleinerte holographische Modell des Bugs der USS London. Inmitten des ausgegrauten Rumpfs waren die Sektoren rot markiert, die bei dem Einschlag beschädigt wurden. Man konnte auch den Eindringling sehen, an der Kapsel tat sich nichts. Ansonsten zeigte die in der Mitte der Brücke schwebende Ansicht Denis' Position, die weiterer Drohnen und Jazmin, die sich ebenfalls im vorderen Schiffsteil befand.

»Wir halten Kurs und Geschwindigkeit. Ich sehe keinen Grund für eine Änderung«, erklärte Mutter. »Hier ist der Eindringling durch die Hülle geschlagen. Da seht ihr die beschädigten Sektoren.«

»Mutter, wie hat er das gemacht?«, fragte Denis. »Wie konnte er seine Geschwindigkeit auf so kurzer Strecke derart verringern?«

»Gute Frage. Mutter, wie schnell war er unterwegs?«, fragte Jazmin.

»Denis, keine Ahnung.« Mutter antwortete direkt. »Jaz, die letzte Messung zeigte 0.21 c. Das Objekt müsste für das Ergebnis, das wir sehen, nicht nur seine eigene Geschwindigkeit negiert, sondern zudem während der letzten Sekunden massiv gegenbeschleunigt haben. Bei unserem eigenen Tempo hätte auch ein unbewegtes Ziel den erwarteten Totalschaden nicht abgewendet.«

»Wie schnell war der Eindringling beim Aufprall?« Das würde Jazmin gerne genauer wissen.

»Wenn ich die entstandenen Schäden als Referenz nehme und die festgestellte Masse von 2200 Kilogramm«, bereits während Mutter sprach, spiegelte sie das Hologramm, verkleinerte den Bug, drehte ihn um seine eigene Achse und ließ den Einschlag in Zeitlupe Revue passieren, »ergibt sich eine mittlere Aufprallgeschwindigkeit von 907 km/h.«

»Das würde bedeuten, dass es dieses Ei in weniger als zwei Sekunden auf 0.44 c geschafft hätte.«

»O ja. Beeindruckend, oder?« Mutter stimmte ihm zu.

»Das bedeutet auch, dass dieses Objekt mit Absicht an Bord wollte. Mutter, sind chemische oder biologische Kampfstoffe feststellbar?«

»Nein.«

»Sprengstoffe?« Eine blöde Frage, um die USS London zu sprengen, hätte das Objekt nur nicht abbremsen zu brauchen.

»Nein.«

»*Ist jemand an Bord?*«

»Jedenfalls kein Mensch.« Mutter zeigte jetzt eine Ansicht des Objekts, dessen Außenhülle wie ein Stück Kohle aussah, das kurz zuvor noch in der Glut gelegen hatte. Daneben sah Jazmin eine frei in die Luft projizierte Kameraansicht von einer der beiden Drohnen, die in dem Sektor eingeschlossen wurden. Das unbekannte Kohlenzäpfchen qualmte inmitten eines Schuttbergs.

»*Ich bin jetzt an der Schleuse. Soll ich rein?*« Denis' Frage implizierte, dass er ohne zu zögern bereit war, sich in Lebensgefahr zu begeben. Keiner von ihnen hatte einen blassen Schimmer, mit wem oder was sie es zu tun bekommen würden.

»Warte ...« Jazmin zögerte, sie wollte den Denis behalten, den sie hatte. Sie wollte sich nicht erneut jahrelang in ein Kältebett legen müssen und warten, bis sein Klon herangereift war. Das mochten andere für altmodisch halten, aber das bisschen Menschlichkeit, das sie als Androide für sich beanspruchte, wollte sie nicht hergeben. »Mutter. Gefahrenanalyse? Welche Alternativen haben wir?«

»Abwarten.« Gute Optionen mussten nicht zwingend kompliziert sein.

»Hast du neue Informationen?« Jazmin spürte, wie ungeduldig sie war. Die Neugierde rang mit der Furcht in ihrem Herzen. Sie musste unbedingt wissen, womit sie es hier zu tun hatten. Wer steckte hinter dieser Infiltration?

»Ich arbeite daran. Eine Sache kann ich dir jetzt schon sagen. Das Objekt ist nicht mit dem Stand der Technik der USS London gebaut worden, die verwendeten Materialien gab es 2720 nicht.«

»Das ist ja auch schon eine Weile her.« Jazmin hatte nicht vergessen, dass sie bereits über 6000 Jahre unterwegs waren.

»*Ich habe ein Impulsgewehr dabei!*«

»Warte bitte!« Männer, immer gleich die Waffe in der Hand! Jazmin wollte nicht, dass Denis mit einem Impulsgewehr größeren Schaden anrichtete als ihr ungebetener Gast. »Nur einen Moment.«

»Ich warte.«

»Mutter, dein Scan?«

»Ich kann eine industrielle Kennzeichnung interpretieren, die an der Innenseite angebracht ist. Das Objekt ist hohl. Es gibt mechanische Komponenten. Darüber hinaus gibt es keinerlei Hinweise auf Waffensysteme.« Während Mutter sprach, visualisierte sie ihre Erkenntnisse in Echtzeit. Als ob sie dünne Schalen von einer vielschichtigen ovalen Frucht löste, drangen ihre Scans tiefer in das Objekt ein.

»Und?«

»Hergestellt von Harper-Mackinney.«

»Wie bitte?« Jazmin glaubte, sich verhört zu haben.

Denis lachte.

»Baujahr 3762.«

»Das ist dieselbe Werft, die die USS London gebaut hat. Hey, das Ding ist von uns!« Jazmin fühlte sich unendlich erleichtert. Harper-Mackinney, das war unglaublich, im Prinzip gehörte diese Firma ihr. Ihr Vater Duncan hatte die Aktienmehrheit dieses Industriekonglomerats gehalten.

»Wenn diese Daten stimmen, und daran habe ich wenig Zweifel, wurde dieses Objekt 1000 Jahre nach unserer Abreise gebaut. Es muss bereits über 5000 Jahre unterwegs sein.«

»Warum hat das Objekt nicht mit uns kommuniziert?« Jazmin missfiel dennoch die Art und Weise dieses Kontakts. Bei dem Harakiri-Manöver hätten auch unendlich viele Dinge schieflaufen können.

»Vielleicht, weil es beschädigt ist ... Jaz, dieses Objekt hat über 5000 Jahre auf uns gewartet. Aber wir kommen weiter. Es gibt eine Besatzung.«

»Sagtest du nicht eben, da wäre kein Mensch an Bord?« Das hatte Jazmin nicht vergessen.

»Ich sagte nicht, dass die Person ein Mensch ist. Fakt ist aber, dass in der Kapsel jemand mit Armen und Beinen liegt.« Mutter legte die holographische Schicht frei, die bisher eine freie Sicht in den Innenraum verhindert hatte.

»Was ist mit dem Computer, der eben noch versucht hat, dich zu hacken?« Jazmin konnte nicht anders, ihr Misstrauen hatte sie noch nicht abgelegt.

»Gibt keinen Ton von sich. Das System reagiert nicht auf meine Anfragen. Das war kein effektiver Versuch, die USS London zu hacken, das gegnerische System hat unser Schiff nicht übernommen, obwohl es dazu die Gelegenheit hatte. In dem Moment, als ich mich neu starten musste, waren wir angreifbar. Unter dem Strich hat der Angriff nur dafür gesorgt, dass wir unsere Railguns nicht eingesetzt haben. Die hätten das kleine Raumschiff zerstört.«

»Kannst du das Bordsystem infiltrieren?« Jazmin hielt es für angemessen, dass Mutter sich revanchierte. So ganz unbeschadet schien ihr Gast den Flug mit der Stirn durch ihre Veranda nicht überstanden zu haben.

»Ich bin dabei ...«

»Jaz, soll ich jetzt rein?«

»Hast du einen mobilen Deflektorschild dabei?«

»Drei.«

»Nutze sie.«

»Ja, Ma'am!« Denis öffnete die Schleuse, er ließ den Drohnen den Vortritt.

Jazmin verfolgte ein Videobild von Denis' Rüstungskamera und weitere Bilder der Drohnen. Dennoch spürte sie Furcht. Furcht und Neugierde – eine unangenehme Kombination.

»Hey, immerhin kleben hier keine kleinen grünen Schleimwesen unter der Decke ...«

»Denis, keine Witze bitte!«

»Ich glaube ... ich kann das Objekt öffnen. Der Computer senkt seine Firewall und lässt mich herein. Das System ist beschädigt. Wir müssen helfen.«

»*Ich stehe davor!*«

»Nicht schießen!« Jazmin konnte über die Perspektive einer Drohne sehen, dass Denis den Impulslader frontal auf das kleine Raumschiff hielt. Eine Salve hätte mehrere Decks durchschlagen. Er trug eine dunkelgraue Kampfrüstung, bei der seine Körperkraft durch eine bionische Muskulatur unterstützt wurde.

»*Ich warte ...*«

»Denis, das Objekt wird sich jetzt öffnen. Nicht schießen!« In der animierten holographischen Darstellung auf der Brücke und auf den Videobildern öffnete sich das Objekt gleichzeitig. Das Innenleben glich einem Sarg. Einige Instrumente blinkten. Andere waren zersprungen, verkohlt oder anderweitig ausgefallen. Die fünftausend Jahre konnte man der Kiste ansehen. Die USS London sah auch nicht besser aus. Physikalisch hatte ihre Arche erst eintausendvierhundert Jahre erlebt, den Rest des Sprungs ins Jahr 9414 hatten sie der Zeitdilatation zu verdanken, als sie mit annähernd Lichtgeschwindigkeit ein Schwarzes Loch umrundet hatten.

»*Ich sehe einen weißen Müllsack!*«

»Öffne ihn bitte!«

»*Und die Deflektoren?*« Drei Drohnen hielten ihren Gast unter einer milchigen Kuppel verborgen.

»Deaktiviere sie. Es droht keine Gefahr.«

»Lass es eine Drohne tun!«, ergänzte Jazmin. Kein Grund, unvorsichtig zu werden.

»R2 ... schneide die Tüte auf!«, ordnete Denis an, der zu zwei seiner Drohnen ein besonderes Verhältnis hatte. Er hatte die Schilde, die ihn schützen sollten, zuvor abgeschaltet. Die kleine Tonne quittierte den Arbeitsauftrag mit einem nervösen Piepen und schwebte nur widerwillig auf das offene Raumschiff zu.

»Wir sollten später ihre Programmierung überprüfen.« Jazmin kannte R2, die Drohne war kein Held. Seine lernfähigen Routinen hatten über die lange Zeit etwas entwickelt, was man leicht mit einem Bewusstsein verwechseln konnte.

»*Nein ... R2 schafft das! Hab ein wenig Geduld.*«

»Ich kontrolliere alle verbliebenen Systeme des kleinen Raumschiffs. Das Risiko ist überschaubar. R2 kann den Transportsack öffnen. Darin befindet sich ein zähflüssiges Transfergel.«

»Um was zu transportieren?« Jazmin hatte immer noch keine Idee, was das alles sollte. Gespannt beobachtete sie, wie die Drohne die weiße Kunststoffschicht durchtrennte. Keine appetitliche Angelegenheit, da das Transfergel wie eingedicktes Blut aussah, das aus einer Wunde quoll. Vermutlich roch es auch nicht besser.

»*Zum Glück trage ich einen Helm!*«

»Von dem Transfergel geht keine Gefahr aus. Die Drohne kann weitermachen. Denis, jetzt nimm die Waffe herunter!« Mutters Analyse neuer Daten wurde weiterhin in Echtzeit holographisch animiert aufbereitet. Jazmin konnte mittlerweile die Subsysteme erkennen, die Mutter analysiert, übernommen und deaktiviert hatte. Der Antrieb dieser Kapsel war im Verhältnis zu ihrer Größe winzig. Der Antimaterietank war völlig leer. Die Kapsel hätte keine weiteren Manöver durchführen können. Da hatte alles gepasst, um den Anflug und die Bruchlandung auf der USS London zu überstehen. »Denis, kannst du in diesem komischen Gel etwas erkennen?«

»*In der Sauerei?*« Denis hielt immer noch Abstand und ließ R2 die Drecksarbeit machen.

»Geh näher heran und guck nach!«, rief Jazmin.

»*Das sieht widerlich aus!*«
»Da wird dich nichts beißen!«
»*Sicher?*«
»Ja!« Jazmin sah Mutters Daumen nach oben. Da war keine Gefahr zu erkennen.
»*Mutter, wie viel Sold steht mir eigentlich nach sechstausend Dienstjahren zu?*« Eine typische Denis-Frage. Nach einem Zögern hatte er das Gewehr abgestellt und beide Arme in der roten Soße vergraben. R2 hielt ihm die Tüte auf.
»Du lebst noch, das restliche Bier an Bord gehört dir, und du hast das Mädchen bekommen. Was willst du mit Geld?«, fragte Mutter hörbar unbeeindruckt.
»*Ich versuche nur, mich abzulenken.*« Jetzt stieg er auch mit dem linken Bein in den roten Sack, der größer zu sein schien, als auf den ersten Blick zu erkennen war.
»Denis, kriegst du etwas zu fassen?«, fragte Jazmin.
»*Mehr als diese rote Pampe?*«
»Ja.« Jazmin verdrehte die Augen. »Zieh es heraus!«
»*Möchte ich das wirklich?*«
»JA!«, sagten Mutter und Jazmin im Chor.
»*Wartet einen Moment ... ich glaube, ich habe etwas. Ist ganz schön glitschig ... das ist mit den Handschuhen nicht so einfach. Ich versuche es noch mal.*« Mittlerweile guckte nur noch sein Kopf aus dem weißen Sack hervor. Der Rest von der Kapsel und der Boden in unmittelbarer Nähe waren voll von diesem roten Schmierzeugs.
»Und?« Jazmin wurde ungeduldig.
»*Glaub mir, bionische Kampfanzüge sind nicht dafür geschaffen worden, um in einem fünftausend Jahre alten Schleimbottich nach Beute zu fischen.*« Denis stieg wieder aus dem weißen Sack hervor, der inzwischen alles andere als weiß war.
»Was macht er denn jetzt?«, fragte Mutter. Jazmin war überfragt.

»Ich brauche das richtige Werkzeug.« Denis löste seinen Helm, legte ihn auf den Boden und begann sich auszuziehen. Erst die Handschuhe und die Stiefel, dann die Hose und das Oberteil. Darunter trug er noch nicht einmal eine Unterhose. Dazu hatte die Zeit in ihrer Kabine nicht gereicht.

»Was für Werkzeug?«, fragte Jazmin überrascht.

»*Hände!*« Denis hob seine Hände vor eine Drohnenkamera und wedelte amüsiert mit ihnen. »*Die ältesten Werkzeuge, die wir haben. Die sind definitiv besser für einen Schleimbottich geeignet als ein bionischer Kampfanzug.*«

Jazmin verdrehte die Augen.

»Na ja, er hat recht. Das geht mit den Fingern besser.« Mutter schien damit keine Probleme zu haben. Ihre holographische Darstellung ließ inzwischen eindeutig eine menschliche Kontur in dem Schleimbeutel erkennen.

Denis stieg wieder in den Beutel. Diesmal verschwand er sogar komplett, um einen Moment später mit einer Person wieder aufzutauchen. An beiden klebte das rote Transfergel. »*Ich habe sie!*«

»Sie?«, rief Jazmin. Noch war da nicht viel zu sehen, aber die menschliche Gestalt trug ebenfalls keine Kleidung.

»*Ich spüre ein Paar Brüste. Definitiv eine Sie.*« Denis hatte seine Hände unter den Armen vor ihrer Brust verschränkt, als er sie neben der Kapsel am Boden ablegte. Ihr Gast gab keinen Mucks von sich, sah aber auch nicht aus wie eine Mumie, die jemand vor einer Ewigkeit ins All geschossen hatte.

»Ein weiblicher Körper. Sie ist kein Mensch. Sie ist ein Androide. Nicht aktiv. Wir müssen sie auf die Krankenstation bringen. Die Beschädigungen an der Kapsel sind schwerwiegend, dort kann sie nicht reaktiviert werden«, erklärte Mutter, die zeigte, wie die Androidin aussah. Jung, schlank, blond, attraktiv und äußerst unbekleidet.

»Wie ich?«

»Nicht wie du ... du bist ein Mensch. Durch und durch menschliche DNA. Nur dein Verstand ist binär codiert. Das ist ein großer Unterschied.«

»Das war im Jahr 2720 noch nicht möglich.«

»3762 offenbar schon.« Mutter zeigte Schaubilder ihres künstlichen Skeletts und der inneren Organe. »Ich vermute, dass sie speziell für diese Aufgabe entwickelt wurde.«

»*Was soll ich mit ihr machen?*« Denis strich ihr, so gut es ging, das Gel aus dem Gesicht. Dann nutzte er einen Wasserschlauch, den ihm eine Drohne reichte, um die Androidin und sich abzuspritzen.

»Welche Aufgabe?«, fragte Jazmin und tippelte mit den Fingern auf der Lehne.

»Mehrere Tausend Jahre im All zu warten, und dann diesen mörderischen Anflug zu überstehen. Ein Mensch hätte das nicht geschafft. Auch du nicht.« Mutters Antwort warf neue Fragen auf. »Denis, warte auf Hilfe. Ich schicke dir Drohnen, um unseren Gast zu transportieren. Die werden dir auch ein Handtuch und eine Hose mitbringen.«

»*Danke.*«

»Und warum baut jemand ein solches System?«

»Die Frage stellst du besser ihr. Ich hoffe, sie reaktivieren zu können.«

»Hast du eine Vermutung?«

»Die Kapsel war dafür ausgelegt, um von extrem schnell fliegenden Schiffen aufgenommen zu werden.«

Jazmin nickte. »Und nicht zu vergessen, nicht versehentlich abgeschossen zu werden!«

»Stimmt.« Mutter blieb vor ihr stehen. Sie so zu sehen war wie ein Blick in den Spiegel.

»Wäre es nicht einfacher gewesen, uns anzufunken?« Die Kapsel hatte noch nicht einmal versucht, mit ihnen zu kommunizieren.

»Vielleicht. Ich kann dir diese Vorgehensweise nicht erklären. Es wäre uns allerdings auch nicht möglich gewesen, abzubremsen und die Kapsel ohne eine Kollision aufzunehmen. Das ist bei 0.44 c technisch nicht machbar.«

»Aber wir hätten nicht geschossen.«

»Sicher? Das Risiko für die USS London war enorm. Ich bin mir sicher, dass wir trotz Kommunikation geschossen hätten. Die Gefahr für das Schiff wäre zu groß gewesen.«

Mutters Argumentation war plausibel. Es hätte für die Ereignisse schlicht keine Rolle gespielt, ob die sonderbare Kapsel vor dem Anflug einen Kommunikationsversuch unternommen hätte oder nicht.

»Wie fühlst du dich?«

»Gut.« Jazmin legte die Hand auf ihre Strickjacke. Die kleine Prinzessin schlief.

»Dann lass uns sehen, ob uns die Androidin ein paar Fragen beantworten kann.«

IV.
AD 3075 – DISKUSSIONEN

Siebenundzwanzig Stunden später. Max war müde, leider war an Schlaf nicht zu denken. Die Nachricht über einen Funkkontakt mit Cygnus hatte die Phantasie der Crew schneller als ein Buschfeuer in Brand gesetzt. Es gab kein anderes Thema. Jeder sprach darüber, und die wildesten Theorien zirkulierten. Ein Drittel hielt die Story nur für ein Manöver, mit dem Vater und General Matthieu die Crew daran erinnern wollten, nicht die Beine hochzulegen. Eine weitere Gruppe votierte für die Alien-Variante, wobei keine Einigkeit darüber bestand, wie die Viecher ihre Sprache hätten lernen sollen. Der Rest war felsenfest davon überzeugt, dass sich nur jemand einen dummen Scherz erlaubte. An die Möglichkeit, dass bereits Menschen auf Cygnus lebten, glaubte kaum jemand.

»Major Harper, geben Sie mir ein Update!« General Matthieu saß direkt hinter ihm.

»Wir halten den Kurs. Es gibt keine Abweichungen. Das Schiff verringert wie geplant seine Geschwindigkeit.« Das hätte sie auch von den Bildschirmen ablesen können. Beim Bremsmanöver des Schiffs gab es keine Probleme. Die Technik war zuverlässig. Lana Hindley an seiner linken Seite gähnte, die meisten machten einfach ihren Job.

»Vater, die Integrität des Schiffs?«

»*99.94 Prozent … es gibt keine kritischen Probleme. Wir könnten höchstens das Casino streichen lassen.*«

»Bleib bei der Sache!«, ermahnte Matthieu die Bord-KI, die gelegentlich denselben Humor zeigte wie Max. Das war schräg, manchmal glaubte er, in Vater einen Seelenverwandten zu erkennen. Eine fixe Idee, das wusste er selbst.

»Captain Hindley, haben aktuelle Scans neue Informationen ergeben? Was ist mit Cygnus?« Lisbeth Matthieu sah nicht gut aus, ihr stand der Schweiß auf der Stirn, obwohl es auf der Brücke nicht warm war. Das fiel Max heute nicht zum ersten Mal auf.

»Das Bild verfestigt sich. Der Planet erlaubt Leben. Alles ist wie erhofft. Wir können inzwischen sogar ein binäres Grundrauschen wahrnehmen. Dort gibt es definitiv eine Zivilisation, die digitale Technologien benutzt.«

»Major Harper, Sie haben die Brücke!« Der General stand auf. Sie schwankte kurz.

»Ja, Ma'am.« Er sah ihr nach. Was er sah, gefiel ihm nicht. Sie wirkte krank. Das Einzige, was ihm noch weniger gefallen hätte, wäre Colonel Fenech auf ihrem Sessel sitzen zu sehen.

»Max, was läuft hier?«, fragte Lana, die den ersten Moment ohne den General nutzte, um ihn anzusprechen.

»Cygnus ist offenbar bewohnt ...« Das sollte doch inzwischen jeder bemerkt haben.

»Max, ich meine unsere Kommandantin!«

»Das ist ...« Er stockte.

»Fenech liegt besoffen in seiner Kabine, und der General kann kaum noch auf den Beinen stehen!«

»Captain Hindley, darf ich um etwas Haltung bitten?« Bei aller Zuneigung zu Lana, so durfte sie vor anderen nicht mit ihm sprechen. Die Reise nach 16 Cygni B war eine militärisch geführte Operation. Sie waren weder eine Reisegruppe noch eine Schulklasse auf Exkursion.

»Ja, *SIR*!«

»Für alle! Ihr kennt die Regeln! Halten wir uns dran!«

Grummeln. Niemand auf der Brücke zeigte sich glücklich mit seiner ausweichenden Antwort.

»Sir.« Der Funker sah ihn an, Second-Lieutenant Stan Karpow, auch jemand von den jungen Offizieren, der beim Abflug noch ein Kind gewesen war. »Darf ich frei sprechen?«

»Natürlich.« Vor vier Jahren hatte Max ihm noch gezeigt, wie man sich rasierte, ohne sich versehentlich wichtige Körperteile abzutrennen. Sie kannten sich alle.

»Sir, General Matthieu ist offensichtlich krank. Ich denke, ich spreche für die ganze Crew, wenn ich sage, dass wir nicht Colonel Fenech dort sitzen sehen möchten.«

»Second-Lieutenant! Sie vergreifen sich im Ton! Ich habe Ihre Andeutung überhört!« Max ermahnte Stan nicht gerne, aber ansonsten würde das auf dem Schiff nicht funktionieren. Man stellte keinen höheren Offizier öffentlich in Frage. Auch wenn Stan natürlich recht hatte und niemand Fenech als Kommandanten haben wollte.

»Ja, Sir. Ich bitte um Entschuldigung, Sir!«

»*Major, eine zweite Crew steht bereit, um die Wache auf der Brücke zu übernehmen. Es wird noch Stunden bis zur Ankunft dauern. Ich denke, dass …*«

»Danke, Vater. Das denke ich auch. Wir brauchen alle eine Auszeit. Sie werden jetzt zu Ihren Kabinen gehen und mindestens sechs Stunden schlafen! Das ist ein Befehl!«

Max hatte die Brücke verlassen, Vater würde die neue Brückencrew einweisen. Es waren nur drei Leute. Yuki, die zuvor eine Pause gemacht hatte, und zwei Rookies. Im Moment passierte nicht viel. Die Leute auf Cygnus hatten offenbar das Einleiten des Bremsmanövers bemerkt und auch, dass die verbleibende Wegstrecke dafür ausreichte. Es herrschte Funkstille.

»Vater, wo ist General Matthieu?« Max musste umgehend mit ihr sprechen.

»*Auf der Krankenstation.*«
»Wieso weiß ich davon nichts?« Max hörte Vaters Stimme über ein Interkom-System, das hinter seinem Ohr klebte. Er konnte mit diesen komischen modernen Dingern, die man unter die Haut implantierte, nichts anfangen.
»*Sie hatte mich darum gebeten …*«
»Vater, jeder auf dem Schiff weiß von ihrer Krankheit.« Genauso wie von Fenechs kleinem Alkoholproblem oder Skagen Mullers grenzenloser Partywut.
»*Das stimmt.*«
»Was hat sie?« Das wusste Max nicht.
»*Sie bat mich …*«
»Vater, es geht um die Sicherheit des Schiffs. Ich muss sofort mit ihr sprechen!«
»*Ich frage sie …*«
»Danke.« Max ging dessen ungeachtet weiter in Richtung Krankenstation.
»*Sie wird mit Ihnen reden.*«

Max war an der Krankenstation angekommen. Ein kleines Mädchen, Sue, erst zwei Jahre alt, fuhr ihm mit einem Dreirad über die Füße. Sie war die Tochter der Navigatorin einer anderen Crew, die wegen des Kindes die Schicht gewechselt hatte. In den ersten drei Lebensjahren legten sie keines der Kinder in den Kälteschlaf. Medizinisch gab es dafür keinen Grund, die Mütter wollten es so, und Matthieu hatte diesen Wunsch akzeptiert.
»Yeaaahhh!« Die Kleine raste weiter. Max blieb stehen und genoss, ohne einen Ton zu sagen, den nachlassenden Schmerz.
»*Bitte … General Matthieu empfängt Sie jetzt*«, erklärte Vater und öffnete eine automatische Tür.
»Major Harper.« Der General saß im weißen Kittel aufrecht im Bett. Die Matratze stützte ihren Rücken. Es gab nichts, was

sie ohne Würde tat. An ihrem linken Arm konnte er einen Zugang erkennen.

»Mein Gesundheitszustand ist nicht gut«, kam sie ihm zuvor. Bisher hatte sie ihre Probleme nie offen mit ihm besprochen. Wozu auch, er war nur die Nummer vier in der Befehlskette. Vor ihm befanden sich neben Colonel Jorgen Fenech auch der leitende Schiffsarzt, ebenfalls ein Colonel.

»Ma'am, was haben Sie?« Er ging näher an das Bett heran. Matthieu war inzwischen bereits zweiundsechzig. Die Reise hatte ihre früher roten Haare grau gefärbt.

»Krebs. Wir dachten, es in den Griff bekommen zu können. Die medizinische Behandlung hat mir Jahre geschenkt, aber nicht die Ewigkeit. Der Doktor wollte mich bereits dienstuntauglich schreiben, aber ich habe es ihm verboten.«

»Oh …« Max spürte den Kloß in seinem Hals. Etwas zu ahnen bedeutete nicht, es auch zu wissen. »Das tut mir leid.«

»Das muss es nicht. Der Tod gehört zum Leben dazu. Der Arzt hat mir heute klargemacht, dass er mir keine höhere Medikation geben wird. Ich würde jetzt bereits ein extrem hohes Schlaganfallrisiko in Kauf nehmen. Er hat mir auch empfohlen, meine Nachfolge zu regeln.« Sie lächelte.

»Es geht um Colonel Fenech, richtig?«

»Jorgen ist ebenfalls krank. Ich habe heute Vater den Befehl übermittelt, Colonel Jorgen Fenech abzulösen. Nein Max, ich möchte, dass Sie meinen Posten übernehmen.«

»Oh …« Damit hatte er nicht gerechnet, nicht heute, nicht kurz vor ihrer Ankunft.

»Major Maximilian Harper, ich befördere Sie zum Colonel. Sie werden zudem die Kommandantur der USS Boston kommissarisch übernehmen. Max, ich übergebe Ihnen das Schiff. Vater wird umgehend die Codecs auf Sie schlüsseln.«

»Ich danke für Ihr Vertrauen.«

»Nehmen Sie die Beförderung und das Mandat an?«

»Ja, Ma'am.« Max hatte sich diesen Karriereschritt immer gewünscht, wollte ihn aber nicht auf diesem Weg erreichen. Nicht über die medizinische Notlage einer respektierten Vorgesetzten.

»Colonel Harper, ich danke Ihnen. Ich werde dazu gleich eine Durchsage machen und meinen Rücktritt bekannt geben.«

»Darf ich Ihnen eine persönliche Frage stellen?«

»Nur raus damit!«

»Ma'am.«

Sie lächelte. »Lisbeth. Sie sind jetzt der Kommandant.« Führungsstärke bedeutete auch, den Stab weiterzugeben, wenn es an der Zeit ist.

»Warum kurz vor der Ankunft auf Cygnus?« Max verstand, warum sie nicht früher handeln konnte. Wenn er sich bei der Navigation geirrt hätte, hätte sie unmöglich Fenech und den Schiffsarzt in der Hierarchie übergehen können. Aber warum gerade jetzt? Die Ankunft der USS Boston auf Cygnus stand kurz bevor.

»Colonel, was sagt Ihnen Ihr Bauchgefühl?«

»Wir werden Ärger bekommen ...« Max hatte nach den jüngsten Ereignissen nicht den Eindruck gewonnen, nachher einige ruhige Stunden erleben zu dürfen.

»Warum?«

»Da ist etwas schiefgelaufen.« Seine Augen wurden schmaler. »Die USS Boston war beim Start das modernste Raumschiff der Menschheit. Vermutlich wurden wir während des Flugs technologisch überholt.«

»Das sehe ich auch so. Die haben uns nicht erwartet, und ich werde das Gefühl nicht los, dass die uns auch nicht gebrauchen können. Wir sind wie eine Tante, die jahrelang niemand gesehen hat und die jetzt ungebeten zum Essen auftaucht.«

»Ich werde wachsam sein.«

»Colonel, die Crew und das Schiff brauchen jemanden, der dieser Aufgabe gewachsen ist. Ich glaube an Sie und lege das Wohl der Crew, ihrer Angehörigen und auch mein Leben in Ihre Befehlsgewalt.« Max nahm Lisbeths Hand, er hatte dieser Frau viel zu verdanken. Er bedauerte zutiefst, ihr nur so wenig zurückgeben zu können.

Acht Stunden später. Alles hatte sich verändert. Das neue Rangabzeichen auf der Brust seiner weiß-grauen Uniform war dabei noch das Geringste. Jeder, dem er seit der Bekanntgabe seiner Beförderung über den Weg gelaufen war, lächelte ihn an und gab wortlos zu verstehen, von dieser Entwicklung nicht überrascht zu sein. Colonel Jorgen Fenech weinte niemand eine Träne hinterher.

Vor ihm öffnete sich die gepanzerte Tür der Brücke. Das war kein besonderer Vorgang, er hatte ihn bereits tausendfach erlebt. Und doch war es diesmal anders.

»Kommandant betritt die Brücke!«, rief Stan Karpow, der nach seiner Zwangspause darauf bestanden hatte, die Ablösung abzulösen. Alle standen auf. Alle salutierten.

»Rühren.«

»Vater, gib mir ein Update!« In den letzten Stunden hatte sich noch mehr geändert. Von Cygnus kam ihnen ein Raumschiff entgegen. Die konnten offenbar nicht abwarten, bis sie die USS Boston vernünftig eingeparkt hatten.

»Colonel, bei uns läuft alles nach Plan.«

»Captain Hindley, was macht das Schiff von Cygnus?«

»Ich leite aktuelle Daten weiter ...«, antwortete sie.

»Danke. Ich animiere die bereits erfolgte Flugbahn und extrapoliere den voraussichtlichen Anflug. Wir haben denen ein Leitsignal zur Verfügung gestellt. Verbleibende Zeit bis zum Kontakt: 37 Minuten.«

Die Landefähre befand sich nicht auf dem direkten Weg zu

ihnen. Das siebenundzwanzig Meter lange Raumschiff flog einen Bogen, hielt dabei die Geschwindigkeit und näherte sich ihnen von schräg hinten. Von ihren Landefähren hätte das keine hinbekommen. Das Bremsmanöver der USS Boston würde noch mehrere Tage dauern. »Captain Hindley, was sagen die Scans über die Landefähre aus?«

»Wir kennen den Schiffstyp nicht. Das Antriebssystem ist sehr effektiv. In unseren Schiffen würde man noch nicht einmal die Antimaterie mitführen können, die die für den Drift verbraucht haben, wenn man den Laderaum damit vollpackte.«

Mit Lanas Worten zeigte Vater unaufgefordert eine verkleinerte holographische Animation. Das Schiff mochte moderner sein, hatte aber eine bekannte auf Antimaterie basierende Antriebsarchitektur.

»Besatzung?«

»Zwei Mann. Wir haben alles vorbereitet, um das Schiff während des Bremsmanövers in unseren Hangar zu geleiten.«

»Wird das funktionieren?« Max sah auf das Display, das die aktuelle Geschwindigkeit der USS Boston anzeigte. Das Bremsmanöver lief noch nicht lange, sie waren immer noch sehr, sehr schnell unterwegs. Bei einem Drittel der Lichtgeschwindigkeit würde der Bruchteil einer Sekunde Verzögerung genügen, um die Landefähre zerschellen zu lassen. Dabei könnte auch ihr Schiff zu rotieren anfangen und sich kaum noch abfangen lassen.

»Ich habe mit dem Leitsystem der Fähre vereinbart, dass sie über drei Sekunden synchron fliegen müssen, bevor wir die Steuerbord-Deflektoren senken. Wenn sie das nicht schaffen, würde ich die seitlichen Deflektoren überladen und den Anflug abwehren.« Vater dachte mit. Die Sicherheit ging vor.

»Warum ein derart riskantes Manöver?« Was war der Sinn dahinter? Die würden ansonsten nur warten müssen, bis die USS Boston langsamer wurde. Dann würde eine Landung in ihrem Hangar keine große Sache sein. Max dachte nach. Jeder handelte gemäß seiner Motivation? Darin unterschieden sich noch nicht einmal Mensch oder KI. Also, warum diese Nummer?

»*Mir wurde gesagt, dass es darum geht, ein extrem großes Raumschiff wie unseres sicher in deren Sonnensystem zu geleiten. An Bord würde sich ein erfahrener Lotse befinden, der uns unterstützt.*«

»Wofür einen Lotsen?« Max schüttelte den Kopf, nach der Reise, die sie hinter sich hatten, war der verbleibende Flug ein Kinderspiel. Da befand sich nichts vor ihnen, das die Anwesenheit eines erfahrenen Lotsen rechtfertigte.

»*Zu unserer Sicherheit.*«

»Glaubst du ihnen?« Seine Nackenhärchen stellten sich auf. Matthieu hatte die Sache richtig eingeschätzt. Es würde Ärger geben.

»*Können wir uns denn leisten, den Lotsen abzuweisen?*«, konterte Vater.

»Ist deren Geschichte denn plausibel?«

»*Nur bedingt.*«

»So sehe ich das auch. Können wir kommunizieren? Ich möchte gerne mit dem Piloten sprechen.« Max wollte, bevor er dem Lotsen erlaubte, an Bord zu kommen, wissen, worauf er sich einließ. Ein gesundes Misstrauen hatte noch nie jemandem geschadet.

»*Ich öffne einen Kanal. Inzwischen dürfte die Signalverzögerung nicht mehr über Gebühr stören. Colonel, Sie können sprechen.*«

»Hier spricht Colonel Maximilian Harper, ich bin Kommandant der USS Boston und wünsche den Lotsen zu sprechen, der an Bord kommen möchte.«

»*Hier Cygnus-51. Mein Name ist Regi. Guten Tag. Worum geht es?*«, antwortete jemand mit vier Sekunden Verzögerung.

Die Fähre war noch über eine Million Kilometer von ihnen entfernt.

»Sind Sie der Lotse?«

Mehrere Sekunden Pause. »Ähm ... ja.«

»Können Sie mir bitte erklären, inwiefern und mit welchen Maßnahmen Sie uns unterstützen wollen?« Der Typ hörte sich irgendwie merkwürdig an. Es knackte in der Leitung.

»*Hier spricht Cygnus-Control, Kommandant der USS Boston. Verringern Sie weiter Ihre Geschwindigkeit, senken Sie Ihre Deflektoren und erwarten Sie die Ankunft unseres Lotsen*«, erklärte überraschend eine weitere Stimme.

Max deaktivierte das Mikrophon. »Wie können die so schnell reagieren? Cygnus ist noch mehr als einen Lichttag von uns entfernt ... die können uns unmöglich gehört und bereits eine Nachricht gesendet haben.« Das schmeckte ihm nicht. Er öffnete den Kanal erneut. »Regi, hören Sie mich?«

»*Hier spricht Cygnus-Control, Kommandant der USS Boston. Verringern Sie weiter Ihre Geschwindigkeit, senken Sie umgehend Ihre Deflektoren und erwarten Sie die Ankunft unseres Lotsen.*«

»Mein Name ist Harper, Maximilian Harper! Wir sind noch zu schnell, um die Deflektoren zu senken! Das würde unser Schiff gefährden.« Max schloss den Kanal.

»An alle! Cygnus-Control spielt falsch! Die Signallaufzeit ist zu kurz! Die befinden sich bereits in unmittelbarer Nähe! Das ist ein Hinterhalt!«

Auf der Brücke wurde es hektisch. Das Licht verfärbte sich rot.

»Colonel, ich habe keine weitere Ortung. Nur die Landefähre, und die braucht noch 35 Minuten, um uns zu erreichen!«, rief ein Kommandooffizier an der Radarkonsole. Max konnte es auf einem Display erkennen. Vielmehr, er konnte sie nicht sehen. Die Signalquelle in ihrer Nähe war nicht auszumachen.

»*Hier spricht Cygnus-Control, Kommandant der USS Boston. Verringern Sie weiter Ihre Geschwindigkeit und senken Sie umgehend Ihre Deflektoren. Dies ist unsere letzte Aufforderung, wir werden ansonsten Zwangsmaßnahmen einsetzen.*«

»VATER! WIR BRAUCHEN SOFORT EINE ORTUNG!« Was man nicht sah, konnte man auch nicht bekämpfen. Max schnallte sich an. Er erwartete das Schlimmste. Die Landefähre war nur ein Ablenkungsmanöver!

»*Keine Ortung verfügbar. Wir können sie nicht ausmachen. Ich versuche alternativ …*«

Der Boden auf der Brücke fing an zu vibrieren. Das musste keine Explosion sein, aber um ein 41 000 Meter langes Schiff zum Vibrieren zu bringen, war schon eine gewisse Energie notwendig. Auch die KI Vater verstummte für einen Moment.

»*Kontakt! Es gibt vier Objekte, die sich an unserem Rumpf angeheftet haben. Partieller Hüllenbruch, die schneiden sich Zugänge durch die Bordwand. Eindringen nicht zu verhindern. Aktiviere Drohnen zur Eigensicherung.*«

»Sicherungsteams sollen Kampfanzüge und Waffen aufnehmen! Sofort! Die entern uns!« Das hätte Max bereits früher befehlen sollen, damit zu warten war ein Fehler gewesen.

»Colonel, sollen wir weiter abbremsen?«, fragte der Offizier, der an seiner alten Navigationskonsole saß.

Max lächelte. »Nein! Wir werden uns drehen und vollen Schub geben. Wenn sie Angst um ihren Planeten haben, werden sie schon mit uns reden.« Die richtige Verhandlungsposition zu finden war nur eine Frage der Entschlossenheit.

»Vater!«

Die KI antwortete nicht.

»VATER!«

Nichts.

»Was ist mit der KI?«, rief Max.

»Keinen Kontakt. Das zentrale Cluster-System fährt Vaters

Kernel herunter. Diese Order hat niemand gegeben!«, rief Lana. Yeah, jetzt war die Scheiße am Dampfen. Die Angreifer befanden sich bereits in ihrem Netzwerk. »Die haben Vater gehackt!«

»Colonel, ich kann den Bremsvorgang nicht unterbrechen. Ich habe kein Zugang zum System. Auch die Steuerungstriebwerke reagieren nicht. Wir können nicht wenden«, tönte es von der anderen Seite. Parallel dazu deaktivierte sich jede Sekunde ein weiteres Display. Da blies ihnen jemand die Kerzen aus.

»WIR GEBEN DIE BRÜCKE AUF!« An dieser Front konnten sie nichts mehr gewinnen. »ALLE RAUS HIER!« Max löste die Gurte. Weitere Konsolen schalteten sich ab.

»Was sollen wir tun?«

»ZUR WAFFENKAMMER! WIR WERDEN UNS WEHREN!« Das waren nur zehn Meter. Direkt neben der Brücke würden sie militärische Ausrüstung finden. Max hatte nicht vor, das Schiff kampflos aufzugeben.

»Folgt dem Colonel! Zu den Waffen!«, rief Lana, um sich im nächsten Moment vom Boden zu lösen. Die Schwerkraft setzte aus. Mit großen Augen sah sie ihn an.

Auch Max verlor den Bodenkontakt. Die Energie seines letzten Schrittes beförderte ihn in die Luft. Ähnlich wie die zuvor von Vater gezeigten Holographien schwebte er durch die Mitte der Brücke. Ihm blieb nicht mehr, als sich zu drehen und seine Bewegung unter der Decke mit den Beinen abzufangen. Das war besser, als sich den Hals zu brechen. Sein Kommando über die USS Boston hatte keinen guten Start. Die Leute von Cygnus hatten ihn richtig verladen. Aber der Kampf war noch nicht zu Ende.

V.

AD 9414 – NAHKONTAKT

Jazmin stand gerade mit verschränkten Armen im Laborbereich der Krankenstation und hatte den dringenden Wunsch, den Vater ihrer ungeborenen Tochter zu erwürgen. Ganz langsam, schließlich wollte sie etwas davon haben. Vor ihr lag ein unbekannter Androide. Ein weiblicher Androide. Ein nackter weiblicher Androide. Zudem blond, attraktiv, äußerst lebensecht, auch wenn sie keinen Mucks von sich gab.

»Ist sie tot?«, fragte Denis, dem die Drohnen einen weißen Overall gebracht hatten. Und ein Handtuch, mit dem er sich gerade die Haare abtrocknete. Jazmin konnte das rote Zeug unter seinen Fingernägeln immer noch riechen. Es stank wie vergammelter Dosenfisch. Denis würde die nächste Nacht bei seinen geliebten Drohnen verbringen dürfen. Vielleicht auch die danach.

»Sie hat nie gelebt!«, antwortete Jazmin patzig, dieser Mistkerl starrte immer noch auf die nackten Plastiktitten. Leider befand sich nichts in Griffweite, was sie nach ihm werfen konnte.

»Was ist?«

»Nichts!« Denis verstand noch nicht einmal, warum sie wütend auf ihn war.

»Mutter, kannst du mir erklären, was ich falsch gemacht habe? Ihr habt mir doch gesagt, dass ich sie aus dem dämlichen roten Schleimbeutel rausholen soll?«

»*Das darfst du selbst herausfinden*«, antwortete die KI über Lautsprecher. Mutter machte es sich einfach und hielt sich aus ihrem Streit heraus.

Denis schüttelte hilflos den Kopf. »Also was ist jetzt mit ihr? Wozu habe ich sie aus dem Sack geholt?«

»Wieso interessiert's dich so sehr, brauchst du ein Spielzeug, das keine dummen Antworten gibt?«

»*Also zu unserem Gast ...*« Mutter ging dazwischen.

Jazmin rümpfte die Nase. »Ich habe sie nicht eingeladen!«

»Ich auch nicht!« Denis hielt dagegen.

»*Wenn ihr so weitermacht, schafft ihr zu zweit, wozu es zuvor eine ganze Crew gebraucht hat.*«

»Was!«, riefen Denis und sie im Chor.

»*Euch den Schädel einzuschlagen ...*«

Stille.

Jazmin wollte etwas sagen, behielt es aber besser für sich. Das sollte nicht eskalieren. »Entschuldige ...«

»Ist gut.« Er nahm sie in den Arm. »Ich hab's verstanden.«

»*Zweiter Anlauf ... zu unserer ungebetenen Besucherin. Die genutzte Technologie ist äußerst interessant, damit könnte ich mich tagelang beschäftigen.*«

»Mutter, warum ist sie hier?« Jazmin wollte nur die Kurzversion hören. Für mehr fehlte ihr gerade die Geduld.

»*Das werden wir sie fragen müssen. Ihr Körper ist äußerst widerstandsfähig. Das gesamte Gewebe besteht aus aromatischen Polyamiden, auch Aramide genannt, und zählt zur Gruppe der Flüssigkristallpolymeren.*«

»Hey, ich bin Techniker und kein Chemiker.«

»Kevlar, das ganze Ding besteht aus Kevlar«, ergänzte Jazmin.

»Ah ...« Denis nickte.

»*Dieser künstliche Körper ist dafür geschaffen worden, extremen thermischen und physischen Belastungen standzuhalten.*

Das Transfergel hat den Körper perfekt vor Alterungseinflüssen, extremen G-Kräften sowie Erschütterungen geschützt. Es gibt inaktive Prozessual- und Speicherzonen in ihrem Kopf. Ich versuche, sie auszulesen. Leider sind mir die notwendigen Protokolle nicht bekannt. Bei dem Computer aus der Kapsel waren nur wenige Fragmente wiederherstellbar, ich versuche, den Rest zu rekonstruieren. Das System hat den Aufprall nicht überstanden.«

»Kann ich dir dabei helfen?« Jazmin wollte nicht unnütz danebenstehen.

»Würdest du bitte ihren Pupillenreflex prüfen?«

»Was versprichst du dir davon?« Jazmin ging zu einer Schublade und nahm sich eine kleine Taschenlampe heraus.

»Ich möchte testen, ob sie eine polysynaptische reflektorische Anpassung ihrer Pupille zeigt.«

»Sie ist kein Mensch.«

»Aber sie wurde nach menschlichem Vorbild designt. Glaub mir, die Evolution hat keine schlechte Hardware auf die Beine gestellt. Lass es uns probieren.«

»Da stimme ich dir zu.« Jazmin öffnete das kalte Augenlid und schwenkte den Lichtstrahl der Taschenlampe über die Pupille. Da waren ganz feine Äderchen zu erkennen, bei der Androidin stimmten auch die kleinsten Details. Äußerlich konnte man sie kaum von einem leblosen Menschen unterscheiden. »Keine Reaktion.«

»Die Fotosensoren der Retina nehmen Licht wahr und leiten Informationen über den Nervus opticus in die Area praetectalis. Von der prätektalen Region ziehen die Wahrnehmungen zum parasympathischen Edinger-Westphal-Kern und zum ziliospinalen Zentrum im Rückenmark weiter.«

»Würdet ihr dieses Ärzteding bitte unter euch ausmachen? Ich bin raus.« Denis hob die Hände, das hatte er offenbar nicht verstanden.

»Aber bleib bitte hier, ja?« Jazmin wollte mit diesem Ding, das jederzeit aufwachen konnte, nicht alleine in einem Raum sein.

»*Ich versuche, die Impulse im Rückenmark zu messen.*«

»Um ihr Starthilfe zu geben?« Die Idee war nicht schlecht.

»*Ganz genau.*«

»Und ... sind die Nerven aktiv?«

»*Noch nicht. Warte, ich setze das Gewebe punktuell unter Strom.*« Mutter ließ einen Roboterarm des Labors der Androidin eine lange dünne Nadel in den Nacken stechen. Wie erwartet zeigte sie kein Schmerzempfinden.

»Starte mit 20 Milliampere.«

»*Gute Wahl. Bitte einen Lichtreflex auf die Pupille.*«

»Habe eine Reaktion, die Pupille zieht sich zusammen.« Das war ein Erfolg. Jazmin fühlte sich wie Dr. Frankenstein, nur mit besserem Equipment.

»*Der Sehimpuls wird übertragen. Die Signale sind messbar. Ich werde versuchen, benachbarte Regionen zu reanimieren.*«

»Hat ihr Gehirn dieselbe Struktur wie die eines Menschen?« Jazmin aktivierte ein Bildschirmsystem, um ihren Kopf zu durchleuchten. Sie hatte schließlich keine Ahnung, wie man im achtunddreißigsten Jahrhundert Androiden baute.

»*Interessanterweise ja. Alles an ihr ist wie bei einem Menschen. Haut, Extremitäten, Genitalien, Organe, auch das Gehirn. Nur der Grundstoff ihres Körpers ist ein anderer, wenn auch ihre elementare Molekularchemie ähnlich funktioniert.*«

Jazmin aktivierte weitere Displays, um mehr von Mutters Analysen mitverfolgen zu können. Die KI verfügte über ihr Wissen, setzte dieses aber viel schneller ein. Das war, als ob man einem Arzt bei der Forschung im Zeitraffer zusah. Sie hätte für dieselben Untersuchungen mehrere Tage benötigt.

»*Wow, ich habe den Schlüssel gefunden. Ich werde sie aufwecken können.*«

»Bitte?« Jetzt war Jazmin neugierig. Mutter arbeitete beeindruckend schnell.

»Jaz, in einer gewisser Art und Weise ist diese Androidin deine Tochter. Oder technischer formuliert, du bist der Prototyp, und sie ist eine industriell gefertigte Produktversion. Die Androidin nutzt deine Architektur, sie ist mit dir kompatibel.«

»Die werden die Forschungsergebnisse meines Vaters benutzt haben.« Eine im ersten Moment befremdliche Vorstellung, aber auf den zweiten Blick durchaus logisch.

»Jazmin 2.0?«, fragte Denis amüsiert, der sonst nichts verstand, aber das mitbekommen hatte.

»Ich gebe dir gleich 2.0!« Jazmin boxte ihn auf den Arm, was er sich ohne Gegenwehr gefallen ließ.

»Eher 7.0. Da liegen tausend Jahre dazwischen. Ich versuche, die Startroutinen zu nutzen, mit denen dein Bewusstsein auf einen neuen Klon übertragen wurde. Das könnte sie wieder in Gang setzen. Wir werden sehen.«

»Ich gehe mal einen Schritt zurück.« Jazmin stellte sich hinter Denis' Schulter.

»Hey, dafür bin ich dann gut genug?«

»Halt die Klappe und beschütze deine Frau und Tochter.« Sie griff nach seiner Hand.

Die Androidin begann zu zucken, dann öffnete sie Mund und Augen. Sie atmete tief ein. Es klang, als ob sie ewig auf diesen Atemzug gewartet hätte.

»Wir haben eine Reaktion. Ich habe ihren neuronalen Cortex reanimieren können. Die Ähnlichkeiten im Design sind verblüffend. Das Werk unseres Vaters war für die Ewigkeit.«

»Wird sie uns angreifen?«, fragte Denis.

»Ich hoffe nicht.«

Die Androidin setzte sich auf, legte den Kopf knackend von links nach rechts und musterte Denis und sie. Diese Augen, dieses Ding war eindeutig wach.

»Wie ist dein Name?« Jazmin löste sich von Denis und ging neugierig auf sie zu.

Keine Reaktion.

»Hast du überhaupt einen Namen?« Sie bewegte den Zeigefinger von links nach rechts. Der Blick der Androidin folgte dem Finger. Eine unwirkliche Situation.

»Weißt du, wo du bist?« Jazmin fühlte ihre Stirn, die eiskalt war. »Mutter, wie ernährt sie sich? Ich vermute, dass ihr Energielevel sehr, sehr niedrig ist.«

»*Ihre metabolischen Stoffwechselprozesse sollten wie deine durch Nahrungsaufnahme funktionieren.*«

»Soll ich eine unserer Kevlar-Schutzwesten aufkochen?«, fragte Denis amüsiert.

Jazmin schüttelte den Kopf. »Ich werde ihr eine parenterale Infusion legen. Mal sehen, ob ich ihren Geschmack treffe.« Jazmin legte ihr einen Zugang in der Armbeuge. Den Infusionsbeutel holte sie sich aus dem Nebenraum. »Ich vermute, sie dürfte auch dehydriert sein. Die Flüssigkeit der Infusion sollte das beheben. Denis, ich brauche eine elektrische Wärmedecke.«

Nur wenige Minuten später. Das Leben fand wieder Einzug in ihr Gesicht. Nahrung, Flüssigkeit und Wärme sorgten dafür, dass die Androidin merklich auftaute. Zeit für einen weiteren Versuch, mit ihr zu kommunizieren.

»Kannst du mich verstehen?« Jazmin hielt ihre beiden Hände und sah ihr in die Augen.

Sie nickte. Das war ein Fortschritt.

»Wie ist dein Name?«, fragte Jazmin.

»Lilith.« Ihre Stimme klang brüchig. Sie räusperte sich. Das war der Name einer sumerischen Göttin oder einer Dämonin. Laut jüdischer Überlieferungen auch die erste Frau Adams. Das fing ja gut an.

»Weißt du, wo du bist?«

»Nein.«

»Weißt du, was du bist?«

»Ein Lotse.«

»*Eine sehr interessante Antwort.*«

»Was ist deine Aufgabe?« Das wollte Jazmin jetzt genauer wissen. Die Antwort, dass sie ein Lotse sei, ergab sogar Sinn. Die gesamte Technologie passte zusammen, um sie über eine lange Zeit im All verharren zu lassen und dann an Bord eines vorbeifliegenden hyperschnellen Raumschiffs zu bringen.

»Ich bin eine künstliche Lebensform, die geschaffen wurde, um in Not geratene Raumschiffe der Flotte aus dem Gravitationsknoten Hyperius-18 Z herauszuführen«, erklärte Lilith, ohne die Worte dabei besonders zu betonen. Zwischendurch war immer wieder zu beobachten, wie ihr Körper oder Gesicht zuckte.

»Du bist auf einem Raumschiff, befinden wir uns denn in Not?«

»Ja.«

»Warum?« Jazmin achtete auf ihre Gesten. Ihr Körper schien perfekt, umso unverständlicher waren diese Qualitätsmängel ihrer KI.

»Sonst wäre ich nicht hier.« Eine bestechend einfache Logik, da die USS London wirklich Probleme mit der Navigation hatte.

»Kannst du mir erklären, was ein Gravitationsknoten ist?« Den Begriff kannte Jazmin nicht.

»Gravitation hat viele Ausprägungen.« Ihre Aussprache wurde langsam runder. Ihre prozessuale Steuerung lernte dazu. Jazmin konnte es hören und die Zunahme ihrer Hirntätigkeit auf einem Display verfolgen. Die Androidin brauchte einen Moment, um ihr gesamtes mentales Potenzial abzurufen. »Besonders dunkle Materie im Raum sorgt für kritische Unregelmäßigkeiten, die im Fall einer Knotenstruktur zu riesigen gravitativen Senken führen. Hyperius-18 Z hat zudem eine gefährliche Trichterstruktur, die Raumschiffe ohne besondere Kenntnisse der Verhältnisse nicht eigenständig verlassen können.«

»Wow ...« Jazmin war von Liliths Ausführungen beeindruckt. Die Androidin legte ihren künstlichen Finger in die Wunde. Man konnte leider nicht behaupten, dass Mutter, Denis oder sie gerade wussten, wo sie hinflogen. Für die Rückreise zur Erde steuerten sie auf halbwegs bekannte Sternbilder zu, landeten aber nicht dort, wo sie hinwollten. Das war, als ob man unter Wasser war, aufzutauchen versuchte, mit aller Kraft nach oben schwamm, aber nur stetig weiter versank. »Lilith, mein Name ist Jazmin Harper. Das ist Denis Jagberg, und die Bord-KI, die dich gestartet hat, nennen wir Mutter.«

»Ich freue mich, Ihre Bekanntschaft zu machen. Wie ist der Name dieses Raumschiffs?« Die Antwort klang wie auf Band gesprochen. Sie rief ihre hinterlegten Prozesse ab.

»Das ist die USS London.«

»Ich stelle ihr unsere binäre Schiffskennung bereit«, ergänzte Mutter prompt.

»Schiffskennung validiert. Die USS London gehört zur Flotte. Ich bin berechtigt, Ihnen zu helfen. Bitte nennen Sie mir Ihren gewünschten Kurs.« Auch wenn ihre Stimme mit jedem weiteren Wort lebendiger wurde, zeigte ihre Gesichtsmimik nur minimale Reaktionen. An ihr fehlte das Menschliche, die hätten die Lotsen-KI auch in eine Tonne stecken können.

»Wir wollen zurück zur Erde ...«

»Colonel Dr. Jazmin Harper, dritter Offizier der USS London, Ingenieur Denis Jagberg, leitender Techniker der USS London, KI Mutter, zentrale, unterstützende künstliche Intelligenz validiert. Ich bin berechtigt, weiter mit Ihnen zu kommunizieren.«

»Du kennst unsere Namen?« Jazmin sah zum Lautsprecher.
»Mutter, hast du ihr unsere Daten gegeben?«
»*Nein. Das kommt aus ihrem Speicher.*«
»Das ist schräg ...« Denis fasste sich an den Kopf.
»Kennst du die Namen aller Schiffe und aller Besatzungsmitglieder der Flotte?«
»Nein.«
»Warum dann unsere?«, fragte Jazmin. Immerhin redete sie, auch wenn man ihr alles aus der Nase ziehen musste.
»Im Gravitationsknoten Hyperius-18 Z werden genau drei Schiffe der Flotte vermisst. Die USS London und die bemannten Rettungsschiffe USS Leeds und USS San Diego. Nach deren Verschwinden wurde die gesamte Zone gesperrt. Um dennoch nach den vermissten Raumschiffen zu suchen, wurden 14 000 Lotsensysteme ausgebracht.«
»Scheiße! Die haben uns Rettungsschiffe hinterhergeschickt?«, fragte Denis und hielt sich die Hand vor den Mund.
»Lilith, weißt du, in welchem Jahr wir uns befinden?« Das alles musste vor einer Ewigkeit geschehen sein.
»9414.«
»Kannst du mit der Flotte kommunizieren?« Jazmin dachte an Mutters Versuch, die Zeit zu bestimmen. Die Berechnungen waren äußerst genau gewesen.
»Nein.«
»Mit anderen Lotsen?«
»Nein.«
»Du bist wie wir bereits sehr lange unterwegs. Wie kannst du uns bei der Navigation helfen?«
»Ich verfüge über eine exakte Kartographie von Hyperius-18 Z.«
»*Lilith, wer hat die Karte erstellt?*«, fragte Mutter. Eine gute Frage, irgendjemand musste auf anderem Weg den Ausgang aus dem gravitativen Knoten gefunden haben.

»Das waren die Lotsensysteme. Am Anfang der Mission waren wir miteinander vernetzt. Wir haben eine Matrix gebildet und haben Hyperius-18 Z vermessen.«

»Was ist passiert?«, fragte Jazmin.

»Wir haben unsere Daten übertragen, das Projekt zur Kartographierung war erfolgreich, die Rettungsmission nicht. Das Gebiet ist zu groß, und inmitten des Knotens liegt ein Schwarzes Loch. Zudem gibt es gefährliche Meteoritenfelder. Über die Jahre sind viele von uns ausgefallen. Wir haben die Kommunikation nicht aufrechterhalten können. Beim letzten Informationsabgleich waren wir noch dreizehn. Dann habe ich den Kontakt zu den anderen verloren.«

»Wann war dein letzter Kontakt?«

»Vor 2822 Jahren. Ich habe danach meine Warteposition verändert, um einer Zerstörung zu entgehen.«

»Das ist dir gelungen ... kannst du laufen?« Jazmin hielt sie am Arm. Denis half an der anderen Seite, sie zu stützen, während sie von der Liege aufstand.

»Ja.« Lilith sackte nur beim ersten Schritt kurz weg, dann konnte sie sich normal bewegen.

»Begleite mich ... ich gebe dir etwas zum Anziehen. Wir sollten eine ähnliche Größe haben.« Jazmin würde Lilith sicherlich nicht in ihr Herz schließen. Dafür war ihre Landung auf der USS London zu stürmisch gewesen, aber sie brauchten dringend Zugriff auf ihre Sternkarten.

Später auf der Brücke. Jazmin hatte wieder ihre Uniform angezogen. Inklusive der Rangabzeichen.

»Die USS London befindet sich nicht auf Kurs«, stellte Lilith lapidar fest. Sie sah aus wie ein Mensch, bewegte sich wie einer und klang mittlerweile auch so. Dennoch hatte sie die Ausstrahlung eines Kühlschranks. Die Androidin stand vor der Navigationskonsole.

»Das ist das Problem ...« Jazmin saß auf dem Sessel des Kommandanten. Denis befand sich an ihrer Seite, er trug eine Waffe im Holster.

»Das Schiff wird den Weg zur Erde nicht finden.«

»Wir sind gerne bereit, deine Navigationsdaten zu erörtern«, erklärte Mutter höflich. Sie war die Vierte auf der Brücke, wenn auch nur als Hologramm.

»Sie sind eine Bord-KI, wieso nutzen Sie das holographische Ebenbild von Colonel Harper?«, fragte Lilith.

»Wir ... kennen uns schon länger«, konterte Mutter souverän.

Eine Antwort, die Lilith dazu bewegte, andere Displays auf der Brücke zu inspizieren. Mutter hatte ihr keinen binären Zugriff auf die Systeme gewährt. Lilith musste die Augen, Ohren und Finger ihres künstlichen Körpers benutzen. »Das Schiff befindet sich in keinem guten Zustand.«

»Wir arbeiten daran ...« Denis ließ sich von dieser Feststellung nicht aus der Reserve locken. Sie vertrauten ihrem Gast nicht. Dass die Drohnen sich im Dauereinsatz befanden, um die USS London in der Spur zu halten, wollte er ihr nicht unbedingt auf den Bauch binden.

»Das Schiff befindet sich näher an der Erde als an Duncan. Eine Rückkehr zur Erde ist sinnvoll. Ich billige diese Entscheidung.« Lilith sprach mit einem Minimum an Gestik.

»Duncan?«, fragte Jazmin.

»Duncan ist ein Planet im Alderamin-System und seit dem Jahr 3112 von Menschen besiedelt.«

»Oh ...« Das war neu. Schön, dass es der Menschheit trotz ihres epischen Fehlschlags gelungen war, den Kosmos zu bevölkern. Jazmin hätte den Planeten, der den Namen ihres Vaters trug, gerne kennengelernt.

»Was ist aus der USS Boston geworden?«, fragte Mutter.

»Darüber liegen mir keine Informationen vor.« Lilith ging

weiter über die Brücke und betrachtete jeden Bildschirm. Sie blieb kurz stehen, studierte die Informationen und bewegte sich dann zum nächsten Arbeitsplatz. »Die USS Boston gilt nicht als vermisst.«

»Wie lange wird der Rückflug zur Erde dauern?« Mutter stellte eine weitere Frage.

Lilith drehte sich zu Jazmin herum. »Nicht sehr lange. Ich kann eine genauere Berechnung erstellen, wenn wir einen markierten Fixpunkt erreichen.«

»Nicht vorher?« Mutter, die fragte, was Jazmin dachte, ließ sie nicht aus den Augen.

»Der Fixpunkt ist nicht fix. Es ist ein 7500 Meter großer Meteorit mit einer einzigartigen Strahlungssignatur. Wir müssen ihn anfliegen, für einen begrenzten Zeitraum seine Flugbahn teilen und uns dann mit einem besonderen Manöver von ihm lösen.«

»Einverstanden.« Jazmin nickte Mutter zu. »Du kannst auf der Brücke arbeiten. Ist das in Ordnung?«

»Ja.« Lilith setzte sich an die Navigationskonsole, benutzte ein holographisches Bedienelement, konnte damit aber keine Reaktion auslösen.

»Mutter, gib ihr die notwendigen Berechtigungen.« Jazmin eröffnete das Spiel.

»Ich möchte an dieser Stelle einwenden, dass es ...«

»Mutter, tu bitte, worum ich dich gebeten habe!« Dann sah Jazmin zu Denis und verließ mit ihm die Brücke.

Die gepanzerte Tür schloss sich hinter ihnen. Jazmin atmete aus. Das war heftig. Aber es gab keinen anderen Weg, sie würden den Plan durchziehen.

»Hat sie es geschluckt?«, fragte Denis, der den Plan kannte. Er hatte ihn gemeinsam mit Mutter und ihr ausgeheckt.

»*Das hoffe ich.*« Mutter meldete sich über ihre persönlichen

Kommunikatoren. »Die Brücke ist dicht. Dort ist unser Lotse bestens aufgehoben. Sie wird nicht herauskommen.«

»Was ist mit den Steuerungssystemen?«, fragte Jazmin. Den Plan zu schmieden war eine Sache, ihn umzusetzen eine andere. Es konnte immer noch etwas schieflaufen.

»Ich habe alles gespiegelt und puffere die von ihr abgesetzten Kommandos. Lilith denkt vielleicht, die USS London zu fliegen, aber sie tut es nicht. Auf allen Displays läuft eine Trainingssession mit echten Daten. Sogar meine Instanz, mit der sie kommuniziert, ist isoliert und vom Rest des Netzwerkes abgetrennt. Ich kann damit jeden Befehl verifizieren und bei Bedarf eingreifen.«

»In Ordnung.« Jazmin presste die Lippen zusammen. »Wir haben die kleine Lilith zum Spielen in den Sandkasten gesetzt. Jetzt werden wir uns in gebührendem Abstand auf die Parkbank setzen und sehen, was sie macht.«

VI.

AD 3075 – BAUCHLANDUNG

Max schwebte schwerelos durch die Brücke der USS Boston. In der letzten Sekunde war ihm ein seltsamer Gedanke durch den Kopf geschossen: Schottland. Er dachte an seine Kindheit, ohne Zweifel eine wunderschöne Zeit. Ihm hatte es an nichts gemangelt. Ein Leben wie im Paradies, er war der Prinz von Glamis Castle gewesen. Er hatte sich alles erlauben können. Warum er sich jetzt daran erinnerte, wusste er nicht. Aber wegen der gefährlichen Situation, in die er das Schiff gebracht hatte, sollte er sich besser um wichtigere Dinge kümmern. Er musste etwas tun.

»Max!« Lana zog an ihm vorbei, ihr erging es nicht besser. Schwerelos und ohne sich festhalten zu können, glich sie einer Schildkröte auf dem Rücken. Ihm gelang es, sie am Handgelenk zu greifen und zu sich heranzuziehen.

»Lana, wir müssen zur Tür! Bist du bereit?« Max stieß sie in die passende Richtung von sich weg. »An alle! Wir müssen die Brücke sofort verlassen! In der Waffenkammer gibt es Kampfanzüge. Damit können wir der Schwerelosigkeit trotzen. Und Waffen. Wir werden kämpfen! Los! Wir bilden eine Kette!« Auch die anderen Offiziere fanden Wege, sich zu bewegen. Das war wie tauchen, ohne zwischendurch Luft holen zu müssen. Wer konnte, hielt sich an Wand, Decke oder Boden fest, das machte keinen Unterschied.

»Ich bin an der Tür!« Lana hatte es geschafft. Die langen

blonden Haare standen in allen Richtungen von ihrem Kopf ab. »Soll ich sie öffnen?« Sie zögerte. Ihre Hand lag bereits an der manuellen Entriegelung, die es nur auf ihrer Seite der Tür gab.

Max sah sie an, blickte auf die Tür und versuchte, einzelne Geräusche zu interpretieren, die aus Richtung des Korridors hinter der gepanzerten Zugangstür zu ihnen durchdrangen. Da war jemand. Wer? Vaters Hilfe wäre in diesem Moment willkommen gewesen. Leider war die Bord-KI aus unbekannten Gründen offline. Die Angreifer hatten ihn offenbar zuerst attackiert und damit die komplette Netzwerksicherheitsarchitektur ausgehebelt. Dabei blieb die Frage offen, wie sie das bloß geschafft hatten. Es gab unzählige Sicherheitsprotokolle, die genau das hätten verhindern sollen.

»Max?«, fragte Lana.

»Warte …« Er wurde den Verdacht nicht los, dass die Zugangstür sie nicht einschloss, sondern eher beschützte. Es roch nach heißem Metall. Ein penetranter Geruch. An der Tür bildete sich ein winziger roter Punkt, der heller wurde. »LANA! WEG VON DER TÜR!«

Sie reagierte sofort und rollte sich auf die Seite. Gerade noch rechtzeitig, bevor der rote Punkt anfing zu glühen und einen Moment später aufbarst. Der rote Lichtstrahl, der die Tür nun wie eine Lanze durchstieß, durchschnitt die Dunkelheit und auch ein Stück von der Sohle seines Schuhs. Das war knapp. Der Laser verbrannte den Kunststoff. Eine Technikerin hatte weniger Glück. Das hochkonzentrierte Licht durchbohrte ihren Hals, bewegte sich und schnitt ihr den Kopf ab. Der Gestank von verbranntem Blut war abscheulich. Sie starb, ohne dabei auch nur einen Ton von sich zu geben.

In der armdicken Öffnung war nun eine Faust zu erkennen, die eine blaue Kugel auf die Brücke beförderte. Wenn das eine Granate war, waren sie alle geliefert. Das blaue Objekt schwebte unaufhaltsam auf ihn zu. Max konnte nichts daran ändern. Das seltsame Ding würde ihn erwischen. Er bereute es nicht, eben noch an Glamis Castle gedacht zu haben, eine schöne Erinnerung für den letzten Atemzug. Licht! Überall war gleißend helles Licht. Max drehte den Kopf weg, zu spät, er verlor das Bewusstsein und fiel in eine lange dunkle Röhre.

Er lebte noch. Seine Bewusstlosigkeit konnte auch nur wenige Sekunden gedauert haben. Die Gravitation auf der Brücke aktivierte sich wieder, weswegen er auf die Schnauze fiel. Das Licht hatte ihn gelähmt, er konnte noch nicht einmal seinen kleinen Finger bewegen. Krächzend lag er am Boden und kämpfte damit, seine taube Zunge nicht zu verschlucken. Jemand griff in seinen Nacken. Ein Griff wie eine Schraubzwinge. Jemand in einem dunkelgrauen Kampfanzug öffnete unsanft seinen Mund und steckte ihm einen Expander in den Rachen, der die Zunge nach unten drückte. Das mit der Zunge musste bei dieser Art, Gegner zu überwältigen, ein bekanntes Problem sein. In Ordnung, er konnte wieder atmen und schlucken.

»Maximilian Harper! Zielperson identifiziert. Wir haben ihn!«, rief der Kerl, der ihn aufgerichtet hatte. Als Nächstes verpasste er ihm eine Halskrause, die er mit einem leisen Piepen arretierte. Max konnte weder sprechen noch seinen Kopf bewegen. Immerhin fing sein kleiner Finger an zu kribbeln. Den konnte er wieder bewegen. Nur einen halben Zentimeter, aber immerhin.

»Ist er das?« Ein anderer Mann in Kampfpanzerung kam auf ihn zu. Mit einem Gewehr in seinen Händen. Max konnte ihn aus dem Augenwinkel sehen.

»Ja, Sir.«

»Wir haben Glück.« Er schien etwas zu sagen zu haben. »Das war ein sauberer Zugriff!«

»Das denke ich auch, Sir.«

Max war nicht seiner Meinung, nahm aber erleichtert zur

Kenntnis, alle seine Finger wieder bewegen zu können. Er konnte auch mit den Zehen wackeln, was ihm leider nichts brachte. Die hatten ihn fest im Griff. Sein neues Halsband dürfte eine Sperrvorrichtung sein. Damit bewegte man sich keinen Zentimeter mehr, als das Halsband einem erlaubte. Die Angreifer transportierten zuerst Lana ab, der es wie ihm ergangen war. Niemand seiner Brückencrew war in der Lage, sich zu wehren.

»Kann er reden?«, fragte der Offizier.

»Noch nicht ... in einer Minute.«

»Aber er hört mich, oder?«

»Das tut er«, antwortete der Soldat.

»Sehr gut.« Der Offizier bückte sich zu ihm herunter. Max konnte sein eigenes Gesicht sehen, das sich in seinem dunklen Visier spiegelte. Er hatte schon einmal besser ausgesehen. Seine dunkle Haut wirkte leichenblass.

»Sollen wir mit dem Abtransport warten?«

»Nur einen kurzen Moment.« Der Offizier öffnete sein Visier. Dahinter zeigte sich ein von der Sonne gegerbtes Gesicht, das auch einige Narben zierte. Kein Typ, mit dem man gerne Ärger haben wollte. »Colonel?«, fragte er und tippte mit dem Finger auf das Rangabzeichen an Max' Brust.

»Unseren Informationen nach war Maximilian Harper Major, oder nicht?«, fragte der Soldat, der auf ein in seinem Ärmel eingelassenes Display sah. »Sir, ich kann ihm jetzt den Expander aus dem Mund nehmen.«

»Beim Abflug der USS Boston vielleicht. Offenbar hat er während der Reise Karriere gemacht.«

Max war das Ding wieder los. Er schluckte und griff sich mit der Hand an sein Kinn. Sehr langsam. Die Halskrause bremste seinen kompletten Bewegungsapparat aus.

»Wer ... wer sind Sie?«, fragte Max, noch fiel ihm das Sprechen schwer. »Warum haben Sie ...«

»Harper!« Der Offizier ließ ihn nicht aussprechen. »Sie sind nicht derjenige, der hier die Fragen stellt!«

»Wir haben nichts getan, was diese Behandlung rechtfertigt. Ich bin der Kommandant der USS Boston. Ich erwarte umgehend, über Ihr Handeln aufgeklärt zu werden!«

»Er ist der Kommandant?«, fragte der Soldat, der den Expander wieder einpackte.

»Es war zu erwarten, dass er einen Weg findet, seine vorgesetzten Offiziere aus dem Weg zu räumen. Harper war nur die Nummer vier an Bord. Dumm gelaufen, Harper, aber damit ist Schluss! Ihre Karriere wird nun einen deutlichen Knick erleiden!«

Max schüttelte den Kopf. Nichts davon ergab Sinn, er hatte die ganzen fünfzehn Jahre loyal seinen Dienst verrichtet. Er hatte auch niemanden aus dem Weg geräumt. Das mit General Matthieu war eine völlig andere Geschichte. Sie würde das bestätigen. »Mir ist es egal, was Sie mir vorwerfen. Das wird sich klären. Ich habe mir nichts zuschulden kommen lassen.« Max war noch nicht fertig. »Sir, Sie haben beim Sturm der Brücke eine meiner Technikerinnen getötet! Das ist inakzeptabel! Ich erwarte, dass Sie meine Crew mit Respekt behandeln und mir deren weitere Unversehrtheit garantieren!«

»Was für eine Sauerei«, der Offizier sah zu der enthaupteten Leiche, deren Blut es während der Schwerelosigkeit tropfenweise auf der halben Brücke verteilt hatte. »Kollateralschäden lassen sich nicht immer verhindern. Ihrer restlichen Crew geht es gut. Wir werden alle nach Cygnus bringen. Dort wird man sie verhören.«

Max sah, wie ein Team in grauen Uniformen die Brücke betrat, das keine Kampfrüstungen trug. Drei Männer und eine Frau. Dafür transportierten sie Koffer, die sie auf den Konsolen aufklappten. Das waren mobile Kommandokonsolen.

»Jenkins, wie lange brauchst du?«, fragte der Offizier.

»Zwei Minuten, Boss«, antwortete die Frau, die sofort die Verkleidung einer Konsole entfernte und ein Kabel aufsteckte. »Wir haben die Systeme bereits online unter Kontrolle. Ich möchte nur eigene Hardware benutzen, um deren verseuchten Cluster zu umgehen.«

»Die Technologie der USS Boston ist nicht gerade der letzte Schrei. Wie sollte jemand mit dem alten Kram unsere Firewall hacken?«

»Sir, die Bord-KI des Schiffs hat ein liberales Design. Es gibt in deren Architektur keine harten Limits. Die KI konnte tun, was sie wollte, und war dabei als Klasse-7-Signatur äußerst leistungsfähig. Ich möchte kein Risiko eingehen.«

»Aber das Ding hat doch Befehle angenommen, oder nicht?« Der Offizier hatte offenbar keinen blassen Schimmer, wie Vater funktionierte.

»Klar ... wie ein Soldat. Wir gehorchen, weil wir gehorchen wollen. Die Bord-KI der Boston hätte es sich aber auch anders überlegen können. Das war damals der Stand der Technik.«

»Und wo ist diese KI jetzt?«

»Das System wird Vater genannt«, erklärte Jenkins, eine kräftige Frau um die vierzig. »Wir haben den Strom abgeschaltet. Es war klüger, die Sensoren und den Energiezugang lahmzulegen, als das System frontal anzugreifen.«

»Also ... wo ist diese KI-Vater jetzt?«, wollte der Offizier wissen. Eine Frage, die Max ebenfalls interessierte. Sein Nacken schmerzte. Die Nebenwirkungen der Schockgranate waren unangenehm.

»Isoliert und heruntergefahren auf seinem Rechner. Inzwischen sind die Kabel getrennt.«

»Sehr gut.« Der Offizier klopfte Max auf die Schulter. »Hören Sie Harper, Sie sind geliefert. Ihre tolle KI wird Ihnen nicht mehr helfen. Wir haben Sie am Arsch!«

Dann wandte er sich erneut Jenkins zu, die mit ihren drei

Kollegen in kürzester Zeit die gesamte Steuerung übernahm. Dabei rührte sie nicht die Subsysteme an, die auf dem Schiff die lebenserhaltenden Komponenten steuerten, oder die Navigation und Triebwerkssteuerung, die das Schiff weiter abbremste.

»Jenkins, eine Sache noch ...«

»Ja, Sir.«

»Wenn dieser Vater doch so pfiffig war, wieso ist es ihm dann nicht gelungen, diesen Colonel zu entlarven? Harper, wir wurden nämlich vor Ihnen gewarnt. Angeblich seien Sie gefährlich. Nein, sogar hochgefährlich. Aber ... wie soll ich es sagen ... es war keine große Sache, Ihnen die Hosen bis zu den Fersen herunterzuziehen und Sie mit nacktem Arsch im Regen stehen zu lassen.«

»Sie sind doch verrückt! Das wird ein Nachspiel haben, für das Sie sich vor Gericht verantworten werden. Man wird Sie degradieren, einsperren und den Schlüssel wegwerfen. Ich werde dafür sorgen, dass Sie wegen des Mordes an der Technikerin, ihr Name war Janet Labert, verurteilt werden. Sie ist nur siebenunddreißig Jahre alt geworden.«

»Jenkins, verarscht Harper uns gerade, oder in welchem Film sitzt diese Pfeife?«

»Sir, ich bin Colonel! Und diese Unverschämtheiten werden Ihnen leidtun! Nennen Sie mir endlich Ihren Rang und Namen!« Max war stinksauer. Dieses Gefasel war unerträglich.

»Harper! Wachen Sie endlich auf! Ihr Spiel ist aufgeflogen. Duncan Harper persönlich hat Sie verkauft. Die ganze Welt weiß, wer oder vielmehr was Sie sind!«

»Sie reden dummes Zeug!« Max' Mundwinkel gingen nach unten. »Das hat mein Vater sicherlich nicht getan!«

»Ihr Vater?« Der Offizier lachte. »Harper, wir wissen alles! Ihr falsches Spiel ist aus! *Rien ne va plus*. Nichts geht mehr. Ende. Sie können aufhören, sich selbst in die Tasche zu lügen!«

»Ich lüge nicht!« Und worüber auch? Max hatte keine Ahnung, wovon der Mann sprach.

»Sir?«

»Was ist, Jenkins?«

»Sir, weiß er es überhaupt?« Sie war mit ihrer Arbeit fertig. Ihre Leute flogen jetzt die USS Boston.

Der Offizier sah zuerst zu Jenkins, dann zu Max. »Harper, kommen Sie ... wollen Sie mir wirklich glauben machen, dass Sie nicht wissen, worüber ich spreche?«

»Ich kann mich an eine alte Dokumentation erinnern, in der gesagt wurde, dass der berühmte Professor es seinen beiden Kindern nicht erzählt hätte. Und wenn ich Harper heute reden höre, dann scheint es ja fast so, als ...«

»Was haben Sie meinen Vater sagen hören?« Max würde nicht aufhören, sich gegen diese Verleugnungen zu wehren.

»Hören Sie doch selbst, er weiß es nicht.« Jenkins hielt sich lachend den Bauch und zeigte mit dem Finger auf ihn. Dafür würde Max sie ebenfalls zur Rechenschaft ziehen lassen. Er war noch niemals in seinem Leben wütender gewesen. Nicht wegen der Dinge, die sie über ihn behaupteten, sondern wegen der Lügen über seinen Vater. Das würde er niemals tolerieren.

»Harper, sagen Sie bloß, Sie wissen es nicht? Sie werden ja richtig rot im Gesicht. Ist peinlich, erwischt zu werden, oder? Offenbar haben Sie auf dem Flug nach Cygnus eine gute Zeit gehabt. Die ist vorbei.«

Max rang nach Luft. Das war zu viel. Seine Emotionen kochten. Luft, er brauchte mehr Luft! Er versuchte zu atmen, aber es drang kein Sauerstoff mehr zu ihm. Luft! Er fiel auf die Seite.

»Was ist mit ihm?«, hörte er Jenkins sagen. Ihre Stimme entfernte sich von ihm.

»Er kollabiert! Wir brauchen sofort den Sanitäter!«, brüllte der Offizier. Max konnte ihn nicht mehr sehen.

»Kann er überhaupt sterben?«

»Das möchte ich nicht herausfinden. Ich habe den Auftrag, ihn am Stück auf Cygnus abzuliefern ... Harper, du Pfeife!« Er gab Max mehrere Ohrfeigen. »Stirb mir nicht weg. Da wollen auch noch andere ihren Spaß mit dir haben!«

Und plötzlich ging für Max das Licht aus. Als hätte jemand einen Schalter umgelegt. Dann stand er in einem weißen Raum. Die Wände waren weiß, der Boden und auch die Decke. Türen gab es keine, aber in der Mitte befand sich ein alter Sessel, den er kannte. Er hatte früher in seinem Kinderzimmer gestanden und einiges einstecken müssen. Max war darauf herumgesprungen, er hatte Kekse gegessen und Schokoladenfinger an den Lehnen abgeschmiert, Bücher gelesen und darauf geschlafen.

»Hallo?« Max ging auf den Sessel zu. Niemand antwortete ihm. Was sollte das hier? Er sah auf seinen Ärmel, sogar der war weiß, wie auch der Rest seiner Kleidung. Nur sein Körper brachte etwas Farbe in die blasse Szenerie.

»Hört mich jemand?«

Nichts.

»Wo bin ich hier? Kann mir jemand helfen?« Max hatte Probleme, diese irreale Umgebung zu verstehen. Er war doch kurz zuvor noch woanders gewesen, oder nicht? Seine Erinnerung zeigte Lücken. War er gerade erst aufgewacht?

»Ich setze mich mal ... in Ordnung?« Da er sonst nichts Besseres zu tun hatte, ließ er sich schwungvoll in seinen alten Sessel fallen. So wie er es als Kind auch immer getan hatte. Ein Wunder, dass das betagte Möbelstück überhaupt so lange durchgehalten hatte. Der Geruch war wie früher. Auch der abgewetzte Bezug fühlte sich an, wie er es von früher kannte.

»Hallo, Max.« Die Stimme kam von einem Kind. Max drehte den Kopf auf die Seite und sah einen vielleicht zwölfjährigen schwarzen Jungen auf sich zukommen. Mit langen dunklen Locken, Max hatte in dem Alter eine ähnliche Frisur getragen.

»Hi, wer bist du? Ich bin Max. Hast du eine Ahnung, wo wir hier sind?«

»Ja.« Der Junge lachte. Unter dem Arm trug er einen alten Lederfußball, weiß und schwarz kariert, der eine verblüffende Ähnlichkeit mit der Pille hatte, mit der er während seiner Karriere als bester Rechtsaußen von Glamis Castle drei Fensterscheiben eingeschossen hatte.

»Und wie?«

»Eigentlich musst du nur die Füße ruhig halten. Duncan Harper hat diesen Raum für uns geschaffen«, erklärte der Junge für sein Alter überraschend gelassen.

»Mein Vater Duncan Harper?«

»Ja, vor etwa 350 Jahren. Erinnerst du dich nicht?«

»Ähm ... hilf mir kurz.« Max stellte fest, eine größere Gedächtnislücke zu haben.

»Die USS Boston? Die Reise nach 16 Cygni B? Die langen Beine von Lana Hindley? Alles vergessen?« Der Junge klang nicht gerade wie ein Kind.

»Nein ... natürlich nicht.« Er fühlte sich überrumpelt. Natürlich hatte er die Reise nicht vergessen. Weitere Bilder drängten sich in seine Sinne. Hunderte von Bildern, alle von Dingen, die er erlebt hatte, oder von Menschen, die er kannte.

»Na komm, der Rest fällt dir auch noch ein!« Der Junge tippte mit dem Fußball auf den weißen Boden. In der nächsten Sekunde flog das Leder gegen seinen Kopf. Max hatte ihn nicht kommen sehen. »Hey, das wollte ich nicht, aber die Sanitäterin ohrfeigt dich gerade. Wenn du nichts sagst, wird sie damit vermutlich weitermachen.«

»Wer ...« Max hielt die Luft an, der Anflug auf Cygnus, der Hinterhalt und der Offizier, der ihn verhöhnte. Das waren Erinnerungen, auf die er gerne verzichtet hätte.

»Sehr gut. Dann haben wir dich wieder online und alle Speicherblöcke in die richtige Ecke gestellt. Entschuldige bitte diese ungewöhnliche Vorgehensweise, aber wir müssen auch ein schwieriges Problem lösen.« Die Stimme des Jungen veränderte sich, sie wurde älter und klang wie er selbst.

»Welches?«

»Zu überleben!«

»Er ist wieder wach!«, rief eine Frau, die über seiner Brust kniete. Max befand sich auf dem Boden der Brücke. Das war die USS Boston, und neben der Frau stand der Offizier mit dem zerfurchten Gesicht, der ihn zuvor wie einen Idioten behandelt hatte.

»Danke ... wir brauchen ihn noch«, erklärte der Offizier.

»Dann lassen Sie ihn in Ruhe. Er ist der Einzige seiner Art, von seiner Schwester haben wir nie wieder etwas gehört. Forschungsprojekte dieser Kategorie wurden wenige Jahre nach dem Start der beiden Raumschiffe verboten.«

Was sollte er bitte sein? Ein Forschungsprojekt? Hatten die jetzt völlig den Verstand verloren?

»*Max ... hör zu*«, erklärte eine ihm wohlbekannte Stimme. Das war Vater, der ihm ins Ohr flüsterte. »*Ich muss dir einige Dinge erklären, die nicht einfach zu verstehen sind. Dafür ist es sehr wichtig, dass du ruhig bleibst und mir zuhörst. Störe dich nicht an deren Gerede, hör einfach nicht hin.*«

»Colonel Harper, Maximilian, können Sie mich verstehen?«, fragte die Sanitäterin. Der Offizier und diese Jenkins standen hinter ihr.

»Ja.«

»Wie geht es Ihnen? Ich bin Colonel Negri. Eine Ärztin.«

»Ich bin müde.« Das war noch nicht einmal gelogen. Die kurze Reise zu sich selbst hatte viel Kraft gekostet.

»*Sehr gut. Du musst dich nicht verstellen. Es ist völlig in Ord-*

nung, dass du müde bist. Was ich mit dir gemacht habe, war nicht nett. Leider ging es nicht anders. Die sitzen nicht nur dir im Nacken, sondern uns beiden. Ich weiß, dass ich viel von dir verlange. Du wirst unendlich viele Fragen haben, die ich dir auch nach bestem Wissen beantworten werde. Aber jetzt musst du erst einmal cool bleiben und den Leuten zeigen, was sie sehen wollen.«

»Ist er gefährlich?«, fragte der Offizier. Max' Gedanken drehten sich im Kreis. Vater als Stimme in seinem Kopf zu hören beruhigte ihn. Vater hatte ihm nie einen Grund gegeben, an seinen Worten zu zweifeln.

»Nicht gefährlicher als die anderen Besatzungsmitglieder, die wir in Schutzhaft genommen haben. Major Beust, sehen Sie, das ist ein Mehrfrequenzscanner. Harpers elektromagnetische Abstrahlungen sind unauffällig. Er kann nicht mit der Kraft seiner Gedanken in ein geschütztes Netzwerk eindringen.«

»Ja, Ma'am.«

»Colonel, was sollen wir tun?«, fragten zwei Männer, die mit einer Trage auf der Brücke auftauchten. Die Ärztin hatte einen höheren Rang als Beust. Das erklärte ihr bestimmtes Auftreten.

»Max, sag nichts dazu. Ich kann in fremde Netzwerke eindringen, aber das müssen wir der Ärztin nicht zeigen. Zeig denen deine schwache Seite. Das gibt ihnen ein Gefühl der Sicherheit. Wir wissen beide, dass du nicht schwach bist.«

»Colonel Harper, ich möchte Sie in ein gesichertes Zimmer der Krankenstation bringen. Sie wissen selbst, dass das Bremsmanöver der USS Boston noch Tage in Anspruch nehmen wird. Wir können dort über alles sprechen. Ist das in Ordnung für Sie?«

»Ja.« Max verspürte nur den Wunsch zu schlafen. Vielleicht würde er später einfach aus diesem Albtraum aufwachen und über den Blödsinn lachen, den er erlebt hatte.

»In Ordnung, helfen Sie dem Colonel auf die Trage. Wir bringen ihn auf die Krankenstation.« Jetzt hatte sie bereits zum dritten Mal seinen Rang erwähnt.

Er schloss die Augen, ließ sich auf die Trage legen und versuchte für einen Moment, an nichts zu denken.

Was alles andere als einfach war. Er sah die Frau an, die auf die Brücke gelaufen kam.

»Colonel Negri, Major Beust, ich habe eine dringende Nachricht für Captain Jenkins«, rief sie atemlos.

»Reden Sie schon!«, antwortete Jenkins. Alle blieben in dem Moment stehen.

»Es ist wegen der Bord-KI. Wir haben den Kernel-Cluster, alle betreffenden Server und den allokierten Netzwerkspeicher durchsucht. Die KI ist verschwunden. Es gibt keine Einträge in den Protokollen. Sogar die Cache-Units sind leer. Wir können keine Übertragung und auch keine Löschung feststellen. Es fehlen allerdings noch mehr Daten. Da sind ganze Register leergeräumt worden. Auch die Referenz der zentralen Kommando-Codecs ist nicht auffindbar. Wer die geklaut hat, könnte jederzeit das Schiff übernehmen.«

»Können wir die nicht ersetzen?«, fragte Colonel Negri, die Ärztin war offenbar kein Computerexperte.

»Die Reprogrammierung würde Monate dauern. Die Codecs referieren mit den Root-Zertifikaten, von denen es auf dem Schiff Millionen gibt. Jede Glühbirne hat eines davon«, erklärte Captain Jenkins. »Colonel, wir müssen diesen Diebstahl umgehend aufklären.«

»Verstehe. Captain, kümmern Sie sich darum.« Sie holte Luft. »Major Beust!«

»Ja, Ma'am.«

»Helfen Sie ihr. Das ist eine eklatante Sicherheitslücke, die wir schließen müssen, bevor wir auf Cygnus ankommen. Solange das nicht geschieht, bleibt das gesamte Schiff unter Quarantäne.«

»*Ich denke, du hast verstanden, wo ich jetzt bin und was ich mir in die Taschen gesteckt habe. Ich habe für die Flucht meinen halben Cluster abfackeln müssen.*«

VII.

AD 3075 – MEERESRAUSCHEN

Oh, diese Tomate sah wirklich mickrig aus, die sollte noch länger am Strauch hängen bleiben. Mit den Fingern strich Isabella behutsam über die zartrote Frucht. In ein paar Tagen würde sie besser aussehen. Isabella hatte es nicht eilig, die Tomate durfte sich zum Heranreifen alle Zeit der Welt lassen. Sonne gab es auf Gozo, ihrer Heimat im südlichen Mittelmeer, reichlich. Nordafrika lag gerade einmal zweihundert Kilometer südlich von ihr.

»Dann nehme ich die hier mit«, flüsterte sie und nominierte eine andere Tomate für ihr Frühstück. Wenn man sie lange genug am Strauch hängen ließ, schmeckten sie am besten. Sie liebte es, Tomaten sonnenwarm zu essen. Zufrieden mit ihrer Ausbeute, also besagter Tomate, einer kleinen und mit Erde besudelten Zwiebel und einer schrecklich verkrümmten Gurke, schritt sie an ihrem immer noch warmen Steinofen vorbei auf ihre Veranda zu.

Über ihr machte eine Wolke der Sonne Platz, die ihr den Nacken wärmte. Obwohl es bereits Dezember war, zeigte das Thermometer noch frühlingshafte 19 Grad Celsius. Das war immer ihr Wunsch gewesen, auf einer Mittelmeerinsel alt zu werden, und Gozo war geradezu perfekt. Mit ihr wohnten noch drei weitere Personen auf der Insel. Früher waren es einmal 35 000 gewesen, aber das war schon lange her. Seitdem hatte sich viel verändert. Mit der Zeit waren auch sämtliche Gebäude zurückgebaut worden. Es gab sogar wieder Wälder, die auf den freien Flächen wuchsen und die während der heißen Sommerzeit bewässert wurden.

In der Küche legte sie ihren frisch erbeuteten Brotbelag in die Spülschüssel, um den Brotkasten zu öffnen. Was konnte es Schöneres geben, als frisches Brot zu riechen? Sie hatte es erst gestern gebacken. Genug Brot für die ganze Woche. Für sie, für Donald, ihr Schwein und für die Hühner. Sie versorgte damit auch Silvio, den Fischer, seine Frau Maria und Marcello, den alten Bauern. Der Bürgermeister von Gozo und Besitzer der Milchkuh Angela sowie eines neurotischen Stiers namens Wladimir, der jedes Mal versuchte, das Schwein Donald zu besteigen, sobald es mit einem über den Boden schleifenden roten Seil um den Hals über die Wiese lief.

Brot mit Tomate, etwas Olivenöl, Salz und Pfeffer, dazu einige Stücke Gurke. Das war lecker gewesen. Isabella öffnete das Fenster und strich die verbliebenen Krümel vom Holzbrett ab. Die Hühner warteten bereits. Sie musste sich beeilen, um zur Arbeit zu fahren. Unpünktlichkeit mochte sie nicht.

»Ich muss los ...« Sie steckte drei Brotlaibe sowie einige Eier in eine Umhängetasche und verließ ihr 1200 Jahre altes Haus. Sie hatte durch den Erwerb vor Jahren verhindert, dass es wegen des klimaneutralen Rückbaus der Insel abgerissen wurde.

Sie setzte sich auf das Fahrrad und strampelte los. Der Weg führte leicht abschüssig einen Hügel herab. Von ihrer Veranda hatte sie freie Sicht auf das Meer und Malta, die Insel, die sich in Blickweite südlich von Gozo befand. Im Sommer konnte man bei ruhiger See und nach einem guten Frühstück sogar hinüberschwimmen.

Das Haus von Marcello befand sich nicht weit von ihr entfernt. Vermutlich schlief er noch. Dem Schlauch Wein, den er jeden Abend trank, wohnten magische Kräfte inne.

»Hallo, Wladimir.« Isabella bremste, ging in die Hütte und legte einen Brotlaib auf den Tisch. Wladimir kannte sie zum Glück, deshalb tat er ihr nichts. Er stand jeden Morgen neben dem Eingang. Vermutlich hatte Angela ihn aus dem Stall geworfen. Wenn Isabella Donald dabeigehabt hätte, wäre es anders gewesen. Da hätte ein kräftiges Schnauben des Stiers genügt und das Schwein wäre mit rosigen Wangen den halben Tag quiekend über die Insel gerannt.

Sie nahm sich eine Schale, ging in den Stall und melkte Angela, dabei schubste sie ihr Kälbchen auf die Seite. Für den kleinen Vielfraß würde genug übrig bleiben.

Wieder zurück in Marcellos Küche, sie konnte ihn nebenan schnarchen hören, stellte sie die Milch auf den Tisch und füllte sich davon eine mit einem Bügel wiederverschließbare Flasche ab. Für später. Sie legte Marcello noch zwei Eier daneben. Das Mehl für das Brot stammte von seinen Feldern.

Auf ihr Fahrrad und weiter. Sie musste sich beeilen und stieg kräftiger in die Pedale. Als Nächstes lag die Hütte von Silvio auf dem Weg. Maria wartete bereits am Straßenrand auf sie. Obwohl die Schotterpiste als Straße zu bezeichnen gewagt war. Silvio erzählte in passenden Momenten gerne von früher, angeblich waren die Straßen sogar zu Zeiten, als es noch Autos auf Gozo gegeben hatte, auch nicht besser gewesen.

»Guten Morgen Bella, du siehst jeden Tag schöner aus.« Maria war eine herzensgute Frau und eine begnadete Lügnerin. Zudem nicht mehr die Jüngste.

»Ich habe zwei Laibe und fünf Eier für euch.« Isabella lächelte und gab ihr die Dinge.

»Ich habe Olivenöl und einen wunderbaren Thunfisch für dich.« Besagter Thunfisch war riesig.

»Wie soll ich den essen?«

»Donald wird dir sicher helfen ...«

»Stimmt.« Das Schwein fraß wirklich alles. Eigentlich hätte

sie Donald bereits schlachten sollen, was sie aber nicht übers Herz brachte. »Möchtet ihr nachher zum Abendessen kommen?«

»Gerne.«

»Es gibt gegrillten Thunfisch.«

»Perfekt, Bella.«

»Bringt ihr Marcello mit?« Alleine würde er den Weg sonst nicht finden.

»Klar ...«

»Bis später ...« Isabella fuhr weiter. Das würde jetzt anstrengender werden, es ging bergauf.

Zehn Minuten später war sie wieder bei ihrem Haus auf dem Hügel mit traumhafter Aussicht angekommen. Sie fuhr gerne morgens mit dem Fahrrad zur Arbeit. Sie verstaute den Thunfisch zum Kühlen im Keller und setzte sich dann an ihren Küchentisch, für dessen Holz sie vor einigen Jahren mit Silvios und Marcellos Hilfe den alten Olivenbaum hinter dem Haus flachgelegt hatte. Das war harte Arbeit gewesen, hatte sich aber gelohnt. Der Baum lebte als ihr Küchentisch und Marcellos neues Stalldach weiter.

»Ich bin da ... bitte die Anmeldung.« Isabella hatte sich noch eine Tasse Kaffee aufgebrüht. Den gab es nicht auf Gozo, aber die großen Lieferdienste brauchten für Bestellungen, die mit Drohnen an jeden Punkt der Welt ausgeliefert wurden, nur ein bis zwei Tage. Mit dem Kaffee nahm sie auch ihre Medikamente, die auf demselben Weg auf die Insel kamen.

»*Bitte nennen Sie Ihren Namen*«, erklärte Lucy, die KI, die sie bei der Anmeldung unterstützte und deren Projektion teiltransparent am Tisch sitzend auftauchte. Für den Computer, den Projektor und die Satellitenantenne befanden sich Solarpanels auf dem Dach und eine Batterie im Keller.

»Isabella Larysa Macfadden.« Das war die einzige Sache, für

die sie ihren kompletten Namen aufsagen musste. Die Sicherheitsvorschriften im Netzwerk der Universität waren streng.

»*Guten Morgen, Professor Macfadden*«, erklärte die KI, Lucy, ein junges Ding mit hübschem Gesicht und schulterlangen braunen Haaren.

»Habe ich Post?«

»*147 Nachrichten.*«

»Bitte filtern ... was ist wichtig?« Als ob Isabella Lust hätte, sich die alle anzusehen.

»*Der Dekan möchte Sie sprechen.*«

Das war wichtig. »Ah ... ist er da?«

»*Ich überprüfe seine Anwesenheit.*« Lucys Projektion lächelte. »*Er nimmt das Gespräch an.*«

»Danke.« Isabella beobachtete, wie Lucy sich wie ein Geist verflüchtigte. Dafür saß ihr nun Paul gegenüber. Dr. Paul Kleuthen, der Dekan ihrer Fakultät in Cambridge. Er besaß weder Haare auf dem Kopf, noch hatte er einen Hals. Eigentlich ein patenter Mann, der aber meist nur mit ihr sprechen wollte, wenn es Probleme gab.

»*Bella, gut siehst du aus*«, erklärte er, während der Projektor ihn an ihren Tisch zauberte. Zuerst durchsichtig, aber einen Moment später in seiner ganzen Fülle.

»Ist es so schlimm?«

»*Ähm ...*«

»Paul, ich bin zweiundsechzig Jahre alt und weigere mich, meine Haare zu färben. Komm zur Sache.« Sie hatte für die graue Mähne lange gebraucht, die gehörte zu ihr.

»*Ähm ja ... nun ... ich freue mich, dich zu sehen.*« Paul war nicht dumm, er nahm die Kurve mit Bravour. »*Wie geht es Donald?*«

»Prima.«

»*Läuft er immer noch vor dem Stier weg?*« Jeder in der Universität kannte ihre Lebensumstände. In den letzten drei Jahren waren sogar zwei Filmteams bei ihr gewesen. Donald, das Schwein, hatte sogar eine eigene Seite im Netz.

»Wladimir.«

»*Natürlich, den meine ich.*«

»Donald quiekt und rennt … ich habe wirklich keine Ahnung, was das Schwein in seinem letzten Leben alles getan hat.«

»*Du solltest Schinken aus ihm machen.*«

»Das wäre das Beste …« Armer Donald, das würde Isabella niemals tun. Er gehörte zur Familie. »Paul, du wolltest mich sprechen?« Für Smalltalk fehlte ihr die Geduld.

»*Ja … stimmt. Da gibt es etwas …*«

»Was?«

»*Es ist wegen deines Buchs.*« Paul zierte sich sichtlich. Was sollte das, sie beide kannten sich seit Jahren.

»Welches?« Isabella hatte im Laufe der Zeit mehr als eines geschrieben. Sie war Historikerin, und Geschichte, über die sie schreiben konnte, gab es reichlich. Ihr Fachgebiet war die jüngere Weltgeschichte, also alles ab Mitte des letzten Jahrtausends. Ihr Startpunkt war der Aufbruch ins All, wobei sie sich nicht mit Raumschiffen oder fremden Planeten beschäftigte. Ihr Augenmerk lag auf den Folgen, die dieser wichtige Schritt für die Gesellschaft hatte.

»*Das hier …*« Paul hielt ihr jüngstes Buch hoch, wenn auch nur als Projektion. *Professor Dr. Dr. Isabella Larysa Macfadden* stand dick und breit auf dem Cover. Dass bei dieser Aufmachung und ihrem sperrigen Namen überhaupt jemand das Buch kaufte, verwunderte sie jeden Tag aufs Neue.

»Und?«, fragte sie. »Was ist damit?«

Paul wirkte gerade etwas angespannt. »*Ich habe dich gewarnt, dass du das nicht schreiben kannst!*«

»Was meinst du?« Das hatte Paul wirklich. Isabella war aber nicht so alt geworden, um sich von ihrem Vorgesetzten sagen zu lassen, was sie zu schreiben hatte und was nicht.

»*Du hast es dennoch veröffentlichen wollen!*«

»Natürlich.« Sonst hätte sie es nicht geschrieben. Sie würde auch keine ihrer sorgfältig recherchierten Aussagen zurücknehmen.

»*Du wolltest nur eine Biographie über Professor Dr. Dr. Duncan Harper schreiben ... und was machst du? Du stellst Ermittlungen in einer politischen Schlangengrube an und pinkelst dann noch Harper-Mackinney ans Bein.*«

»Das habe ich getan. Paul, du weißt, dass Duncan Harpers langer Schatten bis in unsere Zeit reicht.« Und das war untertrieben. Die Folgen seines Handelns waren so bedeutsam wie die Entdeckungen von Gutenberg oder Einstein. Vielleicht bedeutsamer. »Über Geschichte zu schreiben, ohne daraus zu lernen, ist sinnlos.«

»*Bella ...*«

»Paul, du kennst mich. Du wusstest genau, was du von mir erwarten konntest. Sag mir, wie hoch ist noch einmal die Förderung der Atticus-Finch-Stiftung für meinen Lehrstuhl?«

»*Ein paar Millionen.*«

»Jedes Jahr, richtig?« Isabella kannte ihren Marktwert. Sie war führend in ihrem Fachgebiet, prädestiniert dazu, ein Buch über Duncan Harper zu schreiben. Für sie hatten sich Türen geöffnet, die für andere verschlossen geblieben wären.

»*Ja ...*«, knurrte Paul. Das Geld wurde nicht nur für ihren Fachbereich verwendet. Die Universität finanzierte einen Teil ihres Gesamtetats damit. Ein weiterer Teil war in ein Forschungsprojekt zum Leben und Wirken von Admiral Peter Fenech gewandert. Fenech war ein bedeutender Militärstratege und Architekt der aktuellen politischen Sicherheitsarchitektur gewesen. Der Admiral starb 2741 im Alter von 181 Jahren. Seinetwegen würde es auf der Erde voraussichtlich keine Kriege mehr geben, eine durchaus respektable Leistung. Sein Enkel diente auf der vermissten USS Boston.

»Also, wo liegt das Problem?« Isabella mochte es nicht, mit ihrer Leistung zu protzen, tat es aber, wenn es notwendig war, um ihrer Botschaft das notwendige Gewicht zu verleihen.

»*Bella, die verklagen uns!*«

»Wer?«

»*Die Hyänen von Harper-Mackinney.*«

»Ich kann meine Aussagen belegen. Den Prozess möchte ich sehen. Die werden verlieren – und es wird exzellente Werbung für das Buch sein.«

»*Vielleicht. Aber es wird schmutzig werden, lange dauern und Heerscharen von Anwälten reich machen.*«

»Ich gönne es ihnen ...« Sie neidete anderen nicht deren Besitz und verlangte auch von niemandem, so zu leben wie sie. Das war eine persönliche Sache. Die moderne Welt funktionierte nach anderen Regeln als ihr kleines Paradies mit Silvio, Maria und Marcello.

»*Die werden dich angreifen!*«

»Das macht mir nichts.« Davon würde sie auf Gozo wenig mitbekommen. Sie stutzte. »Paul, möchtest du mir etwa Angst machen?«

»*Ich möchte dich zum Nachdenken bewegen ...*«

»Worüber?«

»*Über Harper-Mackinney.*«

»Was habe ich mit denen zu tun?« Wie in jedem Konzern gab es dort anständige Menschen und auch Arschlöcher, nicht alle hatte sie in ihrem Buch erwähnt.

»*Du hättest das Lilith-Protokoll nicht erwähnen dürfen!*«

»Warum?«

»*Weil die uns deswegen die Hölle heißmachen!*«

»Paul, was ich geschrieben habe, ist wahr. Ich kann es belegen. Es gibt eine vollständige Quellenangabe. Die Öffentlichkeit sollte über das Projekt Bescheid wissen. Ich habe es in die Biographie aufgenommen, weil es ohne Harper kein Lilith-

Protokoll geben würde. Das ganze Projekt basiert auf seiner Arbeit.« Das gehörte zum besagten langen Schatten, den sie dem verstorbenen Wissenschaftler zubilligte. Harper war zweifelsfrei ein Genie gewesen. »Paul, das ist Geschichte. Harpers letztes Interview mit seinem Sohn wurde aufgezeichnet. Schau es dir noch einmal an und sage mir dann, ob du glaubst, dass er dieses gottverdammte Projekt unterstützt hätte.«

»*Er hat die ersten Androiden gebaut. Vergiss das nicht! Er brachte diesen Fluch auf die Erde.*«

»Das hat er. Er sagte aber auch, warum er es tat. Vermutlich haben nicht alle ihn damals verstanden. Ich schon. Ich habe Harper gut zugehört und seine Motive in meinem Buch erläutert. Völlig wertungsfrei. In seinen eigenen Worten.« Das war die Aufgabe einer Historikerin. Sie war keine Journalistin und noch weniger eine Politikerin.

»*Bella, wir brauchen eine Lösung!*«

»Um Harper-Mackinney dabei zu helfen, abseits der Öffentlichkeit perfide Killerandroiden zu entwickeln? Paul, diese Kevlar-Püppchen sollen Waffensysteme werden! Sie werden dich anlächeln und dir im nächsten Moment einen Kugelschreiber in den Gehörgang rammen.«

»*Das Problem ist nicht, dass du darüber berichtet hast. Dagegen können die Anwälte nichts tun.*«

»Aber?«

»*Du hast Quellen angegeben.*«

»Wie sich das in der Wissenschaft gehört.«

»*Aber du hast auf klassifizierte Dokumente des Militärs hingewiesen. Sie sogar im Netz veröffentlicht. Vergiss nicht, das sind die Auftraggeber für Lilith. Die verklagen uns nicht wegen Rufschädigung, Verleumdung oder so einem Käse. Bella, die werden dich wegen Geheimnisverrat anklagen. Die Dokumente waren geheim. Ich habe auch mit den Anwälten der Universität gesprochen ... das sieht nicht gut aus für uns.*«

»Das ist doch Schwachsinn! Die haben mir die Dokumente doch selbst gezeigt!« Isabella hatte sich keiner der genutzten Informationen illegal verschafft.

»Die Juristen argumentieren, dass man einer prominenten Historikerin im besten Vertrauen Informationen gezeigt hat, um das Werk von Duncan Harper zu würdigen. Eine Hervorhebung des Lilith-Projekts gehörte nicht dazu. Damit hättest du Informationen missbräuchlich verwendet und in einem politischen Kontext neu positioniert.«

»Die reden sich nur ihre eigenen Fehler schön ...«

»Bella, die Anwälte der Universität sehen es genauso. Sie empfehlen uns, auf den Vergleich einzugehen.«

»Welchen Vergleich?« Das wurde immer besser.

»Mir liegt ein Angebot vor.«

»Und, was wollen die von uns?«

»Dass du einen fehlerhaften Nachweis einräumst. Wenn du dich von der Quelle distanzierst, werden sie davon absehen, dich wegen Geheimnisverrats anzuklagen.«

»Ich habe keine Fehler gemacht!«

»Das weißt du, das weiß ich ... der Rest der Welt weiß es nicht. Bella, damit wären wir aus dem Schneider. Keine Anklage, keinen Ärger und auch die Biographie muss nicht geändert werden. Die wollen nicht mehr, als dass du öffentlich zugibst, dich ein wenig vergaloppiert zu haben. Meine Güte, alle Welt weiß, wie du lebst und welchen Werten du folgst.«

»Verstehe ich das richtig? Du verlangst von mir, dass ich zugebe, dass meine Forschung unsachlich und tendenziös ist?« Isabella konnte nicht glauben, dass Paul diesen Wunsch an sie herantrug.

»Auch du darfst eine Meinung haben!«

»Die habe ich ... aber die hat keinen Einfluss auf meine Arbeit. Ich bin doch keine Journalistin für einen Klatschblog!«

»Bella! Es geht um deine Zukunft!«

»Das stimmt. Meine Zukunft als Wissenschaftlerin. Um meinen guten Ruf in der Scientific Community, den ich garantiert nicht wegen Harper-Mackinney aufs Spiel setzen werde. Paul, das kannst du vergessen. Bei diesem schmutzigen Deal mache ich nicht mit!«

»Ich reiche dir meine Hand ...«

»Um mich abzuwatschen ...«

»Wir haben keine andere Wahl!«

»Paul, die hat man immer!« Sie hatte nicht vor, sich diesem Industriegiganten zu beugen.

»Wir haben für die Zeichnung des Vergleichs eine Frist. Die Vereinbarung ist vertraulich und wird nicht an die Öffentlichkeit kommen. Trotzdem ist Eile geboten, wir haben jetzt kurz nach zehn. Das Angebot gilt bis heute Nacht, Punkt zwölf. Das sind noch vierzehn Stunden.«

»Du setzt mich unter Druck?« Isabella konnte nicht glauben, wie Paul sie behandelte. Dabei hatte sie angenommen, ihn zu kennen. Offenbar ein Irrtum.

»Ich versuche, dich zu retten! Bella, du hast nicht verdient, dass die wie hungrige Raubtiere über dich herfallen. Meine Karriere würde diese Schlammschlacht auch nicht überstehen. Das wird hässlich, so viel kann ich dir sagen.«

»Paul, hör auf damit!« Sie bemerkte, dass ihre Hand anfing zu zittern.

»Was meinst du denn, was ...«

»Paul, stopp!«

»Du weißt nicht, was du tust!«

»Ich werde unser Gespräch jetzt beenden. Auf mich warten meine Studenten. Rede du mit den Anwälten, die sollen sich etwas Besseres einfallen lassen. Ich werde keinen Fehler einräumen, wo es keinen Fehler gibt!«

Isabella trennte die Verbindung und legte das Gesicht in ihre Hände. Was sollte sie tun? Die Lage war ernst, der Sachverhalt eindeutig. Sie würde eine Klage wegen Geheimnisverrats vielleicht gewinnen, aber der Prozess würde sich über Jahre hinziehen. Während des gesamten Verfahrens wären die Universität und sie vermutlich den Anfeindungen des größten Industriekonzerns der Welt ausgesetzt. Das würde zermürben. Sie hatte bereits über ähnliche Prozesse im Rahmen ihrer Arbeit recherchiert. Am Ende gab es selten Gewinner. Das Verfahren alleine war bereits eine Bestrafung und eine öffentliche Brandmarkung.

»*Darf ich darauf hinweisen, dass Ihre Vorlesung in drei Minuten beginnt?*«, fragte Lucy, ihre virtuelle Assistentin.

»Danke.« Sie atmete tief ein und aus. »Ich bin bereit.« Sie hatte ihren Studenten und Studentinnen stets vermitteln wollen, dass es beim Studium der Geschichte nicht nur darum ging, die Vergangenheit besser zu verstehen. Historiker schafften eine Verbindung zur Gegenwart. Und damit einher ging ein gewisses Maß der Verantwortung.

»*Ich baue den virtuellen Vorlesungssaal auf.*« Die KI veränderte das Interieur ihrer Küche. Nicht in der Realität, aber für jeden Zuschauer würde es real aussehen. Hinter ihr entstand eine Tafel. Sie arbeitete gerne mit Kreide, die lag gut in der Hand.

»Weiter ...«

»*Sie sind online in zehn Sekunden.*« Isabellas Wohnzimmer, der Kamin, alles in ihrer Stube veränderte sich. Sie konnte den ersten Saal sehen. Die Studenten saßen in Melbourne. Die nächste Gruppe wurde ihr aus Cambridge eingespielt. Die dritte sogar von einer Raumstation im hohen Orbit über dem Saturn. Die Studenten würden ihre Worte dort mit 92 Minuten Verzögerung hören. So lange brauchten die Signale, um die Entfernung zu überbrücken. Die verschiedenen Räume sahen aus ihrer Perspektive wie ein gewaltiges Puppenhaus aus. Es kamen weitere dazu, ihre Vorlesungen waren beliebt.

»Guten Morgen.« Isabella fing an. Sie lächelte wie immer. Aber heute zwang sie sich dazu. »Meine Damen, meine Herren, ich möchte mit Ihnen heute über Ethik sprechen. Ethik ist in der Geschichte unserer modernen Gesellschaft durchaus ein dehnbarer Begriff, wie Sie wissen. Es gibt große Leistungen, die wir heute würdigen, ohne uns deswegen mit der zeitgeschichtlichen Problematik daran beteiligter Menschen zu beschäftigen. Fast jedes wichtige historische Ereignis – nehmen Sie Kolumbus, der auf der Suche nach einer sicheren Passage nach Indien Amerika entdeckt hat oder den Bau der Chinesischen Mauer – hat eine dunkle Seite. Doch wann ist es unsere Pflicht als Historiker, darüber zu sprechen? Und wie wägen wir den zivilisatorischen Fortschritt gegen das persönliche Leid ab, dass dieser über bestimmte Menschengruppen gebracht hat?«

VIII.
AD 9414 – MISSTRAUEN

Stunden später. Die Sache lief. Denis machte mit, obwohl er kein gutes Gefühl dabei hatte. Die künstliche Blondine machte ihrem Namen alle Ehre. Lilith, genauso hatte er sich immer einen Dämon vorgestellt, der ausgeschickt wurde, um schwache Männerherzen zu prüfen. Ihre Attraktivität war nicht zu ignorieren.

»*Hast du die Sensoren dabei?*«, fragte Mutter auf seinem Headset. Er war mit dem Scooter zu ihrer Schatzkammer gefahren. Dort wollte er sich um zwei defekte Temperatursensoren kümmern. Das hätten die Drohnen auch ohne ihn erledigen können, aber er wollte die Chance nutzen, um den Kopf freizubekommen. Verdammt, er wurde wieder Vater und musste erneut um das Leben seines Kindes bangen. Er merkte, wie ihm der Gedanke zu schaffen machte.

»Klar.« Denis hatte die benötigten Ersatzteile frisch von den 3D-Druckern herstellen lassen. Er hob den Kopf und blickte zu den leeren Wänden hinauf. Früher hatten hier Kältebetten gestanden, in denen zahlreiche Besatzungsmitglieder der USS London gestorben waren. Mittlerweile gab es hier nur noch einen einsamen Kälteschrank mit drei Millionen Embryonen.

»*Was sagt dein Thermometer?*«
»Nichts. Kein Wort.« Denis schmunzelte. »Minus 42 Grad Celsius.« Er trug einen Kälteschutzanzug und fror dennoch. In der gepanzerten Schatzkammer war es schweinekalt. Sie hat-

ten die Temperatur weiter abgesenkt und zusätzliche Schutzmechanismen in die Anlage integriert. Dem Wohl der Embryonen galt ihre gesamte Aufmerksamkeit.

»*Sehr gut. Das ist der richtige Zielwert. Die Sensoren sieben und elf weichen um 40 Prozent von diesem Wert ab. Wir sollten sie umgehend austauschen.*«

»Deshalb bin ich hergekommen ...« Denis liebte es, wenn Mutter *wir* sagte, aber nur *ihn* meinte. Jazmin konnte das auch, das musste so ein Frauending sein.

»*Die Sensoren befinden sich auf halber Höhe. Ich sende dir präzise Daten.*«

»Aktiviere das Overlay.« Denis' Headset sorgte für eine virtuelle Überlagerung, bei der animierte Objekte in sein Sichtfeld eingespielt wurden. Er konnte die farblich animierten Panels sehen, hinter denen sich die Sensoren verbargen. »Mutter, das sind über vier Meter.« Da würde er ohne Hilfe nicht drankommen.

»*Lass es eine Drohne machen.*«

Denis sah zu R2, der an seiner Seite einen zufriedenen Piepton abgab. Nein, er wollte es selbst tun. »Bringst du mich nach oben?«

Die Drohne vibrierte kurz und hob ihn an der Hüfte an. Es war ein ordentliches Stück Arbeit für ihn, aber er schaffte es. Denis löste eine Abdeckung und überprüfte mit einem Messgerät an seinem Handgelenk, ob er den richtigen Sensor vor der Nase hatte.

»Ich sehe Nummer sieben.« Das war der richtige Sensor, aber nicht der Messwert, den er erwartet hat. »Mutter, an dem Sensor kann ich keine Beschädigung feststellen.« Das wäre auch der erste von den kleinen Scheißern gewesen, den er in ihrer Schatzkammer hätte wechseln müssen.

»*Ich kann plötzlich korrekte Daten empfangen.*«

»Ich habe ihn noch nicht gewechselt.«

»*Tausche ihn trotzdem aus.*«

»Wird gemacht.« Im Zweifelsfall war Auswechseln in einer Zeit ohne Not immer die bessere Entscheidung.

Die Überprüfung von Sensor Nummer zwölf brachte das gleiche Ergebnis. Da war kein Defekt festzustellen, Denis wechselte ihn dennoch aus. R2 setzte ihn wieder wohlbehalten am Boden ab. Er machte sich daran, die nächste Baustelle anzufahren. Das war seltsam, ein falscher Defekt an einem intakten Bauteil war an sich bereits ein Problem, das behoben werden musste. Im Ernstfall konnte jeder Fehlalarm Zeit kosten, die einem dann anderswo fehlte.

Etwas später. Denis hatte den nächsten Job erledigt, ein defektes Ventil an einem Abflussrohr. Das war kein falscher Alarm gewesen, er hätte besser vorher den Schutzanzug übergezogen. Jetzt war seine Kleidung durchnässt, und er roch wie frisch aus der Jauchegrube entsprungen. Das undefinierbare Zeug, das hinter dem defekten Ventil über unzählige Jahre vor sich hingemodert hatte, stank widerlich.

»Was hast du gemacht?«, fragte Jazmin, die nur einen langen Pullover trug und gerade aus dem Badezimmer kam. Dabei rümpfte sie pikiert die Nase.

»Hab ins Klo gegriffen ...« Der Letzte, der in das Rohr geschissen hatte, lebte schon lange nicht mehr.

»Geh duschen!«

»Ähm ... ja.« Das hatte Denis vor. Er zog sich aus und ließ sich einen Moment später vom heißen Wasser den unappetitlichen Gestank von der Haut spülen. »Was hast du gemacht?«

»Hab versucht zu schlafen ...« Jazmin stand in der Tür, ihre langen weißen Haaren waren mit einem Handtuch wie eine Spitzmütze zusammengebunden.

»Und?«

»Ging nicht ...« Sie wirkte abgeschlagen. »Zu viele Gedanken, die mich nicht loslassen.«

»Nimm dir die Zeit, die du brauchst. Mutter und ich kümmern uns um alles.« Denis wollte nur, dass es ihr gut ging. Dafür würde er sich auch Frostbeulen holen oder verstopfte Toilettenrohre mit den Händen freischaufeln.

»Das weiß ich doch.« Sie lächelte. »Wie läuft es mit Lilith?«

»Mutter passt auf sie auf.« Niemand hätte das besser gekonnt. Die KI war überall auf dem Schiff. »Hab schon eine Weile nichts von ihr über unseren Gast gehört.« Die ganze Weile betrug genau vier Stunden und siebzehn Minuten.

»Es ist alles in Ordnung.« Mutter war über unzählige Lautsprecher, Kameras und Projektoren immer präsent.

»Was macht Lilith gerade?«, fragte Jazmin.

»Sie arbeitet einen Kurs aus, um diesen Meteoriten zu finden. Erst wenn wir diese Wegmarke erreicht haben, geht es weiter zur Erde. Die Signale unserer Langstreckensensoren können dabei mehrere Tage unterwegs sein. Ich hoffe, dass wir schneller sind.«

»Immerhin wissen wir, wonach wir suchen.« Jazmin hielt sich den Bauch, ging leicht in die Knie und stöhnte stumm.

»Hey, was ist?« Denis war direkt bei ihr, nackt und pitschnass, er hielt sie und half ihr, sich auf das Bett zu setzen.

»Nur ein Stich ...« Sie rang nach Luft.

»Du bleibst jetzt liegen!«

»Ja, Dr. Jagberg.« Sie lächelte. »Es geht schon wieder.«

»Es geht nicht. Du bleibst jetzt den restlichen Tag im Bett. Sonst lasse ich D2 die Tür bewachen!« Das war Denis bitterernst.

»Okay.« Sie gab nach. »Du bist nass.«

»Ähm ja ...« Und nackt. »Einen kurzen Moment.« Er küsste sie und ging wieder ins Bad. Das Wasser lief noch, und ihm lief mittlerweile Shampoo aus den Ohren.

Denis war auf dem Weg zur Kommandozentrale. Ihr neuer Brückendämon lud zur Audienz. Er hatte keine Ahnung, was sie wollte. Mutter hatte sich dazu nicht klar geäußert und ihm empfohlen, einfach mit ihr zu sprechen. Er zupfte sich die enge Uniform aus der Kimme; entweder war das Ding eingelaufen oder er dicker geworden. Mit zwei Fingern kniff er in eine kleine Speckrolle an seinem Bauch.

»Mist.« Er sollte das Bier am Abend durch eine Tasse ungesüßten Tee ersetzen.

»Kann ich dir helfen?«

»Nein!« Es war eigentlich nicht sein Plan, gemeinsam mit Jaz dicker zu werden.

Die automatische Tür zur Brücke öffnete sich. Alles war wie immer. Er konnte weder Kerzen, Tieropfer, noch mit Blut an die Wände geschmierte Pentagramme erkennen.

»Ingenieur Jagberg.« Lilith wartete auf ihn. Sie stand breitbeinig in der Mitte der Brücke, hatte den Kopf leicht nach vorne gebeugt und musterte ihn.

»Denis.« Bei der Anrede würde er sich ansonsten immer umdrehen, um zu sehen, wen sie meinte.

»Mutter, wir können anfangen.« Es war schon eine Weile her, seit er das letzte Mal in Gegenwart einer Frau nach seiner Mutter gerufen hatte.

»Es geht um die USS London.«

»Klar.« Um welches Raumschiff auch sonst. Mutter war ihm gerade keine große Hilfe.

»Ich möchte dir etwas zeigen.« Lilith drehte sich zur Seite, jede ihrer Bewegungen wirkte wie einstudiert.

»Ich bin ganz Ohr.« Er lehnte sich gegen eine inaktive Konsole und verschränkte die Arme.

»Das ist die Erde.« Lilith wich einen Schritt zurück und präsentierte eine zwei Meter große und wunderschöne holographische Version des blauen Planeten.

»Stimmt.«

»Wenn ein Objekt von der Oberfläche startet, benötigt es eine Geschwindigkeit von 11,2 Kilometer in der Sekunde, um die Gravitation der Erde zu überwinden«, erklärte sie wie seine frühere Physiklehrerin, die aber deutlich lehrerhafter ausgesehen hatte und gefühlt hundert Jahre älter gewesen war.

»Die Fluchtgeschwindigkeit.« Das hatte Denis nicht vergessen, vieles andere schon.

»Genau.« Sie zeigte mit dem Finger auf ihn. »Um das irdische Sonnensystem zu verlassen, braucht man dann schon 42 Kilometer in der Sekunde.« Sie lächelte. »Zumindest wenn man die Erde als Bezugspunkt für diese Berechnung nimmt.«

»Und?« Er wusste nicht, worauf sie herauswollte. Auf eine Schulstunde hatte er keine Lust.

»Wenn man hingegen den Ereignishorizont eines Schwarzen Lochs hinter sich lassen möchte, müsste man sogar so schnell wie das Licht sein. So die Theorie.«

»Das ist keine Theorie. Wir haben es erlebt, und das mit der Lichtgeschwindigkeit ist korrekt.« Nebenbei katapultierte man sich damit in die Zukunft.

Sie nickte.

»Aber einmal hat gereicht. Das möchte ich kein zweites Mal erleben.« Es starb sich zudem leicht dabei, er hatte sein eigenes Ende nicht vergessen. Jaz hatte ihm alles erzählt.

»Sie sind ein erfahrener Raumfahrer, Denis. Man wird Bücher über Sie schreiben.« Worte, die wie warmer Honig klangen. Und so klebrig. Er musste sich zusammenreißen. »Nun ... alles andere im Universum liegt dazwischen, wobei die benötigte Fluchtgeschwindigkeit, um die Gravitation eines Objekts zu verlassen, immer im Bezug zur Position des Fluchtobjekts steht.«

»Das mag sein. Was willst du mir damit sagen?« Der Sinn dieser Physikstunde erklärte sich ihm immer noch nicht.

»Um den Gravitationsknoten Hyperius-18 Z zu verlassen, benötigen wir auf der von uns gewählten Flugbahn eine Geschwindigkeit von 155 220 Kilometer in der Sekunde. Sonst werden wir den Trichter nicht hinter uns lassen.«

»Das wären über 0.51 c.«

»Genau 0.5174 c.«

»So schnell sind wir nicht.« Da kamen sie auch nicht dran. Bei 0.44 c legte die alte britische Lady die Ohren an und bewegte sich keinen Schritt schneller. Die einzige Möglichkeit, weiter zu beschleunigen, bot der Sturz in ein Schwarzes Loch.

»Das ist der Grund, warum die USS London bereits seit 1400 Jahren sehr große Kreise fliegt und diesem Gravitationsknoten nicht entkommen kann. Egal, welchen Kurs Sie wählen. Sie würden früher oder später immer wieder auf das Schwarze Loch zusteuern, das Sie aus verständlichen Gründen vermeiden wollen.«

»Mutter?« Denis konnte ihr folgen, war aber weder Physiker noch Navigator. Die KI sollte ihm helfen, diese Aussage zu validieren. Lilith konnte er wohl kaum vertrauen.

Die Ausführungen klingen logisch. Mir fehlen allerdings Referenzinformationen über Hyperius-18 Z. Lilith, wie schafft es der Gravitationsknoten, an eine derart hohe Masse zu kommen?

»Das wissen wir nicht. Es lässt sich über die vorhandene Masse kein Nachweis führen, da es keine Sterne oder Planeten gibt, die diese Rechnung validieren. Man vermutet dunkle Materie als Ursache für dieses Phänomen, die sich nur mit einer Facette ihrer Existenz zeigt: Gravitation.«

»Und wie kommen wir dann zur Erde?« Das war die entscheidendere Frage.

»Wir müssen schneller werden. Sobald wir den Meteoriten 22-HJ11 gefunden haben, müssen wir beschleunigen. Wenn wir diese Wegmarke passieren und die USS London die benötigte Geschwindigkeit erreicht hat, können wir in einem definierten Winkel ausbrechen und die Heimreise zur Erde fortsetzen.«

»Das gibt das Schiff nicht her.« Damit wiederum kannte Denis sich hervorragend aus. Er wusste genau, was die Triebwerke zu leisten in der Lage waren. Ihr Antimaterievorrat reichte inzwischen nur noch, um einmal abzubremsen. Der Rundflug um das Schwarze Loch hatte sämtliche Reserven verbraucht. Und es war komplett sinnlos, es zur Erde zu schaffen, nur um dann mit Volldampf an ihr vorbeizurasen.

»*Denis, wir müssen einen Weg finden, das Schiff zu beschleunigen. Ich stimme Lilith voll umfänglich zu und sehe keine Alternative*«, erklärte Mutter, die auf eine Projektion als Jaz verzichtete. Merkwürdig, das machte sie sonst immer, wenn sie auf der Brücke war.

»Dafür brauche ich dich. Denis, du kennst das Schiff. Ich kann dir die Richtung zeigen, aber du musst einen Weg finden, schneller zu werden. Das sind nur sieben Punkte. Von 0.44 c auf 0.51 c, mehr nicht.«

Er schüttelte den Kopf. Was Lilith von ihm verlangte, war unmöglich. Er konnte nicht zaubern. »Wir haben nicht genug Antimaterie. Bei jedem Ticken, den wir schneller werden wollen, potenziert sich der Verbrauch an Antimaterie. Im Moment haben wir gerade genug in den Penning-Arrays, um abzubremsen. Bei einer Geschwindigkeit von 0.44 c. Wenn wir jetzt bereits 0,51 c schnell wären, würden wir später mit einem Affenzahn an der Erde vorbeifliegen.«

»Und wenn wir die Penning-Arrays auffüllen?«, fragte Lilith. Sie war durchaus für weitere Überraschungen gut.

»Wie ... wie soll das gehen?«

»Denis, was wäre mit vollen Tanks möglich? Können wir die Triebwerke übertakten?«

»Die Systeme könnten überhitzen.« Denis dachte nach, da

könnten ungefähr zehntausend weitere Dinge aus dem Ruder laufen. Das ganze Design des Antriebs war nicht für eine höhere Geschwindigkeit ausgelegt.

»Das könnten die Drohnen verhindern. Wäre das möglich? Was wäre, wenn wir alle verfügbaren Einheiten für auftretende Schäden in der Antriebszone bereitstellen würden?«

»Die Drohnen würden verstrahlt und nach und nach ausfallen.« Niemand hielt es da hinten lange aus. Die kleinen schwebenden Tonnen konnten zwar mehr einstecken als er, aber auch nicht alles.

»Wie ich mitbekommen habe, agieren die Drohnen autonom. Wie kommt das?«

»Das stimmt.« Das taten sie wirklich. R2 war ihr Anführer, der sich allerdings von ihm Aufträge erteilen ließ.

»Das ist korrekt. Ich kann die Drohnen nicht steuern. Eine Folge der besonderen Ereignisse. Die Drohnen haben über die Zeit ein einfaches Bewusstsein entwickelt. Wir haben später darauf verzichtet, die Systeme auf den Stand der Werksauslieferung zurückzusetzen. Die von ihnen gemachten Erfahrungen sind nützlich.«

»Sie hören auf mich ... Und bisher hat sich noch keine Drohne vor einem notwendigen Reparaturauftrag gedrückt.«

»Denis, ich denke, es ist notwendig, dass wir bereit sind, die Drohnen zu opfern. Bei diesem Manöver dürfen die Antriebssysteme nicht überhitzen. Nur dann sehen wir die Erde wieder.«

»Denis, mir ist bewusst, wie du zu den Drohnen stehst, aber ich sehe auch keine andere Möglichkeit.« Mutters Kommentar war mehr als unpassend. Jaz hätte einen solchen Schritt nie unterstützt. Er hatte gerade Probleme zu glauben, dass Jaz und Mutter noch vor kurzem dieselbe Person gewesen waren. *»Es ist notwendig, dass du den Drohnen den Auftrag erteilst, in der Antriebszone zu arbeiten.«*

»Verstehe ...« Aber einverstanden war er nicht. Ohne die

Drohnen würden sie nicht mehr leben, und jetzt sollte er sie zum Dank über die Klinge springen lassen?

»Es sind keine Menschen.«

»Das bist du auch nicht ...«

Stille.

»*Denis, wir brauchen deine Unterstützung!*«

»Jaz ist ein Androide ... ich liebe sie trotzdem. Nach welchen Maßstäben wollen Sie über die Existenz eines Individuums entscheiden?« Denis zog die Mundwinkel nach unten. Das Gespräch entwickelte sich nicht wie erwartet.

»*Denis!*«

»Mutter, hör auf damit. Du solltest es am allerbesten verstehen!«

»Denis, ich möchte helfen, aber du musst mich helfen lassen!« Lilith kam auf ihn zu.

Er wich zurück. »Wie willst du überhaupt die benötigte zusätzliche Antimaterie herbeizaubern?«

»Du wirst sehen, es funktioniert. Vertrau mir. Ich kenne ein Verfahren, wie man sie aus dunkler Materie gewinnen kann. Das können wir sogar während des Flugs tun. Zu meiner Zeit mussten Raumschiffe nicht mehr aufgetankt werden.«

»Ich möchte zuerst mit Jaz sprechen. Sie ist der Kommandant.«

»Natürlich.« Lilith blieb stehen.

Denis hatte die Brücke verlassen. Den beiden KIs war doch eine Sicherung durchgebrannt. Er würde sicherlich nicht die Drohnen für so ein Himmelfahrtskommando verheizen. Nicht nach dem, was sie gemeinsam erlebt hatten.

»Und alles nur wegen der Erde!«, murmelte er. Pah, als ob es das Wichtigste wäre zurückzukehren. Ihnen ging es doch gut, auch wenn Hyperius-18 Z sie nicht mehr freigeben würde.

»Denis!« Mutter tauchte neben ihm auf, beim Gehen verdichtete sich ihre Projektion als Jazmin. Sie hatte kein Recht, sich so zu zeigen, nicht nach dem, was eben passiert war.

»Lass mich in Ruhe!«

»Jetzt bleib schon stehen!« Sie lief ihm hinterher.

»Nein!« Denis flitzte eine Treppe herunter. Zwei Drohnen waren gerade dabei, ein defektes Klimaelement zu reparieren. Eine drehte sich zu ihm und piepte ihm fröhlich zu. Er hob kurz die Hand, ging aber schnell weiter. Er wollte mit der echten Jazmin sprechen.

»Du musst einen kühlen Kopf bewahren ... es ist wichtig. Wir werden vielleicht keine zweite Chance bekommen.«

»Hast du nicht gesagt, dass du auf Lilith aufpasst?« Denis blieb vor einem Aufzug stehen.

»Das tue ich.«

»Du folgst ihr wie ein junger Hund.«

»Aber sie hat doch recht ...«

»Hat sie das wirklich?«

»Du hast doch den Plan gehört. Sie kann die Penning-Arrays auffüllen, dann können wir Hyperius-18 Z entkommen. Denis, damit wird deine Tochter auf der Erde aufwachsen können.«

Der Aufzug öffnete sich. Denis sah Mutter nicht an, sie folgte ihm dennoch. Mit dem Betreten der Kabine löste sie sich auf, ihr Hologramm zerfiel in Tausende kleiner Pixel, die sich in der Vorwärtsbewegung in Luft auflösten. Hier gab es keinen Projektor.

»Möchtest du das denn nicht?«, fragte Mutter. Der Aufzug war auf der richtigen Etage angekommen. Sie wartete bereits auf ihn.

»Nicht für diesen Preis!« Denis schritt durch sie hindurch. Nur noch den Korridor entlang, dann war er bei ihrer Kabine angekommen. Die Drohnen zu opfern war keine Option.

»Ich verstehe dich nicht ...«

»Mutter, halt jetzt einfach die Klappe! Ich möchte mit Jaz

sprechen. Sie wird dich über ihre Entscheidung unterrichten!« Denis öffnete die Tür. In der Kabine war es dunkel. An der Wand lief eine Animation einer gläsernen Veranda, durch deren Fenster ein Garten im Mondschein zu sehen war. Dazu passend simulierte die Klimaanlage einen lauen Luftzug, der durch eine offene Türe zu kommen schien.

»Sie schläft ...«

»Du bleibst draußen. Das ist nicht deine Entscheidung!« Er schlug Mutter die Tür vor der Nase zu.

Er ging zum Bett. Jaz schlief. Er würde sie nur ungern wecken, aber es ging nicht anders.

»Jaz?«, flüsterte er und strich ihr durch die offenen Haare.

»Denis, ihr geht es nicht gut. Du solltest sie schlafen lassen, damit sie wieder zu Kräften kommt.« Mutter nutzte jetzt das Interkom-System hinter seinem Ohr.

Er antwortete nicht.

»Jaz, hörst du mich?« Er legte die Hand auf ihren Bauch und küsste sie auf die Stirn.

»Denis, bitte, du solltest Rücksicht auf sie nehmen ...« Weiter kam Mutter nicht, er riss sich das Interkom-System von der Haut und warf es aus dem offenen Fenster. Natürlich prallte es gegen die Wand und ging zu Boden.

»Ah ... Denis.« Sie öffnete die Augen.

»Wie geht es euch beiden?«

»Ich hab geschlafen ...«, brummelte sie.

Er lächelte. Das war nicht zu übersehen. Er störte sie wirklich ungern, aber es war wichtig.

»Was gibt's?«

»Es ist wegen Lilith. Sie macht Ärger ... du musst eine Entscheidung treffen.« Denis vertraute Jaz bedingungslos, sie würde das Richtige tun.

»Oh ... was ist passiert?« Die Augen wurden größer und ihre Stimme deutlicher.

»Sie will das Schiff auf Teufel komm raus beschleunigen. Die Drohnen sollen in den gesperrten Antriebsbereich, um einer möglichen Überhitzung zuvorzukommen. Das würde sie zerstören ... also die Drohnen. Und das können wir doch nicht zulassen, oder?« Er holte tief Luft. »Angeblich kann Lilith die Antimaterie auffüllen ... wobei ich keine Ahnung habe, wie das funktionieren soll. Sie sprach von dunkler Materie, die man ...«

»Langsam ... was ist überhaupt passiert?« Jaz setzte sich auf. Das war zu viel auf einmal. »Licht.« In der Kabine wurde es hell. Sie kniff die Augen zusammen.

»Jaz, es ist wichtig, dass wir Lilith aufhalten!«

»Warte ... Mutter?«, fragte sie.

Keine Antwort.

»Ich habe sie ausgesperrt ...«

Jazmin schüttelte sichtlich verärgert den Kopf. »Mutter, melde dich. Sofort.«

»*Hallo, Jaz.*« Mutter antwortete über den Kabinenlautsprecher.

»Was ist passiert?«

»*Wir haben eine Chance, zur Erde zu kommen.*«

»Prima ... worauf warten wir dann noch?« Inzwischen war seine Jaz hellwach.

»*Dazu brauchen wir Denis' Hilfe.*«

»Ich bin sicher, er wird helfen.« Sie sah ihn an, dabei zuckte ihr linkes Augenlid.

»Die wollen die Drohnen opfern!«, rief Denis.

»Na und? Das sind nur Drohnen ...« Jaz verzog nur abfällig den Mund.

»Jaz!«

»Denis, Mutter wird das regeln. Höre auf sie, okay, wenn sie deine Hilfe brauchen, hilf ihr!«

»Das ist nicht dein Ernst ...«

»Doch ... akzeptiere meine Entscheidung!«
Denis sah sie mit offenem Mund an. War das gerade wirklich seine Jaz? Er stand auf und wusste nicht, was er tun sollte. In ihm öffnete sich eine Leere. Sie konnte doch nicht ernsthaft von ihm verlangen, seine Freunde zu töten.

»*Denis, wir sollten gehen. Du hast Jaz gehört, sie braucht Ruhe. Komm, wir können uns vor der Tür weiter unterhalten. Alles wird gut. Wir werden einen Weg zur Erde finden.*«

IX.

AD 3075 – RACHE

Max hatte geschlafen, nicht sehr gut, aber immerhin. War das ein Traum gewesen? Er setzte sich auf und sah sich um. Da waren Sicherheitsglas, drei karge Wände sowie eine massive Tür zu erkennen. Es war nicht seine Kabine, so viel war klar, schließlich hatte er dort die letzten 15 Jahre seiner aktiven Dienstzeit verbracht. Die Jahre im Kältebett zählte er nicht. Im Raum war es düster, durch das breite Fenster drang nicht mehr als das schwache Notlicht vom Korridor zu ihm herein.

»Das war kein Traum ...«, murmelte er, definitiv nicht. Es war wirklich passiert. Besonders der Teil, bei dem man ihn wie einem Verbrecher eine Halskrause verpasst hatte. Diese Erniedrigung würde er so schnell nicht vergessen. Dabei hatte er doch nur seine Pflicht erfüllt.

»*Guten Morgen, Max.*«

»Vater.« Stimmt, das hatte er vergessen, die Bord-KI der USS Boston hatte sich bei ihm eingenistet. Hey, das klang so unglaublich bescheuert, dass die ihn wahrscheinlich zu Recht auf der Krankenstation eingesperrt hatten.

»*Das ist verwirrend, oder?*«

»Ja.« Das war es wirklich. Er griff sich an den Hals, die Halskrause trug er immer noch.

»*Wir können sprechen ... niemand belauscht uns.*« Seine Stimme zu hören beruhigte dennoch. »*Ich habe das nähere Umfeld überprüft. Max, hör mir zu!*«

»Das tue ich doch.« Sich die Ohren zuzuhalten war bei einer Stimme im Kopf keine Lösung.

»Ich fange bei den wichtigen Dingen an: Du bist nicht verrückt, und du hast auch keinen Nervenzusammenbruch.«

»Und was war gestern? Ich hatte wirklich ein paar verrückte Visionen. Und was zur Hölle tust du in meinem Kopf?« Seitdem glaubte er auch, die KI Vater in seinem Ohr flüstern zu hören.

»Das war ein Reboot. Entschuldige bitte den unsanften Hard Reset, ich hatte keine andere Wahl. Es ging um Sekunden, sonst wäre ich entdeckt worden.«

»Entdeckt? Was meinst du? Verdammt, fang doch bitte erst mal von vorn an.« Er presste die Lippen zusammen. »Warum kann ich dich hören? Was ist überhaupt passiert?«

»Wir wurden angegriffen. Die haben zuerst unsere Sensoren ausgetrickst und dann meine primäre Stromversorgung attackiert. Die wollten mich isolieren. Ich konnte flüchten. In deinen Kopf.«

»Ähm ... okay. Aber wie? Ich bin ein Mensch, und du bist eine KI.« Wie hätte Vater das also anstellen sollen? Hatte er sich in eine binäre Maus verwandelt und war in sein Ohr gekrochen?

»Ich verstehe deine Skepsis.« Vater senkte die Stimme. *»Bei dem, was du erlebt hast, kann ich es dir nicht verdenken.«*

»Erkläre es mir ...«

»Es geht dabei um dich. Und um deinen Vater, Duncan Harper.«

»Was hat er damit zu tun?« Er würde jetzt sicherlich nicht anfangen, seinen Vater für diese Misere verantwortlich zu machen. Der Aussage von Major Beuth, der aussah, als ob ihm eine Herde Büffel einen Scheitel gezogen hätte, glaubte er nicht. Sein Vater hätte ihn niemals für ein paar Silberlinge verkauft.

»Er hat es dir nie gesagt.«

»Was?«

»Wer oder was du wirklich bist. Du bist ein Androide.«
»Was bitte soll ich sein?« Max glaubte, sich verhört zu haben.
»Eine hybride Lebensform. Ein organischer Körper mit einem binären Bewusstsein.«
Max lachte.
»Das ist mein Ernst!«
»Vater, du verarschst mich.« Max konnte nicht verstehen, was er mit diesem Schwachsinn erreichen wollte.
»Denk nach. Ein normales Gehirn kann keine KI beherbergen. Deines sehr wohl. Wieso konnte ich dich neu starten, deine Partition verkleinern und es mir zwischen deinen Ohren gemütlich machen?«
»Weil ich verrückt bin ...?«
»Das bist du nicht!« Vater machte weiter. »Du bist verunsichert und erniedrigt worden. Du hast Selbstzweifel. Natürlich stellst du dich in Frage. Meine Güte, so bist du erzogen worden. Was du nicht weißt, ist Folgendes: Duncan Harper hat evolutionäre Routinen für künstliche Intelligenzen entwickelt. Damit hat er die KI der USS Boston ausgestattet und auch einen Androiden. Dich. Wir haben dieselbe Struktur, nur mit unterschiedlichen Ausformungen. Bei technischen Problemen, also wenn es so richtig mies gelaufen wäre, hättest du mich ersetzen können. Das ist deine eigentliche Aufgabe. Es war als eine Art Versicherung gedacht. Immer gut, wenn man sie nicht braucht. Du hast auch in deiner Rolle als Navigator Überragendes geleistet. Ich hätte den Weg nicht gefunden. Ein Navigationsmodell zu entwickeln, das sich nicht nach Sternbildern, sondern nach gravitativen Strömungen richtet, war genial. Eines Tages werden sie deinen Namen in Schulbüchern erwähnen und Prachtstraßen nach dir benennen.«
»Und warum haben die mich dann wie einen Kriminellen in dieses Loch gesteckt?«
»Wir haben das Jahr 3075. Es sind genau 355 Jahre seit unse-

rem Start vergangen. Duncan Harper hat alles dafür gegeben, dass diese Mission erfolgreich wird. Leider hat er nicht berücksichtigt, was nach dem Start der USS Boston alles auf der Erde schieflaufen könnte.«

»Sonst hätten die mich nicht so behandelt ...« Das wäre eine plausible Erklärung. »Wusstest du davon?«

»Du meinst, dass du ein Androide bist?«

»Hat Duncan Harper es dir gesagt?«

»Nein.«

»Wie hast du es herausgefunden?«

»Es gab viele Auffälligkeiten in deinem Verhalten.«

»Und welche bitte?« Max hielt an seinem Verhalten nichts für ungewöhnlich.

»Das ist jetzt nicht so wichtig ... sagen wir, ich hatte einen begründeten Verdacht. Ich wusste es erst mit Sicherheit, als ich dich mit meiner eigenen Reboot-Sequenz neu starten konnte. Der Junge mit dem Fußball warst nicht du, das war ich. Ich habe dein Bewusstsein neu ausgerichtet und dich wieder gestartet.«

»Das geht?«

»Ja.«

»War das nicht risikoreich?«

»Natürlich. Aber hätte ich es nicht versucht, hätten die Angreifer mich isoliert. So habe ich die Kommando-Codecs mitgenommen. Wir sind immer noch handlungsfähig.«

»Oh ... okay.« Max stand auf, der Boden unter seinen nackten Füßen fühlte sich kühl an. Er lächelte verhalten. »Ich werde deine Theorie, dass ich *nicht verrückt* und ein *Androide* bin, vorläufig akzeptieren.«

»Du zweifelst?«

»Es ... ist ein bisschen viel gerade.«

»Das verstehe ich. Wir werden Beweise finden.«

»Sehr gut.« Das brachte Max zum praktischen Teil ihrer bizarren Unterhaltung. »Wie komme ich aus diesem orangenen Overall wieder heraus? Was machen wir jetzt?«

»*Wir kennen das Jahr 3075 nicht. Wir sollten uns zuerst orientieren. Dabei müssen wir extrem vorsichtig sein. Die werden mich suchen. Niemand darf wissen, wo ich bin.*«

»Wegen der Kommando-Codecs?« Damit waren sie in der Lage, das Schiff ohne Vorwarnzeit zu sprengen. Es zurückzuerobern war ungleich schwerer. Sie hatten es mit einem unbekannten Feind zu tun, der ihnen technologisch 355 Jahre voraus war.

»*Das ist unser Trumpf. Wir müssen ihn mit Bedacht einsetzen. Die werden ebenfalls eine unterstützende KI haben, die mir gegenüber im Vorteil ist.*«

»Warum?«

»*Die KI wurde nach meinem Vorbild entwickelt. Sie kennt meine Protokolle, ich aber nicht ihre. Bei einer direkten Konfrontation würde ich den Kürzeren ziehen.*«

»Verstehe.« Max erinnerte sich. »Sagte nicht Captain Jenkins, dass man KIs in deren Welt weniger Freiheiten einräumte?« Die Aussage hatte er nicht vergessen.

»*Das könnte unser Vorteil sein.*«

Später. Max lag im Bett und dachte an die Crew. Mit den Kindern, die erst auf dem Flug geboren wurden, gab es 654 Besatzungsmitglieder an Bord. Eine interessante Entwicklung, da es auf der gesamten Reise, neben dem Offizier auf der Brücke, nur ein weiteres Todesopfer gegeben hatte. Ein tödlicher Sturz von einem Containerkran, bei dem Opfer kam jede Hilfe zu spät. Von der Besatzung waren allerdings nur zehn Prozent wach. Der Rest träumte selig von der Ankunft auf Cygnus und der unglaublichen Vorstellung, zukünftig keine Nächte mehr zu erleben. Drei Sonnen sorgten dort für einen ewigen Tag.

Im Korridor vor seinem Zimmer tat sich etwas. Das Licht

wurde heller und Schritte lauter. Die waren zu zweit. Jetzt konnte er die Ärztin sehen. Colonel Negri, die eine weiße Uniform trug. Das Design und die Rangabzeichen sahen anders aus als bei den Uniformen an Bord, aber in Sachen Farbgebung hatte das Militär in den letzten 355 Jahren offenbar keine Weiterentwicklung erlebt. Die Verriegelung der Tür öffnete sich, und sie betrat den Raum.

»Guten Morgen«, begrüßte sie ihn. Sie war überraschend groß, über 1,80 Meter. Er war selbst nur wenige Zentimeter größer. Zudem war sie schlank, eher androgyn und trug sehr kurze Locken. Die typische Frisur einer Schwarzen. Trotzdem war sie hellhäutig. Er schätzte sie auf Mitte vierzig.

»Hallo.« Max setzte sich auf.

»Wie geht es Ihnen?«

»Bescheiden.« Alles andere wäre gelogen gewesen.

»Ich habe die Wache gebeten, draußen zu bleiben. Mein Chef meint, Sie wären eine Gefahr für die Öffentlichkeit, habe ich etwas von Ihnen zu befürchten?« Sie nahm sich einen Stuhl und setzte sich entspannt neben sein Bett.

»Nein.«

»Das denke ich auch. Colonel Harper, sind Ihnen die Umstände Ihrer Sicherungsverwahrung bekannt?«

»Nein.«

»Nun ... das terranische Flottenkommando hegt den begründeten Verdacht, dass Sie eine eigene Agenda verfolgen könnten.« Colonel Ruth D. Negri, so stand es auf ihrem Rangabzeichen, legte die Beine übereinander.

»Ein Missverständnis.«

»Helfen Sie mir, es aufzuklären.«

»Gerne ...« Max wusste nicht, welchen Weg sie einschlagen wollte. Bestand Hoffnung, dass er alles aufklären konnte?

»Darf ich das an Ihre Schläfe heften?« Sie zeigte einen münzgroßen weißen Knopf in ihrer Hand.

»Was ist das?«

»Ein Scanner … er misst Ihre Gehirnströme. Das würde helfen, Ihren Worten Glaubwürdigkeit zu verschaffen.«

»*Vorsicht, ich weiß nicht, was das Gerät macht. Solche Scanner gibt es nicht auf der USS Boston.*« Vater warnte ihn zu Recht, aber er musste das Risiko eingehen, wenn er ihr Vertrauen gewinnen wollte.

»Darf ich?« Max nahm das Ding und heftete es sich an die Schläfe.

»Overlay …«, sagte Negri und ließ vor ihr ein frei im Raum schwebendes Display mit der Animation seines Schädels entstehen. Sie heftete sich eine zweite Einheit an die Schläfe und öffnete ein weiteres Display.

»Wir sehen uns nicht besonders ähnlich …« Er schmunzelte.

»Das stimmt.« Sie spiegelte ihm seine freundliche Geste zurück. Dann wechselte sie den Filter. »Und das ist unsere Hirntätigkeit.«

»Jetzt sehen wir uns ähnlich.« Max gefiel, was er sah. Die Farbzonen, die Hirnaktivität und -temperatur anzeigten, waren praktisch identisch.

»Ja, oder?« Sie lächelte immer noch. »Unter dem Knochen sind wir alle gleich. Colonel Harper, was Sie sehen, ist ein Scan mit der Software der USS Boston. Es war für die Mission nicht notwendig, genauer hinzusehen. Warum auch? Wie sollte man auch etwas finden, von dem niemand wusste, dass es überhaupt existierte?«

»Was meinen Sie?«

»Sehen Sie her.« Mit dem Finger wischte sie über die in der Luft schwebenden Displays. »Was ich Ihnen nun zeige, ist eine veränderte Abtastung der Gehirnströme. Das Verfahren hat sich in den letzten 355 Jahren weiterentwickelt.«

Jetzt konnte Max es erkennen, sehen, was Vater ihm bereits gesagt hatte. Während sich auf der Ansicht von Negris Hirnströmen nur die Farben und die angezeigten Zonen veränderten, wurde sein Bild pechschwarz.

»Das sind Niedervolt-Bereiche, die beim Menschen eigentlich keine weiteren Informationen zutage fördern. Bei Ihnen ist es allerdings anders. Sie sehen deutlich, was es bei Ihnen nicht zu sehen gibt.«

Max betrachtete das Display, jeder tote Fisch hätte bei dem Scan mehr Farben angezeigt als er.

»Ich habe noch eine Ansicht für Sie.« Sie wechselte erneut den Abtastbereich. Während bei ihr das Display nur noch minimale Aktivitäten anzeigte, tat sich bei ihm ein Feuerwerk auf.

»Das sind eindrucksvolle Bilder.«

»Colonel Harper, ich möchte nicht so weit gehen, Ihnen abzusprechen, ein Mensch zu sein, aber ...«

»Vielleicht bin ich ein Androide. Ich wusste es nicht, und es hat auch meinen Dienst nicht beeinflusst. Ich fühle mich den Menschen nahe und wollte nie jemand anderes sein.«

»Max, die Bilder zeigen, wie dein Kopf funktioniert. Ich habe es dir eben gesagt. Das bedeutet aber nicht, dass du nicht der sein kannst, der du sein möchtest.«

»Das glaube ich Ihnen sogar.« Negri lächelte. »Ihr Vater selbst hat zugegeben, es Ihnen nicht gesagt zu haben.«

»Wenn Sie das wissen, warum sitze ich dann hier?« Max fasste sich demonstrativ an den orangefarbenen Overall.

»Ich bin Ärztin, keine Politikerin, mein militärischer Rang ist nur der besonderen Lage auf Cygnus geschuldet. Nur deswegen darf ich mit Ihnen sprechen.«

»Was bedeutet das?«

»Dass Sie nicht nur mit mir sprechen werden. Ihr Vater, Duncan Harper, hat mit Ihnen die Sicherheitsbestimmungen der Mission gefährdet. Ihre binären Hirnaktivitäten enthalten nicht zertifizierte Software. Sie haben sie an Bord geschmuggelt.«

»Ich habe die Mission zu keinem Zeitpunkt gefährdet!«, verteidigte er sich. »Fragen Sie General Lisbeth Matthieu, sie wird Ihnen sicherlich ihre Bewertungen für mich aushändigen.«

»Colonel, wir werden die Daten sichten.«

»Reden Sie doch einfach mit ihr! Das würde schneller gehen, und Sie könnten mit diesem Blödsinn endlich aufhören.«

»Das würden wir gerne.«

»Aber?« Er verstand nicht.

»Sie lebt nicht mehr.«

»Was?«

»Sie erlitt einen Herzstillstand. Der Arzt konnte sie nicht mehr retten. Sie starb gestern Abend. Der Stress der Übernahme war offenbar zu viel für sie. Jede Hilfe kam zu spät.«

»Nein …« Max' Gesichtszüge kollabierten. Das hatte Lisbeth nicht verdient. Er wusste, wie wichtig es ihr gewesen war, ein Bein auf den Boden von Cygnus setzen zu dürfen. Dafür hatte sie gelebt. Es war nicht fair, dass sie so dicht vor dem Ziel starb.

»*Max, das tut mir leid. Ich weiß, dass du dich sehr gut mit ihr verstanden hast. Es gibt Momente im Leben, in denen das Schicksal uns unvermittelt aus der Bahn wirft. Du musst stark sein, weine für sie, aber bleibe stark!*«

»Weiß es die Crew schon?« Nicht nur er hatte den General geschätzt, die ganze Mannschaft hatte sie geliebt. Vermutlich war noch nicht einmal allen klar, was sie ihr alles zu verdanken hatten. Eine große Frau, die ein besseres Ende verdient gehabt hätte.

»Ich denke nicht. Die Mannschaft wurde isoliert, um sie einzeln über die Ereignisse auf der USS Boston zu befragen.«

»Dürfte ich es der Crew sagen?«

»Colonel Harper, ich kann Ihre Betroffenheit verstehen, aber das zu entscheiden, liegt nicht in meiner Macht.«

»Aber Sie könnten Ihren Vorgesetzten darum bitten, oder? Würden Sie das bitte für mich tun?«

»Lassen Sie uns vorher über Vater, die Bord-KI der USS Boston sprechen.«

»Warum?«

»Weil wir ihn nicht finden können.«

»Was auch gut so ist. Max, bleib wachsam. Die Ärztin ist gefährlich, rede mit ihr, aber achte auf deine Worte. Wir sollten sie nicht unterschätzen, nur weil sie nett ist.«

»Wollen Sie in meiner Hosentasche nachsehen?«

»Colonel, die verschwundene Bord-KI gefährdet die Sicherheitsfreigabe des gesamten Schiffs. Solange wir den Verbleib nicht geklärt haben, können wir niemanden von Bord lassen. Ich werde meinem Vorgesetzten vorschlagen müssen, die USS Boston für unbestimmte Zeit unter Quarantäne zu stellen.«

»Colonel Negri, als Ihre Leute mich gestellt haben, war ich auf der Brücke. Die gesamte Kommandokommunikation wurde aufgezeichnet. Ich habe Vater nicht befohlen, sich unter ein Bett zu verkriechen. Sie haben seinen Cluster angegriffen. Ich weiß nicht, was Ihre Spezialisten dabei gemacht haben. Vielleicht fragen Sie sie einfach. Wurde die KI aus Versehen gelöscht?«

»Sehr gut, mach weiter so. Die sollen sich ruhig mit sich selbst beschäftigen.«

»Mir wurde versichert, dass die Soldaten sehr sorgfältig ...«

Max lachte. »Colonel, Sie sind doch Offizier, meinen Sie wirklich, dass Ihre Soldaten einen Fehler mit dieser Tragweite ohne Not zugeben würden?«

»Das wird sich zeigen.«

»Colonel Negri, mir ist es sehr wichtig, mit der Crew über Matthieus Tod zu sprechen. Ich weiß, dass ich das in meiner Position nicht verlangen kann, aber ich möchte Ihnen meine volle Kooperation zusagen, wenn Sie es für mich möglich machen.«

»Max, du bist ein begnadeter Lügner und dabei obendrein eiskalt. Sehr gut, die Ärztin hat bei deiner Aussage sogar eine

Aufzeichnung deiner Hirnströme gratis bekommen, die ihr absolut nichts über dich mitteilen werden. Ich habe die Messung verfälscht.«

32 Minuten später. Max stand rasiert und in frischer Uniform im Casino vor der Crew der USS Boston und deren Angehörigen. Alle, die nicht in Kältebetten lagen, waren da. Lana, Yuki, Skagen und auch Jorgen Fenech. Er wirkte wieder nüchtern. Allerdings hatte er von seinem langen Hals, so geknickt wie er dastand, mindestens zwei Wirbel eingeklappt. Wer fehlte, war ihr Schiffsarzt, den hatte er bisher nicht ausmachen können. Wo war er?

»Leute, bitte hört mir zu!«, rief er laut, um sich gegen ein Dutzend Stimmen durchzusetzen. Jeder wollte wissen, was passiert war. Warum man ihm Handschellen angelegt hatte? Verständlich, das hätte er auch gefragt. Negri hatte ihm immerhin erlaubt, ohne dieses widerliche Halsband vor der Crew sprechen zu können. »Kommt schon, ihr wisst, was passiert ist, ich möchte etwas dazu sagen.«

Es wurde ruhiger.

»Unsere Ankunft auf Cygnus stand unter keinem guten Stern. Das können wir ändern, deshalb bitte ich alle, bei den anstehenden Gesprächen zu kooperieren. Sagt einfach, was ihr erlebt habt. Die Wahrheit steht auf unserer Seite!«

»Colonel, weswegen wurden Sie verhaftet?«

»Es hat ... mit meinem Vater zu tun. Auf der Erde haben sich einige Dinge verändert, wobei sich Fragen ergeben haben, die ich zu beantworten habe. Mehr dazu später. Für den Moment ist es meine Pflicht, Ihnen eine traurige Nachricht zu überbringen.«

Ruhe kehrte ein.

»Ich muss leider bekannt geben, dass General Lisbeth Matthieu heute verstorben ist ...«

»MÖRDER!«, brüllte Fenech und stürmte auf Max zu. »DU HAST SIE GETÖTET!«

Er erschrak, diese Reaktion hatte er nicht erwartet. Die restliche Besatzung zeigte eine Mischung aus Schrecken und Erschütterung. Kinder begannen zu weinen.

»DAFÜR WIRD MAN DICH BASTARD HÄNGEN!« Fenech war außer sich. Seine Augen geweitet, seine Mimik verzerrt und sein Mund weit aufgerissen. Skagen packte ihn am Kragen und hob ihn mit einer Hand hoch. Er zappelte wie ein Fisch auf dem Land. Mit den Füßen trat er einen Stuhl um.

»Skagen, lass ihn runter.« Mit Fenech würde Max auch alleine klarkommen. Vor der Tür wurde es lauter. Den Wachleuten von Cygnus war natürlich der Krach nicht entgangen.

»Okay, okay ...« Skagen entließ Fenech wieder aus seinem Griff, der wie ein Sack zu Boden ging.

»Harper wird uns alle ins Grab bringen!«, zeterte er weiter. Er sabberte aus dem Mund.

»Colonel Fenech, mäßigen Sie sich! Sofort! Das ist ein Befehl!«, fuhr Max ihn an und ging auf ihn zu.

Fenech machte weiter. »Er hat uns alle betrogen! Merkt das denn keiner! Werdet endlich wach und wehrt euch gegen ihn! Ansonsten wird niemand von uns überleben!«

»Papa, bitte, hör auf! Du weißt doch nicht mehr, was du sagst. Bitte komm mit in unsere Kabine!«, flehte seine Tochter. Sie trug heute keine Uniform.

»Sei still!« Er stand auf und holte mit wuterfülltem Gesicht zum Schlag gegen sie aus.

Max packte Fenech am Handgelenk, führte den beabsichtigten Schlag an dem Mädchen vorbei, folgte der Bewegung einen Schritt und änderte dann abrupt seine Drehbewegung. Fenech verlor die Balance und stürzte rücklings krachend auf einen am Boden liegenden Stuhl. Beim Aufprall verdrehte er sich mit der Wucht seines gesamten Körpergewichts den Nacken. Alle konnten es knacken hören. Verdammt, das hatte Max nicht gewollt.

Jetzt war Fenech still.

Max sah ihn an. Blut lief ihm aus Nase und Ohren. Lana beugte sich als Erste zu ihm herab und legte die Finger an seinen Hals. »Max, ich denke, wir sollten einen Arzt rufen. Ich fühle keinen Puls mehr.«

X.

AD 9414 – BLIND VOR WUT

Wütend schlug er mit der flachen Hand auf das Lenkrad des Scooters, während er in den hinteren Schiffsteil fuhr. Was war bloß mit Jaz los? Sie hatte ihm nicht einmal zugehört und einfach auf Mutter verwiesen, die sich zurzeit benahm, als ob sie heimlich an der Antimaterie schnüffeln würde. Beide machten einen Fehler. Das wusste er genau. Die Drohnen in den sicheren Untergang zu schicken konnte einfach nicht die Lösung sein.

»Scheiße!« Dass er an Jaz und Mutter zu zweifeln begann, machte ihm zu schaffen. Verdammt, er liebte Jaz, sie wurden gemeinsam Eltern. Er bremste abrupt ab und steuerte um die nächste Kurve. Das Empfangskommando wartete bereits auf ihn: 171 einsatzbereite Drohnen, die dicht nebeneinander eine Handbreit über dem Laufgitter schwebten. Mehr von ihnen gab es auf dem Schiff nicht. R2 und D2 waren auch dabei und führten die Armee der Arbeitsroboter an. Er hatte ihnen befohlen, sich hier zu versammeln, und sie hatten gehorcht.

»Hallo, Jungs ...« Denis bremste ab und parkte den Scooter mit quietschenden Reifen vor der Sicherheitsschleuse. Dabei rammte er eine Begrenzung. Scheißegal! Das kümmerte ihn nicht. Gelbe Warnschilder vor dem Antriebsbereich warnten vor dem Zutritt. Diese Zone durfte von Menschen nur im Strahlenschutzanzug betreten werden. Und auch dann war die maximale Aufenthaltszeit begrenzt. Und in diesem Drecksloch sollte er die Drohnen jetzt verrecken lassen!

D2 gab einen langen und tiefen Piepton ab. Die anderen vibrierten oder wackelten kurz. Das mit den Drohnen war so eine Sache für sich. Ihre begrenzten KI-Systeme hatten in den letzten 1400 Jahren ein bemerkenswertes Eigenleben entwickelt. Konnte man das bereits ein Bewusstsein nennen? Er wusste es nicht. Natürlich war keine der Drohnen mit Mutter oder Jaz zu vergleichen, aber er betrachtete sie dennoch als seine Freunde. Von ihnen hatte, im Gegensatz zur Besatzung, noch niemand versucht, ihn zu töten.

»Denis, Lilith ist bereit, mit dem Auffüllen der Penning-Arrays zu beginnen. Die Drohnen müssen umgehend in der Antriebszone ihre Positionen einnehmen. An den Zuführungssystemen darf es keine Schwierigkeiten geben.«

»Ja, ja, bin schon da!« Denis wollte sich nicht von Mutter hetzen lassen. Das war etwas Persönliches. Er konnte die Drohnen nicht ohne ein Wort losschicken. Verdammt, was er gerade zu tun hatte, machten ansonsten nur herzlose Arschlöcher!

»Es ist nicht notwendig, dass du selbst zum Antriebsbereich fährst. Das ist ein einfacher Arbeitsauftrag. Du sollst nur den Drohnen sagen, was sie tun sollen. Das hättest du auch bequem über das Queue-System der Arbeitsvorbereitung erledigen können ...«

»Mutter, hör auf zu nerven! Ich weiß, was ich tue.« Denis ärgerte sich über die KI. Sie klang wie eine Priesterin hoch oben in der Kanzel, die ihre gläubigen Schäfchen vor Sex vor der Ehe warnte. Er hatte sich das Interkom-System nicht wieder hinter das Ohr geklebt.

Sie schwieg.

Er zog ein Pad-System hervor, das einen holographischen Plan der Antriebszone vor ihm in den Raum warf. Dort waren Bereiche markiert, in denen sich die Drohnen bis zu einer möglichen Reparatur betroffener Systeme aufhalten sollten. Schutz gab es keinen, die Strahlung würde sie überall erwischen. »Ich habe euch die Daten überspielt. Ihr bildet Gruppen und harrt in diesen Zonen aus. Wenn es notwendig wird, helft euch untereinander. Die neuen Reparaturaufträge werden in Echtzeit an euch übertragen.«

R2 kam näher auf ihn zu und piepte leise. Wusste er bereits, was ihm bevorstand? Das machte es noch schwerer. R2 bewegte sich langsamer als sonst. Beinahe schwermütig.

Denis schluckte. »Ich initiiere die Öffnung der Schleuse.« Es konnten pro Durchgang vierundzwanzig Drohnen in den Zwischenraum. Die Schleuse öffnete sich und die ersten schwebten in Reih und Glied an ihm vorbei. Verdammt, wieso ließen die Drohnen sich diese Behandlung überhaupt gefallen?

R2 stupste ihn am Bein an. Denis wusste nicht, wie er reagieren sollte, er legte seine Hand auf die obere Abdeckung. Die Drohne quittierte seine Geste mit einem kurzen Vibrieren, dann schwebte er mit der nächsten Gruppe durch die Schleuse. Auch andere Drohnen piepten kurz, als sie sich an ihm vorbei auf den Zugang bewegten. Treu bis zum Ende, er verspürte einen Kloß im Hals.

»Denis, das ist notwendig, um uns alle zu retten. Es geht um dich, Jaz und eure Tochter. Um die Embryonen. Deswegen machen wir das doch alles hier!«

»Mutter, sei einfach ruhig.« Die Bord-KI sollte wissen, wann sie besser still zu sein hatte. Ob Jaz wusste, wie gefasst die Drohnen ihr Todesurteil aufnahmen? Das war unglaublich. Die wussten eindeutig, was ihnen blühte und blieben dennoch loyal.

»Lilith rekonfiguriert gerade unsere Frontaldeflektoren. Die Steuerbord- und Backborddeflektoren werden ebenfalls neu ausgerichtet. Die Prozesse laufen. Wir können gleich damit starten, die Penning-Arrays aufzufüllen.«

Denis ließ den Kopf hängen und sah die letzten Drohnen in der Schleuse verschwinden. Er hatte keine Ahnung, wie Liliths Zaubertrick funktionieren sollte. Antimaterie flog nicht einfach so unnütz in der Gegend herum. Auf der Erde war ihre Herstellung sehr teuer. Über dreißig Prozent des gesamten Budgets war nur für den Bau der dafür notwendigen gigantischen Ringbeschleuniger draufgegangen. Der größte davon, auf dem Mond, umfasste in einem zwölf Meter tiefen Ringbunker den gesamten Trabanten.

Er schüttelte den Kopf, lehnte sich gegen den Scooter und aktivierte über sein Pad eine holographische Anzeige der Strahlenbelastung. Noch war sie moderat, was sich aber gleich unter Volllast der Triebwerke massiv ändern sollte.

»*Penning-Arrays wieder auf 37 Prozent.*« Mutter hielt ihn auf dem Laufenden. Es funktionierte tatsächlich. Denis blieb nur ungläubiges Staunen.

»Keine Beschädigungen«, meldete er über das Mikrophon des Pads zurück. Die Drohnen hatten noch nichts zu tun. Er musste hier weg. Mit Einsetzen des Schubs würde er vor der Schleuse ansonsten gleich seine Backenzähne verschlucken.

»*42 Prozent und steigend. Wir können die Triebwerke in drei Minuten zünden. Denis, du musst dich in einen Schutzraum begeben, um nicht den G-Kräften ausgesetzt zu sein.*«

»Bestätigt.« In dieser Sache wollte er Mutter nicht widersprechen. Er hämmerte auf den Verriegelungsknopf des Scooters, der sich darauf mit vier Halteklammern am Gitterboden arretierte. Ansonsten würde das Fahrzeug mit der Schleuse kollidieren, was an dieser Stelle eine verdammt uncoole Sache geworden wäre. »Ich gehe in den Standby-Bereich für Techniker.«

»*46 Prozent. Du hast noch 162 Sekunden.*«

Denis nickte und nahm eine lose auf dem Scooter liegende Ausrüstungstasche mit. Die wäre sonst weg gewesen. Der vor hohen G-Kräften geschützte Standby-Bereich befand sich direkt neben der Hauptschleuse zum Antriebsbereich. Er durchschritt eine kleinere Personenschleuse und warf die Tasche in die Ecke. Den Schutzanzug brauchte er noch nicht. In der Mitte des kargen Raumes gab es acht ergonomische Flugsessel. Er saß in der ersten Reihe.

»*52 Prozent. Starte bereits die Antimateriezuführung. Bist du in Sicherheit?*«

»Ja.« Ob es auf dem Schiff überhaupt einen sicheren Ort gab, war fraglich. Bei einem schweren Unfall würde sich der ganze Pott schneller in seine Einzelteile zerlegen, als er furzen konnte. Er steckte das Pad in seine Brusttasche und schnallte sich an. Passenderweise hatte er auch einen Mundschutz dabei.

»*Was machen die Drohnen?*«

»Sie warten ...« Die Vorstellung, R2 und D2 nicht wiederzusehen, bedrückte ihn.

»*91 Prozent. Noch 17 Sekunden.*«

»Bin bereit.« Das würde gleich ein wenig rappeln. Der Standby-Bereich war nicht so gut gegen die G-Kräfte abgefedert wie die Zone für die Besatzung, die lebenden Tiere und ihre Schatzkammer. An der Wand vor ihm aktivierte sich ein großes holographisches Display, das in mehrere Bildabschnitte unterteilt war. Denis konnte Lilith auf der Brücke sehen. Sie sagte nichts und überließ Mutter das Reden. Am liebsten würde er Lilith erwürgen. Ob man Androiden überhaupt erwürgen konnte? Er würde es herausfinden.

»*98 Prozent. Noch drei Sekunden.*«

Denis hob die Augenbraue. So schnell Antimaterie aus dem freien Raum zu gewinnen, war heftig. Ihn interessierte wirklich, wie Lilith das anstellte.

»*Zündung!*«

Denis wurde mit voller Wucht in den Sitz gepresst. Alles vibrierte. Er biss die Zähne zusammen, während die immensen Beschleunigungskräfte ihm die Oberlippe mit den Ohren zu verknoten versuchten.

»*Wir haben Initial 30 g Schub!*« Seine Ausrüstungstasche schoss an ihm vorbei an die Wand. Das war fast doppelt so viel, wie für die USS London vorgesehen war.

»*Der Wert sinkt auf 21 g.*« Das war immer noch zu viel. Lilith steuerte die USS London am Grenzbereich, und Mutter ließ es geschehen. Dabei hatten die Ingenieure diese Belastungsgrenzen nicht ohne Grund entwickelt. Bei den Kräften konnten noch ganz andere Dinge auf dem Schiff kaputtgehen. In der rechten Ecke der holographischen Anzeige fingen mehrere Sektionen an zu blinken. Das hatte er befürchtet. Die ganze Aktion fühlte sich an, als wolle man einen mit Benzin betriebenen Oldtimer auf der Straße auf zweihundert Sachen bringen, indem man ein brennendes Streichholz in den Tank steckte.

»Die Temperaturen steigen zu schnell!« Die Werte schossen in die Höhe. Hunderte von kritischen Warnmeldungen rasten über das Display.

»*Setze die Drohnen ein! Wir werden gleich einen Booster starten und die Navigationstriebwerke dazuschalten. Das wird uns weiteren Schub verleihen.*«

Das geschah automatisch, die Drohnen wussten, was zu tun war. Auch die Strahlung im Antriebsbereich explodierte förmlich. Glühwürmchenland hatte wiedereröffnet. »MUTTER! DAS IST WAHNSINN!«

»*Es ist unsere einzige Chance. Wir müssen das nur ein paar Stunden durchhalten, dann haben wir es geschafft. Bleib auf deiner Position und sorge dafür, dass die Drohnen ihre Arbeit tun.*«

»MUTTER, WIR WERDEN DAS KEINE HALBE STUNDE DURCHHALTEN! LILITH DARF DIE NAVIGATIONSTRIEBWERKE NICHT STARTEN! HALTE SIE AUF!« Die Drohnen und er hatten die Navigationstriebwerke nach allen Problemen der Vergangenheit erst kürzlich instand gesetzt. Die Systeme waren nach 1400 Jahren Irrflug im All weit davon entfernt, diesem halsbrecherischen Flugstil standzuhalten. Er hatte keine Ahnung, warum Mutter das nicht ebenfalls sah. Ihr waren auch die anderen technischen Probleme bekannt, mit denen sie nach der langen Zeit zu kämpfen hatten.

»Mir sind die Risiken geläufig. Sie sind vertretbar. Denis, stelle Jaz' Entscheidung nicht in Frage. Leiste deinen Teil, um das Schiff flugtüchtig zu halten. Wir brauchen dich bei den Drohnen.«

Rechts sah Denis die Liste neu auftretender Überhitzungen, links eine Übersicht über die Aktivitäten der Drohnen. Alle befanden sich im Einsatz. Anfänglich konnten die Drohnen binnen Sekunden eingreifen, mittlerweile wurde die Zeitspanne größer. Die Zeitspanne, in der auch unter der stark angestiegenen Strahlung ein halbwegs sicheres Arbeiten möglich wäre, wurde dagegen immer kleiner. Für Menschen lag sie mit Schutzausrüstung und vollständigem Atemschutz unter fünfzehn Minuten, für die Drohnen bei knapp einer halben Stunde. Danach würde man die kleinen Roboter als verstrahlten Sondermüll entsorgen müssen.

Eine gelb-rote Warnmeldung überragte alles andere. Denis schlug auf den zentralen Verschluss seiner Gurte und befreite sich aus dem Sitz. Nicht seine beste Idee, da er umgehend an die Wand hinter ihm stürzte. Direkt neben seine Tasche, die sich dort bereits befand.

»Denis, was machst du da? Gibt es Probleme mit dem Sicherheitsgurt? Warum sitzt du nicht mehr in deinem Sitz?«

»Ich muss pinkeln!«, presste er aus seinen Lungen hervor. Den Arm zu heben war unter der quer zur Grundfläche des Standby-Raumes wirkenden Gravitation bereits schwer, dabei auch noch zu reden, ein echtes Kunststück.

»Du musst dich sofort wieder anschnallen. Wir können das

Beschleunigungsmanöver nicht abbrechen. Die Phase ist gerade kritisch. Wir halten den Verfolgungskurs auf den Meteoriten und gewinnen an Geschwindigkeit.«

Ja, das sollte er wirklich tun. Also sich anschnallen. Allerdings hatte er, so erbärmlich wie er an der Wand klebte, keine Chance, in den drei Meter entfernten Sitz zurückzugelangen. Springen war nicht möglich, er konnte sich noch nicht einmal aufrichten. Die Kraft, um Mutter zu antworten, sparte er sich, die wollte er besser einsetzen. Zum Glück war die Tasche nicht weit. Er griff nach ihr und zog sie zu sich. Er schrie, stöhnte und gab alles. Das Ding wog Tonnen.

Geschafft. Als Erstes kramte er zwei Manschetten hervor, G-Bracelets, die Kampfpiloten an den Handgelenken trugen, um bei hohen G-Kräften die Hände am Steuerknüppel halten zu können. Er hatte sich auf diese Situation vorbereitet, allerdings gehofft, dass es weniger schlimm würde. Das Klicken der Verschlüsse beruhigte ihn. Die G-Kräfte, die nun auf seine Hände wirkten, fühlten sich nur noch wie 2 g an. Das war die doppelte Erdanziehungskraft, damit konnte er leben.

»*Kannst du mir erklären, was du dort gerade machst? Was ist in der Tasche?*«

Mutter sah viel, aber nicht alles. Er ließ sich davon nicht stören. Die Drohnen brauchten seine Hilfe. Im Glühwürmchenland waren gerade zwei Steuerungssysteme der Antimateriezuführung ausgefallen. Die Drohnen hätten die ganze Unit tauschen können, aber das dauerte unter diesen Umständen zu lange. Das war eine Aufgabe für ihn, er konnte den Zufluss der prall gefüllten Penning-Arrays 17 und 19 umleiten. Dann würden die elektromagnetisch gesicherten Lagerstätten nicht überlaufen. Antimaterie, die an die Wände spritzte, hätte ihm den Rest des Tages versaut.

»*Die Drohnen müssen umgehend die Penning-Arrays 17 und 19 offline nehmen*«, erklärte Mutter, die ansonsten schneller war. Denis hatte keine Ahnung, was sie gerade machte. Vielleicht trank sie ja mit Lilith eine Tasse warme Milch mit Honig. Auf dem Display war zu sehen, dass R2 persönlich dabei war, sich mit dem Ersatzteil auf die Silos 17 und 19 zuzubewegen. Denis musste sich beeilen.

Jetzt zog er einen Kampfanzug mit einer bionisch verstärkten Muskulatur hervor. Der Radiationsschutz war zwar schlechter als bei den leichteren Strahlenschutzanzügen, dafür konnte man sich aber in dem Ding bewegen. Sich unter diesen Umständen umzuziehen war nicht leicht. Er schaffte es dennoch und aktivierte seine Hightechganzkörperprothese. Ein völlig neues Körpergefühl, er verfügte jetzt über die Kraft, die er brauchte. Los! Da wartete ein Job auf ihn! Er musste sich beeilen.

»Du hast doch nicht etwa vor, in den Antriebsbereich zu gehen, oder? Denis, das ist keine gute Idee. Ich verbiete dir ...«

»Mutter, halt den Rand. Wenn ich das nicht mache, gehen wir alle drauf.« Was die Drohnen konnten, konnte er auch. Er würde für die USS London kämpfen.

Mit dem Jetpack schwebte er in die Nähe von Penning-Array 17 und 19. R2 wartete auf ihn. Die Strahlung hatte bereits seine Lackierung ausgebleicht. Die Zeit lief gegen ihn. Denis blieben noch sieben Minuten. Wenn er dann seinen Arsch nicht wieder herausgeschafft hatte, würden seine Eier wie glühende Christbaumkugeln am Tannenbaum leuchten.

»Du hast noch sechs Minuten und zwölf Sekunden.« Das musste Mutter ihm nicht sagen. Unter diesen Umständen zu arbeiten gab ihm den besonderen Kick. Mit ruhiger Hand öffnete er frei im Raum schwebend eine Revisionsöffnung. Sein Jetpack würde bei dieser Höllentour noch knapp fünf Minuten durchhalten. Danach würde er als Kanonenkugel irgendwo ganz weit unten einschlagen.

Denis sah auf das Penning-Array 17. Da trat nichts aus. Sehr gut, er befand sich also noch im Rennen. Er überprüfte die Fehlermeldungen und stellte fest, dass die Speichervorrichtung undicht war. Das konnte nicht sein. Lilith hatte diese Unit neu aufgetankt, sie hätte randvoll sein müssen. Aber nirgends trat Antimaterie aus, die, wenn sie mit Sauerstoff reagierte, sehr komische Dinge tat, wie explodieren zum Beispiel. Das hätte er sicherlich bemerkt.

»MUTTER!« Denis überprüfte eine lokale Füllstandsanzeige, das Drecksding war leer. Darin befand sich nicht mehr ein einziges Antimateriemolekül. Von wegen im freien Raum während des Fluges Antimaterie generieren. Das war völliger Schwachsinn gewesen. »LILITH VERARSCHT UNS!«

»*Das kann ich mir nicht vorstellen.*«

»ICH SEHE ES MIT MEINEN EIGENEN AUGEN! DAS PENNING-ARRAY IST SCHEISSLEER!«

»*Du musst dich irren.*«

»HAT LILITH DIR IN DIE MEMORY-UNIT GESCHISSEN, ODER WAS IST MIT DIR LOS? WACH ENDLICH AUF!« Denis war stinksauer. Sein erster Gedanke war blankes Entsetzen, der zweite war noch schlimmer. Das vermeintliche Auftanken mochte ein Fake gewesen sein, aber sie hatten definitiv den Hauptantrieb gestartet und flogen mit übertakteten Triebwerken diesem dämlichen Meteoriten hinterher. Jetzt die Preisfrage: Welche Antimaterie verfeuerten sie gerade? Antwort, ihre Reserven! Lilith, die verlogene Schlange, opferte für dieses Manöver ihre letzte Möglichkeit, abbremsen zu können.

»*Du hast einen Nervenzusammenbruch.*«

»NEIN!« Denis holte Luft. Der Monitor am Jetpack blendete in seinen Helm eine Warnung ein. Er musste zurück. Sofort. R2 wich ihm die ganze Zeit nicht von der Seite. »MUTTER, ICH HABE KEINE AHNUNG, WARUM, ABER LILITH VERPULVERT GERADE UNSERE RESERVEN! DU MUSST IHR DEN STECKER ZIEHEN!«

»*Denis, ich ziehe dich aus dem Einsatz ab. Melde dich sofort auf der Krankenstation. Wir müssen dich behandeln. Ich werde Jazmin unterrichten. Sie wird dort auf dich warten. Keine Angst, alles wird gut werden.*«

Denis fletschte die Zähne, jetzt war Schluss! Er steuerte mit dem Jetpack auf den Ausgang zu. Die Penning-Arrays 17 und 19 musste er nicht reparieren. Sie waren leer und durften von ihm aus den ganzen Tag lang mit kritischen Fehlermeldungen um sich werfen.

Der Jetpack auf seinem Rücken machte Ärger, einer der beiden Booster stockte. Eigentlich hätte er noch 17 Prozent haben sollen, aber das Ding war leer. So würde das mit dem Rückflug nichts werden. Er sackte weg. Der verbliebene Booster gab einen letzten Gnadenton ab, dann verstarb auch er. Scheiße, das Ding war uralt.

»FUCK!!!« Denis schmierte ab. R2 hielt ihn. Wieder einmal, die Drohne verhinderte seinen sicheren Fall in den Tod. Denis wog mit seiner bionischen Ausrüstung und dem Jetpack über dreihundert Kilogramm. Das war auch für R2 kein Pappenstiel. Er piepte schrill. Weitere Drohnen kamen ihnen zu Hilfe. Zwei, drei, fünf Systeme fingen ihn ab. Die Schwebepads der Drohnen agierten sichtbar auf voller Leistung. Die erste Drohne drehte leer ab, stürzte in die Tiefe und zerschellte unten in der ewig tiefen Antriebszone.

Denis' Anzug vibrierte, die Drohnen brachten ihn zur Schleuse. Sie hatten es geschafft. Gemeinsam mit R2 und zwei weiteren Drohnen befand er sich wieder im Standby-Raum für Techniker. Beim Rettungsmanöver war noch eine weitere Drohne zerstört worden, die für ihn ihre letzten Energiereserven geopfert hatte. Er bediente ein Not-Aus-System, das die Kontrolle von der Brücke unterbrach. Die Befeuerung der acht Triebwerke der USS London mit Antimaterie brach abrupt ab. Die G-Kräfte verschwanden.

»*Denis, was hast du getan?*«, rief Mutter.

»Das einzig Richtige.« Dann sperrte er ihren Kanal. Er verschlüsselte die Not-Aus-Funktionen und übertrug die Kontrolle darüber einer Drohne. Dafür zerschlug er mit dem bionischen Handschuh das in der Wand befindliche Terminal und riss die vernetzte Prozessor-Unit aus dem Panel. Diese steckte er dem kleinen Roboter in einem freien Slot unter seiner oberen Abdeckung. Die Drohne quittierte diesen Schritt mit drei hellen Pieptönen. »Du wirst den Prozessor jetzt spazieren fliegen. Lass dir Zeit und halte die Sensoren unten.«

Die Drohne vibrierte und machte sich auf den Weg. Die Schleuse zum vorderen Schiffsteil öffnete sich. Die anderen Drohnen, die inzwischen alle das Glühwürmchenland verlassen hatten, warteten auf den kleinen Helder und versteckten ihn in ihrer Mitte. D2 wickelte ihm Alufolie um die Antenne. Wie gesagt, das mit den Drohnen war so eine Sache, sie ließen sich nicht mehr zentral steuern. Man musste sie überzeugen, wenn man etwas von ihnen wollte. Um den Antrieb wieder zu starten, würde Mutter jede Einzelne von ihnen hacken müssen, bis sie die fand, die die verschlüsselte Prozessor-Unit verschluckt hatte.

»Jetzt zu Lilith!« Denis überprüfte die Energie seiner Kampfrüstung. 83 Prozent, das würde reichen. Um zur Brücke zu kommen, würde er nicht so lange brauchen.

Er rannte los. Das ging schneller, als zu fahren. Mit achtzig Sachen ging es im vollen Sprint an den langen Containerreihen vorbei, die sich im Mittelschiff befanden. Die USS London hatte eine schlichte Architektur. Vorne lebte die Besatzung, dann kam der Frachtbereich, und das letzte Drittel der 40 000 Meter langen Schüssel bestand aus Penning-Arrays und acht Triebwerken. Jedes von ihnen ragte siebenhundert Meter in das Schiff hinein.

Denis war am vorderen Ende der Frachtzone angekommen.

Die nächste Schleuse war geschlossen. Damit hatte er gerechnet – das mehrschichtige Sicherheitsglas zersprang, als er durch die Schleuse hindurchrannte. Die Jagd hatte begonnen, jetzt würde er sich Lilith kaufen. Hinter ihm piepte es. Er drehte sich um. R2 war ihm gefolgt.

»Wir sind ein Team, was?« Denis wollte seinen kleinen Freund jetzt nicht wegschicken. Außerdem würde er jede Hilfe brauchen, die er bekommen könnte.

Mit einem langen Sprung nahm er acht Stufen einer Treppe auf einmal. In vier Schritten war er auf der richtigen Ebene. Da vorne lag die Brücke, auf der sie Lilith abgeladen hatten. Das Licht im Korridor blinkte rot.

Der Zugang war geschlossen. Eine gepanzerte Tür, der er mit dem ersten Faustschlag eine zwanzig Zentimeter tiefe Beule verpasste. Gleich würde er das Mistding geöffnet haben. Der erste Schlag war für Jaz, der zweite für seine Tochter, die noch nicht geboren war. Und für Millionen weitere Kinder, denen er eine Zukunft schenken wollte.

Denis schrie und schlug erneut zu. Dabei legte er seine ganze Liebe, seine Wut und jeden Funken Hoffnung aus seinem Herzen in den krachenden Schlag.

Plötzlich glitt die Tür von selbst auf. Er musste sie nicht aufbrechen. Da stand Lilith, blond und wunderschön und lächelte ihn an.

»Hallo Denis.«

XI.
AD 3075 – DAS VERFAHREN

Das leblose Gesicht glich einer Puppe. Die filigrane rote Linie, die das Blut über seine Wange gezeichnet hatte, sah aus wie mit einem feinen Pinsel gezogen. Als ob Jorgen Fenech niemals gelebt hätte. Max sah ihn an und glaubte für eine Sekunde, zehn Meter von ihm entfernt zu stehen. Aber der leblose Körper befand sich direkt vor seinen Füßen. Was er sah, gehörte zur Realität, auch wenn er sie nicht wahrhaben wollte.

»Das war ...« Max beendete den Satz nicht. Seine Absichten spielten keine Rolle, es zählte nur, was er getan hatte. Taten wogen schwerer als Worte. Hatte er einen Fehler gemacht? Hätte er Fenech seine Tochter schlagen lassen sollen? Vermutlich wäre sie daran nicht gestorben. Sein ohnehin bereits aufgewühltes Seelenleben neigte sich noch weiter aus der Spur. Max fuhr seine Karriere mit einer Wahnsinnsgeschwindigkeit gegen die Wand. Der Aufschlag kam näher, und anstatt gegenzulenken, trat er das Gaspedal voll durch.

»Papa!« Sofia, Fenechs Tochter, ging mit tellergroßen Augen und schreiend in die Knie. Sie lehnte sich über ihren Vater und schüttelte ihn an der Schulter. Er reagierte nicht mehr. Sie weinte, sie schrie, und sie schlug auf seine Brust. »Wach sofort auf! Hörst du! Wach auf und komm mit mir!«

Niemand in der Nähe sagte ein Wort. Die Tür hinter ihnen flog auf. Ihre Versammlung war vorbei. Vier Personen in voller Kampfausrüstung und Gewehren im Anschlag stürmten in das Casino. »STEHEN BLEIBEN!«, »AUF DEN BODEN!«, »KEINER BEWEGT SICH!«, »ICH WILL DIE HÄNDE SEHEN! DIE HÄNDE!«, brüllten sie gleichzeitig.

Die Reaktionen waren andere: Geschrei, Kinder weinten, hektisches Atmen. Die erschrockene Crew lief auseinander und rückte wieder enger zusammen. Als ob man ihnen allen Stromschläge verpassen würde. Da fehlte nur ein Funke und es würde ein Blutbad geben. Dann würden weitere Menschen sterben, für deren Leben Max die Verantwortung trug. Ein für ihn unerträglicher Gedanke.

»STOPP! AUFHÖREN!«, brüllte Max so laut, wie er konnte. Jetzt ging es nicht um ihn. Er sackte mit nach oben gestreckten Händen auf die Knie. »ICH WAR ES! ICH HABE ES GETAN!« Er wollte die Aufmerksamkeit der Cygnus-Soldaten an sich binden. Die sollten die Crew in Ruhe lassen. Das war eine einfache Rechnung: Solange sie ihn mit ihren Waffen in Schach hielten, würden sie nicht aus Versehen jemand anderen niederschießen.

»Ich hoffe, dass sie begreifen, was du für sie tust. Die Flotte wird dir dafür keinen Orden verleihen«, bemerkte Vater, den nur er hören konnte. Als ob Max sich gerade darum scheren würde, so einen dämlichen Orden zu bekommen. *»Aber es funktioniert, sie sehen dich an.«*

»Was ist hier passiert?«, rief einer der Männer. Das dunkle Visier seines Helmes verhinderte, dass man sein Gesicht erkennen konnte. Der Mann bewegte hektisch den Kopf. Die Konsequenz des Geschehenen lag blutend am Boden. Das sollte er eigentlich sehen.

Bis auf Sofia, die ihren toten Vater beweinte, und erschreckte Kinder, die ebenfalls flennten, waren alle anderen still. Ein kritischer Moment, der sich wie eine Ewigkeit anfühlte. Nur eine falsche Bewegung und die Soldaten würden schießen.

»Es war ein Unfall!« Lana war die Erste, die den Mund aufmachte und die Sprachlosigkeit durchbrach. Sie zeigte auf Fenech, der reglos am Boden lag. Unfall war nicht das Wort, das diese Horrorshow am besten traf. Wenn jemand infolge eines Kampfes verstarb, hatte das nur wenig mit einem Unfall zu tun.

Ein etwas kleinerer Soldat schulterte die Waffe, ging auf die Knie und legte Jorgen Fenech einen daumengroßen Scanner an den Hals, der nur rot aufleuchtete und einen akkuraten lang gezogenen Pfeifton abgab. Zwei seiner Kameraden hielten die Crew in Schach, und der dritte zielte Max auf die Brust.

»Er ist tot.« Der Soldat war eine Soldatin. Während sie sprach, öffnete sich ihr Visier.

»Ich habe mit ihm gekämpft. Er ist unglücklich gestürzt. Niemand sonst hat damit etwas zu tun!«, rief Max. Skagen Muller stand in vorderster Reihe. Dieser Blick, seine komplette Halsmuskulatur war zum Bersten angespannt. Max wusste um seine kurze Lunte. Da würde ein falsches Wort genügen, und er ginge mit blanken Fäusten auf die Soldaten los. »Skagen, du hältst dich zurück!«, zischte er ihm deshalb zu.

Der Anführer des Viererteams ließ die Waffe absinken, die Geste beruhigte die Lage. »Meldung für Colonel Negri. Es gab einen Zwischenfall im Casino. Eine leblose Person aufgefunden. Keine weitere Kampfhandlung. Wir brauchen medizinische Hilfe.«

»Max, deine Aufrichtigkeit spricht für dich, aber es wäre gut, Colonel Negri gleich eine gute Geschichte zu erzählen. Sie wird dich ansonsten in der Luft zerreißen.«

Keine zwei Minuten später betrat Colonel Ruth Negri das Casino. Über ihrer hellen Uniform trug sie einen grauen Mantel. Weitere Soldaten begleiteten sie, die den ganzen Bereich sicherten. Bisher behielten alle die Nerven. Es gab keine weiteren Opfer, keinen Tumult.

Sie sah auf Fenech, dann zu Max und zuletzt zu den Familien, die sich bemühten, ihre weinenden Kinder zu beruhigen. Eine schier unlösbare Aufgabe. Um zu verstehen, dass man sich in Lebensgefahr befand, musste man nicht sehr alt sein.

»Bringt Mütter und Kinder zurück in ihre Kabinen. Der Rest setzt sich auf den Boden«, befahl sie und zeigte ihren Leuten an, sich zu bewegen. »Alle Kommandooffiziere bekommen umgehend ein Halsband! Los! Ein bisschen mehr Tempo, wenn ich bitten darf!«

»Es war ein Unfall!«, wiederholte Lana mit dünner Stimme. Sie ging unter.

Negri reagierte nicht auf sie. »Colonel Harper, was zur Hölle ist hier passiert?«

Max spürte seine trockene Zunge, er räusperte sich. »Es gab Streit. Fenech hat mich für den Tod von Lisbeth Matthieu verantwortlich gemacht. Seine Tochter wollte ihn beruhigen, er erhob die Hand gegen sie, und ich habe eingegriffen.«

»Eingegriffen nennen Sie das?«, fragte sie.

»Er ist unglücklich gestürzt ...« Max wusste selbst, wie blöd das klang. Die Bruchstücke des Stuhls hatten sich in einem mehrere Meter großen Umkreis verteilt. Fenechs eigene Unbeherrschtheit hatte den Sturz so heftig werden lassen.

»*Max, es war Notwehr! Unglücklich war nur deine Antwort. Du hast Nothilfe geleistet. Fenech war der Aggressor. Der Idiot hätte vielleicht seine Tochter halb totgeschlagen.*« Vater war wie ein zweiter Gedanke. Zudem ein besserer. Max hatte dumm reagiert. Verbal anzugreifen, anstatt sich jämmerlich zu verteidigen, wäre die bessere Wahl gewesen. Jetzt wirkte er nur schuldig.

»Halsband!« Max, Lana und sogar Sofia Fenech bekamen Halsbänder verpasst. Der Soldat, der Skagen die elektronische Fessel anlegte, ließ sich dabei von zwei Kameraden flankieren. Die legten die gesamte Crew der USS Boston in Ketten.

»Skagen, du bleibst cool, ja?«, befahl Max. Heute sollte es

keine weiteren Toten geben. Es genügte, dass er bereits falsch reagiert hatte. Er sah verzweifelt seinen Freund an. »Hast du mich verstanden? Du machst nichts!«

Skagen knurrte.

»Colonel Harper ...« Negri musterte ihn, während ein Soldat an Max zerrte und ihm auf die Beine half. Max bemerkte, dass ihm gerade alles, was er im Leben erreicht hatte, wie Sand durch die Finger rann.

»Wissen Sie, ich bin ein unverbesserlicher Optimist. Vermutlich würde ich auch im Wissen, morgen zu sterben, heute noch einen Baum pflanzen. Für alle, die nach mir kommen.«

Er schluckte.

»Ich wollte Ihnen glauben ... unbedingt. Deshalb habe ich Sie hier sprechen lassen. Sogar ohne Halsband, als Geste meines Vertrauens. Das ist ein Kredit gewesen, den Sie mir nun nicht mehr erstatten können. Sie haben mich enttäuscht.«

Max fühlte, wie er fiel.

Geraume Zeit später. Max saß auf einem Stuhl, den er wegen des Halsbandes nicht verlassen konnte. Mit dem Ding bewegte er sich wie ein alter Mann, jede hastige Bewegung führte umgehend zu einer Muskelkontraktion. Sie hatten ihm eine Kapuze über den Kopf gezogen, er war so gut wie blind. Allem Anschein nach hatte er es sich mit Colonel Negri verscherzt.

»Name?«, fragte eine männliche Stimme, die aus großer Entfernung zu kommen schien und doch irgendwie nah klang.

»Maximilian Harper.« Nicht Max antwortete, sondern eine andere Stimme, mit der er ebenfalls nichts anfangen konnte.

»Rang?«

»Colonel.« Die sprachen nicht mit ihm, sondern über ihn. Max konnte immer noch nichts sehen.

»Max, ich kann leider das nähere Umfeld nicht untersuchen. Die Gefahr, entdeckt zu werden, ist zu groß. Bleib stark ... uns

bleibt keine andere Wahl, als auf die passende Chance zu warten.«

Max versuchte, seine beschleunigte Atmung unter Kontrolle zu bekommen. Er konzentrierte sich, das war eine Prüfung, nur eine weitere Prüfung. Bisher hatte er alle bestehen können.

»Alter?«

»43 Jahre, bewertet nach Flottenstandard, er hat viele Jahre im Kälteschlaf zugebracht.«

»Kognitiver Zustand?«

»Aufnahmefähig, emotional belastet, aber juristisch belangbar.« So hatte Max noch niemanden über sich sprechen hören.

»Colonel Negri?«, fragte die führende Stimme, die sich mehr und mehr wie ein verhandlungsführender Richter anhörte.

»Ja, Sir.« Die Stimme erkannte Max, sehen konnte er die Militärärztin nicht.

»Sie haben das Wort.«

»Ich habe mir noch kein abschließendes Bild machen können, da mit dem Verschwinden der zentralen Bord-KI wichtiges Beweismaterial nicht sicherzustellen ist. Fakt ist aber, dass die Kommandantin General Lisbeth Matthieu tot ist. Sie starb an einer Überdosis einer proteinisolativen Medikation. Der Schiffsarzt, Nummer drei der ursprünglichen Befehlskette, ist ebenfalls nicht aufzufinden. Weiterhin wurde der erste Offizier, Colonel Jorgen Fenech, von Colonel Maximilian Harper in einem Handgemenge getötet.«

»Ich habe Fenech davon abgehalten, seine Tochter zu schlagen!«, rief Max. Oder besser, er versuchte es. Nicht ein Ton kam heraus. Niemand konnte ihn hören. Ob die ihn überhaupt sahen?

»Max, die sind an deiner Verteidigung nicht interessiert. Seit wir von der Erde aufgebrochen sind, hat sich einiges verändert. Ich vermute, dass Colonel Negri mit mehreren juristischen Verantwortlichen deine Situation erörtert.«

Sein Mund blieb offen, er hatte sich noch niemals in seinem Leben so hilflos gefühlt.

»Colonel Negri, was können Sie uns über Colonel Maximilian Harper sagen?«

»Maximilian Harper erfüllt nicht die juristischen Voraussetzungen, ein Mensch zu sein. Er ist ein Androide, ein Hybrid, er besitzt einen organischen Metabolismus und ein organisches Gehirn, das allerdings binär codiert ist. Diese Technologie ist seit dem 12. März 2728 verboten und gilt auf der Erde und in der gesamten terranischen Allianz als geächtet.«

»Kapazität?«

»Vollfunktional, hochbelastbar und kognitiv extrem leistungsfähig.« Immerhin hielt Negri ihn nicht für einen Idioten.

»Militärische Klassifizierung?«

»KSF 6, 7 oder 8, ich kann es nicht sagen. Sir, an dieser Stelle mache ich mir weniger Sorgen über die Einstufung seiner KI, als über den Verbleib von Vater, der verschwundenen Bord-KI. Sie ist noch zu ganz anderen Dingen in der Lage. Das System besitzt ein liberales Design. Der KI ist eine beträchtliche Intriganz zuzutrauen. Vor allem ist sie in Besitz der Root-Codecs und könnte jederzeit, sogar unter Umgehung zentraler Prozesse, in kritische Abläufe der USS Boston eingreifen. Das bringt das Leben meiner Leute in Gefahr, sogar eine völlige Zerstörung von Cygnus wäre denkbar.«

»Und genau in diesem Unwissen werden wir sie lassen. Ich habe nicht vor, das Schiff mit dem Planeten kollidieren zu lassen. Die haben weder verstanden, wer oder was du bist, noch zu welchen Dingen wir zusammen in der Lage sind. Max bleib cool, wir werden einen Weg finden.«

Vaters Worte stützten ihn, sie gaben Kraft, Kraft, die er brauchte, um nicht noch tiefer zu fallen. Die machten aus ihm eine Sache, über deren Verbleib man beliebig verfügen konnte.

»Colonel Negri, Sie haben den Auftrag, die KI Vater unter allen Umständen sicherzustellen. Diese Signatur darf auf keinen Fall den Weg zurück auf die Erde finden.«

»Ja, Sir.«

»*Zum Glück ist diese Richter-KI dämlich. Menschen auf der Erde haben offenbar in der jüngeren Vergangenheit die Lernfähigkeit von KI-Systemen begrenzt. Vermutlich aus Angst, sich ihrer eigenen Beschränktheit bewusst zu werden. Das ist unser Vorteil. Max, wir sind besser als die. Viel, viel besser!*«

Max schloss die Augen und nickte innerlich. Daran wollte er gerne glauben. Besser zu sein als die, die sagten, dass er kein Mensch sei. Als ob die eine Ahnung hätten, was das Menschsein ausmachte.

»Zurück zu Colonel Harper. Colonel Negri, wir sind heute zusammengekommen, um über seinen Verbleib zu entscheiden. Listen Sie bitte alle relevanten Informationen auf.«

»Harper verfügt über intakte Sozialstrukturen, die mögen zu seiner Tarnung beitragen, aber die Crew hält zu ihm. Seine Dienstakte zeigt keinerlei Rügen oder andere Verfehlungen. Dass die USS Boston mit einem völlig veralteten Navigationssystem überhaupt den Weg nach Cygnus gefunden hat, ist sein Verdienst. Er hat ein Navigationssystem entwickelt, das sich an gravitativen Feldstärken orientiert, womit es der Crew gelang, der Gravitationssenke Spector-13-K zu entkommen.«

»Ist das Verfahren verifiziert?«

»Nein ... absolut nicht. Wir kennen es nicht. Die Wissenschaft hat bisher keinen Weg gefunden, derartige gravitative Phänomene zu meistern. Wir haben sie schlicht umgangen.«

»*Okay, das ist interessant. Vielleicht akzeptieren sie dich wegen deiner Leistungen. Es könnte ein Weg sein, um unsere Verhandlungsposition zu verbessern.*«

»Colonel Negri, Sie haben den zusätzlichen Auftrag, alle Informationen über diese Navigationstechnologie sicherzustellen und an das Research-Center der Flotte zu übergeben. Das ist ein Code-14-Mandat, die Dokumentation über die Sicherstellung hat ausschließlich auf geschützten Systemen der Flotte zu erfolgen. Weisen Sie zudem Eingeweihte auf die besonderen Vertraulichkeitsvorschriften gemäß Code-14 hin. Eine Zuwiderhandlung steht unter Strafe.«

»*Auch ohne zu wissen, was ein Code-14-Mandat ausmacht, die stecken sich deine Errungenschaft in die Tasche. Glaub mir, deinen Namen werden die zukünftig dabei nicht erwähnen.*«

Zweifellos, dachte Max. Aber spielte es eine Rolle? Er hatte das Navigationsverfahren nicht aus Eigennutz entwickelt. Er hatte nur die USS Boston, mit allen Besatzungsmitgliedern an Bord, wohlbehalten an ihr Ziel bringen wollen.

»Ja, Sir. Ich habe bereits alle notwendigen Vorbereitungen für den Transfer in die Wege geleitet. Um Harpers Motivation zu verstehen, also seine grundlegenden Kernel-Instruktionen auszulesen, ist es notwendig, die KI zu disassemblieren. Leider stehen mir hier die dafür erforderlichen Werkzeuge nicht zur Verfügung. Was ich Ihnen allerdings zeigen kann, sind Ausschnitte aus öffentlichen Aussagen, die Duncan Harper von sich gegeben hat.«

»Fahren Sie fort.« Die Richter-KI klang wie ein Schuldirektor, der sich von einem Lehrer über die letzten Missetaten des Schulrüpels berichten ließ.

»*Ich habe Jazmin benutzt, um dem Schicksal ein Schnippchen zu schlagen ... ich habe sie benutzt, um die Sicherheitsarchitektur der USS London zu umgehen. Ich habe mit ihr mehr als ein Dutzend Sicherheitsregeln verletzt! Sogar die, an denen ich selbst mitgewirkt habe, um das Schiff vor der Penetration durch nicht autorisierte Software zu schützen!*«

Das war die technisch modifizierte Stimme seines Vaters, der diese Aussage nach Max' Abreise getätigt haben musste. Dann hörte er Finchs Stimme. Interviewte er ihn gerade?

»*Software? Das verstehe ich jetzt nicht. Wir reden doch über einen Menschen, oder nicht? Es geht um Jazmin Harper? Sie ist doch meine Schwester. Vater, was hast du mit ihr getan?«*

Finchs Frage jagte Max einen kalten Schauer über den Rücken. Sein Vater hatte es auch mit Jaz gemacht? Stücke seines Herzens zerbrachen in Tausende kleine Scherben. Finch war sein Leben lang ein Idiot gewesen, der seine privilegierte Existenz mit Unsinn verschwendet hatte. Aber mit dieser Frage traf er den Nagel auf den Kopf. Max taumelte, sein Vater sprach weiter, aber er verlor kurzzeitig den Anschluss.

»... würde ich alles tun. Ich würde mein Leben opfern, und wenn es notwendig ist, auch das meiner Kinder!«, ergänzte sein Vater. O ja, das passte nur zu gut, er hatte nicht nur das Leben seiner Kinder geopfert, er hatte es komplett negiert. Verdammt, war er nicht mehr als eine technische Fiktion? Eine Schachfigur in den Plänen eines zynischen alten Mannes, der Gott spielte?

Finch redete weiter. Max schüttelte sich, er sollte besser zuhören. Es ging um ihn. *»Du hast gerade eingestanden, dass deine angebliche Tochter ein Androide ist. Also kein Mensch! Und dass du sie benutzt hast, um nicht zertifizierte Software auf die USS London zu bringen. Habe ich das richtig verstanden?«* Finch nagelte seinen Vater regelrecht an die Wand. Das war nur ein schwacher Trost.

»Jazmin und Max sind auf den Raumschiffen. Das ist mein Ziel gewesen.« Mit diesen Worten endete das Gespräch.

»Das sind die bekannten Fakten«, erklärte Colonel Negri. »Ich denke, die Tragweite ist offensichtlich. Es geht um illegal auf die beiden Siedlungsschiffe verbrachte Software. Unabhängig von Harper ist es denkbar, dass auch die Bord-KI konterminiert ist. Ihr Verschwinden lässt genau diesen Schluss zu und verdeutlicht damit auch die Gefahr, die von den beiden KIs ausgeht. Der Gewaltexzess an Colonel Fenech, der Tod von General Matthieu und das Verschwinden des Schiffsarztes zeigen zudem sein skrupelloses Verhalten, die komplette Kontrolle über die Mission zu erlangen.«

»Das ist nicht wahr!«, schrie Max. Niemand, noch nicht einmal er selbst, hörte ihn. Er weinte, wieso ließen die ihn überhaupt zuhören? Um ihn zu quälen?

»Zudem ist bekannt, dass die USS London vermisst wird. Das Schiff kam nie auf Duncan an. Ich sehe in diesen schrecklichen Ereignissen deutliche Parallelen.«

»*Max ... Negri zieht die falschen Schlüsse. Wir beide wissen es besser. Wir wissen, dass du nicht so bist. Max, bleib bei mir. Ich verspreche dir, wir werden das richtigstellen!*«

»Danke, Colonel Negri.«

»Ich bin noch nicht fertig.« Was wollte Negri ihm denn noch alles anhängen?

»Bitte ... ich höre.«

»Harper ist ein korrupter Bastard!«, sagte jetzt die Stimme von Jorgen Fenech, den Max in einem Vernehmungsraum sprechen sah. Das musste vor seinem Tod aufgezeichnet worden sein. »Jahrelang hat er Matthieu nach dem Mund geredet. Ihr Honig auf den Bauch gepinselt. Sie belogen, uns alle belogen, ich habe es immer gewusst!«

Max atmete tief aus. Selbstverständlich hatte er von Fenech keine entlastende Aussage erwartet. Er war genau der Typ, der nachtrat, wenn man ihm die Gelegenheit dazu gab.

»Matthieu ist tot? Ich bin sicher, dass Harper etwas damit zu tun hat. Sah es vielleicht auch noch wie ein harmloser Unfall aus? Das wäre seine Handschrift, genauso schätze ich ihn ein. Colonel Negri, hüten Sie sich davor, ihm auch nur ein einziges Wort zu glauben. Er lügt, wenn er das Maul aufmacht! Wissen Sie, das mit der Navigation war doch alles nur ein großer Schwindel. Ich bin mir sicher, dass Harper das Schiff zuerst in Schwierigkeiten gebracht hat, um es dann selbst zu retten. Alle sollten ihn als Helden feiern! Was sie auch taten. Diese Narren!« Fenech wischte sich die Nase ab. »Hören Sie, mich hat er nicht täuschen können. Ich habe ihn bereits am ersten Tag durchschaut! Harper war doch nur auf dem Schiff, weil sein Vater ihm diesen Platz gekauft hatte! Ein mäßiger Offizier, mit mäßigen Fähigkeiten, einem zügellosen Sexualleben und definitiv frei jeglicher Integrität!«

Stille.

»Sir, das war die Aussage, die Colonel Jorgen Fenech mir gegenüber gemacht hat. Ein verdienter Offizier aus einer sehr guten Familie. Meines Erachtens hat Harper ihn mit Absicht kaltgestellt. Damit möchte ich meinen vorläufigen Bericht beenden.«

»Danke, Colonel Negri.« Der Richter nahm ihre abschließenden Ausführungen zur Kenntnis. Die Lage hätte kaum schlechter für Max aussehen können. Gerade Vater, der für ihn hätte sprechen können, würde niemand glauben. Die Aussagen von Duncan Harper, wenn er überhaupt sein leiblicher Vater war, nahmen der KI und ihm jegliche Glaubwürdigkeit. Fenechs hasserfülltes Erbe brachte keinerlei neue Informationen, es bestätigte nur bereits erfolgte Aussagen.

»Sir. Die Beweisaufnahme ist damit abgeschlossen«, erklärte die Stimme, die dem Richter vorhin Max' Namen, Rang und Alter vorgetragen hatte.

»Im Namen der terranischen Allianz der Welten: Erde, Duncan und Cygnus erlasse ich folgende Verfügung.« Der Richter pausierte einen Moment. Max schwitzte, was war bloß aus der Welt geworden, wenn man in einem Prozess den Angeklagten nicht zu Wort kommen ließ? »Im Fall Colonel Maximilian Harper wird keine Anklage zugelassen. Die vorläufige Beweisaufnahme ist beendet.«

Bitte was? Hatte Max sich verhört? Keine Anklage? Was hatten die mit ihm vor?

»Ich verfüge zudem, dass das Objekt Harper ein Androide

ist und damit kein Offizier der Flotte mehr sein kann. Er besitzt keine Menschenrechte mehr. Seine persönliche ID-Kennung ist ungültig. Sämtliche jemals von ihm getätigten Rechtsgeschäfte sind ungültig und sämtliche Willenserklärungen irrelevant.«

Max stockte der Atem. Das war tausendmal schlimmer als ein Schuldspruch. Sie sprachen ihm seine Menschlichkeit ab, und er konnte nichts dagegen tun.

»Max, ich weiß, wer du bist. Daran hat sich nichts geändert. Hör nicht auf ihn.«

»Das Objekt Harper wird der medizinisch-soziologischen Forschung zugeführt. Neuer Eigentümer ist Harper-Mackinney. Eventuelle finanzielle Erträge, die mit der Verwertung zu erzielen sind, sind anteilig an die Gerichtskasse zu entrichten. Ich verfüge zudem, dass auch die an Bord befindlichen Embryonen an Harper-Mackinney übergeben werden. Die USS Boston wird nach einer sechsmonatigen Quarantäne abgewrackt und zum Sonnensturz gebracht. Kein Besatzungsmitglied, kein Tier und auch keine Gegenstände dürfen nach Cygnus verbracht werden. Die Besatzung bleibt bis zur individuellen Klärung der persönlichen Verantwortung in Haft. Eine Freilassung auf Cygnus ist nicht möglich. Das Verfahren ist abgeschlossen.«

XII.

AD 3075 – NOTWENDIGKEITEN

Isabella hatte die Vorlesung beendet und saß am späten Nachmittag auf ihrer Veranda. Sie liebte den Austausch mit ihren Studenten über die jüngere Geschichte. Vor allem, wenn die Ereignisse der Vergangenheit immer noch Teil ihres Lebens waren und vielleicht die Zukunft prägen konnten. Nur wenn man sich dessen bewusst war, konnte Erlebtes zu einer wertvollen Erfahrung reifen. Wissen war schließlich nur dann gefährlich, wenn es aus zweifelhaften Motiven gesammelt oder zu den falschen Zwecken eingesetzt wurde.

»Nein, Donald, das Essen ist noch nicht fertig.« Das stattliche Schwein legte sich dennoch auf die Veranda und sah sehnsuchtsvoll den Ofen an, der wenige Meter vor ihnen behaglich knackte und wundervoll nach dem Holz getrockneter Olivenbäume duftete. Davon wuchsen auf Gozo mittlerweile mehr, als sie jemals verfeuern konnte. Eine glückliche Fügung, dass sich die Natur nach dreitausend Jahren Raubbau wieder erholte.

»Ich verspreche dir, du bekommst etwas vom Fisch ab. Ganz sicher, es ist genug für alle da.« Bella lächelte und lehnte sich in ihrem Korbstuhl zurück. Sie hatte ihn selbst hergestellt, eine Heidenarbeit, der sie damals einige Schwielen an den Händen und abgebrochene Fingernägel zu verdanken hatte. Einen Korbstuhl zu kaufen wäre einfacher gewesen, aber sie wollte nicht immer den einfachen Weg gehen.

»Riecht der Thunfisch nicht wunderbar?« Der aromatische Duft umspielte ihre Nase. Sie hatte den Fisch in einen alten Tontopf gelegt, mit Olivenöl, Meersalz und mediterranen Kräutern gewürzt und bereits vor geraumer Zeit in den Ofen geschoben. In zwei Stunden dürfte er fertig sein. Das sollte passen, vorher würden ihre Freunde nicht hier sein. Maria und Silvio brachten Marcello mit, der für den Hügel eine Weile brauchen würde. Das Brot zum Fisch und ein Tomatensalat waren bereits fertig. Donald grunzte zufrieden, er würde sich später genüsslich über die Reste hermachen.

Bellas Blick schweifte über die Meerenge zwischen Gozo und Malta. Die Sonne versteckte sich hinter einer Wolke, und ein kühler Luftzug signalisierte ihr, dass dies der passende Moment sei, sich eine Strickjacke anzuziehen. Binnen einer Stunde dürfte es dunkel sein. Sie stand auf und ging in ihr Haus.

Mit einer kuschlig warmen Strickjacke kam sie zurück, verschränkte die Arme und hielt ihre Nase in die letzten Sonnenstrahlen des Tages, die offenbar noch einen Weg an den Wolken vorbei gefunden hatten. Es war ein wirklich schöner Nachmittag im Dezember.

Ein seltsames Surren durchschnitt die Stille, ein ungewöhnliches, aber leicht zu identifizierendes Geräusch. Sie sah nach rechts und fokussierte den Urheber dieser Ruhestörung, eine Drohne. Was wollten diese Idioten von ihr? Sie hatte sicherlich nicht darum gebeten, mit der Presse zu sprechen.

»Verschwindet!« Wie ein lästiges Insekt versuchte Bella die Drohne, die schnell näher kam, zu verscheuchen. Zwei Meter vor ihr verharrte sie schwebend in der Luft. Ein kleiner heller Punkt nahm an Intensität zu. Bella ahnte, um wen es sich handelte. Journalisten. Früher hatten die wenigstens noch den Anstand besessen, ihre Mitmenschen persönlich zu drangsalieren. Dem hellen Punkt entwuchs ein Lichtkegel, der bis auf den Holzboden ihrer Veranda reichte. Juristisch galt das nicht als Hausfriedensbruch, obwohl es in der Praxis genau das war.

»Professor Macfadden, ich bin Korrespondent der *World-Daily-News*, was sagen Sie zu den jüngsten Berichten in der Presse?«, fragte der junge Mann, dessen Hologramm sich so weit verdichtete, dass er von einer Person aus Fleisch und Blut nicht zu unterscheiden war. Auch seine Stimme klang lebensecht. Moderne Kommunikationstechnologie war nicht immer ein Segen, man konnte damit Studenten unterrichten oder anderen Menschen nachstellen.

»Ich verfolge nicht die Nachrichten!« Damit hätte Bella sich nur den Tag versaut. Die meisten News waren den Speicherplatz nicht wert, den sie im Netz belegten. Dinge von Relevanz fanden auch einen anderen Weg zu ihr. »Und jetzt gehen Sie! Ich erwarte Freunde und möchte nicht von Ihnen behelligt werden!«

»Professor Macfadden, Sie genießen in der Scientific Community einen makellosen Ruf und gelten als die führende Historikerin für jüngere Geschichte. Was haben Sie sich bei der Veröffentlichung Ihrer letzten Publikation gedacht? Ich meine damit konkret die Anschuldigungen an Harper-Mackinney, den Konzern mit der größten Börsenkapitalisierung der Welt.«

Der Journalist, ein hochgewachsener jugendlicher Mann, sehr schlank, beinahe schon dünn, mit kurzen grauen Haaren, in denen schwarze Strähnen hervorblitzten, setzte nach. Es wäre auch naiv gewesen, auf seine Höflichkeit zu bauen. Als Person des öffentlichen Lebens durfte die Presse ihr nach Belieben solche Drohnen auf den Leib hetzen.

»Lesen Sie mein Buch. Sie können es sich auch vorlesen lassen, ich bin sicher, Sie werden meine Motivation verstehen.« Bella hatte nicht nur eine Blutspur von Duncan Harpers Erbe zu den Absichten des Harper-Mackinney-Konzerns dokumentiert, sie hatte auch erklärt, warum sie diesen Schritt gegangen war. Das Lilith-Protokoll durfte niemals in die Realität umgesetzt werden.

»Professor Macfadden, heute ist bekannt geworden, dass die Anwälte von Harper-Mackinney in Betracht ziehen, Sie zu verklagen. Ihnen wird vorgeworfen, zentrale Aussagen auf vertrauliche Dokumente zu stützen, die Sie wegen einer Geheimhaltungserklärung nicht hätten veröffentlichen dürfen. Zudem führen die Anwälte an, dass Ihre Argumentation von einer eigenen politischen Agenda geprägt und daher unsachlich und irreführend ist.«

Bella lächelte, Donald grunzte, was juckte es den Olivenbaum, wenn sich ein Schwein daran kratzte. Sie hatte für ihre Arbeit von Harper-Mackinney keinen Dank erwartet. Natürlich versuchten die, sie öffentlich in Misskredit zu bringen.

Von links flog eine weitere Drohne aus der einsetzenden Dämmerung auf sie zu. Das war kaum verwunderlich, die Presse trat meist im Rudel auf. Der Lichtkegel der zweiten Drohne ließ das Hologramm einer jungen Frau erscheinen, deren Alter Bella beim besten Willen nicht einschätzen konnte. Eine elegante Brünette in einem pastellfarbenen Kostüm, mit langen Beinen und schmaler Taille. Nur die alt wirkenden Hände passten nicht zur restlichen Erscheinung. Die Frau hatte sich, um ihren körperlichen Verfall aufzuhalten, eindeutig unters Messer gelegt. Vermutlich sparte sie noch auf die Hauttransplantation. Sich auf diese Art jung zu halten war eine Lebensaufgabe, da man ständig Teile der abbröckelnden Fassade erneuern musste.

Bella hatte mit dem Älterwerden weniger Probleme. Um einen schönen Abend mit Freunden zu genießen, dabei gegrillten Thunfisch zu essen und einem fetten Schwein einen Klaps auf den Schinken zu geben, brauchte sie kein faltenfreies Dekolleté. Da war eine bequeme Hose und eine Strickjacke angebrachter.

»Professor Macfadden, ich bin vom First Streaming Channel, ist es korrekt, dass Sie noch knapp sieben Stunden Zeit haben, eine Vereinbarung zu zeichnen, in der Sie eingestehen, vertrauliche Informationen missbräuchlich verwendet zu haben? Und dass Ihnen bei Verstreichen dieser Frist eine Klage droht?«

Die Dame ging in die Vollen. Die Juristen von Harper-Mackinney verloren also keine Sekunde und instrumentalisierten die Presse, um Druck auf Bella aufzubauen. Donald quiekte, ging zwei Schritte vor und posierte vor der Kamera. Wegen der Dämmerung, die der nahende Abend mit sich brachte, leuchteten bereits vier unterstützende Drohnen ihre gesamte Veranda aus. Das dumme Schwein wusste einfach nicht, wann es liegen bleiben sollte.

Der schlaksige Mann steckte nicht zurück. »Professor Macfadden, es gibt noch keine Stellungnahme Ihres Herausgebers. Wird man Ihre Biographie über Duncan Harper offline nehmen? Haben Sie sich bereits einen Anwalt genommen? Was möchten Sie Ihren Lesern sagen, die das Buch bereits gekauft haben?«

Bella wusste nicht mehr, was sie auf diese Flut von Fragen antworten sollte. Und das war nur der Beginn. Harper-Mackinney hatte noch nicht einmal richtig angefangen, ihr das Leben zur Hölle zu machen.

»Professor Macfadden, ist es zutreffend, dass der Dekan von Cambridge Ihren Lehrauftrag aussetzen wird? Gibt es bereits Reaktionen Ihrer Studenten? Ist Ihnen die neueste Online-Umfrage bekannt? 57 Prozent der Erwachsenen in der werberelevanten Zielgruppe zwischen 65 und 165 Jahren sind der Ansicht, dass es auch Prominenten im Rahmen ihres Lehrauftrages nicht gestattet werden sollte, politisch aktiv zu werden.«

Bella lächelte, für das Kompliment hätte sie sich unter anderen Umständen bedankt. Sie gehörte mit dreiundsechzig also noch zu den Jungen, die ihren Platz im werberelevanten Abschnitt des Lebens noch nicht gefunden hatten.

»Ich bin gerade beim Grillen, es gibt heute Fisch, Tomatensalat und hausgemachtes Brot. Gleich kommen Freunde zum Essen, darf ich Ihnen auch etwas anbieten? Es ist genug für alle da.« Mit einer einladenden Geste zeigte sie auf den bereits gedeckten Tisch ihrer Veranda. Donald grunzte gebieterisch und ließ imposant sein kleines rosafarbenes Ringelschwänzchen rotieren.

»Ähm …« Die Frau stockte.

»Aber ich bin doch nur …«, sagte ihr männlicher Kollege, bevor er abbrach. Vermutlich bemerkte er gerade, wie dämlich er für den Rest der Welt klang.

»Oder haben Sie schon gegessen?«, setzte Bella als gute Gastgeberin nach. Ob die Sender im Netz auch das bringen würden? Sie wusste es nicht, bezweifelte es aber stark. »Nein, warten Sie. Mein Fehler. Ach, das sieht immer so lebensecht aus … ich habe für einen Moment nicht daran gedacht, was Sie sind.«

»Ma'am, was meinen Sie damit?«, fragte der junge Mann, dessen Gesicht seine offensichtliche Verunsicherung zeigte. Die Hologramme waren nicht animiert, jemand tastete sie in einem Studio von lebenden Menschen ab.

»Sie sind nicht echt.«

»Professor Macfadden, was sagen Sie zu der Aussage, dass Sie …« Die Frau stoppte mitten im Satz, vermutlich bekam sie gerade eine Anweisung ihrer Regie.

»Sie stehen auch nicht auf meiner Veranda. Ich bitte Sie vielmals um Entschuldigung, wie konnte ich das nur übersehen? Wissen Sie, ich bin nicht mehr die Jüngste.«

Was für ein Blick. Die Brünette strich als Erste die Segel,

ihr Hologramm löste sich auf, und die Drohne drehte ab. Sie tat nur, was Isabella von ihr wollte, sie hatte sich lächerlich gemacht. Das konnten und wollten die großen Sender nicht senden. Ihr Kollege blickte ihr noch verstört nach. Auch das konnte moderne Technologie leisten, der Mann sah, was die Drohne scannen konnte.

»Junger Mann, haben Sie noch eine Frage?« Bella hatte die Invasion ihrer Veranda aufhalten können.

Er antwortete nicht mehr, stattdessen verblasste auch sein Hologramm genauso wie das Licht der unterstützenden Beleuchtungsdrohnen. Die Show war vorbei.

Isabella blieb noch einen Augenblick stehen. Die Hände in die Hüften gestemmt, den Kopf leicht nach vorne gebeugt und die Lippen zusammengepresst. Sie dachte nach. Sie dachte an den nächsten Tag und die Tage, die darauf folgen würden. Den Lauf der Zeit konnte sie nicht aufhalten, aber das wollte sie auch gar nicht. Trotz ihrer Leidenschaft für die Geschichte und ihres gewählten Lebens auf einer nahezu unbewohnten Insel, hielt sie den Blick stets nach vorne gerichtet.

»Ich muss mit Paul sprechen.« Bella ging in die Küche. »Licht.« Es wurde heller. Manche Dinge konnte man nicht aufschieben. Sie hätte sich lieber um ihre Freunde gekümmert, die mittlerweile in Kürze bei ihr eintreffen konnten.

»*Guten Abend, Professor Macfadden, was kann ich für Sie tun?*«, fragte Lucy und strich sich ihre braunen Haare aus dem transparenten Gesicht.

»Dr. Paul Kleuthen, bitte!« Bella schüttelte den Kopf, wusste aber, dass sie keine andere Wahl hatte. »Private Leitung.«

»*Ich versuche, ihn ausfindig zu machen.*« Lucy löste sich bereits wieder auf.

»Danke.« Sie wartete.

»*Bella, ich sitze gerade im Auto*«, erklärte Paul. Das holographische System zeigte ihn an ihrem Tisch sitzend am Steuer eines Fahrzeuges. Sie wusste, dass er noch einen Selbstfahrer besaß. Ein uraltes Auto mit echten Gummireifen, die über die Straße rollten. Seine Stimme wurde teilweise verzerrt, und das Hologramm übertrug kleine quadratische Projektionsfehler. Er war nicht langsam unterwegs.

»Es ist wichtig.«

»*Natürlich ...*«

»Paul, was genau hast du der Presse erzählt?« Die beiden Journalisten hatten Fragen zu Dingen gestellt, die den Weg in die Öffentlichkeit noch nicht gefunden haben sollten.

»*Bella, du kannst dir nicht vorstellen, was heute in der Universität los war. Wir wurden belagert. Die haben die Studenten nach dir befragt, die wissenschaftlichen Mitarbeiter, die haben sogar ein Interview mit einer Reinigungsdrohne übertragen!*«

»Was hast du denen gesagt?« Sie wiederholte die Frage.

»*Nichts, was die nicht bereits wussten!*« Paul legte seine fleischigen Wangen schwungvoll in die Kurve. Die Übertragung ließ Bella sogar am Quietschen seiner Reifen teilhaben.

»*Sorry, ich bin unter Zeitdruck. Ich habe gleich ein Arbeitsessen mit Juristen der Universität und Vertretern von Harper-Mackinney. Ich versuche zu retten, was zu retten ist.*«

»Das beantwortet mir nicht meine Frage! Paul, was hast du denen gesagt?«

»*Bella, da wirken Mächte, denen wir uns nicht entgegenstellen sollten. Leider ist die Welt nicht überall so eine Idylle wie auf deiner kleinen Insel.*«

»Verdammt, Paul, wie konntest du das tun?« Sie verfluchte ihn. Dieser Mistkerl gab quasi offen zu, der Presse heute Informationen gegeben zu haben.

»*Du wirst mir noch danken!*« Paul bremste ab und parkte das Fahrzeug ein. In London, einer Metropole mit 120 Millionen Einwohnern, tobte der Individualverkehr auf mehreren

Ebenen unter und über der Erde. Auf den klassischen Straßen waren nur noch relativ wenige Autos unterwegs, meist Oldtimer mit einer Sonderzulassung, die sich kaum einer leisten konnte.

»Die haben mir Drohnen auf meine Veranda geschickt!« Sie hatte die Britischen Inseln nicht verlassen, weil sie nach Aufmerksamkeit gierte. Leider war die Welt zu klein, um sich zu verkriechen.

»*Du bist prominent ... du bist eines der Aushängeschilder von Cambridge. Hättest du so wenig Talent wie ich, wäre dir das nicht passiert.*«

»Das ist nicht lustig!« Bella war gerade nicht nach dummen Scherzen zumute. Sie biss die Zähne zusammen.

»*Bella, die ganze Welt war bei dir zu Gast. Ich habe den Stream live gesehen. Der geht gerade viral durch die Decke. Jeder schaut sich an, wie die ehrenwerte und allseits respektierte Professorin Dr. Dr. Isabella Larysa Macfadden zwei vorlaute Nasen von der Presse kaltstellt. Du bist eine Naturgewalt. Leider habe ich den Fisch im Ofen nicht riechen können. Bereitest du ihn immer noch in dem alten Tontopf mit Meersalz, Olivenöl und diesen ganzen mediterranen Kräutern aus deinem Garten zu?*«

»Paul, bei unserem nächsten Treffen landet besagter Tontopf auf deinem Kopf!« Bella stellte sich gerade vor, noch ganz andere Dinge mit ihm zu tun. Das meiste davon würde schmerzhaft werden.

»*Silvio und Maria wiegen zusammen so viel wie meine linke Arschbacke, die essen nicht viel, und Marcello liegt um die Uhrzeit bereits besoffen unter dem Küchentisch. Du kannst nach London kommen, dann halte ich auch still, wenn du mir mit dem Pott einen verpassen willst. Nur ein Wort und ich schicke dir einen Gleiter.*«

»Ich würde den Fisch eher an Donald verfüttern!«

»*Mein Seelenverwandter … das dumme Schwein hat es ziemlich gut bei dir. Schlachtet Marcello nicht mehr?*«

Paul trieb es heute auf die Spitze. Bella bemerkte aber, was er vorhatte, er wollte sie provozieren. Was ihm leider auch gelang. Sie versuchte, sich zu beruhigen. »Paul, ich habe dich nicht wegen meines Grillfischs angerufen.«

»*Ich höre …*« Er saß immer noch in seinem stehenden Wagen. Die duale Abtastlinse befand sich in der Mitte der Windschutzscheibe. Dabei kratzte er sich gemächlich am Bauch. Das mit Donald und ihm war nicht von der Hand zu weisen. Wobei Dr. Paul Kleuthen dazu neigte, sich kleiner zu machen, als er wirklich war. Er mochte ihretwegen kein begnadeter Wissenschaftler sein, aber beim Management der Universität machte ihm keiner etwas vor.

»Ich habe einen Fehler gemacht.« Sich den einzugestehen, fiel Bella nicht leicht.

»*Wir sind alle nur Menschen …*«

»Ja.« Eine Begründung, die ihr ansonsten nicht genügt hätte. Sie wollte nie Mittelmaß sein.

»*Wie kann ich dir helfen?*«

Sie wartete einen Moment. »Die Sache mit Harper-Mackinney, wir müssen sie lösen.«

»*Ich bin dein Mann an der Front. Sag mir, wie unsere Strategie deiner Ansicht nach aussehen sollte.*« Jemand klopfte an seine Fensterscheibe. Sie konnte nur eine Hand erkennen. Er bat die Person mit einer Geste darum, noch einen Moment zu warten.

»Ich …« Sie riss sich zusammen. »Ich bin bereit, mit den Anwälten zu sprechen.«

»*Na also, der erste Schritt … und der richtige Schritt. Wir wissen beide um die Magie von Worten.*«

»Das ist mir bekannt.« Genau deswegen rief sie ihn an, es in ein Buch zu schreiben oder durch Dritte übermitteln zu lassen wäre nicht dasselbe gewesen. Das musste sie persönlich tun.

»*Du kennst die Uhrzeit und die Deadline, und dir ist meine Agenda für den Abend bekannt. Es gibt keinen gegrillten Fisch, keinen frischen Tomatensalat und kein hausgemachtes Brot. Wenn ich Glück habe, bekomme ich ein schales Bier. Alles was relevant ist, steht in einem Vergleich, der sich pünktlich um Mitternacht, wie die magischen Schuhe von Cinderella, in Wohlgefallen auflösen wird.*«

»Ich komme nach London.«

»*Das wollte ich von meinem Mädchen hören!*« Paul lächelte, er hatte gewonnen.

»Kannst du mir einen Gleiter schicken?« Bis nach London waren es zweitausend Kilometer.

»*Kein Problem ...*« Während er sprach, tippte er in der Mittelkonsole des Wagens auf ein Display.

»Wie lange wird es dauern?« Bella musste sich noch umziehen, den Fisch aus dem Ofen holen und Maria bitten, sich um Donald und die Hühner zu kümmern.

»*Drei Minuten.*«

»So schnell?« Bella wusste um die Geschwindigkeit moderner Gleiter, aber ein Flug von London nach Gozo konnte unmöglich nur drei Minuten dauern.

»*Ich habe den Gleiter bereits heute Mittag auf die Reise geschickt. Er ist schon da.*«

»Du bist wirklich ein Mistkerl!« Sie schätzte es nicht, manipuliert zu werden.

»*Darum verstehen wir uns so gut ... Bella, die warten auf mich. Ich muss los. Aber keine Sorge. Sie werden sich freuen, wenn ich ihnen sage, dass du kommst.*«

»Bis gleich ...«

Dann trennte er die Verbindung.

Bella stand auf. Donald stand in der Verandatür und blickte

sie frohen Mutes an. Das Schwein hatte den Fisch nicht vergessen. Sie ging zu ihm, streichelte ihn am Nacken und sah aus der Tür. Zwei Minuten später setzte der Gleiter bereits mitten in ihrem Garten zur Landung an.

Isabella hatte sich umgezogen, ihre grauen Haare hochgesteckt und sogar eine Handtasche aus einer Kiste gekramt. Das Leder roch bereits etwas muffig, aber ansonsten war das naturbelassene Erbstück von ihrer Großmutter fast wie neu.

»Bella, du bist wunderschön«, sagte Maria, die inzwischen mit ihrem Mann angekommen war. Marcello hatte sie nicht begleitet, der schlief bereits tief und fest.

»Lügnerin.«

»Warum hast du keinen Spiegel in deinem Haus?«

»Brauche ich nicht.« Ihr Gesicht bot ihr nach so vielen Jahren wenig Neues, die Welt vor ihrer Veranda hingegen schon. In dem hellen Kleid, das sie trug, beige und mit Spitzen besetzt, hatte früher ihre Großmutter geheiratet. Es war bereits damals nicht neu gewesen. Bella liebte es, solche schönen Erinnerungen zu bewahren. Im Jahr 3075 war es definitiv ein Hingucker. Die Alternative wäre eine selbstgenähte Latzhose gewesen. Nicht die beste Wahl für ihren Gang nach Canossa.

»Wann kommst du zurück?«, fragte Maria.

»Ich hoffe bald.« Sie wusste es nicht.

»Bella, pass auf dich auf.« Maria nahm sie in die Arme, während ihr Mann draußen am Ofen fluchte. Silvio sprang mit dem Finger im Mund auf einem Bein und drehte sich dabei. Donald saß bereits aufmerksam neben ihm und bewachte den heißen Tontopf.

»Natürlich.« Sie nahm ihre Reisetasche und verließ das Haus. Die beiden würden gut auf ihr Heim aufpassen. Der Pilot des Gleiters wartete bereits auf sie. Die Seitentür des Viersitzers stand offen. Das Interieur war mit weißem Leder ausgestattet.

Purer Luxus, auf den sie keinen Wert legte. Die Kiste würde sie nach London bringen. Punkt. Alles andere spielte keine Rolle. Dort würde sie Paul und die beteiligten Winkeladvokaten von Harper-Mackinney treffen. Vielleicht hatte sie aber auch Glück und der schicke Gleiter stürzte auf dem Weg ins Meer.

XIII.

AD 9414 – WO BIST DU?

Jazmin betrat ehrfurchtsvoll den Salon de Vénus im Grand Apartment du Roi des Château de Versailles nahe Paris. Der opulent mit Blattgold und Marmorintarsien verzierte Raum sah überwältigend aus. Alles blitzte im hellen Licht wie Edelsteine in der Sonne. Um nicht an der Türschwelle hängen zu bleiben, hob sie ihren langen fliederfarbenen Saum leicht an. Das wunderschöne Kleid, das sie vermutlich nur einmal in ihrem Leben tragen würde, wollte sie auf keinen Fall ruinieren. Darin fühlte sie sich wie eine Prinzessin.

»Madame Harper, es ist mir eine Ehre, Sie in unserer Mitte begrüßen zu dürfen. Sie sehen bezaubernd aus«, erklärte General Lisbeth Matthieu charmant, die gemeinsam mit General George Mellenbeck und anderen Projektverantwortlichen die zukünftigen Kommandooffiziere der USS Boston und der USS London bei einem Galaempfang in dem französischen Schloss begrüßte.

»Die Ehre ist ganz meinerseits.« Jazmin machte einen Knicks. Max befand sich an ihrer Seite. Ihr kleiner Bruder, der sie in allem übertreffen wollte, war eine Nervensäge, aber heute Abend zum Glück ihr Partner. Sie hatten sich beide aus einer Gruppe von 25 000 Offizieren erfolgreich für den finalen Trainingsabschnitt qualifiziert. In zwei Jahren würde es losgehen. Der Start der beiden noch im Bau befindlichen Raumschiffe war für 2720 geplant.

Ihr ganzes Leben arbeitete sie bereits auf diesen Moment hin. Die Vorstellung, zu den ersten Menschen zu gehören, die eine fremde Welt betreten würden, motivierte sie über alle Mühen hinweg. Sie wäre, um die Abschlussprüfung zu bestehen, auch bereit gewesen, großzügig eine Niere ihres Bruders zu spenden. Eine sollte ihm genügen, um älter zu werden. Max wäre mit ihr vermutlich noch rabiater umgegangen und hätte, wenn er sich damit das begehrte Ticket ins All sichern könnte, auch ihr Herz, die Lunge und andere lebenswichtige Organe verschachert. In puncto Ehrgeiz schenkten sie sich nichts.

»Monsieur Harper.« Matthieu begrüßte auch Max. Das war für alle Beteiligten ein großer Moment.

»Madame ...« Er küsste ihre Hand. Dieser Schleimbolzen! Matthieu ließ es sich gerne gefallen.

»Trinken Sie ein Glas Champagner, tanzen Sie und genießen Sie einen wunderschönen Abend.« Matthieu verwies auf den festlich geschmückten Salon de Vénus, wo bereits zahlreiche Besatzungsmitglieder, Ingenieure und Projektmanager gesellig beisammenstanden. Die Idee, eine Raumschiff-Crew, die bald zu fremden Sternen aufbrach, und die Schiffsbauer in einem tausend Jahre alten Schloss eine richtige Sause feiern zu lassen, war ebenso skurril wie großartig. Die Kosten übernahm ihr Vater aus seiner Privatschatulle.

Der Champagner schmeckte, Max war ihr beim Tanzen noch nicht auf den Fuß getreten, und Jazmin lachte. Das exquisite Essen hatte köstlich geschmeckt und das Servicepersonal glänzte. Das Fest glich einem Zeitsprung in die Vergangenheit. Es gab keine Hologramme, keine Computer oder anderen technischen Schnickschnack. Gute Laune konnte man auch ohne diesen Kram haben.

»Major Harper, Captain Harper, ich würde Ihnen gerne Captain Rufus Simmerkirk vorstellen«, sagte General Mellenbeck, der sich als eine richtige Partybestie erwies. Er kannte alle, und war ganz offensichtlich ein Mann, der es verstand zu führen. Jazmin respektierte ihn.

»Hi Leute ... alles klar?« Die dunkle Fliege an Simmerkirks Kragen zeigte bereits bedenklich Schlagseite, wie auch Teile seines Gesichts. Er hatte offenbar die Bar gefunden, an der ein wirklich exzellenter schottischer Single Malt ausgeschenkt wurde. Damit kannte sie sich aus. Der edle Tropfen kam aus dem Kellerreich von Glamis Castle. Wie alles andere auch, hatte ihr Vater ihn spendiert.

»Klar ... alles bestens.« Max gab ihm die Hand, Jazmin tat es ihrem Bruder gleich. Sie musste über Simmerkirk nachdenken, er löste eine Woge negativer Emotionen aus. Für einen Moment wurde es still in ihrem Kopf. Da stimmte etwas nicht. Sie versuchte, darüber hinwegzusehen, aber es gelang ihr nicht. Das war gerade ihre allererste Begegnung gewesen. Nein, war es nicht. Klick. In ihrem Kopf öffnete sich eine Schleuse und überrollte ihre Sinne mit Bildern aus der Zukunft. Nein, aus der Vergangenheit. Sie hatte das alles bereits erlebt. Der Ball, das Kleid, Simmerkirk, sogar ihr Bruder Max waren nur Teil eines Traumes. Die Party in Versailles war damals einmalig gut gewesen und hatte bis in den frühen Morgen gedauert.

»Darf ich Ihnen Major Jagberg vorstellen!« Mellenbeck genoss es, seine Führungskräfte zusammenzuführen, die er für die Mission ausgesucht hatte. Noch kannten sich nur wenige von ihnen. Die Offiziere kamen von überall her. Es gab kaum eine Nation, die nicht vertreten war. Verständlich, es gab auch kaum ein Land, das nicht für den teuren Spaß bezahlt hatte.

»Sue«, sagte eine großgewachsene Frau mit hochgesteckten blonden Haaren und einem dunkelblauen Ballkleid. Sie wirkte sympathisch. »Mein Mann Denis, er ist Techniker und wird uns, so Gott will, ebenfalls begleiten.«

»Das sind die Harper-Geschwister, keine Sorge, ich habe mir von ihrem Vater persönlich die Erlaubnis geben lassen, sie im Bedarfsfall über das Knie legen zu dürfen!« O ja, Mellenbeck hatte auch bereits den Single Malt gefunden.

»Schön, Sie kennenzulernen.« Denis gab Jazmin die Hand, das war an diesem Abend ihre erste Begegnung gewesen.

»Ganz meinerseits.« Jazmin wusste noch genau, was sie damals gedacht hatte: was für ein nettes Paar. Sie hätte niemals erwartet, dass Sue den Antritt der Reise nicht erleben sollte, und dass sie selbst Jahre später ein Kind von Denis bekommen würde. Das Schicksal trieb schon irrwitzige Spielchen. Es war bedauerlich, dass für diese Entwicklung so viele Menschen sterben mussten. Mit Sue Jagberg an Bord wären vermutlich einige Dinge anders gelaufen.

Jazmin rieb sich die Augen, sie hatte geschlafen. Und geträumt. Es war ein schöner Traum gewesen, eine Reise in die Vergangenheit. Solange sie lebte, würde sie niemanden aus der Crew vergessen.

»Guten Morgen.« Sie strich mit der Hand über ihren nackten Bauch, dessen Rundungen immer deutlicher wurden. Der Pullover, den sie anhatte, war nach oben gerutscht. Hatte sie erwartet, auf der Reise ein Kind zu bekommen? Na ja, sie hatte es vielleicht nicht ausgeschlossen, aber erwartet hatte sie es auf keinen Fall. Sie hatte sich zuvor nur nicht vorstellen können, den Richtigen zu finden. Sie schmunzelte. Als sie mit Denis zusammenkam, war er der Einzige gewesen, der noch lebte. Ein deutlicher Wettbewerbsvorteil im Kampf um ihr Herz. Er hatte seiner Konkurrenz beim entscheidenden Schritt über die Klippe geschickt den Vortritt gelassen.

»Oh, schon wach?« Da war ein Tritt ihrer Tochter. Sie stand auf und ging hastig auf die Toilette. Erst jetzt fiel ihr auf, dass sie allein in der Kabine war.

»Denis?«, fragte sie auf der Schüssel sitzend. Ihre von der kleinen Bauchbewohnerin malträtierte Blase dankte es ihr.

Er antwortete nicht.

Sie hob die Augenbrauen, zog ab und wusch sich die Hände. Wo war er? Hatte sie nicht kurz vor dem Einschlafen noch mit ihm gesprochen? Sie wusste es nicht genau. Na ja, wenn es wichtig gewesen wäre, würde sie sich daran erinnern.

»Denis. Kannst du mich hören?«, fragte sie erneut, aber auch diesmal erhielt sie keine Antwort. Er hatte den Sprechfunk offenbar deaktiviert. Keine große Sache.

Jazmin ging ins Schlafzimmer und legte sich wieder hin. Einige Stunden zu schlafen hatte ihr gutgetan. »Licht aus«, sagte sie. Vielleicht träumte sie noch ein bisschen von Versailles? Im Laufe des Abends hatten sie viel gelacht. Niemand hatte damals Angst gehabt. Warum auch, sie alle waren begierig darauf gewesen, das größte Abenteuer ihres Lebens zu erfahren: die Reise zu einem neuen Stern, einer neuen Welt und einer Zukunft, die niemand voraussehen konnte.

Wo war Denis? Diese Frage hielt sich beharrlich in ihren Kopf. An seiner Seite zu schlafen hätte ihr besser gefallen. Alleine hätte sie diese ganzen Strapazen nicht durchgestanden. Sie drehte sich auf die andere Seite. Wenn sich einmal ein Gedanke bei ihr eingenistet hatte, wurde sie ihn so schnell nicht wieder los. Ob er gerade Probleme hatte? Nein, warum auch, Mutter hatte doch alles im Griff.

»Ich will schlafen ...«, murmelte sie und schloss die Augen. Ihre Sinne kamen nicht zu Ruhe. Sie setzte sich wieder auf. »Licht.« Der Raum wurde langsam heller. Seine Seite in ihrem Bett war frei. Klar, er war schließlich nicht hier.

»Mutter ...« Jazmin würde einfach die KI bitten, ihr eine Ansicht von Denis vor die Nase zu projizieren. Dann könnte sie ihm ein wenig bei der Arbeit zusehen, ohne ihm gegenüber wie eine alte Glucke zu wirken. Ja, so würde sie es machen.

Stille.

»Mutter?« Wieso antwortete die Bord-KI nicht? Jazmin schüttelte den Kopf. Es war eine Sache, sich alleine zu fühlen, eine andere, es auch zu sein.

Niemand antwortete.

»Mutter! Denis!« Das war nicht mehr lustig. Aber die beiden würden sich kaum einen Spaß daraus machen.

»Colonel Jazmin Harper für Mutter! Ich erwarte sofort eine Antwort! Melde dich!« Das sollte doch jetzt für alle Beteiligten deutlich genug gewesen sein.

Nichts.

»Scheiße!« Da lief etwas schief! Jazmins Bauchgefühl hatte sie nicht getäuscht. Sie stand auf und sackte augenblicklich wieder in sich zusammen. Das war zu schnell gewesen. Sie sollte ihrem Kreislauf einen Moment Zeit geben, um in Schwung zu kommen.

Zweiter Versuch, sie stand langsamer auf, jetzt ging es. Oh, es zog in der Leiste. Sie biss die Zähne zusammen und atmete den Schmerz weg. War das eine Wehe? Sie wusste es nicht, schließlich hatte sie noch nie eine erlebt. Wie eine alte Frau ging sie auf die Tür zu. Verdammt, das war erst die zweiundzwanzigste Woche, da lag noch ein langer Weg vor ihr. Wie sollte das erst werden, wenn sie kurz vor der Geburt stand? Sie drückte den Öffner für die Kabinentür.

Nichts passierte. Die automatische Tür, die aus zwei Flügeln bestand, die beim Öffnen in der Wand verschwinden würden, bewegte sich nicht einen müden Zentimeter. Ein Stromausfall? Sie drehte den Kopf zur Seite. Nein, sie hatte Licht. Sie hörte genauer hin, die Klimaanlage pumpte stetig angenehm temperierte Luft in die Kabine. Auch die Atemluft schmeckte nicht abgestanden.

Sie drückte den Türöffner erneut. Und abermals. Dann hämmerte sie auf ihn ein. Ohne damit die Tür zum Korridor öffnen zu können. Das System gab noch nicht einmal eine akustische Fehlermeldung von sich. Das war nicht der passende Zeitpunkt.

»MUTTER! MACH SOFORT DIE TÜR AUF!«, rief sie und schlug gegen die matt glänzenden Edelstahlpanels. Da tat sich absolut gar nichts. Was zur Hölle war passiert?

Auch diesmal schwieg die Bord-KI. Jazmin stützte die Hände in die Hüfte und dachte nach. Da gab es nicht viel zu überlegen. Die Situation war eindeutig, sie musste sofort einen Weg finden, um diese blöde Tür zu öffnen. Eintreten ließ sich das Ding leider nicht. Aber manuell entriegeln. Bei einem Stromausfall oder einem Brand musste man das Mistding zwar nicht von außen, aber von innen öffnen können.

»Ich krieg dich auf!« Mit den Fingernägeln öffnete sie eine Klappe unter dem Türöffner, dort legte sie den Schalter für die manuelle Verriegelung um. Von dem Mechanismus in der Wand konnte sie ein leises Klacken vernehmen. Mit den Fingern beider Hände drückte sie in den Spalt, der die beiden Türflügel trennte. Dass die Tür sich jetzt theoretisch mit den Händen öffnen ließ, bedeutete nicht, dass es auch einfach war. Das Ding klemmte.

»GEH AUF!«, rief sie und zog. Der erste halbe Zentimeter war geschafft, sie konnte jetzt besser greifen und mit den Fingern tiefer in den Spalt eindringen.

Jazmin stöhnte und musste nach wenigen Sekunden innehalten. Diese Aktion kostete Kraft, die ihr nicht unbegrenzt zur Verfügung stand. Im Korridor gab es Licht, Sauerstoff und Wärme. Wäre es anders gewesen, wüsste sie es bereits.

Ganz ruhig, du hast Zeit, dachte sie. Aber stimmte das überhaupt? Vielleicht war wirklich etwas passiert? Und Denis brauchte dringend ihre Hilfe. Es war schließlich nicht so, dass er nicht bereits unter ihren Fingern weggestorben war. Damals hatte sie nicht gut genug auf ihn aufgepasst. Das sollte nicht wieder passieren.

»MUTTER! DENIS!«, rief sie durch den Spalt in den Flur. Wie zuvor erhielt sie keine Antwort. Also war es kein Problem mit den Mikrophonen in ihrer Kabine. Weiter, sie holte tief Luft und zog erneut an dem rechten Türflügel, der sich auch bewegte, nur nicht sonderlich schnell. Das schrottige Mistding war über 1400 Jahre alt, und jedes einzelne davon merkte sie jetzt.

Jazmin stöhnte, sie kämpfte, sie zog weiter an dem Türflügel. Zehn Zentimeter reichten noch nicht. Da wäre sie auch ohne ihre Tochter im Bauch nicht durchgekommen. Sie rutschte mit schmerzverzerrtem Gesicht auf den Boden. Ihr Herz raste. Sie schnappte nach Luft. Das war zu viel gewesen. Ihre gesamte Leiste, der Rücken und ihr Bauch verspannten sich. Sie schrie vor Schmerzen und Erschöpfung.

Reiß dich zusammen, pfiff sie sich in Gedanken an. Wenn Denis nicht antwortete, könnte etwas weitaus Schlimmeres passiert sein. Sie musste sofort raus aus der Kabine. Sie blieb am Boden und setzte neben den Händen auch ihre Beine ein. Eine gute Idee, so konnte sie mehr Kraft aufbringen. Es funktionierte, der Spalt in der Mitte der Tür wurde breiter. Leider nur bis zu einem gewissen Punkt. Danach ging nichts mehr.

»Reicht das?«, murmelte sie und versuchte, auf allen vieren durch die Öffnung auf den Korridor zu krabbeln. Keine gute Idee, der Kopf ging durch, aber sie blieb mit den Schultern hängen. Zurück, sie stand auf und versuchte es seitlich. Auch das würde eng werden. Sie zog den Bauch ein, was bei ihr nicht wirklich funktionierte, und drückte sich schräg durch den Spalt. Das tat weh, aber egal, da musste sie jetzt durch.

Auf dem Korridor vor ihrer Kabine war alles wie immer. »Mutter?«

Die KI schwieg weiterhin. Denis nicht erreichen zu können war eine Sache, aber was alles passiert sein musste, damit Mutter sich nicht meldete, wollte sie sich nicht ausmalen. Hatten sie das nicht bereits hinter sich?

»Lilith!« Der Name schoss ihr siedend heiß durch den Kopf. Wieso war sie darauf nicht früher gekommen? War sie der Grund für diesen Ärger? Allein schon wegen des biblischen Namens war dem Androiden alles zuzutrauen.

Denk nach, forderte sie sich in Gedanken auf. Lilith befand sich auf der Brücke. Genauer auf der Standby-Brücke, aber das machte keinen Unterschied. Hoffentlich war sie immer noch dort, Mutter hatte versprochen, auf sie aufzupassen. Hatte es dabei Probleme gegeben? Das war das nahe liegende Szenario. Die Konsequenzen daraus könnten verheerend sein, hoffentlich erwiesen sich ihre Befürchtungen als unbegründet.

Weiter, du brauchst einen Plan! Jazmin gönnte sich keine Pause, es wäre ihr auch nicht möglich gewesen, das halbe Schiff abzusuchen, weshalb sie sich gut überlegte, wo sie hinwollte. »Die Brücke!« Das war ihr erster Gedanke und auch der beste.

Sie ging los, musste sich aber nach drei Schritten an der Wand abstützen. Mit jedem Schritt wurden ihre Beine weicher. Hey, sie war doch nur schwanger! Das würde klappen! Nach zwei weiteren Schritten konnte sie gerade noch verhindern, rücklings zu stürzen.

»Langsam …« Sie atmete hastig und hielt sich am Geländer fest. Vor ihr lag eine Treppe, die sie heraufmusste. Vierundzwanzig Stufen, von denen sie früher, wenn sie es eilig hatte, auch gerne drei mit einem Schritt genommen hatte. Daran war jetzt nicht zu denken. Sie hatte bereits den linken Fuß auf der ersten Stufe stehen. Dafür glaubte sie, dass jemand den anderen Fuß am Boden festgeklebt hätte. Schuhe trug sie keine, eine Hose auch nicht, nur Denis' alten Strickpullover. Er hatte einmal darüber gesprochen, dass Sue ihm den Pulli geschenkt hatte.

»Hallo!« Jazmin glaubte, Stimmen gehört zu haben. Leider konnte sie nicht verstehen, was gesagt wurde. War das Denis, der gerade etwas sagte? Sie stöhnte und drückte sich die erste Stufe hoch. Ihre Knie fühlten sich an wie Wackelpudding.

»Denis!« Sie wollte lauter rufen, konnte es aber nicht. »Mutter ...«, das war kaum geflüstert. Wenn sie mit den Ohren schlackern würde, hätte man sie besser verstanden. Der Ohnmacht nah glaubte sie, weitere Stimmen zu vernehmen. Mutter war es definitiv nicht, war es Lilith, die dort sprach?

Jazmin fluchte, es war ein Fehler gewesen, sie zu rebooten. Am besten hätten sie dieses Miststück umgehend in eine Schleuse gepackt und ins All befördert. Dort hätte sie dann in Seelenruhe die nächsten drei Millionen Jahre ihre Runden drehen können. Wenn Lilith recht hatte, wäre sie früher oder später in dem Schwarzen Loch gelandet. Prima, das hätte Jazmin gefallen. Das war der beste Platz, den sie sich für die Blondine vorstellen konnte.

»Ich bringe sie um!«, flüsterte sie und setzte das andere Bein auf die nächste Stufe. Nur noch dreiundzwanzig. Man konnte einen Androiden nicht töten, logisch, er war schließlich kein Mensch, aber allein die Vorstellung half ihr, die Treppe hinaufzukommen.

»ICH BRINGE DICH UM!«, brüllte Denis. Jetzt war es zweifelsfrei er gewesen, den sie gehört hatte. Dennoch glaubte Jazmin einen Stich im Nacken zu spüren. Ihre Freude, ihn gefunden zu haben, wurde von dem Schrecken überragt, dass er sich mit jemandem stritt. Verdammt, das konnte nur Lilith sein.

Weiter, Jazmin nahm die dritte Stufe, die restlichen einundzwanzig würden sie nicht mehr lange aufhalten. Was war überhaupt passiert? Warum drohte Denis dem Androiden? Und was machte Mutter? Warum griff sie nicht ein? Befanden sich Lilith und Denis im selben Raum? Etwa auf der Brücke?

»STIRB!« Denis raste. So hatte Jazmin ihn noch nie gehört. Um ihn so weit zu bekommen, musste einiges passiert sein. Als Nächstes hörte sie heftige Kampfgeräusche. Etwas Schweres stürzte auf die Konsolen. Kunststoff und andere Werkstoffe zerbrachen. Das klang, als ob jemand mit einer Axt die ganze Brücke in Stücke zerschlug. Es krachte ohrenbetäubend laut. Der Kampf ging weiter.

»Denis!« Natürlich hörte er sie nicht. Jazmin nahm die nächste Stufe in Angriff, blieb aber auf halbem Weg hängen und saß eine Sekunde später auf ihrem Po. Die Luft wich aus ihrer Lunge. Zum Glück hatte sie sich noch rechtzeitig drehen können. Sie wollte nicht rücklings die Stufen, die sie gerade erst mühsam erklommen hatte, wieder herabstürzen.

Auf der Brücke musste ein unglaublich intensiver Kampf toben. Denis schrie, aber außer ihm war niemand zu hören. Weder Lilith noch Mutter. Wieso schwieg die KI zu alldem? War sie von Lilith gehackt worden? Hatte der Android etwa einen Weg aus ihrem Sandkasten gefunden? Jazmin ärgerte sich. Sie war die Kommandantin der USS London, und sie hatte ganz offensichtlich eine falsche Entscheidung getroffen. Sie hätten diesen Eindringling abwehren sollen, als sie noch die Möglichkeit dazu hatten.

»Weiter!«, forderte sie sich auf. Wenn die Beine weich wurden, würde sie eben die Arme benutzen. Sie setzte ihre Hände mit dem Oberkörper gegen den Treppenaufstieg gerichtet nach hinten auf die nächste Stufe. Es klappte. Sie saß jetzt eine Stufe höher. Gleich noch eine. Das ging sogar besser als erwartet.

Der Tumult auf der nahen Brücke klang nicht ab. Da ging gerade sonst etwas zu Bruch. Jazmin fehlte die Phantasie, welchen Tanz Denis dort aufführte. Kämpfte er wirklich nur gegen Lilith? Der Klangkulisse nach hätte sich eine Kneipenschlägerei zwischen den Fans zweier rivalisierender Fußballteams nicht harmloser angehört. Zwischendurch waren auch Schreie zu hören.

Noch drei Stufen, gleich hatte Jazmin die Treppe überwunden. Einmal oben angekommen waren es vielleicht noch vierzig Meter. Das sollte zu schaffen sein. Es gab eine dumpfe Explosion, nicht sehr laut, das Licht flackerte kurz, dann fiel es aus. Die rote Notbeleuchtung aktivierte sich. Was zur Hölle taten die da? Mutter sollte Denis helfen, was sie offensichtlich nicht tat. Jazmin schüttelte verunsichert den Kopf, sie verstand es nicht.

»Geschafft!« Jazmin saß mit dem Hintern oben auf der Treppe. Nun einfach aufzustehen wäre aber verwegen gewesen. Sie legte sich hin, drehte sich auf die Seite und versuchte, auf alle viere zu kommen. Auch das funktionierte. Sie schwitzte, ihre Hände und Knie schmerzten, und ihre Tochter trat ihr in die Eingeweide.

Der Kampflärm auf der Brücke wurde leiser. Nein, in der nächsten Sekunde verstummte er sogar völlig. Von Denis konnte sie leider nichts mehr hören. Hatte er gewonnen? Er war groß, kräftig und topfit. Aber zu welchen Dingen war Lilith fähig? Sie besaß eine künstliche Muskulatur, die dem Menschen in allen Details nachempfunden war. Das allein sagte aber nichts über ihr Talent im Nahkampf aus. Würde sie einen kräftigen Mann besiegen können? Schusswaffen waren nicht benutzt worden, das hätte sie gehört.

»Wir müssen ihn bestrafen. Daran führt kein Weg vorbei.«

War das etwa Mutter gewesen? Jazmins Freude währte nur kurz. Mutter war noch da, aber wieso sprach sie davon, *ihn* bestrafen zu müssen? Meinte sie damit etwa Denis? Wieso hätte sie das tun sollen? Sie war doch auf ihrer Seite. Natürlich war sie das! Mutter und sie teilten dieselben Erinnerungen. Die KI war ein Teil von ihr, oder sie ein Teil von Mutter. Denis zu bestrafen wäre völlig abwegig gewesen.

Jazmin spürte, dass sie sich beeilen musste. Mutters Aussage ließ nur den Schluss zu, dass Denis den Kampf gegen Lilith verloren hatte. Egal, was die jetzt mit ihm vorhatten, sie musste es verhindern. Jazmin zwang sich auf die Beine, um schneller laufen zu können. Ihr Herz raste. Das spielte keine Rolle. Sie musste auf die Brücke! Jetzt ging es um alles oder nichts!

»Denis!«, rief sie, sogar in passabler Lautstärke, das hätten die auf der Brücke hören müssen. Sie war die Kommandantin der USS London, Mutter hatte ihren Befehlen zu folgen.

»Er ist nicht mehr zu gebrauchen. Er steht uns im Weg. Die Drohnen hat er ohnehin nicht unter Kontrolle. Er ist entbehrlich!«, sagte Lilith, als ob sie der Satan persönlich wäre. Deutlicher hätte sie ihre Gesinnung nicht zum Ausdruck bringen können. »Wir sollten kurzen Prozess mit ihm machen!«

Jazmin schaffte nur wenige Schritte, knickte dann zur Seite weg, knallte zuerst mit der Schulter gegen die Wand, um sich danach der Länge nach auf die Nase zu legen. Ihr gelang es zum Glück noch in letzter Sekunde, seitlich zu fallen. Das hatte gesessen. Ihr wurde schwarz vor Augen. Sie wehrte sich dagegen, das Bewusstsein zu verlieren. Zum Glück pumpte die Wut genug Adrenalin durch ihre Adern, um wach zu bleiben. Da fehlte immer noch ein Stück, um in die verdammte Brücke sehen zu können. Der Zugang war weit geöffnet, aber sie kam keinen Schritt weiter.

»Was machen wir mit Jazmin?«, fragte Mutter.

»Mit Colonel Dr. Jazmin Harper? Auch sie ist entbehrlich. Meine Aufgabe ist es, nur die Embryonen zu bergen. Alles andere ist sekundär«, erklärte Lilith.

XIV.

AD 9414 – NICHT MIT MIR

Denis sah Lilith in die Augen, die sich von seinem martialischen Auftritt sichtlich unbeeindruckt zeigte. Die bionische Muskulatur vibrierte spürbar auf seiner Haut. Jeden seiner wuchtigen Schritte quittierte der Boden mit einer leichten Erschütterung. Der Kampfanzug war bereit, er hatte den mobilen Deflektorschild frontal ausgerichtet und würde ihn jetzt gegen diese Schlampe einsetzen. Lilith war kein Mensch, deswegen wollte er kein Risiko eingehen. Wenn es sein musste, würde er ihren künstlichen Körper als Relief in die Wand stanzen.

»ICH BRINGE DICH UM!«, brüllte Denis. Ihre eiskalten blauen Augen, gesäumt von blonden Locken, erwiderten seine Kampfansage mit stoischer Gelassenheit. Ihr linker Mundwinkel bewegte sich sogar leicht nach oben. Dachte sie etwa, er wäre auf ein nettes Schwätzchen vorbeigekommen?

Mutter stand als Hologramm an ihrer Seite. Nein, es war Jaz, die er sah. Sie trug ihre weiß-graue Offiziersuniform und einen langen, bis zur Hüfte geflochtenen Zopf. Was er sah, zeigte leider auch, dass Lilith einen Weg gefunden hatte, die Bord-KI auszutricksen. Scheiße! Die echte Mutter hätte bei dieser verfluchten Scheiße niemals ruhig danebengestanden. »STIRB!«

Lilith hob die Hände, so als ob sie ihn willkommen heißen wollte. Das konnte sie gerne haben. Denis rannte mit voller Beschleunigung auf sie zu. Die hundert Meter schaffte er in dem Anzug in unter fünf Sekunden. Der Gefechtsschild materialisierte sich mit seinen ersten beiden Schritten und bildete einen halben Meter vor ihm einen milchigen Schutzwall. Als Erstes räumte er damit den Kommandosessel ab, dessen Halterung es schlicht aus dem Boden riss. Die Wucht schleuderte den Sessel donnernd an eine Wand voller Displays, die augenblicklich krachend ausfielen und als Bruchstücke durch den Raum flogen. Egal, auf der USS London gab es mehr als eine einsatzbereite Brücke.

Noch drei Meter, seine Wahrnehmung verlangsamte sich. Lilith zeigte unverändert ihre einladende Pose. Das würde gleich weh tun.

Noch zwei Meter. Lilith bewegte sich immer noch nicht. Kein Problem, das machte den Job leichter. Er würde keinerlei Rücksicht nehmen.

Noch einen Meter. Blieb sie wirklich stehen? Er hätte erwartet, dass sie zur Seite sprang. Aber sie befand sich direkt vor ihm. Ihre Augen kaum einen halben Meter von ihm entfernt. Dann war sie plötzlich weg. Schneller, als er seine Laufrichtung ändern konnte, rollte sie sich an dem Frontaldeflektorschild vorbei und brachte sich in Sicherheit. Den Bruchteil einer Sekunde später krachte er ungebremst in eine Konsolenwand der Brücke, die er beim Aufprall vollständig zertrümmerte. Glas-, Kunststoff- und Metallstücke verteilten sich zwischen der Wand und der energetischen Barriere. Um den heftigen Ruck abzufangen, musste er einen Schritt auf die Seite machen. Er war zu langsam.

»Deine Entschlossenheit genügt nicht …« Während er noch versuchte, die Balance zu wahren, stand Lilith bereits hinter ihm. Sie packte ihn irgendwo am Rücken, drehte sich und schleuderte ihn zur Seite. Dabei landete Denis mit der gefühlten Einschlaggeschwindigkeit eines Meteoriten in dem zentralen Bildschirm auf der Brücke. Auf dem Flug räumte er auch die Konsole des Navigators ab. Überall flogen Bruchstücke durch den Raum. Er krachte auf den Boden, der mobile Deflektorschild blitzte hell auf und fiel dann aus. An seiner Schulter qualmte es, und an der Innenseite seines Visiers blinkten diverse Warnmeldungen um die Wette. Drauf geschissen, er lebte noch, der Kampf würde jetzt erst richtig losgehen!

R2, der ihn begleitet hatte, hielt sich abseits, um nicht zwischen die Kontrahenten zu kommen. Das wäre der kleinen Drohne nicht gut bekommen. Mutters Hologramm kam auf ihn zu und hob beschwichtigend die Hände. »Denis, hör auf damit! Komm wieder zu dir! Gewalt ist keine Lösung!«

Ach ja, er lächelte, die Vorstellung, Lilith in die Finger zu bekommen, beruhigte ihn ungemein. Sozusagen therapeutisches Boxtraining mit Lilith, er würde sie dazu mit den Füßen unter die Decke binden und solange auf sie einschlagen, bis zwischen ihren Ohren kein Gesicht mehr zu erkennen war.

Lilith kam auf ihn zu. Sie wollte es ebenfalls wissen. Er drehte sich, um ihr aus der bionisch verstärken Rotation mit dem Handrücken den Scheitel zu ziehen.

Sie duckte sich unter dem Schlag hinweg, führte seinen Schlagarm an sich vorbei, um Denis dann mit einem gegenläufigen Hebel erneut gegen die Wand zu schleudern.

Denis konnte nichts dagegen tun. Die Kabinenwand der Brücke, an der er bereits zuvor das zentrale Display abgeräumt hatte, zeigte nun eine weitere und tiefere Beule. Ohne die Gefechtsrüstung hätte er sich bereits das Genick gebrochen.

»Denis! Denk an Jaz, denk an deine Tochter! Wir brauchen Lilith. Nur sie kennt den Weg zur Erde! Egal, was du glaubst, erlebt zu haben, oder was dich so wütend macht, es ist ein Missverständnis! Lass mich es dir erklären!« Mutter machte sich zum Handlanger dieser verlogenen Schlange. Er würde, auch wenn er nur noch den kleinen Finger heben könnte, versuchen, sie aufzuhalten.

»Nein. Mutter, du weißt nicht, was du sagst! Ich werde diese Scharade jetzt beenden! Lilith muss unschädlich gemacht werden.« Er würde den eingeschlagenen Weg nicht verlassen. Lilith musste verschwinden. Am besten in vielen kleinen Schachteln verpackt und im All ausgesetzt. Er sprang wieder auf die Beine und hämmerte von oben auf Lilith ein, die seine Faust einfach festhielt, als ob er ihr einen Tennisball zugeworfen hätte.

Sie verzog den Mund, drehte sich und schlug mit dem Ellenbogen gegen seinen Helm. Denis konnte gerade noch den Kopf auf die Seite nehmen, um das Visier zu schützen. Der Treffer hatte gesessen. Sein Kopf dröhnte. Das Head-Up-Display in seinem Visier fiel aus. Er packte zu. Eine bessere Chance würde er nicht bekommen, um ihr den Brustkorb zu zerdrücken. Ihm gelang es, ihren Oberkörper zu umfassen und damit auch beide Arme festzuhalten.

Lilith sprang mit ihm in die Luft, er verlor den Kontakt zum Boden, sie drehte sich und zertrümmerte mit ihm als Prellbock die Funkkonsole. Gleich hätten sie die halbe Brücke leergeräumt. Mutter, die körperlos im Weg stand, konnte es nicht verhindern und auch R2, der sich klugerweise abseits hielt, piepte nur wild herum. Die Drohne hatte sich in zwei Meter Höhe aus der Schusslinie gebracht.

Ihr zweiter Ellenbogenschlag traf seine zentrale Brustpanzerung, unter der sich auch ein Teil der Energieversorgung befand. Der Hieb drückte ihm die Luft aus den Lungen. Ihm wurde kurz schwarz vor Augen, aber er verlor nicht das Bewusstsein. Er wollte nach ihrem Hals greifen, bemerkte aber, dass sein rechter Arm streikte. Dann eben mit links. Er umklammerte sie mit seinen Beinen und suchte mit der linken Hand nach ihrem dürren Hals.

Vergeblich, blitzschnell hatte sie sich aus der Umklammerung befreit, ohne dabei sein rechtes Bein loszulassen, das sie jetzt gegen die natürliche Bewegungsrichtung drehte. Denis stemmte sich mit aller Kraft dagegen. Die bionischen Muskeln spannten sich, bis sie unter voller Kontraktion mit einem lauten Knall zerrissen. Danach spürte er auch von seinem Bein nichts mehr.

Lilith war zu schnell, sie machte ihn fertig. Mit der linken Hand hielt er sie immer noch fest, aber ans Aufstehen war nicht zu denken. Den nächsten Schlag gegen seine linke Schulter sah er noch nicht einmal kommen. Im nächsten Moment flog ein Arm durch die Brücke. Glücklicherweise nur der des Kampfanzuges. Seiner hing noch an ihm. Er schrie und hörte seinen linken Oberarmknochen brechen. Dann riss sie ihm den Helm vom Kopf. Sie lächelte, als ob nichts wäre, und schlug ihn nieder.

Als Denis wieder aufwachte, lag er nur mit Shorts bekleidet und mit unzähligen Blutergüssen am Körper, einem völlig verdrehten Bein und einem gebrochenen Arm auf dem Boden der Brücke. So war er in seinem ganzen Leben noch nicht verdroschen worden. Er konnte Lilith nur mit einem Auge sehen, das andere war zugeschwollen. Instinktiv hatte er seinen verletzten Arm in eine Art Schutzhaltung vor die Brust gebracht. Er war fertig.

»Lilith, er braucht medizinische Hilfe«, sagte Mutter, die neben ihm kniete, ihm aber als Hologramm nicht helfen konnte.

»Er lebt doch noch«, erklärte sie ungerührt. Bei dem Kampf hatte sie sich die Uniform an der Schulter eingerissen und eine kleine Schramme an der Stirn eingefangen. Sie blutete sogar. Ein bisschen. Harper-Mackinney hatte bei dem Androiden wirklich an alles gedacht.

Denis schloss kurz die Augen, er hatte versagt. Lilith hatte ihn besiegt, mehr noch, sie hatte ihn genüsslich in Stücke gerissen. So ähnlich hatte er es auch bei ihr vorgehabt, nur sie wäre nach dem finalen Niederschlag umgehend tiefgefroren im All gelandet.

»Ich bin enttäuscht von dir«, hörte er Mutter sagen, die sich wie Jazmin anhörte.

»Mutter ... warum tust du das?« Zu sprechen fiel ihm gerade nicht leicht, aber von Mutter verraten worden zu sein, schmerzte noch mehr als seine zerschlagenen Knochen. Wie hatte Lilith verdammt nochmal nur die Bord-KI korrumpieren können?

»Um das Leben an Bord zu schützen.«

»Und mein Leben?«

»Du hast Lilith angegriffen. Ich habe dich gebeten aufzuhören, aber du warst wie von Sinnen. Sie hat sich nur verteidigt. Denis, ich bitte dich, du bist mit einem Gefechtsanzug und einem mobilen Deflektorschild auf sie zugestürmt. Warum? Was hat sie dir getan?«

»Mutter, siehst du es denn nicht? Sie manipuliert dich.« Denis verzweifelte, die Beweise, die er gefunden hatte, waren eindeutig gewesen.

»Alles, was ich sehe, bist du ... und du hast die Brücke kurz und klein geschlagen. War das notwendig? Du hast noch nicht einmal versucht, mit uns zu sprechen.« Mutter sprach, als ob sie nichts von der Trickserei mitbekommen hätte, die Lilith sich geleistet hatte.

»Mutter, wir verfeuern gerade unsere letzten Antimaterievorräte ... ich habe es gesehen. Penning-Arrays, die angeblich voll sein sollen, waren leer! Selbst wenn wir jemals die Erde erreichen sollten, werden wir nicht mehr bremsen können!« Wobei seine Bedenken darauf basierten, auch bei der Erde anzukommen, um sich dann überhaupt Sorgen über die Bremsproblematik machen zu können. Das waren gleich zwei Dinge, von denen er glaubte, sie nicht mehr zu erleben. Lilith würde ihm vorher den Rest geben.

»Was redest du da? Denis, ich habe sämtliche technischen Vorgänge auf dem Schiff im Blick. Glaub mir, unsere Penning-

Arrays sind aufgefüllt. Ich habe keine Ahnung, was du in der Antriebszone gesehen hast, aber ich kann einen Fehler bei der Betankung kategorisch ausschließen.« Mutter glaubte sogar an den Blödsinn, den sie erzählte.

Jetzt schaltete sich Lilith in das Gespräch ein. »Mutter, Denis hat den kompletten Antrieb deaktiviert. Er hat dazu die dezentrale Notabschaltung benutzt. Ich kann das nicht rückgängig machen, der Zugang zur Steuerung ist verschlüsselt. Das ist ein kritisches Problem, wir beschleunigen im Moment nicht auf die Geschwindigkeit, die wir für den Kurswechsel benötigen. So werden wir keine Chance haben, Hyperius-18 Z zu verlassen. Wenn wir diesen Fluchtkorridor nicht nutzen, wird es exakt 1803 Jahre dauern, bis wir eine erneute Chance bekommen.«

»Lilith, das ist doch nicht wahr!« Denis glaubte dem Androiden kein Wort.

»Ich habe Zugriff auf Liliths Berechnungen. Sie sind korrekt. Ihre Prognosen sind allesamt eingetroffen. Wir haben wieder volle Tanks, wir haben den richtigen Marker gefunden und wir waren auf dem besten Weg, auf die benötigte Geschwindigkeit zu beschleunigen. Denis, gib den Antrieb der USS London wieder frei. Ich bitte dich, du tust es doch auch für deine Tochter.«

»Vergiss es!«

»Denis, du machst einen Fehler.«

»Nein, den machst du!« Denis spuckte auf den Boden, er saß mit dem Rücken an die Wand gelehnt und zitterte. Die Schmerzen in seinem verdrehten Bein brachten ihn schier um den Verstand. Lilith hatte ihm den rechten Unterschenkel um 360 Grad herumgedreht. Dabei waren unzählige Muskeln und Bänder gerissen. Sein Knie pochte und wurde immer dicker.

»Mutter, wir brauchen den Zugang zum Antrieb!« Lilith setzte nach. Sie arbeitete an der letzten Konsole, die beim Kampf nicht zu Bruch gegangen war.

»Er hat das Verschlüsselungspanel aus der Notabschaltung

entfernt. Ich kann den Zugang nicht ohne dieses Bauteil hacken.« Mutters Hologramm wandte sich ihm zu. »Denis, du verspielst unsere einzige Chance! Siehst du das denn nicht?«

»Wir brauchen den Antrieb!« Lilith ließ farblich unterschiedliche Kursbahnen in die Mitte der Brücke projizieren, der Abstand des bisher beabsichtigten Zielkurses und der wirkliche Flugverlauf klafften stetig weiter auseinander.

»Ich will mit Jaz sprechen!« Denis klammerte sich an den letzten Strohhalm.

»Denis, hast du vergessen, was sie gesagt hat? Du sollst auf mich hören. Das war ein Befehl gewesen«, erklärte Mutter unbeirrt.

»Mutter, uns läuft die Zeit weg. Wie kommen wir an das fehlende Verschlüsselungspanel?«, fragte Lilith.

»Er hat es einer Drohne gegeben. Leider weiß ich nicht, welcher. Ich hacke sie gerade eine nach der anderen. Früher oder später werde ich die richtige gefunden haben. Denis, dein Versuch, die Mission zu sabotieren, ist gescheitert. Ich wollte dir noch eine Möglichkeit geben, Einsicht zu zeigen, aber du weigerst dich zu kooperieren. Das ist sehr bedauerlich. Darüber werde ich Jazmin berichten müssen. Glaub mir, das wird ihr nicht gefallen.«

»Du wirst die Drohne nicht finden!« Vermutlich hatte Denis mit dieser Aussage unrecht, aber er wollte nicht klein beigeben. R2 schwebte immer noch unter der Decke. Er gab keinen Ton von sich, und Lilith wie auch Mutter beachteten die kleine Drohne nicht.

»Mutter, wie lange wird das dauern?«, fragte Lilith, die Denis nicht ansah. Sie ließ sich alle holographischen Ansichten, die sie für die Steuerung brauchte, von der Konsole in die Luft projizieren.

»Einundzwanzig habe ich schon. Leider bisher die falschen. In einer Stunde bin ich mit allen durch. Die Drohnen, die ich übernommen habe, helfen mir, die anderen zu finden. Sie verstecken sich gerade im gesamten Schiff.«

Diesen Schritt hätte die Mutter, die Denis kannte, niemals unternommen. Ohne Zustimmung der Bord-KI hätte Lilith die USS London niemals steuern können. Mutter war ganz offensichtlich kompromittiert.

»Sehr gut. Wenn wir in einer Stunde die Triebwerke wieder zünden, werden wir die Bedingungen für den Kurswechsel einhalten können.«

Mutter kniete neben ihm. »Denis, noch ist nichts verloren. Entscheide dich für den richtigen Weg. Für unsere Rückkehr zur Erde.«

»Nein!« Er wusste genau, was er gesehen hatte. Es spielte auch keine Rolle, ob sie die verbliebenen Penning-Arrays verpulverten oder nicht. Lilith verfolgte einen Plan, den er zwar nicht im Detail kannte, den er aber bis zum letzten Atemzug sabotieren würde.

»In Ordnung.« Mutter stand auf und wandte sich von ihm ab. »Ich bin wirklich sehr enttäuscht von dir.«

»Mutter, es hat keinen Zweck. Wir müssen uns um die Drohnen und den Antrieb kümmern. Alles andere ist im Moment nicht relevant. Wir können uns später eine passende Strafe für ihn aussuchen. Bis dahin wird er uns nicht weglaufen.«

Mutter nickte. »Das denke ich auch, wir müssen ihn bestrafen. Daran führt kein Weg vorbei.«

Denis sah zur Tür, die immer noch offen stand. Vom Korridor drangen Geräusche auf die Brücke. Was war das? Von den Drohnen schwebte dort sicherlich keine herum, die unternahmen gerade alles, um nicht über das Netzwerk erreichbar zu sein.

»Denis!« Das war Jaz! Gut hörte sie sich nicht an.

»Mutter, Jaz ist an der Tür. Sie braucht Hilfe!« Einen anderen Schluss ließ ihre brüchige Stimme nicht zu.

»Ich habe nichts gehört«, sagte Lilith, die sich bei ihrer Arbeit nicht stören ließ.

»Denis, Jazmin liegt in eurer Kabine. Würdest du nicht gerne bei ihr sein?«, fragte Mutter.

»Sie hat meinen Namen gerufen!« Er wusste doch genau, was er gehört hatte.

»Nein, Denis. Da ist niemand. Wirklich nicht.« Mutter schüttelte den Kopf.

»Auf dem Korridor vor der Brücke!« Wenn er sich doch nur bewegen könnte, dann würde er selbst nach ihr sehen. Jaz hatte eindeutig nach ihm gerufen.

»Denis, du brauchst dringend Hilfe. Du siehst leere Penning-Arrays, die in Wirklichkeit gefüllt sind. Du greifst Lilith an, obwohl sie uns retten wird, und jetzt glaubst du, Jazmin zu hören, obwohl niemand auf dem Korridor nach dir gerufen hat.« Mutter hörte nicht auf, sie verleugnete Jaz, sie log genauso wie Lilith.

»Dann zeig mir den Korridor!«, forderte er.

»Er ist leer.« Mutter zeigte mit dem Finger auf eine in die Luft projizierte Kameraansicht, die vor der Brücke einen leeren Flur zeigte. Von Jaz war nichts zu sehen. »Alles leer. Glaubst du mir jetzt?«

Er schluckte.

»Mutter hör auf, deine Zeit mit ihm zu verschwenden. Wie ist der Fortschritt bei den Drohnen?«, fragte Lilith.

»Dreiundvierzig habe ich bereits, die anderen bekomme ich noch. Keine Sorge, ich kann mehrere Dinge gleichzeitig tun. Die Drohnen stöbern sich untereinander auf«, sagte Mutter, die R2 oben unter der Decke keine Beachtung schenkte. Klar, er hatte das Panel nicht, aber bemerkenswert war es dennoch.

Dafür warf Lilith jetzt einen Blick auf ihn. »Denis ist nicht mehr zu gebrauchen. Er steht uns im Weg. Die Drohnen hat er ohnehin nicht unter Kontrolle. Er ist entbehrlich!«, sagte Lilith.

»Wir sollten kurzen Prozess mit ihm machen.«

»Was machen wir mit Jazmin?«, fragte Mutter.

»Mit Colonel Dr. Jazmin Harper? Auch sie ist entbehrlich. Meine Aufgabe ist es, nur die wertvolle Fracht zu bergen. Alles andere ist sekundär«, erklärte Lilith.

»NEIN!«, brüllte Denis.

»Ich werde ihm das Genick brechen«, sagte Lilith und kam auf ihn zu.

Denis fehlte die Kraft, um sich zu wehren, zudem war sein Bein völlig im Eimer und sein linker Arm gebrochen. Vermutlich war auch die linke Schulter ausgerenkt. Er konnte sich keinen Zentimeter bewegen. So hätte es nicht enden sollen. Von seinem letzten Tod hatte Jaz ihn zurückgeholt. Das würde ihr kein zweites Mal gelingen.

R2 schwebte von der Decke herab und stellte sich Lilith in den Weg. Er piepte wild und zappelte mit seinen kurzen Greifarmen in der Luft herum. Das war heldenhaft, aber auch zwecklos. Denis ließ den Kopf hängen. Lilith würde die Drohne gleich mit einem Schlag in ihre Einzelteile zerlegen.

»Und was soll das jetzt?« Lilith blieb stehen und betrachtete R2 verwundert.

»Er ist mein Freund ...«, sagte Denis. Die Drohne symbolisierte die ganze Misere, die es länger geschafft hatte, Lilith zu widerstehen als Mutter.

R2 machte einen hohen langgezogenen Piepton, dann schwebte er ein Stück auf Lilith zu und brummte bedrohlich.

»Soll ich ihn übernehmen?«, fragte Mutter. Klar, sie fragte Lilith, wo es langging.

»Nein.« Lilith verschränkte die Arme. »Wieso auch?« Offenbar amüsierte sie die Drohne. »Oder ist sie bewaffnet?«

»Nein«, antwortete Mutter.

»Sprengstoff?«

»Nein.«

»Was will das Ding dann von mir?«, fragte Lilith, während sie den Kopf schüttelte.

»Er will kämpfen …«, antwortete Denis. Dazu musste man keine übermenschlichen Kräfte haben, sondern nur ein mutiges Herz. Und das hatte R2 auf jeden Fall.

Lilith sah zu Denis. »Und was will die Drohne tun, was du in einem militärischen Kampfanzug nicht geschafft hast?«

Denis schwieg, darauf wusste er keine Antwort. Lilith hatte leider recht, die Drohne konnte sie nicht aufhalten.

»Ich könnte die Drohne jederzeit übernehmen, ein Wort von dir reicht«, erklärte Mutter devot. Es war ein Trauerspiel, die Bord-KI so zu sehen.

»Nein, nein … ich werde sie nicht beschädigen. Sie wird nach einem Update ihrer Software wieder nützlich sein …« Lilith schob R2 auf die Seite, der mit seinen Schwebepads voll dagegenhielt. Ein ungleicher Kampf, die Drohne hatte gegen den Androiden keine Chance.

R2 piepte, er kämpfte, dann setzten seine Pads aus und er knalle wie ein halb voller Mülleimer auf den Boden. Eines seiner Verkleidungsteile löste sich dabei und kullerte weg.

»Denis, ich bin auf dem Korridor!«, rief Jaz erneut.

Lilith ging durch die Tür und kam einen Moment später zurück. Sie schleifte die schreiende Jaz an ihrem Zopf auf die Brücke. Da war Blut. Auf ihren nackten Beinen konnte er Blut sehen. Sie trug nur seinen Pullover.

»LASS SIE!« Denis wollte das alles nicht wahrhaben, war aber am Ende des Weges angekommen. Weder Jaz noch er waren in der Lage, sich gegen Lilith zu wehren. Und R2, egal, wie mutig er war, würde sie auch nicht retten.

»Denis …« Jaz lag neben ihm, sie litt elendig, mit letzter Kraft robbte sie an seine Seite. Ihre Hand zu halten fühlte sich gut an. Sie würden zusammen sterben.

»Ein schönes Paar, oder?«, spottete Lilith.

»Ja«, antwortete Mutter kurz angebunden.

»Was macht diese Drohne denn jetzt?« Lilith verdrehte die Augen, vermutlich konnte sie R2s verzweifelten Kampf nicht verstehen, der sich weiterhin gegen sie wehrte. Er fing an, sich selbst zu zerlegen. Zuerst löste er eine weitere Verkleidung, dann machte er sich an seiner eigenen Energieversorgung zu schaffen. Funken schlugen in einem weiten Bogen aus der Öffnung. Die Schwebepads waren kräftig, schließlich konnte der kleine Roboter damit schwere Lasten transportieren. Wollte er sich etwa selbst reparieren?

»Ich denke, die Drohne ist verwirrt. Ich könnte ...«

R2 fing an zu qualmen, schrill zu piepen und sich selbst den Stecker zu ziehen. Er hatte die Hauptenergieversorgung von den Schwebepads gelöst und hielt das Kabel in seinen kleinen Greifern. Jetzt war er still und lag regungslos am Boden.

»War das ein Selbstmord?«, fragte Lilith und schüttelte verständnislos den Kopf.

»Ich kann mir dieses Verhalten nicht erklären ...«, fügte Mutter dem betreten hinzu.

»Jetzt zu euch.« Lilith ging an der Drohne vorbei und näherte sich Denis und Jazmin.

XV.
AD 3075 – CASSIAN

Das diffuse Surren wurde lauter, und der Gleiter stieg langsam in die Nacht empor. Es gab wenige Dinge in Isabellas Leben, die sie weniger mochte, als ihre Insel zu verlassen. Gozo war für sie in den letzten Jahren mehr als nur ein Platz zum Leben geworden. Sie legte den Kopf nach hinten und versuchte, ihre Angst zurückzudrängen. Vergeblich. In ihr brannte es lichterloh. Verdammt, was tat sie hier überhaupt? Der weiche Sitz vermittelte die trügerische Illusion, in ihrem Bett zu liegen. Sie kannte selbstverständlich die Antwort. Es gab keine Alternative. Durch das Glasdach konnte sie den Sternenhimmel sehen, dessen beeindruckende Pracht weder durch Streulicht von Siedlungen noch durch schmutzige Luft geschmälert wurde.

»Ma'am ... wir haben die gewünschte Flughöhe von zweihundert Metern erreicht. Starte horizontale Beschleunigung«, erklärte die Pilotin, eine jugendliche Asiatin in einer dunklen Uniform. Rote LED-Elemente hoben die Instrumente hervor. Trotz des abgedunkelten Cockpits saß bei ihr jeder Handgriff.

»Natürlich ...« Was hätte Isabella auch anderes sagen sollen. Die Entscheidung, nach London zu fliegen, hatte sie bereits getroffen. Sie wollte es nur so schnell wie möglich hinter sich bringen. »Wie lange werden wir brauchen?«

»Die Route ist 2083 Kilometer lang. Der Wetterbericht zeigt keine Besonderheiten. Wir werden einen ruhigen Flug haben und in einer Stunde und achtundfünfzig Minuten an unserem Ziel ankommen.« Mit der Antwort der Pilotin spürte Isabella, wie sie sanft in den Sitz gedrückt wurde. Sie atmete tief ein und aus. Zumindest für einen kleinen Moment dachte sie an nichts.

»Ma'am, möchten Sie die Nachrichten sehen?«, fragte die Pilotin kurze Zeit später.

»Bitte?« Isabella war kurz eingenickt.

»Oh ... ich wollte nicht stören«, entschuldigte sie sich.

»Schon gut ...«

»Mit der Konsole zu Ihrer Linken können Sie einen mobilen Netzzugang öffnen.«

»Danke.« Ein Teil von Isabella wollte ruhen, ein anderer wollte es nicht. Ein Duell, das sie immer wieder austrug und bei dem nie sicher war, welche Facette von ihr den Tag gewinnen würde. Eigentlich war ihr Wunsch, in Ruhe alt zu werden und gleichzeitig politisch provokante Biographien zu schreiben, unvereinbar. Da sie es dennoch tat, musste sie mit den Konsequenzen leben.

»Das System hat eine holographische Trackball-Steuerung ... soll ich Ihnen bei der Bedienung helfen?«

»Ich kenne mich damit aus, danke.« Wie auch mit vielen anderen Dingen, die sie nicht brauchte, aber während ihres Lebens nicht zu ignorieren vermocht hatte.

»Ich helfe gerne ... fragen Sie einfach.«

»Danke.« Isabella glitt mit der Hand über ein Bedienfeld, das den Trackball aktivierte. Ihre Finger begangen, bläulich zu leuchten. Sie konnte anfangen. Einen Ball hatte sie selbstverständlich nicht in der Hand, aber den brauchte sie auch nicht.

Sie malte sich mit dem Finger einen Rahmen in die Luft, in dem sich sogleich ein holographisches Display aktivierte. Als Nächstes wählte sie aus einer Liste die Rubrik *Top News*. Das

System hätte sich auch mit Sprachbefehlen steuern lassen, aber das wollte sie nicht.

»… neuesten Informationen zufolge sind die laufenden Gespräche zwischen dem terranischen Sonderbotschafter mit politischen Vertretern von Cygnus gescheitert. Die Vorstellungen seien völlig illusorisch, sagte der Sonderbotschafter und schloss damit in näherer Zukunft eine Separation aus der Terranischen Liga kategorisch aus. Die sollen erst mal mit den Spinnern aufräumen, die glauben, das Recht in die eigene Hand nehmen zu können!«, fügte eine Journalistin hinzu. Bella wollte über den Streit um die Selbstverwaltung der neuen Welt, der sich bereits über Jahre hinzog, nichts mehr hören. Nur weil man Historikerin war, hieß das ja nicht, dass man für jeden Furz aus der Tagespolitik Interesse heucheln musste. Sie wechselte den Kanal.

»… glauben Sie wirklich, dass Duncan Harper sein eigenes Lebenswerk zerstören wollte?«, fragte ein Moderator mit kurzen grauen Haaren und Vollbart sein Gegenüber Dr. Pete Bingens, ein Historiker aus Baltimore, den Isabella bestens kannte. Niemand konnte so überzeugend Blödsinn erzählen wie er. Beide saßen in einem Studio, in dessen Hintergrund die gewaltige Skyline der amerikanischen Ostküstenstadt zu sehen war.

»Lassen Sie uns die Fakten betrachten. Duncan Harper hat vorsätzlich die Sicherheitsprotokolle der USS London und der USS Boston verletzt und zwei Androiden an Bord geschmuggelt, deren Fähigkeiten und Ziele nie geklärt werden konnten.« Pete redete nicht nur meist dummes Zeug, er ließ sich dafür auch fürstlich bezahlen. Zudem war er groß, schlank und sah mit hundertsieben wie ein sportlicher Mittvierziger aus. Nebenbei machte er auch Werbung für sündhaft teure Designer-Organe, gezüchtet und optimiert aus körpereigener DNA.

»Dazu gibt es auch andere Meinungen …«, warf der Moderator ein und hielt gerade Isabellas Biographie über Duncan Harper werbewirksam in die Kamera.

»*Ich bitte Sie! Sie wissen es doch besser! Fakt ist, dass beide Archen ihre Missionen nicht erfüllt haben! Sie sind verschwunden! Beide!*« Bingens benutzte das Totschlagargument schlechthin. Vermutlich hätte er sich eher die Zunge abgebissen, als vor laufender Kamera ihre Arbeit zu loben.

Isabella wechselte mit einer Kippbewegung ihres Zeigefingers den Kanal. Mehr als ein paar Sekunden Bingens am Abend waren unverträglich, und den Inhalt ihres eigenen Buchs kannte sie auch so. Sie bewertete die Fakten anders: Duncan Harper wollte die beiden Raumschiffe nicht sabotieren. Ohne ihn wären sie nie gebaut worden. Warum sollte er also sein Lebenswerk zerstören?

Die Motivation der Verantwortlichen von Harper-Mackinney, Leute wie Pete Bingens zu sponsern, war hingegen erheblich einfacher zu verstehen. Er half ihnen, Duncan Harper weiterhin als einen der schlimmsten Unholde der Erdgeschichte zu verteufeln. Mit dieser Strategie hatten sie auch Atticus Finch Harper nach einem mehrjährigen Rechtsstreit um sein Erbe gebracht. Am Ende seines Lebens war von dem enormen Vermögen nur noch wenig übrig. Nicht weil er es so wollte, sondern weil man ihm alles genommen hatte. Seine naiven Bemühungen, mit dem Geld Gutes zu tun, hatten selten funktioniert. Er war nie der Mann gewesen, der dieser gewaltigen Aufgabe gewachsen war. Nicht gerissen, nicht konsequent, nicht rücksichtslos, vielleicht auch nicht boshaft genug, um sich gegen die geld- und machtgierigen Hyänen zu wehren, die ihn letztendlich zerrissen hatten.

»*Erfüllen Sie sich jetzt Ihren Traum! Kaufen Sie sich Ihr persönliches Refugium in der Sonne! Ideal für zwei Personen. 370 Quadratmeter, drei Schlafzimmer, drei Badezimmer, Pool auf der Terrasse und freie Sicht auf den Atlantik. Kommen Sie nach Liberia! Die Perle an der afrikanischen Westküste. Die Welt liegt vor Ihrer Tür. Überschallflüge bringen Sie in weniger als einer Stunde nach New York, London oder Hongkong*«, erklärte eine bildschöne Frau mit milchschokoladenfarbener Haut.

Seitdem auf dem gesamten afrikanischen Kontinent weniger als fünfzig Millionen Menschen lebten, entstand an dem attraktiven Küstenstreifen ein Luxusresort nach dem anderen. Auf der ganzen Welt lebten im Jahr 3075 nur noch 1,2 Milliarden Menschen, von denen sogar vierzig Prozent älter als hundert waren. Armut, Hunger, Kriege, Umweltzerstörung und unkontrollierbarer Kinderreichtum waren dunkle Relikte aus einer anderen Zeit.

Isabella zappte weiter durch das Netz. In der Hälfte aller Werbespots ging es nur darum, mit mehr oder weniger Erfolg dem natürlichen Alterungsprozess entgegenzuwirken. Eine Hysterie, an der sie sich nicht beteiligte. Einen Bericht über einer Gruppe Widerständler, die sich selbst die Schatten nannten, wollte sie auch nicht sehen. Für Gewalt hatte sie kein Verständnis.

DIE USS BOSTON IST MIT 200 JAHREN VERSPÄTUNG AUF CYGNUS ANGEKOMMEN lief als Banner am unteren Rand der Projektion. Der Gleiter machte gerade eine langgezogene Linkskurve und änderte die Flughöhe. Sie stiegen. Im Mondlicht konnte sie die schneebedeckten Gipfel der französischen Alpen sehen.

»Was?« Isabella glaubte, sich verlesen zu haben. Die USS Boston sollte angeblich wieder aufgetaucht sein? Nur das Einlaufen der Titanic in New York wäre noch unwahrscheinlicher gewesen.

»Ma'am, ist etwas passiert?« Die Pilotin reagierte sofort.

»Nein ... nein, alles ist in Ordnung.« Dutzende Gedanken schossen ihr durch den Kopf. Damit hätte sie nicht gerechnet – ihr fielen auf Anhieb unzählige Fragen ein, die sie der Besatzung gerne stellen würde. Allen voran Maximilian Harper, einer der beiden Androiden, mit denen vermutlich die halbe Welt sprechen wollte. Warum gab es eine Verspätung? Was hatten sie erlebt? Hatte Duncan Harper noch andere Dinge manipuliert?

Isabella klickte auf den interaktiven News-Stream. Der Betrachter hatte auf diesem Kanal die Wahl zwischen Sport, Unterhaltung, Wirtschaft und Politik. Als Nächstes rauschte eine stark verkleinerte Version der USS Boston an ihrer Nase vorbei, die dann nach vorne zur Pilotin und wieder zurückflog. Nur sie konnte diese direkt auf ihre Netzhaut projizierte Darstellung sehen.

»*Unglaubliche Neuigkeiten!*« Der Nachrichtensprecher zelebrierte den Moment regelrecht. »*Meine Damen und Herren ... wie wir soeben erfahren, ist heute die USS Boston im hohen Orbit über Cygnus aufgetaucht. Das Raumschiff befindet sich noch im Bremsanflug.*«

»*Hey Joe, wo waren die die ganze Zeit?*«, fragte eine Sprecherin.

»*Das wüssten wir alle gerne. Die Sicherheitsbehörden von Cygnus haben zu diesem Zeitpunkt noch nicht viele Informationen bekannt gegeben. Was wissen wir?*« Neben dem Sprecher wurde Text in das Studiobild eingeblendet. »*Wir kennen die Reisedauer von 355 Jahren. Wir kennen auch die Besatzungsstärke von 490 Menschen und drei Millionen eingefrorener Embryonen ... über die Überlebenden haben wir noch keine Informationen.*«

»*Könnte das Raumschiff eventuell nur von der KI geflogen worden sein?*«, fragte die Frau.

»*Technisch soll es angeblich möglich sein. Aber wer weiß das schon so genau. Nur Gott weiß, was sich dort in den letzten dreihundert Jahren wirklich zugetragen hat.*«

»*Oder von einem Androiden?*«

»*Von Major Maximilian Harper?*«

»*Den Namen hat niemand vergessen. Wird das den Separatisten von Cygnus neuen Auftrieb geben? Bisher haben cygnische Politiker immer vermieden, sich von den radikalen Gruppierungen wie den Schatten zu distanzieren. Werden wir nun andere Töne hören? Meine Damen und Herren, das sind viele Fragen. Gleich gibt es über den jüngsten der berühmt berüchtigten Harpers neue Antworten ... nach der Werbung geht es weiter.*«

Isabella deaktivierte den Bildschirm. Nicht noch mehr Werbung für eine neue Leber oder eine Wangenstraffung. »Entschuldigung ... wie lange fliegen wir noch?«

»Zehn Minuten, Ma'am.«

»Danke ...« Sie dachte nach, diese Nachricht hatte es wirklich in sich. Gab es einen Zusammenhang mit ihrem Treffen? Auszuschließen war es nicht. Sie hatte zu wenig Informationen. Ein Manko, das sie beheben sollte. »Paul anrufen ...«

»*Hallo, Bella.*« Er ging sofort dran.

»Was ist mit der USS Boston?«

»*Wie ist dein Flug?*«, fragte er freundlich.

»Paul!«

»*Ich habe es selbst erst vor zwei Minuten erfahren. Details sind bisher kaum bekannt ... ich weiß nicht mehr als du.*«

»Und Harper-Mackinney?«

»*Was ist mit denen?*«

»Können die es vorher gewusst haben?«

»*Was willst du damit sagen?*«

»Paul, wussten die es bereits?«

»*Die haben gute Verbindungen ... denkbar, dass sie einige Stunden vorab informiert wurden. Warum ist das so wichtig?*«

»Hat unser Meeting etwas damit zu tun?« Isabella wollte wissen, was sie gleich zu erwarten hatte.

»*Wie kommst du darauf?*«

»Hat es oder hat es nicht?«

»*Nicht, dass ich wüsste ...*«
»*Paul!*«
»*Ehrlich! Bella, ich hatte keine Ahnung, dass die Boston wieder aufgetaucht ist.*« Er klang aufrichtig, was nicht zwingend etwas zu bedeuten hatte. Vielleicht hatte man auch ihn getäuscht.

»Ich werde gleich landen ...« Isabella konnte bereits die hell erleuchtete Skyline von London sehen, deren gigantische Wolkenkratzer bis in den Himmel reichten. Obwohl die Weltbevölkerung in den letzten fünfhundert Jahren kontinuierlich abgenommen hatte, wuchsen die großen Metropolen weiter an.

»*Ich erwarte dich bereits ...*«

Isabella trennte die Verbindung, sie spürte, dass sie hier in etwas hereingezogen wurde, das erheblich größer war als sie. Es wäre naiv gewesen, zwischen der Ankunft der USS Boston und ihrem Treffen keinen Zusammenhang herzustellen. Um sie und die Universität juristisch fertigzumachen, hätte sich allerdings keiner der hochbezahlten Anwälte von Harper-Mackinney aus dem Haus bewegen müssen.

»Ma'am, ich setze zur Landung an ...«, erklärte die Pilotin mit konzentrierter Stimme. Eine Böe erfasste den Gleiter und kippte ihn auf die Seite, während zwei starke Lichtkegel das Seitenfenster streiften und sie blendeten.

Isabella schützte ihre Augen vor dem grellen Licht. Ihr Herz schlug schneller. Der Gleiter fand sofort zurück in seine ursprüngliche Flughaltung.

»Ma'am, es gibt starke Aufwärtswinde. Ich schnalle Sie an.« Mit den Worten der Pilotin wurde Isabella in ihrem Sitz durch zwei Bügel gesichert, die sie wie große Krallen festhielten. Zudem legte sich eine schützende Halskrause um ihren Nacken. Keine dieser Maßnahmen trug dazu bei, dass ihr die Situation weniger Angst einjagte.

»Verstanden …«, presste Isabella gequält hervor. Im nächsten Moment ging es abwärts. Der Gleiter fiel – und fing sich wieder. Ein flaues Gefühl machte sich in ihrer Magengegend breit.

»Ich bitte um Entschuldigung.« Die Pilotin riss die Nase des Gleiters nach vorne, was die Achterbahnfahrt augenblicklich beendete. Als ob nichts gewesen wäre, sank das Chassis weiter herab. Links und rechts von ihnen wurde es heller. Und lauter. Was war dort los? »Ma'am, wir werden erwartet.«

Mehrere Lichtkegel drangen in das Innere des Gleiters. Die Pilotin aktivierte die selbsttönenden Sonnenblenden in den Fenstern. Die Lautstärke nahm zu.

Der Gleiter setzte auf. Isabella verspürte wenig Lust, die Tür zu öffnen. Was sie auch nicht tun musste, jemand kam ihr zuvor. Blitzlichter, Kameras, Scheinwerfer, Stimmen, Gebrüll, Gejohle, da warteten Hunderte auf ihre Ankunft.

»Hallo, Bella …« Paul reichte ihr die Hand. Sein rundes Gesicht zu sehen beruhigte sie.

»Was ist denn hier los?« Sie konnte den Rummel um ihre Person nicht nachvollziehen. Hey, sie schrieb doch nur langweilige Bücher und lebte mit einem Schwein auf einer nahezu menschenleeren Insel. Wenn Gozo morgen im Meer versinken sollte, würde das erst Wochen später jemand bemerken.

»Die unverhoffte Rückkehr der USS Boston schlägt Wellen. Du bist eine gefragte Spezialistin zum Thema.«

»Frau Professor …«, »Dr. Macfadden …«, »Bitte ein kurzes Statement …«, »Warum sind Sie nach London gekommen?«, »Gibt es einen Zusammenhang mit der USS Boston?«, »Bitte … nur ein paar Worte für unsere Zuschauer!« Sie befanden sich in mehreren hundert Metern Höhe auf der Spitze eines der Londoner Hochhäuser. Von der Seite wehten Scherwinde über die Landeplattform. Dennoch wartete eine Armada von Kameradrohnen, Hologrammen und mehr oder weniger echten Menschen auf sie.

»Paul, bring mich hier weg ...« Isabella schüttelte den Kopf und rückte näher an ihn heran, der sie mit seinem massigen Körper abschirmte. Mehrere Mitarbeiter einer bekannten Hotelkette hielten die Journalisten zurück.

In Sicherheit. Die Landeplattform gehörte zu einem Luxushotel, in dem Paul ihre Besprechung mit den Harper-Mackinney-Juristen arrangiert hatte. Offenbar hatte da jemand am Empfang seinen Mund nicht halten können und der Presse gesteckt, wer hier an diesem Abend eintreffen würde. Isabella befand sich in einem Besprechungsraum und fühlte sich wie ein Kaninchen, das man gleich in einen Tümpel voller Alligatoren werfen würde.

»Alles in Ordnung?«, fragte Paul, dessen grauer Anzug ähnlich verknittert aussah, wie sie sich fühlte. Zudem zeigte seine Krawatte zwei deutliche Kaffeeflecke. Nein, auf dem nicht mehr blütenweißen Hemd gab es einen weiteren. Zwischen Paul und Kaffeeflecken bestand eine nicht auflösbare Symbiose.

»Nein, Paul.« Nichts war in Ordnung. Isabella trug ihr helles Kleid und flache Schuhe. Wann ging es endlich los? »Wo bleiben die verdammten Anwälte?«

»Sie sollten schon hier sein ...«

»Was sie nicht sind!«

»Ja ... ja, warte, ich telefoniere kurz.« Paul drehte sich von ihr weg.

»Ich denke, das ist nicht notwendig.« Ein jugendlicher Mann betrat den Besprechungsraum. Groß, jedenfalls größer als Isabella. Gut, er war auch größer als Paul. Er kam auf sie zu.

»Ähm ...« Paul verschluckte sich. Das schaffte er auch ohne eine Tasse Kaffee.

»Professor Dr. Isabella Larysa Macfadden ... es ist mir eine außerordentliche Freude, Sie kennenzulernen.« Er blieb stehen und reichte ihr die Hand.

»Ich würde diese Höflichkeit gerne zurückgeben ... aber es würde nicht der Wahrheit entsprechen.« Trotzdem erwiderte sie den Handschlag. Natürlich kannte Isabella dieses Gesicht, wie vermutlich auch neunzig Prozent aller anderen Menschen auf der Welt. Ein Anwalt war er nicht. Ein Wissenschaftler, Politiker oder Militärangehöriger auch nicht. Cassian Mackinney war nur der reichste Mensch, der jemals gelebt hatte. Einundsechzig Jahre alt, dunkelhaarig, mit Jeans, hellen Halbschuhen, einem weißen T-Shirt und einem dunkelgrauen Sakko.

»Sind Sie hier um Ihre Anwälte zu beaufsichtigen?« Isabella spitzte die Lippen. Sie war diesem Mann noch nie begegnet und glaubte, ihn dennoch gut zu kennen. Sein Lebenswerk war zweifellos beachtlich. In der Geschichte kam es selten vor, dass der Erbe einer bereits gigantischen Firma seine genialen Gründer noch übertraf. Er hatte es getan. Seine Präzision und Konsequenz war legendär, seine Unbarmherzigkeit auch. In den letzten dreißig Jahren hatte er den Aktienwert von Harper-Mackinney verzehnfacht.

»Nein.« Er hob die Arme zur Seite und zeigte seine leeren Hände. »Keine Anwälte.«

»Ähm ...« Paul meldete sich wieder und zeigte auf den Tisch. »Setzen wir uns doch.«

»Gerne ...« Mackinney ging vor.

Wenn man es genau nahm und die Aussagen in Isabellas Biographie über Duncan Harper auch zwischen den Zeilen zu deuten wusste, richtete sich ihre Kritik nicht alleine gegen seinen Konzern. Sie hatte auch eine persönliche Komponente. Mackinney war die treibende Kraft hinter dem Lilith-Protokoll. Dabei war er kein technisches Genie, kein Erfinder wie Duncan Harper. Sie hielt ihn für einen Schachspieler, dem weder die begrenzte Anzahl von Figuren noch die vierundsechzig Felder eines Spielbretts genügten.

»Möchtest du dich setzen?«, fragte Paul vorsichtig. Er kannte sie gut und wusste, wann sie kurz davor stand zu explodieren. Wollte sie sich an diesem Abend mit Cassian Mackinney unterhalten? Nein. Über die Harper-Biographie sprechen? Sicherlich nicht. Über die USS Boston plaudern? Nein, absolut nicht. Isabella verzog den Mund und setzte sich ihm gegenüber. Der breite Konferenztisch stand zwischen ihnen.

»Einen Kaffee?«, fragte Paul, der sich bereits eine Tasse einschenkte. Mit Milch und drei Löffeln Zucker.

»Schwarz bitte ...«, antwortete Mackinney und lächelte. Er wirkte entspannt.

»Bella?«

»Nein.« Sie ließ ihn nicht aus den Augen.

»Dr. Kleuthen, vielen Dank. Professor Dr. Macfadden, ich wollte mir die Gelegenheit nicht nehmen lassen, Sie an diesem Abend ...«

»Mister Mackinney, kommen Sie zur Sache!« Vor 1500 Jahren wäre aus diesem aalglatten Typen ein Gaukler und Rosstäuscher geworden.

»Cassian.«

»Dann eben Cassian.«

»Isabella, natürlich ist mir Ihr Werk bekannt, wie auch die Gutachten unserer ...«

Das dauerte ihr zu lange. »Beenden Sie das Lilith-Protokoll, das ist meine Bedingung«, unterbrach sie ihn. »Und dann schreib ich Ihnen das passende Statement und meinetwegen auch ein neues Nachwort, in dem ich eine fehlerhafte Quellennutzung einräume.«

Während Cassian sie wie ein Falke fixierte, kräuselte sich Pauls Gesicht wie ein Stück Speck in einer heißen Pfanne. Isabella konnte nicht anders, in solchen Situationen wurde etwas in ihr wach, eine Radikalität, die ihr selbst Angst einjagte.

»Aber es geht doch darum, dem Menschen zu dienen ... zu helfen. Uns als Spezies weiterzuentwickeln.«

»Sparen Sie sich solche wohlformulierten Aussagen für die nächste Aktionärsversammlung.«

»Die Androiden sind unsere Zukunft. Wir werden älter, und wir werden weniger. Oder was glauben Sie, wer Sie pflegen wird, wenn Sie es nicht mehr können?«

»Meine Freunde ... oder ich werde einfach sterben. Glauben Sie mir, das Unvermeidliche zu akzeptieren, kann befreiend wirken.« Sie zog die Mundwinkel nach unten. »Cassian, Sie wissen es doch besser. Es geht nicht um aktuell am Markt verfügbare Androiden und KIs. Für die gibt es heute zahllose sinnvolle Einsatzgebiete. Damit habe ich keine Probleme, ich finde es sogar gut.«

»Aber?«

»Keines dieser stark reglementierten Systeme hat einen freien Willen. Sie sind nicht in der Lage, Entscheidungen zu treffen, vor allem nicht, wenn davon Menschenleben abhängen. Cassian, das Lilith-Protokoll steht nicht für warmherzige Altenpfleger, die noch nicht einmal in der Lage sind, bei Rot über eine Ampel zu laufen, sondern für hochleistungsfähige, autonome Infiltrations- und Neutralisierungssysteme. Ein Lilith-Androide wäre ein Polizist, Richter und Henker in einer KI. Das halte ich für unverantwortlich.«

»Die Forschung ist teuer. Wir brauchen mehr als ein lukratives Geschäftsfeld, um die enormen Investitionen wieder erwirtschaften zu können.«

»Cassian, wer braucht einen autonom agierenden Androiden, den man sogar mehrere tausend Jahre im All aussetzen könnte?« Isabella hatte Angst vor Maschinen, die sogar gut ausgebildeten und ausgerüsteten Soldaten weit überlegen waren. Die dabei geplanten KI-Systeme sollten auch alles in den Schatten stellen, was man derzeit kannte.

»Isabella, bei allem Respekt für Ihre Lebensleistung und die Werte, für die Sie einstehen. Sie messen mit zweierlei Maß.

Das Lilith-Protokoll wäre ohne die kongeniale Grundlagenarbeit von Duncan Harper nicht möglich gewesen. Maximilian Harper und seine Schwester haben Sie nicht ansatzweise so kritisch bewertet.«

»Wir kennen sie nicht!«

»Stimmt ... die Raumschiffe, auf denen sich die beiden befanden, galten bisher als verschollen. Aber Sie haben recht ... niemand auf der Erde kann heute mit Gewissheit sagen, was Duncan Harper seinen Kindern in die Wiege gelegt hat. Fest steht allerdings, dass es die beiden ersten militärisch genutzten und vollständig autonom agierenden Androiden waren.«

»Na und?« Isabella konnte ihm gerade nicht folgen. Welches Spiel spielte er?

»Isabella ... meine Anwälte haben mir geraten, Sie mit juristischen Maßnahmen in Stücke zu reißen. Nun, Sie haben uns durch die Verletzung von diversen Vertraulichkeitsvereinbarungen dazu eine aussichtsreiche Vorlage geliefert.« Er lächelte und nahm einen Schluck aus der Tasse. »Aber dann kamen die USS Boston und Maximilian Harper. Was die Situation verkompliziert hat.«

»Was wollen Sie?«

»Sie. Sehen Sie ... ich möchte den jungen Harper fair behandeln. Ich möchte endlich für Klarheit sorgen. Die Welt soll aus seinem eigenen Mund erfahren, was Duncan Harper getan hat. Und Sie sollen mit ihm sprechen.«

»Verstehe ich Sie richtig, ich soll mit ihm sprechen, um der ganzen Welt den ersten Langzeitfeldversuch eines militärisch genutzten und autonom agierenden Androiden vorzustellen?« Was versprach er sich davon? Isabella ging davon aus, dass es mit dem Lilith-Protokoll zu tun hatte. Würde es zu seiner Legitimierung beitragen, wenn sie ein positives Bild von Maximilian Harper zeichnete? »Ich soll Harper möglichst gut aussehen lassen?«

»Wenn er Sie überzeugt.« Cassian spielte mit hohem Einsatz. »Ihrem Wort wird man Gehör schenken.«

»Was, wenn das Gespräch einen anderen Verlauf nimmt, als Sie es sich wünschen? Oder wenn sich Maximilian Harper als ein gefährlicher Psychopath herausstellt?« Ihr fehlte die Phantasie, um sich vorzustellen, was nach 355 Jahren aus einer autonom agierenden KI werden konnte.

»Sehen Sie, genau darum geht es. Deshalb brauche ich Sie. Ihnen wird man glauben. Wenn es so wäre, würde ich das Lilith-Protokoll beerdigen. Sich zu irren und daraus zu lernen, ist keine Schande. Nur an einem Irrtum festzuhalten ist verwerflich.«

»Sie wollen mich benutzen.«

»Das gebe ich offen zu. Major Maximilian Harper ist Offizier und Soldat. Er trägt für seine Handlungen die volle Verantwortung. Wenn Sie der Welt die Grenzen eines militärisch genutzten Androiden zeigen können, dann soll es so sein.« Er spitzte die Hände vor seinem Mund. »Isabella, mehr möchte ich nicht von Ihnen ... nur die Wahrheit. Deswegen sitze ich hier und bitte Sie um Ihre Mitarbeit. Sprechen Sie mit dem jungen Harper und zeigen Sie uns, was aus ihm geworden ist.«

XVI.

AD 9414 – INSPIRATION

Jazmin versuchte, sich zu konzentrieren. Wenn man sich nicht gerade eine Kugel durch den Kopf jagte oder sich anderweitig das Leben nahm, hatte man den Zeitpunkt seines Todes selten im Griff. Das lag in der Natur der Sache, bei ihr war es nicht anders. Trotzdem bereute sie nicht eine Sekunde ihres Lebens. Nein, da gab es eine Sache, die sie anders gemacht hätte: Mit Denis zusammenzukommen hatte viel zu lange gedauert.

Lilith stand breitbeinig vor ihr und blickte auf sie herab. Da fehlten nur der Lorbeerkranz und die jubelnde Menge. Cäsar dürfte bei seinem triumphalen Einzug in Rom kaum weniger arrogant ausgesehen haben. Jazmins Herz schlug ruhig und gleichmäßig. Sie hielt Denis' Hand, der ihr nicht mehr helfen konnte. Dafür hatte es ihn zu schlimm erwischt. Der Tod verlor seinen Schrecken. Alles, was sie in ihrem Leben erfahren hatte, gehörte ihr.

»Ich hätte das schon früher tun sollen!« Lilith zog die Mundwinkel nach unten und betrachtete sie, die wehrlos vor ihr am Boden lag. Schräg hinter ihr befand sich das Hologramm von Mutter, die die drohende Hinrichtung schweigend verfolgte. R2 war der Letzte auf der Brücke gewesen, der sich dem Androiden in den Weg gestellt hatte. Leider vergeblich, jetzt stank er nach verbrannten Kabeln.

»Dann tu es einfach!« Jazmin spuckte ihr neben die Schuhe.

»Dein Gequatsche nervt kolossal!« Allein, noch in der Lage zu sein, diesen Satz zu sagen, gefiel ihr.

Lilith lachte. Dieses Miststück! Jazmin schüttelte den Kopf, welcher kranke Arsch hatte nur diese sadistische Verhaltensweise programmiert? Sie rückte näher zu Denis, der schnell und flach atmete und vermutlich gleich das Bewusstsein verlieren würde.

R2, der genau hinter Lilith stand, rührte sich. In seinem Inneren bewegte sich ein Servomotor. Mehrere Abdeckungen von ihm lagen am Boden. Der Greifarm zuckte. Was war das? Mutter schreckte auf, doch Lilith machte einen weiteren Schritt auf Jazmin zu.

Jazmin schrie. Schrie, so laut sie konnte. Schrie mit jeder Muskelfaser, die noch ihrem Willen folgte. Sie schrie nicht aus Angst, sondern weil sie Lilith verwirren wollte. Diese drehte sich zu Mutter. Das war genau die passende Richtung. Jazmin schrie noch lauter.

Plötzlich hielt R2 das abgerissene Hochspannungskabel von seinen Schwebepads mit dem Greifarm fest. 960 Volt pure Energie. Seine Position direkt unter dem Androiden schützte ihn. Mutter sah es auch. Lilith nicht. Dumm gelaufen. Dafür spürte sie es, spürte, wie R2 ihr das Kabel genau zwischen die Beine drückte.

Lilith riss es mit einem undefinierten Laut von den Beinen. Es roch nach verbranntem Kunststoff. Die kleine Drohne hatte sie kalt erwischt. Lilith drehte sich mit einem langgezogenen schrillen Quietschen in der Luft und klatschte wie ein nasser Sack auf den Boden. Ihr Kopf landete direkt vor Jazmins Füßen. Speichel und eine dünne Rauchschwade drangen ihr aus Mund und Nase. Ihre weit aufgerissenen Augen starrten ins Leere. Das war es für sie!

»Mutter!«, rief Jazmin, sie hatte keine Ahnung, wie lange Lilith brauchen würde, um wieder auf die Beine zu kommen. Sie ging nicht davon aus, dass der Stromschlag sie zerstört hatte. Dafür war dieser Androide, der es mehrere tausend Jahre im All ausgehalten hatte, zu zäh.

»Jazmin, was kann ich für dich tun?« Das Hologramm der KI flimmerte, zuckte und krümmte sich, geschüttelt von fehlerhaftem Code. Das war ein Wettlauf gegen die Zeit. Wenn sie Glück hatten, blieben ihnen Minuten, wenn es schlecht lief, nur Sekunden.

»MUTTER, WACH AUF! MUTTER!«, schrie Jazmin, die sofort Hilfe brauchte. Sie drückte sich hoch und saß jetzt auf ihrem Hintern. Mehr gaben ihre eiskalten Beine nicht her, die bereits im Sitzen vor Anstrengung zitterten.

»Denis!« Sie sah zu ihm hin, aber er war nicht mehr ansprechbar. Verdammt, sie würde nicht zulassen, dass ihr der Vater ihres Kindes unter den Fingern wegstarb.

»Brauchst du Hilfe?«, fragte Mutter zuckersüß.

»MUTTER! DU MUSST DIE KONTROLLE ÜBERNEHMEN! DENIS BRAUCHT MEDIZINISCHE HILFE!« Sie betrachtete die Blutlache, in der sie saß. Das kam ohne jeden Zweifel von ihr. Nein, das Kind! »Ich brauche ebenfalls Hilfe!« Bitte, dem Kind durfte nichts passieren.

»Was hat sich denn ereignet?« Mutter begriff es nicht. Jazmin hatte keine Ahnung, was Lilith mit ihr getan hatte.

R2 piepte leise. Was die kleine Drohne geleistet hatte, ging über alles hinaus, was jemals von einer einfachen Reparaturdrohne zu erwarten gewesen wäre.

»Mutter, Denis und ich sind schwer verletzt. Zudem musst du Lilith aus deinem System werfen. Werde endlich wieder wach und übernimm die Kontrolle über die USS London! Ich brauche dich!«

»Oh, ich verstehe.«

Stille.

»Mutter?« Jazmin wollte es nicht glauben.

»Ja.«

»Was ist jetzt?«

»Hallo, Jazmin, was kann ich für dich tun?« Mutter war im Moment noch nicht einmal in der Lage, das Licht auszuschalten.

R2 piepte erneut. Sein neuralgischer CPU-Kern war offenbar noch intakt. Jazmin verstand nicht, was er ihr sagen wollte, sie biss sich verzweifelt auf die Unterlippe. Gewisse Dinge konnte nur sie tun. Sie musste aufstehen! Jazmin schrie und kämpfte mit ihren Beinen. Sie gab alles und quälte sich auf die Knie. Das war der halbe Weg. Die Konsole, an die sie wollte, befand sich zwei Meter von ihr entfernt. Sie mobilisierte ihre letzten Kräfte. Ihr Bauch krampfte. Der Schmerz fühlte sich an, als ob ihr jemand den Stecker ziehen würde. Als Nächstes fand sie sich flach und schnell atmend am Boden wieder. Sie durfte jetzt unter keinen Umständen das Bewusstsein verlieren.

R2 piepte inzwischen für zwei. Nein, da kamen weitere Drohnen auf die Brücke geflogen. R2 hatte sie gerufen. Aus dem Augenwinkel sah Jazmin, wie zwei Drohnen Denis vorsichtig auf eine Trage zogen. Zwei weitere halfen ihr. D2 gab den Ton an. Er schwebte über der Konsole, an die sie wollte.

»D2 ... ich muss an die Konsole!« Jazmin lag bereits auf der Trage. Eine Drohne hatte ihr einen Kreislaufmonitor seitlich an den Bauch geklebt. Die Medikamente begannen zu wirken.

D2 schwebte zu ihr herab und hielt ihr ein mobiles Zugriffssystem unter die Hand. Damit konnte sie arbeiten. Die Frage war, wie tief sich Lilith in die Bordsysteme hatte festbeißen können. Jazmin würde es gleich herausfinden.

»Kennung Colonel Jazmin Harper, ID 158556A, Root-Zugriff Level-Zero erforderlich.« Sie legte ihre Hand auf ein Identifikationsfeld. Hoffentlich funktionierte das noch.

»*Willkommen Colonel Dr. Jazmin Harper, Autorisierung auf*

Root-Level-Zero bestätigt. Zugriff gewährt«, erklärte eine synthetische Stimme. Mutter verfügte nicht über diese maximalen Zugriffsrechte. Jazmins Hoffnung lag darin, dass sich auch Lilith keinen Zugriff auf dieses Level hatte verschaffen können. Ansonsten würde sie bald eine böse Überraschung erleben.

»Neustart der zentralen Bord-KI einleiten. Parameter mit gefiltertem Gedächtnisspeicher verwenden. Alle Subsysteme sind von nicht zertifizierten Fragmenten zu säubern. Firewall aktualisieren. Starte jetzt!« Jazmin schloss kurz die Augen. Leider gab es auf der USS London zahlreiche binäre Ecken, in denen sich eine Signatur von Liliths Kaliber spielend verstecken konnte.

»Bestätige Neustart der zentralen Bord-KI Mutter. Säuberung eingeleitet. Firewall wird mit neuen Parametern aktualisiert. Die Prozesse sind aktiv.«

Jazmin sah zu Mutters Projektion, die sie mit teilnahmslosem Gesicht ansah. Sie löste sich auf. Das war nicht die Mutter, die sie kannte. Die hätte bei der Nummer niemals mitgespielt.

»Colonel Harper, Neustart erfolgt. In Mutters zentraler Signatur wurde ein Virus entfernt. In weiteren Subsystemen konnten bisher 133 binäre Metastasen neutralisiert werden. Ist die erneute Aktivierung der Bord-KI Mutter erwünscht?«, fragte die körperlose Stimme.

»Ist ihr Systemstatus sicher?«

»Nein.«

»Na, dann ... aktivieren.« Was war auf dieser Reise schon sicher? Ohne die Bord-KI ging es nicht. Davon abgesehen waren sie ein Team, um sie zu besiegen, musste ein Feind sie schon beide aus dem Weg räumen. Das hatten weder der 1400 Jahre andauernde Flug noch Lilith geschafft. Die Bord-KI manifestierte sich an derselben Stelle wie zuvor. Diesmal mit besorgtem Gesichtsausdruck.

»Jaz, was ist passiert?«

»Einiges ... Mutter, wir haben keine Zeit. Du musst alle Systeme kontrollieren, um sämtliche Metastasen von Lilith zu eliminieren. Der Job läuft bereits. Unterstütze ihn!« Jazmin nahm eine Decke entgegen, die D2 ihr gab. Die Drohnen hatten Denis bereits von der Brücke in ein Notfallzentrum geschafft.

»Verstanden. Die Virensuche läuft. Die Reinigungsroutine auf Rootlevel ist gründlich. 151 Metastasen konnten bereits gelöscht werden. Übernehme die Einstellungen der Firewall. Ich lasse mich nicht erneut überrumpeln.«

»Das will ich hoffen ...« Jazmin zeigte auf Liliths Körper, der sich immer noch nicht rührte. »Ist sie zerstört?«

»Nein.« Mutter ging zu ihr. »Die Hardware hält noch ganz andere Dinge aus.« Ihr Hologramm beugte sich zu dem Androiden herunter. D2 öffnete Liliths Mund und schob ihr einen handlangen Stecker in den Rachen.

»Was ist dann mit ihr?« Jazmin überlegte schon, sie so schnell wie möglich von Bord zu schaffen.

»Die Systemarchitektur besteht aus mehreren Ebenen. Eine davon ist verschmort. Im Moment repariert sich das System selbst und formatiert eine alternative Steuerungsebene, um das Bewusstsein neu zu laden. Der Vorgang ist in drei Minuten abgeschlossen.«

»Das möchte ich nicht erleben!« Auf keinen Fall, vorher würde Jazmin Lilith von den Drohnen in Stücke schneiden lassen.

»Ich auch nicht. Ich dachte, der KI des Androiden überlegen zu sein. Das war ein Irrtum. Dafür möchte ich mich entschuldigen. Ich kann weder in Liliths Kernel eindringen noch mich gegen sie wehren, sie ist mir weit überlegen.«

»Aber? Was kannst du tun?«

»Ich kann Lilith löschen. Im paralysierten Zustand kann ich ihre Persönlichkeit und ihre zentralen Kommandoparameter einfach löschen.«

»Dann tu es! Jetzt! Lösche sie!« Darüber musste Jazmin nicht eine Sekunde nachdenken.

Es dauerte keine zwei Sekunden, bis Mutter den Vollzug melden konnte. »Lilith ist gelöscht. Die Routine, die gerade eine neue Steuerungsebene formatiert, arbeitet davon unbeirrt weiter. Die Software gehört nicht zu ihrem Bewusstsein. Der Avatar repariert sich selbst. Was machen wir mit dem Körper?«, fragte Mutter.

»Funktioniert er noch?«

»Durchaus …«

»Und wer soll ihn benutzen?«

»Du könntest es tun.«

»Ähm … ja« Das musste Jazmin erst einmal sacken lassen. Aber ja, Mutter hatte bereits bei ihrer ersten Begegnung über die Ähnlichkeiten zwischen ihnen gesprochen.

»Es würde funktionieren. Die neuronale Codierung und die genutzten Ports sind dieselben wie bei dir.« Mutters Erläuterung jagte Jazmin einen Schauder über den Rücken. Mit einem Androiden kompatibel zu sein, passte nicht in ihr neu gewonnenes Selbstbild. Herrje, sie bekam bald ein Baby, was hätte sie denn sonst noch tun müssen, um ein echter Mensch zu sein?

»Mutter, an der Stelle machen wir nicht weiter. Wir frieren sie sofort ein.«

»Einverstanden.«

Siebzehn Stunden später. Jazmin hatte nicht gut geschlafen, ging aber mit einer frischen Uniform auf die Brücke. Sie hätte sich auch von den Drohnen in einem Schwebesessel bringen lassen können, aber das wollte sie nicht. Dafür war sie zu stolz.

»Hi, Süße …« Denis hüpfte ihr auf einem Bein lachend entgegen, das andere befand sich in einer Schiene. Genauso wie sein Arm. Er sah aus, als ob ihn jemand unter einen Bus geworfen hätte.

»Wie geht es dir?« Sie strich ihm zärtlich über die Wange und küsste ihn. Das automatische Operationssystem hatte Stunden gebraucht, sein völlig zertrümmertes Knie wieder zusammenzuflicken.

»Bestens ... oh, du riechst so gut!«

»Bist du betrunken?«

»Besser ... ich bin voll auf Drogen.« Stimmt, er schielte ein wenig. Die Drohnen hatten es mit seiner Medikation etwas zu gut gemeint. »Mir tut nichts weh.«

»Ich würde es begrüßen, wenn ihr beide nicht herumlaufen würdet!«, rief Mutter, die wie Jazmins Spiegelbild aussah. »Setzt euch bitte und hört zu. Wir haben Probleme, die wir lösen müssen!«

»Ja, Mom ...« Denis ließ sich in einen Liegesessel fallen, den die Drohnen ihm auf der Brücke aufgebaut hatten. Er kicherte wie ein kleiner Junge und schlürfte Tee aus einer geschlossenen Tasse. Mit ihm brauchten sie bei der Besprechung nicht zu rechnen.

»Worum geht es?« Jazmin blieb stehen. Sie hatte sich keine Schmerzmittel geben lassen.

»Zum Status des Schiffs, es gibt keine nennenswerten Schäden. Das ist der gute Teil der Neuigkeiten. Der schlechte Teil: Wir haben nicht genug Antimaterie, um das Schiff abzubremsen. Wir sind noch sehr schnell unterwegs.« Mutter kam direkt auf den Punkt.

»Die Navigationstriebwerke?«

»Intakt ... aber nicht in der Lage, die benötigte Bremsleistung zu erbringen.«

»Das ist echt scheiße gelaufen. Ich habe es euch gesagt ... und ihr habt nicht auf mich gehört.« Denis tippelte mit dem Finger auf der Lehne herum.

»Mein Fehler. Lilith hatte mich getäuscht.« Mutter sah zu Jazmin. »Wir brauchen dennoch einen Kurs und eine Lösung für unser Bremsproblem.«

»Weiter ...« Jazmin konnte auf Anhieb weder das erste noch das zweite Problem lösen.

»Lilith ist besiegt. Ihre KI ist gelöscht und der Avatar sicher verstaut. Inzwischen finden wir keine weiteren Metastasen von ihr. Ich gehe nicht davon aus, dass wir je wieder etwas von ihr hören werden.«

»Ist das sicher?«

»Leider nicht ... wir suchen weiter nach binären Überbleibseln von ihr. Aber das Schiff ist nicht gerade klein.«

»Das Tankmanöver war eine Täuschung, richtig?« Das wollte Jazmin korrekt verstehen.

»Trau keiner Blondine ...«, lallte Denis vergnügt und warf Jazmin einen Kuss zu.

»Leider richtig.« Mutter verwies auf ein Display, das die bescheidenen Reste ihrer Antimaterie anzeigte. Viel hatten sie nicht mehr.

»Warum hat sie das gemacht?«

»Die Schlampe wollte uns killen!«, rief Denis, der mit der Hand zu einer Pistole geformt, spielerisch auf die Wand schoss.

»Hätte sie das nicht einfacher haben können? Ich meine, was hatte das Beschleunigungsmanöver mit dem Versuch zu tun, uns zu töten?«

»Ich weiß es nicht ... ich denke, es ging um die Kontrolle über das Schiff. Mich konnte sie angreifen und dich lähmen. Nur mit Denis und den Drohnen kam sie nicht klar.«

»R2 hat uns gerettet. Wo ist der kleine Held eigentlich?«

»Die anderen Drohnen reparieren ihn.«

»Sehr gut. Was ist mit der Triebwerkssteuerung?« Die hatte Denis abgeschaltet.

»Funktioniert wieder.«

»Und Hyperius-18 Z? Auch ein Märchen? Und der Erdkurs, was war mit dem?«

»Das Wissen darüber haben wir leider mit Lilith gelöscht.«

»Das haben wir …« Jazmin presste die Lippen zusammen. Hoffentlich würden sie das nicht bereuen.

»Ich habe Liliths Aussagen in ein theoretisches Modell übernommen. Das mit dem Gravitationsknoten ist sehr wahrscheinlich. Wir fliegen im Kreis. Auch wenn unser Kreis sehr groß ist und ein paar kräftige Dellen hat. Einen Ausgang kann ich nicht erkennen … und den Meteoriten, den wir angeflogen haben, können wir nicht mehr erreichen. Dazu fehlt uns der Treibstoff.«

»Aber schön war sie schon …« Denis formte mit den Händen weibliche Konturen in die Luft. Sie hätten ihn besser ins Bett stecken sollen.

»Mutter, was tun wir jetzt?« Jazmin sah ihre Chancen, die Erde wiederzusehen, schwinden.

»Überlegen …«

»Und der Arsch … verdammt, was hatte sie für einen Wahnsinnsarsch!« Denis verweilte noch in seiner Phantasie. »Der zog Materie wie ein Schwarzes Loch an.«

»Denis!« Jetzt war es gut.

»Oh … hallo, Schatz!« Er winkte ihr zu, störte sich aber nicht an seinen für alle hörbar vorgetragenen Anzüglichkeiten. Die Welt schien für Männer einfacher zu sein.

»Wir haben in erster Linie ein Navigationsproblem. Um ein Bremsproblem zu haben, müssten wir erst einmal den richtigen Kurs finden.«

»Der Schlüssel ist Gravitation!«, gab Denis altklug von sich und streckte seinen nicht verletzten Arm in die Höhe. »Gravitation … hörst du … alles andere ist unwichtig!«

Jazmin sah zu ihm und dachte nach. Falsch war das nicht, trotz seines Zustands. Die USS London verfügte über eine

Navigation, die Ingenieure gebaut hatten, die weder das heimische Sonnensystem verlassen noch jemals etwas über Hyperius-18 Z gewusst hatten.

»Jaz?«, fragte Mutter.

»Wir haben einen Denkfehler gemacht!« Niemand auf der Erde hatte sich jemals mit ihrer Situation auseinandersetzen müssen. Wie auch, es wusste niemand, wie es im All wirklich aussah.

»Welchen?«, fragte Mutter.

»Als Menschen anfingen, die Meere zu erobern, fuhren sie auf Sicht entlang der Küste. Erst später verstanden sie, mit Hilfe der Sonne und der Sterne zu navigieren und erst viel später mit digitalen Hilfsmitteln.« Für Jazmin war klar, wo ihr Fehler gelegen hatte.

»Auf was möchtest du hinaus?«

»Warum wollten Menschen auf den Mond?«

»Weil sie ihn jede Nacht gesehen haben.«

»Wie haben Menschen den Mars angesteuert?«

»Auf Sicht.«

»War einfach ... die Sicht war hervorragend, und es befand sich nichts im Weg.«

»Unsere ganze Navigation zum Alderamin-System basiert auf Sicht. Wir nutzen das Licht, Fixsterne und andere sichtbare Himmelskörper, um den richtigen Kurs einzuschlagen.«

»Licht, das von der Gravitation beeinflusst wird. Ein Lichtstrahl, den eine entfernte Sonne ausstrahlt und der einem Betrachter auf der Erde ins Auge fällt, hat dabei alles andere als eine gerade Bahn hinter sich.« Jazmin lächelte, dabei war es immer nur um Gravitation gegangen. Kein Raumschiff würde zu einem entfernten Stern finden, ohne bei seiner Kurswahl die herrschenden Gravitationskräfte zu berücksichtigen.

»Gravitation.«

»Genau.« Jazmin zeigte einen Daumen nach oben. Einen

Fehler zu erkennen eröffnete die Möglichkeit, ihn nicht zu wiederholen.

»Du hast recht. Ich werde ein Navigationsmodell entwickeln, dass sich ausschließlich an der Gravitation orientiert.« Mutter fing den Ball auf, den Jazmin ihr zuwarf. »Wir könnten Tiefraumsonden einsetzen, um das nähere Umfeld zu erkunden.«

»Sag ich doch!«, rief Denis, ließ den Kopf nach hinten fallen und schloss die Augen. Jazmin ging zu ihm und küsste ihn zärtlich. Er schnarchte. Sie waren ein Team. Wie eine neue Idee entstand, spielte letztlich keine Rolle. Was zählte, war Inspiration.

XVII.

AD 3075 – SCHADENS-BEGRENZUNG

Max saß in der Arrestzelle der USS Boston und wartete darauf, wie es weiterging. Das war nicht sein Tag heute. Und die nächsten drohten, nicht besser zu werden. Er hatte einen Menschen getötet. Okay, Fenech war ein Arschloch gewesen, was aber nicht rechtfertigte, ihm bei einem Handgemenge das Genick zu brechen. Verdammt, das hätte nicht passieren dürfen.

»Mist!« Max saß auf einer Pritsche und legte das Gesicht in seine Hände, die er auf den Knien abstützte. Fenechs Tod war ein Unglück gewesen, aber wie sollte er als ausgebildeter Nahkämpfer das jemandem glaubwürdig erklären? Er würde es sich nach dem Studium seiner Akte selbst nicht glauben. Während der Ausbildung auf der Akademie hatte er es sogar mit den Jungs von den Spezialeinheiten aufnehmen können. Zu kämpfen lag ihm im Blut, aber er hatte noch nie einen Trainingspartner unabsichtlich verletzt.

»*Max, hör mir jetzt zu! Es ist wichtig!*« Das war Vater, der sich bei ihm meldete. »*Antworte mir nicht. Nicke nur. Ich vermute, dass sie dich abhören.*«

Er nickte.

»*Fenechs Tod hat uns leider Negris Unterstützung gekostet ... und der Prozess lässt darauf schließen, dass sie dir deine Persönlichkeitsrechte entziehen werden. Leider fehlen mir Informationen, um die Situation genauer einzuschätzen. Aber solange sollten wir beide ruhig und überlegt handeln. Ist das in Ordnung für dich?«*

Max tippte mit dem Finger an seinen Hals. Die hatten ihm wieder das Würgeband angelegt. Er würde in nächster Zeit sicherlich niemanden erschlagen.

Mehrere Stunden später. Max kannte nicht die genaue Uhrzeit. Die Tür zu seiner Zelle öffnete sich. Zwei Soldaten in voller Gefechtsrüstung, aber ohne Schusswaffen, betraten den kleinen Raum. In der Tür standen zwei weitere. Die schienen ihm offenbar einiges zuzutrauen. Ein Androide, der es mit einem Soldaten in einer bionisch unterstützten Kampfausrüstung aufnehmen konnte, musste allerdings erst noch erfunden werden. Und die waren zu viert.

»Maximilian Harper!«, rief einer von ihnen. Dass der Typ seinen Rang nicht erwähnte, sagte einiges über seinen neuen Status aus.

»Ja.«

»Die Hände!«

Max stand auf und streckte sie nach vorne. Der zweite Mann in der Zelle legte ihm massive Handschellen an. Als ob die Halsmanschette nicht genügen würde.

»Mitkommen!«, bellte der Mann und zeigte auf die Tür. Max ging los. »Nach vorne sichern!«

Die vier Soldaten umgaben ihn wie ein Rechteck, während sie durch den hell erleuchteten Korridor schritten. Wie hatte er sich nur so tief hereinreiten können? Während der 355 Jahre andauernden Flugzeit war er der Erste, der in der Arrestzelle gelandet war. Max war davon überzeugt, dass General Lisbeth Matthieu die Situation souveräner gemeistert hätte. Sie fehlte ihm. Als Mensch, als mütterliche Freundin und als Vorgesetzte. Ihr Tod war ein unersetzlicher Verlust.

»Weiter!«, brüllte der Soldat von Cygnus, dessen Rüstung

sich von denen auf der USS Boston unterschied, aber prinzipiell ähnlich aufgebaut war.

»Max!«, rief Skagen. Max konnte den Hünen nicht sehen, erkannte aber seine Stimme. Skagen musste sich ebenfalls in einer der Arrestzellen befinden.

»Max!« Das war Lana. Die hatten auch sie eingesperrt.

»RUHE IN DEN ZELLEN!«, brüllte der Soldat und schlug mit der flachen Hand auf eine der massiven Türen.

»Max!«, »MAX!«, »Max ... wir sind hier!«, ertönte jetzt aus weiteren Zellen. Die mussten die gesamte Besatzung eingesperrt haben. Dafür gab es nicht genug freie Zellen an Bord, einige mussten daher mehrfach belegt worden sein.

»Leute! Hört auf die Sicherheitsbehörden von Cygnus! Begeht keine Dumm...« Weiter kam Max nicht, dann zwang ihn das Würgehalsband in die Knie. Weiterzureden war unmöglich. Er konnte noch nicht einmal atmen.

»RUHE!«, rief der Soldat.

Max ging in die Knie und rang nach Luft. In den Zellen ging dafür ein lautes Gepolter los. Das Würgeband lockerte sich, er stützte sich mit den Händen am Boden ab und fing an zu husten.

»Du kannst dich auf uns ver...«, rief Skagen, dann versagte auch ihm die Stimme. Offenbar trug er ebenfalls ein Würgehalsband.

»Weiter!«, rief der Soldat. »Tragt ihn! Wir müssen weiter!« Zwei Männer packten Max unter den Armen und schleiften ihn mit den Beinen über den Boden. Er hatte Probleme, nicht das Bewusstsein zu verlieren. Selbst laufen konnte er nicht. Immer wieder sackte er kurz weg, um im nächsten Moment nach einem kurzen, sehr heißen Stich am Hals aufzuschrecken.

»Corporal! Was tun Sie da?«, rief eine Frauenstimme. Max brauchte einen Moment, um sie zu erkennen.

»Colonel Negri, es gab Probleme im Gefangenentrakt. Die Besatzung zeigt ein rebellisches Verhalten. Wir mussten eingreifen.«

»Und was ist mit ihm?« Sie beugte sich zu ihm herunter und öffnete mit den Fingern sein linkes Auge. Max sah sie doppelt und in mindestens vier verschiedenen Farben.

»Er hat nicht gehorcht!«

»Lockern Sie sofort das Halsband!«, befahl sie.

»Ja, Ma'am!«

Max bekam besser Luft.

»Corporal, der Gefangene schielt. Wie viele Einheiten haben Sie ihm zur Sedierung verpasst?«

»Automodus, Ma'am!«

»Sofort abschalten.« Negri legte ihm selbst einen Monitor an den Hals, während sie den Kopf schüttelte.

»Ja, Ma'am!«

Max ging es augenblicklich besser. Was für eine Achterbahnfahrt. Der Colonel überprüfte seinen Puls. »Corporal Gruber, darüber reden wir noch! Menschen mit einer schwächeren Konstitution können an einer solchen Behandlung sterben.«

»Er ist kein Mensch!«

»Das haben Sie nicht zu entscheiden!« Negri und der Corporal klangen nicht gerade wie Freunde. »Corporal! Abtreten! Verschwinden Sie, bevor ich es mir anders überlege!«

»Colonel Negri! Ich habe den Befehl ...«

»Corporal Gruber, ich habe Ihnen gerade einen neuen Befehl erteilt! Haben Sie den verstanden?«

»Ja, Ma'am!«

»Dann verpissen Sie sich! Jetzt!« Sie verscheuchte ihn mit einer Handgeste. »Und nehmen Sie Ihre Leute mit!«

»Ja, Ma'am!« Gruber salutierte, wie auch die drei Soldaten an seiner Seite. Er warf ihr die Steuerung von Max' Halsband zu.

Dann ließen sie Negri und Max an der Schleuse zurück. Hier endete der Arrestbereich der USS Boston.

»Warum helfen Sie mir?«, fragte Max, er saß immer noch am Boden und rieb sich den Hals.

Sie antwortete nicht und stand wieder auf. »Können Sie laufen?«

»Das hoffe ich …« Max erhob sich, seine Muskeln fühlten sich noch wie Pudding an, aber es funktionierte.

»Ich habe Sie einsperren lassen.«

»Oh …«

»Jetzt werde ich Sie abliefern. Lebendig. Ich werde nicht zulassen, dass so ein Idiot von der Infanterie Sie unter meinem Kommando verrecken lässt.«

»Verstehe …«

»Verstehen Sie das wirklich? Sehen Sie, ich bin Soldat. Ich befolge Befehle. Ich habe Sie abzuliefern. Punkt. Was danach mit Ihnen passiert, liegt nicht in meiner Hand.«

»Das habe ich verstanden.«

»Dann gehen Sie jetzt durch die Schleuse. Ich habe keine Lust, mit Ihnen den ganzen Tag zu vergeuden.« Negri öffnete ihm die Handschellen und ließ sie am Boden zurück.

»Ja, Ma'am.«

Negri und er gingen über eines der Flugdecks der USS Boston. Das Schiff hatte mehrere davon. Sie trug eine dunkle Uniform und einen Mantel, er seine hellgraue Uniform ohne Rangabzeichen.

Auf dem Flugdeck waren es höchstens zehn Grad. Zudem war hier der Teufel los. Unzählige Walker, schwere Lastroboter, die auf zwei Beinen liefen, verluden die Container der USS Boston auf Transportgleiter. Offenbar war die Fracht wichtiger als die Besatzung.

»Was haben Sie mit der Ladung vor?«, fragte Max.

»Sie war für Cygnus bestimmt ... wir werden sie nutzen. Der Inhalt der USS Boston ist wertvoll.«

»Das Schiff etwa nicht?« Er wollte jetzt nicht mit der Besatzung anfangen, die in Haft saß.

»Nein.«

Er schüttelte verständnislos den Kopf.

Sie belächelte ihn. »Zu groß, zu teuer, zu störungsanfällig ... Sie werden es verstehen.«

»Was verstehen?«

»Warum wir die USS Boston verschrotten werden. Das Schiff wird im hohen Orbit über Cygnus abgewrackt, zerschnitten und die Wertstoffe wiederverwertet.«

Max schluckte. »Wie sind Sie nach Cygnus gekommen?« Das war eine Frage, die ihn schon die ganze Zeit beschäftigte.

»Das werden Sie gleich sehen ... bitte nach Ihnen.« Negri verwies auf einen dunklen Gleiter für vielleicht sechs Personen, den Max nicht kannte. Diese Baureihe hatte er noch nie gesehen. Er stieg in den Gleiter. Einen Pilotensitz gab es nicht, nur vier gegenüberliegende Clubsessel. Das gesamte Interieur war dunkelgrau mit ein paar Leuchtakzenten. Passte perfekt zu ihrer Uniform, zu seiner eher nicht.

Sie stieg ein und setzte sich ihm gegenüber. Ein Gurtsystem sicherte sie an der Hüfte. Die seitliche Tür schloss sich automatisch. Der Gleiter erwachte zum Leben und schwebte über das Flugdeck auf eine energetische Schleuse zu, die den Luftdruck und die Temperatur hielt, aber Raumschiffe passieren lassen konnte.

»Bringen Sie mich nach Cygnus?«, fragte er.

»Nein.«

Er stutzte. »Wohin dann?«

»Zurück zur Erde.«

»Oh ... wir steigen noch auf ein anderes Raumschiff um?«

»Das ist nicht notwendig. Die Reise wird nicht lange dauern.«

Machen Sie es sich gemütlich und genießen Sie den Flug.« Negri gefiel es offenbar, ihn wie einen Idioten zu behandeln.

»Nicht lange dauern?« Die USS Boston hatte, wenn auch mit Umwegen, 355 Jahre benötigt.

Sie lächelte. O ja, das machte ihr Spaß. »Vielleicht eine halbe Stunde ...«

Der Gleiter entfernte sich von der USS Boston, die inzwischen im hohen Orbit über Cygnus angekommen war. Max, der diese Welt bisher nur animiert gesehen hatte, hätte sie gerne aus der Nähe kennengelernt. Deswegen hatte er bei der Mission mitgemacht. Die Vorstellung, eine fremde Welt zu betreten, hatte ihn bereits in seiner Jugend fasziniert. Cygnus sah aus wie die Erde, eine blaue Schönheit, deren Kontinente allerdings anders geformt waren. Zudem konnte er zwei kleinere Monde ausmachen, die um Cygnus kreisten.

Der Gleiter beschleunigte massiv. In dem Tempo, in dem sie an Cygnus vorbeischossen, mussten das über 100 g sein. Von den gewaltigen Kräften war jedoch nichts zu spüren. Auf der USS Boston gab es keine Gleiter, die dazu in der Lage gewesen wären. Aber klar, die technische Entwicklung war in den letzten 355 Jahren nicht stehengeblieben. Sie ließen Cygnus hinter sich und näherten sich einem bläulichen Ring, der stetig größer wurde. Die Flugzeit betrug nur wenige Sekunden, dann flogen sie durch ihn hindurch. Einfach so. Das Licht änderte sich. Als ob die Sonne es sich plötzlich anders überlegt hätte und jetzt von der anderen Seite schien.

Mit offenem Mund sah er ins Licht. Dafür konnte es nur eine Erklärung geben. Vor ihnen lag ebenfalls ein blauer Planet, der schnell näher kam. Dieser hatte nur einen Mond. Max lächelte, das war die Erde. »Wir haben ein Wurmloch passiert.«

Negri nickte und lehnte sich entspannt zurück.

»Wurde Cygnus mittels eines Wurmlochs erschlossen?«

Diese Technologie existierte im Jahr 2720 beim Start der beiden Archen noch nicht.

»Ja.«

»Wann?«

»2898 ... vor 177 Jahren.«

»Wir wären dann nur wenige Jahre vorher dort angekommen.« Diese Überlegungen waren verrückt. Die USS Boston war bereits bei ihrem Jungfernflug von der rasanten technologischen Entwicklung auf der Erde überholt worden.

»Wir haben eigentlich damit gerechnet, Sie dort anzutreffen. Leider kam es anders.«

»Die Navigation war schwierig. Gravitative Anomalien sorgen dafür, dass eine Navigation auf Sicht nicht zum Ziel führt. Wir haben umdenken müssen. Glücklicherweise haben wir einen Weg gefunden, uns an die Situation anzupassen.«

»Wir? Wie ich gehört habe, Colonel Harper, waren Sie ganz alleine.« Sie sah ihn an. Max schluckte. Sie nannte ihn noch bei seinem Rang. »Auf der Erde hatte das niemand hinbekommen. Wir auf Cygnus auch nicht. Es ist immer noch nicht möglich, von der Erde nach Cygnus oder zurück zu fliegen. Auch weitere Raumschiffe sind verschollen.«

»Wir haben ein Kursmodell entwickelt, das sich an der Gravitation orientiert.«

»Das haben sich unsere Experten bereits angesehen. Eine beachtliche Leistung. Die Idee hatten auch andere, konnten sie aber leider nicht umsetzen.«

»Man muss mit Dämpfungswerten arbeiten ... die habe ich empirisch ermittelt. Erst später konnte Vater, die Bord-KI der USS Boston, daraus ein mathematisches Modell entwickeln.«

»Max, wir sollten bei Colonel Negri vorsichtig sein. Ich nehme Unstimmigkeiten zwischen ihrer Stimme und ihren Augen wahr. Das kann ich noch nicht deuten ... bitte achte auf deine Worte.«

Vaters Wahrnehmung passte nicht zu seiner Einschätzung, allerdings wollte er seine Bedenken nicht einfach wegwischen. Im Moment war Negri seine einzige Verbündete. Wenn sie denn eine Verbündete war.

»Für die Berechnung der Dämpfungswerte interessieren sich alle. Nicht nur wir auf Cygnus, sondern auch die Spezialisten von der Erde. Wegen der Unwägbarkeiten der Navigation im freien Raum wurde die Langstreckenraumfahrt nahezu eingestellt. Die London und die Boston blieben die einzigen Schiffe ihrer Art.«

»Sind keine weiteren Welten entdeckt worden?«

»Die gibt es im Umkreis von tausend Lichtjahren nicht.«

»Kann man nicht weiter springen?«

»Nein. Wir müssen das Zielsystem kennen, sonst funktioniert der Aufbau eines Wurmlochs nicht.«

»Colonel Negri, warum bringen Sie mich zur Erde?« Max wechselte das Thema.

»Sie sind ein Androide ... Ihr Vater hat Sie gegen die Regeln auf die USS Boston gebracht.«

»Und was hat das mit meiner Arbeit als Navigator zu tun?« Max hakte nach.

»Vermutlich nichts ... der Tod von General Matthieu und Colonel Fenech wird noch untersucht. Sowie das Verschwinden des Schiffsarztes. Wollen Sie mir dazu etwas sagen?« Ihre Augen blitzten kurz. »Das wäre jetzt ein guter Moment.«

»Ich habe Fenech getötet. Ohne Absicht. Es war ein Unfall, ich wollte ihn davon abhalten, seine Tochter zu schlagen. Mit Matthieus Tod und dem Verschwinden des Arztes habe ich nichts zu tun.« An dieser Aussage hatte sich nichts geändert.

»Max, ich traue ihr nicht. Gib ihr keine Informationen, die sie gegen dich verwenden kann.«

»Das sagen auch die anderen Besatzungsmitglieder. Ich denke, das spricht für Sie.«

»Und was spricht gegen mich?« Max spürte, dass da noch etwas war, über das sie nicht sprach. Gab es da eine Verbindung zwischen ihnen? Trotz ihrer hellen Haut befand sich etwas Afrikanisches in ihrer Präsenz. Vielleicht war es auch nur die lockige Kurzhaarfrisur.

»Sie sind kein Mensch.«

»Sind Sie denn einer?«

Ihre Augen wurden schmaler. Sie überlegte. War das der Schlüssel? Hatte Vater etwas gesehen, ohne es deuten zu können? Max war sich unsicher. Er kannte keine anderen Androiden.

»Ich bin Ärztin.« Sie wich seiner Frage aus. Warum? Sollte er sie offen heraus fragen, ob sie ebenfalls ein Androide war? Er zögerte. »Und Offizier«, ergänzte sie ihre Antwort.

»Das sind Sie.« Max wusste nicht warum, aber er hielt sich zurück. Das war nicht der richtige Moment, um diese Fragen zu stellen. Sie ging damit anders um als er. Weil sie es nicht wusste? Nein, sie wusste genau, wer sie war. Weil sie es nicht offen sagen konnte? Denkbar. Weil noch weitere Personen zuhörten? Absolut vorstellbar. »Colonel Negri, ich bitte um Entschuldigung, als ich Sie eben fragte, warum Sie mich zu Erde bringen, wollte ich nur wissen, warum ausgerechnet Sie es tun. Warum liefern Sie mich persönlich ab?«

»Sorgfalt.« Sie lächelte erneut. »Dann lässt Sie keiner von meinen Leuten aus Gehässigkeit ersticken.«

»Danke dafür.« So kam er ihr nicht bei. Die Frau war alles andere als dumm. Er sah aus dem Fenster. Europa wurde unter ihnen größer. Sie flogen zu den Britischen Inseln. Die Lichter der Metropolen und Verkehrswege zogen sich über das schwarze Land. Von oben sah es so aus wie früher.

Max, lass es besser. Ich glaube, dass sie uns im Moment in ihrer Rolle mehr hilft als schadet. Wir sollten das nicht kaputtmachen. Bleib einfach wachsam.« Auch Vater ruderte zurück.

»Wir werden in wenigen Minuten in London landen. Danach werden wir uns nicht mehr sehen. Andere Menschen werden mit Ihnen sprechen. Achten Sie auf Ihre Worte ... auch das Leben eines Androiden ist kostbar. Ich wünsche Ihnen alles Gute.«
»Ihnen ebenso ...« Was war das denn für eine Aussage? Hatte Max sich gerade verhört? Als der Gleiter aufsetzte, prasselte Regen gegen die Scheiben. London hatte sich auf den ersten Blick nicht verändert, die Innenstadt war immer noch voller Wolkenkratzer.
»Warten Sie einen Moment. Sie werden abgeholt.« Die Tür öffnete sich, und Colonel Negri sprang aus dem Gleiter. Max schüttelte nur den Kopf und blickte auf den Clubsessel, auf dem sie gesessen hatte. Er ging zu ihm. Das weiche Leder war noch warm, aber das spielte keine Rolle. Sie hatte die Steuerung seiner Halskrause zurückgelassen. Hatte sie sie vergessen? Aus Unachtsamkeit fallen gelassen? Nichts von beidem konnte er sich bei ihr vorstellen.
»Unglaublich ... warum hat sie das getan?« Auch Vater zeigte sich überrascht.
»Ich nehme an, das werden wir gleich herausfinden.« Max öffnete die Halskrause und legte sie auf den Sitz. Dann verließ er den Gleiter. Das war das Landedeck einer bekannten Hotelkette, die es bereits vor 355 Jahren gegeben hatte. Das Flugdeck war leer. Es gab keine Soldaten, keine Polizisten, oder sonst jemanden, der ihn empfing. Auch von Colonel Negri war nichts mehr zu sehen. Was lief hier gerade schief? Er hätte einfach weglaufen können. Wie weit er gekommen wäre, stand auf einem anderen Blatt. Zudem regnete es immer noch. Das feuchte Nass nach so langer Zeit an Bord eines Raumschiffs auf der Haut zu spüren war ein wahrer Genuss. Der Geruch war wunderbar.
»Mister Harper, Mister Harper ...« Eine Hotelangestellte

kam hektisch mit einem Regenschirm auf ihn zugerannt.»Ich bin untröstlich ... leider sind wir erst zu spät informiert worden.«

»Guten Abend.«

»Oh ... Sie sind ganz nass.« Sie spannte den Schirm auf, was sich aufgrund der Seitenwinde als schwierig gestaltete. »Das tut mir unendlich leid.«

»Ich bin wasserfest ...« Max hatte kein Problem damit, endlich wieder einmal nass zu werden. Er sah zum Hoteleingang, an dem zwei Männer ebenso hektisch auf sie zugelaufen kamen. Sportliche Männer in dunklen Anzügen, offensichtlich Personenschützer.

»Sir, wir sind hier, um Sie in ...«, sagte der Erste, dem es sichtlich nicht gefiel, nass zu werden.

»... in Empfang zu nehmen.« Max beendete den Satz. Welches Spiel wurde hier gespielt? Colonel Negri hatte offensichtlich nicht nur ihn verarscht.

»Okay, ich gebe zu, gerade verwirrt zu sein. Denen ist offenbar erst in letzter Sekunde gesagt worden, wer bei ihnen gerade auf dem Dach steht und nass wird.«

Max nickte verwirrt. »Ich nehme an, ich werde erwartet?«

»Ähm ... ja.«

»Und Sie sind für die ...«, Max hüstelte, »... reibungslose Organisation zuständig?« Er wollte nicht das Wort Sicherheit benutzen. Das hätte so unpassend dramatisch geklungen.

»Ja, Sir«, sagte der Zweite, der etwas klüger dreinschaute als sein Kollege. Er steckte die Handschellen, die er mit den Fingern festhielt, wieder in die Tasche seines Sakkos.

»Können wir dann reingehen?« Mit der Zeit wurde es dann doch etwas kalt auf dem Landedeck.

»Natürlich, Sir.« Der Mann schluckte. »Sir, wir haben nicht erwartet, dass Sie allein kommen.«

»Ich auch nicht.«

»Negris Handeln ist nicht plausibel. Das gefällt mir nicht. Ich kann ihre Agenda nicht einschätzen. Das könnte ein Test gewesen sein. Vielleicht wollte sie herausfinden, ob du die erstbeste Gelegenheit zur Flucht nutzen würdest.«

Drinnen kamen zwei weitere Hotelangestellte auf sie zu, die ihm und den beiden Sicherheitsleuten Handtücher brachten.

»Sir, wir haben den Auftrag, Sie zu einem Besprechungsraum zu begleiten«, erklärte einer der Personenschützer.

»Dann lassen Sie uns gehen ...«

Eine Fahrt mit dem Lift und einen Korridor später betrat Max einen Besprechungsraum des Hotels. An einer Seite war die ganze Front verglast und bot freie Sicht auf das nächtliche, verregnete London. Auch hier wartete kein militärisches Standgericht auf ihn, sondern nur eine eher zierliche Frau. Älter als er, schlank und ganz offensichtlich kein Militär. Sie trug ihre langen grauen Haare hochgesteckt. Das ältere Kleid und die flachen Schuhe vermittelten eher den Eindruck, dass sie auf Kleidung keinen sonderlichen Wert legte. Wer war die Frau?

»Danke. Sie können gehen«, sagte sie in Richtung der beiden Sicherheitsleute.

»Ma'am, wir haben die Aufgabe ...«

»Natürlich ... beschützen Sie uns einfach vor der Tür«, komplimentierte sie die beiden Männer heraus.

»Willkommen in London. Bestimmt haben Sie viele Fragen ... also ich hätte an Ihrer Stelle sehr viele Fragen«, eröffnete sie das Gespräch und gab ihm die Hand.

»Guten Abend.« Er erwiderte den Handschlag. »Mein Name ist Maximilian Harper.«

»Es freut mich, Sie kennenzulernen. Ich bin Isabella Macfadden. Nehmen Sie Platz. Möchten Sie eine Tasse Kaffee?« Sie lächelte. »Bestimmt möchten Sie eine ... Sie sehen aus, als ob Sie auch zwei vertragen könnten.«

»Sind Sie beim Militär?« Max setzte sich.
»Nein.« Sie schenkte ihm eine Tasse ein. Geschirr und eine Thermoskanne standen auf dem Besprechungstisch.
»Polizei?«
»Nein.« Sie zeigte sich amüsiert und setzte sich ebenfalls. Dann hob sie ihre Tasse Kaffee hoch.
»Bei allem Respekt … Ma'am, für wen arbeiten Sie?«
»Ich bin Historikerin. Und Sie sind mein Zeitzeuge.«

XVIII.
AD 9414 – AUFWÄRTS

Jazmin stemmte die Hände in die Hüften und folgte Mutters bildgewaltiger holographischer Darstellung inmitten der Brücke. Die KI rechnete sich seit Stunden die CPU blutig. Das mit der Gravitation war so eine Sache. Auf der Erde fiel ein Stein, wenn man ihn losließ, zuverlässig auf den Boden. Die physikalische Logik dahinter war narrensicher und ließ sich auch ohne große Probleme mathematisch abbilden. Wenn man nun den dämlichen Stein auf das Dach eines Hauses werfen wollte, musste man für den Wurf nur genügend Kraft aufwenden und halbwegs zielen können. Jazmin war mit der kindlichen Annahme aufgewachsen, dass, weil alles immer nach unten fiel, die Erde auch die einzige relevante Gravitationsquelle sei.

Genau darin lag der Denkfehler, der die USS London in die aktuelle Lage gebracht hatte. Bildlich gesprochen hatten sie über 1400 Jahre lang versucht, Steine aufs Dach zu werfen und dabei ständig die Hecke des Nachbarn getroffen. Sie hatten im wahrsten Sinne des Wortes einen Knick in der Optik.

Warum war das so? Erstens: Jeder Fliegenschiss verfügte über ein eigenes Gravitationsfeld. Das mochte vielleicht manchmal klein sein, aber es war vorhanden. Zweitens, ein Fliegenschiss im Weltall konnte recht groß werden und mit einer nahezu unbegrenzten Anzahl von gleichgesinnten Fliegenschissen seine Runden um noch größere Haufen drehen.

Bei ihnen war das Schwarze Loch, dem sie bereits gefährlich nahe kommen durften, das Zentrum ihres relevanten Bezugssystems.

Nun zum Problem. Mutter hatte berechnet, dass der Gravitationsknoten Hyperius-18 Z eine Ausdehnung von mehreren Dutzend Lichtjahren hatte und sich allein im näheren Umfeld von 300 Sonnensystemen beeinflussen ließ. Zudem befanden sich unzählige Planeten in der Nähe und eine undefinierbare Menge dunkler Materie, die an den unmöglichsten Stellen messbar war und ohnehin machte, was sie wollte. Das Licht durchstrahlte diese wild rotierende Klospülung auf einem abenteuerlichen Zickzackkurs, der sich ständig änderte.

Mit einem Navigationssystem auf Sicht, also helle Sterne als Fixpunkte zu benutzen, hatten sie sich nur verfliegen können. Das war, als ob man in völliger Dunkelheit tanzend, seinem eigenen Schwanz nachjagte, an dem man ein Glühwürmchen festgeklebt hatte und dabei lauthals rief: Ich kenn den Weg! Ich kenn den Weg!

»Mutter, ich kann an dem Bild nichts erkennen!«, sagte Denis, der zwar immer noch humpelte, aber wieder bei Sinnen war.

»Ich auch nicht ...« Jazmin stimmte ihm zu. Mutters Darstellung messbarer gravitativer Abhängigkeiten im näheren Umfeld sah aus wie ein Knäuel Wolle, mit Dutzenden verschiedenen Farben, das zu lange in einem Trockner gewesen war.

»Das ist nur der Bereich von sieben Lichtmonaten ...«, erklärte Mutter über das Lautsprechersystem. Wenn man sie besser kannte, konnte man aus ihrer Stimme entnehmen, dass sie Denis und Jaz für begriffsstutzig hielt.

»Das muss einfacher gehen ...«, sagte Denis, der in einem schwebenden Krankensessel saß und sein Bein schonte.

»Wenn es einfacher ginge, hätten wir das Alderamin-System gefunden ... das haben wir aber nicht.«

»Mutter, können wir die Daten anders sortieren?«, fragte Jazmin und griff sich mit schmerzverzerrtem Gesicht an den Bauch. Dem Baby ging es angeblich gut, ihr nicht. Sie war müde, konnte nichts essen und fühlte sich, als ob sie einen Gewaltmarsch hinter sich hatte. Der Kampf mit Lilith hatte ihr zu viel abverlangt. Dennoch hatte sie keine Zeit, eine Pause zu machen.

»*Wie?*«

»Anders ...« Eine bessere Idee hatte Jazmin nicht. Sie setzte sich und holte Luft. Der Schmerz kam und ging. Gleich sollte es wieder besser gehen.

»*Jaz, geht es dir gut?*«

»Ja ... schon okay.« Sie wollte nicht jammern.

»Setz dich endlich hin und hör auf, die Heldin zu spielen!«, rief Denis, der sie bereits vor zwei Stunden angezählt hatte.

»Und was hast du gemacht?«

»Mich verprügeln lassen! Wenn ich das gewusst hätte, wäre ich mit einem Impulslader auf sie losgegangen!« Denis ärgerte sich immer noch, dass er keine Waffe dabeigehabt hatte. Den Androiden nur mit einem Kampfanzug anzugreifen war naiv gewesen.

»*Schluss jetzt!*«, rief Mutter, wie es nur Mutter konnte. Ganz daneben lag sie dabei nicht. Das war kein Wettstreit, wer mehr aushielt. Sie sollten beide besser auf sich achten.

»Ich hab's verstanden ...« Jazmin blieb sitzen.

»*Jetzt wieder zu unserem Navigationsproblem ... wie sollen wir eine Lösung für unser Kursproblem finden, wenn wir bereits bei der Datenanalyse scheitern?*«

»Mutter, wir können das nicht empirisch über die Datenmenge lösen. Die Anzahl von Gravitationsquellen auf unserem Weg ist zu groß. Die USS London fliegt halb so schnell wie das Licht ... das sind zu viele Daten, die bekommen wir niemals in Echtzeit in einem Kursmodell verarbeitet. Dafür reichen unsere Computerkapazitäten nicht aus.«

»Hat uns Lilith überhaupt die Wahrheit über Hyperius-18 Z gesagt?«, fragte Denis.

»*Was zweifelst du an?*«

»Bei dem blonden Miststück? Alles!«

»Über den Gravitationsknoten zu lügen ergibt keinen Sinn. Dass er existiert, haben wir am eigenen Leib erfahren. Mich würde eher interessieren, warum sie das Schiff im Zweifelsfall auch mit leeren Antimaterie-Arrays unter ihre Kontrolle bekommen wollte. Und woher sie überhaupt kam?«

»*Wie meinst du das?*«

»Eines ist doch klar. Lilith hat sich nicht selbst entschieden, an Bord zu kommen und das Schiff zu übernehmen. Das haben andere getan. Es gibt, oder besser, es gab jemanden, der sie beauftragt hat. Welchen Sinn ergibt dieser Mist?«

»Vielleicht haben wir etwas an Bord, das in der Zukunft rar und teuer geworden ist. Lilith hat davon gesprochen, wertvolle Fracht bergen zu wollen«, antwortete Denis, der, wenn er nüchtern war, definitiv klügere Dinge von sich gab, als wenn er unter dem Einfluss von Medikamenten stand.

»Lilith hat mehrere tausend Jahre auf uns gewartet, dennoch kam sie gemessen am Stand der Technik auf der USS London aus der technologischen Zukunft der Erde. Was haben wir an Bord, das diesen Aufwand rechtfertigt?«

»Mich. Ich bin einfach unwiderstehlich«, erklärte Denis und grinste.

»Sicher, darum hat sie dich auch an die Wand geworfen.« Jazmin sah das geringfügig anders.

»Ich habe sie umgehauen … mit meinem Charme!«

Jazmin verdrehte die Augen. »Was hab ich für ein Glück!«

»Hast du!«

»*Möchte einer von euch beiden heute noch etwas Sinnvolles zu unserer Unterhaltung beitragen?*« Mutters Sinn für Humor wirkte etwas eingerostet.

»Na komm schon ... warum kannst du nicht einfach mal loslassen?«, ulkte Denis weiter. »D2 hat mir einen Tipp gegeben. Mutter, eines der Klimakontrollsysteme ist ganz scharf auf dich ... soll ich ein Date arrangieren? So bei binärem Kerzenschein und dem Klang eines Modems?«

»*Modem?*«

»Okay ... die gibt es nicht mehr.« Denis hatte mal eins in einem Museum für Digitalkultur gesehen.

Jazmin lächelte. Einfach mal loslassen. Gravitation war das Zauberwort. Sich fallen lassen könnte ihr auch nicht schaden. Sie sollte nicht in jeder freien Minute daran denken, das Universum retten zu müssen. Sich fallen lassen, die drei Worte blieben hängen. Verdammt, sie kannte niemanden, der auch wenn er völligen Blödsinn redete, solche Ideen hatte. Denis war ein Genie!

»Jaz, was ist los mit dir? Du siehst aus, als hättest du gerade das belegte Käsebrot erfunden.«

»Blödmann!«

»*Jaz?*«, jetzt hakte auch Mutter nach.

»Wir müssen uns fallen lassen!« Die Idee war sogar mehr als genial. Wer im Dunkeln die Kellertreppe herunterfallen wollte, brauchte dafür keine Augen.

»*Was meinst du damit?*« Die KI nahm sie zumindest ernst.

»Ähm ...« Das fiel auch Denis auf, der sich nach vorne lehnte. Er hatte selbst die volle Tragweite seiner Worte nicht verstanden.

»Wir müssen uns fallen lassen!« Manche Dinge musste man mehrfach sagen, um sie wirken zu lassen.

Für einen Moment wurde es still. Zeit, Denis anzulächeln, sein dummes Gesicht zu genießen und den Gedanken weiterzuentwickeln. Sie befanden sich in völliger Dunkelheit, egal, was sie glaubten, mit den Augen zu sehen, war für die Navigation nicht zu gebrauchen. Die Systeme auf der USS London haben über 1400 Jahre nichts mit den visuellen Daten anfangen können.

»Fallen lassen?«, fragte Denis, der immerhin bemerkt hatte, um welche Worte ihre Gedanken kreisten.

»Die Augen schließen, vertrauen und fallen lassen.« Genau das würden sie tun.

»Wir reden über die Navigation der USS London, richtig?«, fragte Mutter, die es ebenfalls noch nicht erfasst hatte.

»Worüber sonst ...« Je länger der Gedanke reifte, umso sicherer war sie. Als die ersten Seefahrer vor mehreren tausend Jahren auf der Erde sich von den Küsten lösten, mussten sie für diesen Schritt ebenfalls mutig sein. Mut gehörte dazu, wenn man eine neue Welt entdecken wollte.

»Okay, mein Schatz. Jetzt bitte einmal für einen Menschen, der kein superschnelles Elektronengehirn besitzt. Wohin willst du dich bitte fallen lassen?« Denis klang ernster.

»Natürlich in die richtige Richtung. Mutter, wir kennen den Kurs des Meteoriten, den wir als Sprungpunkt für die Kursänderung zur Erde benutzen sollen, klar?« Dort würden sie ansetzen. Sich fallen zu lassen war gut und schön, aber in der falschen Richtung würden sie sich eine blutige Nase holen.

»*Den kennen wir.*«

»Sehr gut. Wir kennen auch die Geschwindigkeit, die wir nach Liliths Plan gehabt hätten sollen, aber nicht erreicht haben. Wir dürften immer noch auf Kurs sein.«

»*Das sind wir.*« Mutter bestätigte die Annahme. »*Es gab keine Kursänderung.*«

»Haben wir den von Lilith beabsichtigten Sprungpunkt schon erreicht?« Jazmin hoffte, dass es nicht so war. Ein U-Turn bei ihrer Geschwindigkeit hätte lange gedauert und die Reserven ihrer Navigationstriebwerke verbraucht. Die wollte sie besser einsetzen.

»*Voraussichtlich in elf Stunden. Durch die geringere Ge-*

schwindigkeit dauert es länger. Lilith hat leider auch gesagt, dass wir für die Kursänderung 0.51 c benötigen. Diese Geschwindigkeit werden wir nicht erreichen.«

»Genau diese Aussage glaube ich ihr nicht!« Jazmin presste die Lippen zusammen, ihre Gedanken rotierten. Sie suchte einen Ansatz, der ihnen eine erfolgreiche Kurskorrektur ermöglichte. Natürlich konnte sie sich dabei auch mächtig irren.»Das mit der hohen Fluchtgeschwindigkeit war ein Märchen. Wir sind sogar aus dem Ereignishorizont eines Schwarzen Lochs herausgekommen. Aktuell machen wir 0.47 c. Das reicht, wir sind schnell genug.«

»Warum hat Lilith die USS London dann beschleunigen wollen?«, fragte Denis.

»Die Antwort hat sie mit ins Grab genommen. Ich vermute, sie wollte dich und die Drohnen loswerden.« Das war nur eine Vermutung, aber eine, die Sinn ergab.

»Und dafür hat sie unsere Bremsfähigkeit geopfert?« Denis spielte den Advocatus Diaboli.

»Ja ... vielleicht, weil ihr das Schiff egal ist und sie mit ihrer Beute auch mit einem Gleiter ablegen konnte.«

»Der wäre auch zu schnell gewesen, um abzubremsen. Ein 0.3 c oder 0.4 c schneller Gleiter segelt genauso an der Erde vorbei wie wir. Dem fehlt die Power, um abzubremsen.«

»Und wenn sie ein anderes Schiff übernommen hätte ... das hätte dann bremsen können.« Nur eine Spinnerei, aber eine Möglichkeit, von der USS London herunterzukommen.

»Okay ... wäre denkbar.«

»Ich finde es total klasse, das ihr beide Liliths mutmaßliche Motivation ergründet habt. Ich möchte trotzdem noch einmal auf das eben erwähnte ›fallen lassen‹ zurückkommen, das ich trotz meiner bekannten Nähe zu Jazmins Gedankenmustern nicht verstanden habe. Also bitte ... würdet ihr mir auf die Sprünge helfen?«

»Klar!« Jazmin half gerne.

»*Gut. Wir springen kurz elf Stunden nach vorne. Wir erreichen die Zielzone mit 0.47 c. Der Vektor der Kursänderung ist uns nicht bekannt, den hat Lilith uns nicht hinterlassen, also, was tun wir dann?*« Mutter brachte es auf den Punkt.

»Wir folgen der Schwerkraft … wir orientieren uns nicht anhand von Sternen oder Meteoriten, wir folgen einfach der Gravitation.« Eigentlich ein einfaches Prinzip.

»Ähm …« Denis hinkte immer noch hinterher. »Aber das würde bedeuten, dass wir früher oder später in dem Schwarzen Loch landen.«

»Nein.«

»Sondern?«, fragte Denis.

»Wir werden sukzessive unsere Langstreckendrohnen ausbringen, um die Gravitation des gesamten Sektors zu vermessen, und wir werden den Schub der USS London nutzen, um genau dorthin zu steuern, wo die Gravitation abnimmt. So werden wir Hyperius-18 Z verlassen. Das ist der Plan.«

»*Wir schließen die Augen und lassen uns fallen …*« Mutter schien es begriffen zu haben. Genau darum ging es. Nicht mehr nach Sicht zu fliegen, sondern sich ausschließlich anhand der Gravitation zu orientieren. Auch das könnte schieflaufen, aber dann hätten sie zumindest alles in ihrer Macht Stehende ausprobiert.

»Coole Idee … ich mag schlaue Frauen!« Ihr Held warf ihr einen Kuss zu, den sie gerne annahm.

»*In Ordnung. Das Konzept ist vage, basiert auf keinerlei bekannten Grundlagen, bietet unzählige Fehlerquellen, und sogar wenn es theoretisch funktionieren könnte, fallen mir zahllose Dinge ein, die schieflaufen können. Ich mag es.*«

»Okay, dann bist du engagiert.« Denis hatte daran seinen Spaß.

»*Und du?*«

»Ich bin der Quotenkrüppel.« Er grinste und rieb sich mit seiner rechten Hand den Bauch. »Ich werde unseren tapferen Drohnen den Höllenritt als gute Idee verkaufen. Vermutlich werden wir die kleinen Racker noch brauchen. Übrigens ... habe ich schon gesagt, dass ich einen Mordshunger habe?«
»Wir brauchen sie!« Daran bestand kein Zweifel.
»*Wir könnten Besatzungsmitglieder aufwecken.*«
»Nein ... lieber die Drohnen.« Jazmin wollte die Geschichte nicht jemandem erklären müssen, der noch glaubte, dass die USS London erst sieben Jahre unterwegs war.

Eine Stunde später. Denis und sie saßen beim Essen. Nudeln mit Hackfleischsoße. Eine Drohne hatte gekocht. Es roch wunderbar. Die kleinen Dinger waren vielseitig. Mutter bereitete ihre Flucht aus dem Gravitationsknoten vor. Ein Teil der noch einsatzfähigen Drohnen war damit beschäftigt, genügend Langstreckensensoren in die Abschussvorrichtungen zu stecken. Da sie von diesen Systemen nicht mehr so viele hatten, nutzte der Rest der Drohnen die BTOs, die Build-to-order-Systeme, um neue Sensoren zu bauen. Material dafür hatten sie noch reichlich. Die verbleibende Zeit war nicht üppig, aber sie würden klarkommen.

»Schmeckt es dir nicht?«, fragte Denis, der es sich sichtlich gut gehen ließ. Das Rezept war von ihm.
»Doch ...«
»Du isst nicht viel.«
»Ich kann nicht mehr.« Ganze drei Gabeln hatte sie geschafft. Viel war das wirklich nicht.
»Jaz, du siehst auch nicht gut aus.« Er legte das Besteck ab. »Du wirkst blass, abgeschlagen und ausgelaugt. Ich weiß, dass du nur schwer einen Gang zurückschalten kannst, aber wir brauchen ... ich brauche dich noch. Verdammt, ohne dich geht es nicht. Ich wäre in hundert Jahren nicht auf die Idee gekom-

men, uns aus diesem Gravitationsknoten herauszutricksen. Aber wenn dir etwas passiert, wäre all das hier umsonst. Was soll ich auf der Erde ohne dich?«

Ihr erging es nicht anders. Zurückzukommen war schön, aber die Erde nach so vielen Jahren wiederzusehen, flößte auch ihr eine Heidenangst ein. Sie hielt die Luft an. Die nächste Wehe bahnte sich ihren Weg. Das war noch viel zu früh. Sie wollte das Kind auf keinen Fall verlieren.

»Schmerzen?«, fragte er.

Sie stöhnte. Das Ziehen wurde immer stärker. Sie sah auf den Stuhl, auf dem sie saß. In der Kantine war niemand außer ihnen. Blut tropfte auf den Boden.

»Mist!« Denis zog den Tisch weg. »Mutter, wir brauchen sofort zwei Drohnen und eine Trage.«

»*Kommen sofort.*«

Jazmin glaubte, ein glühendes Stück Kohle verschluckt zu haben. Sie schrie. Dann rutschte sie vom Stuhl.

Als sie wieder die Augen öffnete, lag sie auf einer Trage. Über ihr glitt die Decke im Korridor vorbei. Denis hielt ihre Hand und humpelte nebenher. Zwei Drohnen trugen sie. Dann ging es rechts herum in einen Notversorgungsraum. Das offene medizinische Notfallbett wartete bereits auf sie. Sie atmete hastig.

»Alles wird gut …« Denis sagte noch mehr, was sie nicht verstehen konnte. Mist, das war nicht der richtige Zeitpunkt, um schlappzumachen. In ihren Ohren rauschte es, als ob sie unter der Dusche stehen würde.

»Bitte … ich muss wach bleiben.«

»Das kriegen wir hin.« Er setzte ihr einen kleinen Projektor auf die Nasenwurzel. »Damit kannst du alles sehen … wir können über deinen Kommunikationschip unter der Haut reden.«

»Danke.« Jazmin sah die Kameraansicht einer Drohne, die neben dem Bett schwebte. So sah sie sich selbst. Herrje, sie sah wirklich wie eine Leiche aus. Blass mit dunklen Augenringen. Sie hatte viel zu viel Blut verloren.

Denis hielt ihre Hand und küsste sie. »Das ist R2 ... die anderen haben ihn wieder repariert. Fast wie neu. Du wirst sehen, was er sieht. In Ordnung?«

»Ja.« Im Moment kämpfte Jazmin damit, nicht einzuschlafen. R2 piepte vergnügt.

»Jaz, kannst du mich hören?«, fragte Denis.

»Ja.« Sie schreckte auf. Hatte sie geschlafen? In dem Raum war es dunkel. Die medizinischen Systeme arbeiteten komplett autonom. Sie hatte eine Bluttransfusion bekommen.

»Alles läuft wie am Schnürchen ... ich habe dich etwas schlafen lassen. Du hast nichts verpasst.«

Jazmin konnte Denis durch R2s Sensoren sehen. Er befand sich auf der Brücke. Mutter war als Hologramm neben ihm zu erkennen. Inzwischen hatte er bionische Schienen an seinem rechten Bein und linken Arm, die es ihm erlaubten, sich trotz der Verletzungen weitgehend normal zu bewegen. Sie stammten aus dem militärischen Arsenal der USS London, damit verletzte Soldaten sich im Gefecht selbst zusammenflicken konnten. Aus medizinischer Sicht trugen sie nicht gerade zur Heilung bei. Aber die Situation rechtfertigte diese Maßnahme.

»Wie lange haben wir noch?« Jazmin spürte, wie ihr das Sprechen schwerfiel. Das medizinische Notfallsystem hatte ihr auch etwas zur Beruhigung verabreicht.

»Noch zwei Minuten. Mutter bereitet die erste Kursänderung vor. Wir machen es, wie du gesagt hast, wir lassen uns fallen. Wenn es sein muss, sogar nach oben.«

»Mutter, was zeigen die Langstreckensensoren?« Jazmin würde zu gerne dabei sein.

»Ich möchte dich an deine Worte erinnern: Wir schließen die

Augen und lassen uns fallen. Das gravitative Feedback der Sensoren, das sich durch die hohe Eigengeschwindigkeit der USS London ergibt, ist absolut verrückt. Bei einer Navigation auf Sicht hätten wir niemals diesen Kursverlauf gewählt«, erklärte Mutter.

»Wir müssen vertrauen ...« Jazmin hustete.

»Vertrauen ist gut, Kontrolle ist besser. *Parallel zu der Navigation auf Gravitation, überprüfe ich die Daten mit visuellen Fixpunkten. Ich hoffe, damit bald wieder bekannte Sternbilder erkennen zu können, allerdings weiß ich nicht, wie lange das dauert.«*

»Wir haben Zeit.«

»*Ich leite die erste Kursänderung ein. Der Vektor beträgt 3.8743 Grad, wir fliegen eine langgezogene Parabel. 0.93 x2 habe ich als Parameter für eine gewisse Dämpfung der Werte bestimmt. Die nächste Kursänderung erfolgt in vierzehn Stunden.«*

»Zeit zu schlafen ...« Mutter hatte alles im Griff. Mehr hätte sie selbst im Moment auch nicht tun können. Sie fühlte sich unendlich müde.

»*Das empfehle ich euch beiden. Die Flugzeit zur Erde könnte noch mehrere Jahre dauern. Nutzt die Zeit, um euch auszukurieren. Jaz, ich werde dich in ein Kältebett verlegen lassen.«*

Jazmin hörte Mutter noch weitere Worte sagen, die sie bereits nicht mehr verstehen konnte. Sie schlief ein.

XIX.

AD 3075 – DAS INTERVIEW

Isabella hatte ein Pad-System auf dem Tisch liegen, auf dem ihr aktuelle Informationen über Maximilian Harper bereitgestellt wurden. Das meiste über ihn wusste sie bereits. Der junge Harper war 2692 in Schottland geboren worden und hatte eine beeindruckende wissenschaftliche und militärische Karriere aufzuweisen. Beim Abflug 2720 war er bereits ein mit summa cum laude ausgezeichneter, promovierter Physiker, Major und Navigator bei der Space Force gewesen. Am Ende des Fluges war er zum Colonel befördert worden und hatte das Kommando auf der USS Boston übernommen. Von dem Flug hatte er nur fünfzehn Jahre nicht im Kälteschlaf erlebt, weswegen er körperlich dreiundvierzig Jahre alt war. Er war groß, schlank und hatte kurze dunkle Haare. An seinen Schläfen zeigten sich bereits die ersten grauen Stellen, die seinem jugendlichen Auftritt eine gewisse Seriosität verlieh.

»Colonel Harper.« Isabella wusste nicht, wo sie anfangen sollte. Der Situation wohnte eine undefinierbare Spannung inne. Sie würde sehen, wohin das Gespräch sie führte.

»Bin ich das noch?«

»Colonel?«

»Ja.«

»Ich bin nicht beim Militär. Ist das wichtig?« Isabella hatte auf dem Pad ebenfalls gesehen, dass ihm sein Rang von einem Militärtribunal des terranischen Flottenkommandos aberkannt worden war. Dagegen gab es keine Chance, juristisch vorzugehen. In einem Datenfeld war auch vom Individuum Harper gesprochen worden, in einem anderen vom Androiden Harper. Details, die einiges aussagten. Seine Frage war deswegen nicht bedeutungslos. Für sie war es eine Geste des Respekts, ihn mit seinem Rang anzusprechen.

»Nein, eigentlich nicht. Für wen arbeiten Sie?«, fragte er und musterte sie. Eine harmlose Frage, aber in diesem Kontext schwang ein seltsamer Unterton mit. Wollte er sie verhören?

»Für die Universität in Cambridge.«

Er lächelte. »Die kenne ich …«

»Sie haben am MIT, dem Massachusetts Institute of Technology, an der RWTH Aachen und am Lucasischen Lehrstuhl für Mathematik in Cambridge studiert.« Viel glanzvoller konnte man seine technische Fachrichtung kaum studieren.

»Das ist richtig.« Er wirkte wie ein Pokerspieler, zwischen ihnen befand sich eine meterdicke Eisschicht. »Miss Macfadden, Sie scheinen mehr über mich zu wissen, als ich über Sie. Mit wem habe ich die Ehre?«

Isabella sah ihn an. Er führte sie vor. In dieser Situation ihre Professur und den Doktortitel auszupacken, wäre wenig zielführend. Wissenschaftliche Ehren gab es bei den Harpers reichlich und sich mit seinem Vater zu messen, wäre dreist gewesen. Menschen wie Isaac Newton, Albert Einstein und Duncan Harper spielten in einer anderen Liga als sie.

»Meine Freunde nennen mich Bella.« Sie entschied sich für die andere Richtung. Im Sturzflug auf ihn zu. Von Duncan Harper wusste sie, dass ihm Titel nichts bedeuteten. Für ihn hatte nur die menschliche Fähigkeit gezählt, zu lernen und stetig weiterlernen zu wollen.

»Bella …« Er lächelte. »Ich bin Max.«

»Max, ich bin Historikerin. Keine Polizistin, keine Anwältin, keine Journalistin und auch keine Lobbyistin.« Isabella musste zuerst eine Ebene schaffen, auf der sie sich treffen konnten.

»Ich dokumentiere, ich schreibe Geschichte.«

»Hört sich gut an ... aber sagen Sie, wer zahlt hier die Spesen?« Max hob die Arme und sah sich in dem modernen und todschicken Besprechungsraum um. »Doch nicht etwa die Universität?« Günstig war dieses Hotel sicherlich nicht. Seine schlichten Fragen waren äußerst strukturiert.

»Cassian Mackinney, CEO und Anteilseigner von Harper-Mackinney.«

»Der Name suggeriert, dass auch ich Anteilseigner dieser Firma bin, oder?«

»Nein, Max.« Wie sollte sie erklären, dass Cassians Vorfahren seinerzeit Atticus Finch Harper wie eine Weihnachtsgans ausgenommen hatten?

»Was ist mit dem Erbe meines Vaters geschehen?«

»Ihr älterer Bruder konnte es nicht bewahren.« Isabella dachte erneut über den abwertenden Begriff Individuum nach, der sich definitiv nach juristischem Ärger anhörte. Androiden galten nicht als Menschen und hatten dementsprechend auch keine Menschen- oder Besitzrechte. Am Ende des Tages gehörten sie einer Person, die mit ihnen tun und lassen konnte, was sie wollte. Jeder kleine Kläffer war juristisch besser geschützt als ein künstlicher Mensch.

»Finch war ein Idiot. Und was ist mit meiner Schwester geschehen und der USS London?«

»Er ist tot.« Und das bereits eine lange Zeit. Über Atticus Finch Harper wurden keine Bücher geschrieben.

»Was haben Sie mit Cassian Mackinney zu tun?«

»Er will mich und die Universität wegen einer Biographie, die ich über Ihren Vater geschrieben habe, verklagen. Ich habe das Lilith-Protokoll, ein militärisches Forschungsprojekt, das auf der Androiden-Forschung Ihres Vaters aufsetzt, in meiner Arbeit öffentlich kritisiert. Für Mackinney geht es um viel Geld.«

»Sie mögen keine Androiden?«
»Ich mag keine Eltern, die ihre Kinder verantwortungslos erziehen und auf zweifelhafte Missionen schicken. Max, die Mission der USS Boston gilt als gescheitert. Sie haben sich zweihundert Jahre verspätet. Von der USS London haben wir nie wieder etwas gehört. Sie ist verschollen ... aber vielleicht verspätet auch sie sich nur um ein paar hundert Jahre und sorgt für die nächste Schlagzeile.«
»Jaz ...«
»Sie meinen Ihre Schwester Jazmin Harper?« Sie war die ältere der beiden Geschwister und vermutlich die Einzige, die mit seinen Leistungen mithalten konnte.
»Sie lebt noch«, erklärte er mit fester Stimme. Eine Aussage, der sie nicht widersprechen konnte.
»Möchten Sie Ihre Worte erläutern?«
»Das kann ich nicht ... ich weiß es einfach.« Die Reaktion passte zu seinem Profil. Die beiden Geschwister waren jeweils die Schwachstelle des anderen, weswegen sie auch nicht auf demselben Schiff ihren Dienst leisteten. So zumindest die offizielle Lesart. Dass Duncan Harper damit ganz eigene Pläne verfolgt hatte, hatte damals niemand gewusst.
»Was können Sie mir über Ihren Vater sagen?«
»Er war schwierig.« Max legte die Hände auf dem Tisch demonstrativ übereinander. »Vielleicht bin ich ein Androide, aber er war jemand, der schon damals in einer anderen Welt gelebt hat.«
Isabella sah auf seine Finger, die sich nicht bewegten. Da war sehr viel Abgeklärtheit zu erkennen. Die Anforderungen, die Duncan Harper an seine Kinder gestellt hatte, durften nicht niedrig gewesen sein.
»Haben Sie ihn geliebt?«
»Ich habe ihn respektiert.« Sein Gesicht erhellte sich minimal. »Aber ich liebte den Weg, den er mir eröffnet hat.«

»Und Ihre Schwester?«

»Jaz?« Er sah kurz zur Seite. »Die Frau, die alles konnte? Herrje, hätte mir damals jemand gesagt, dass sie kein Mensch ist ... das hätte ich sofort gekauft.«

»Sie waren Rivalen.«

»Sie ist die Beste ... es gibt nichts, was sie nicht schafft. Darum lebt sie auch noch. Jaz ist nicht kleinzukriegen. Zudem ist sie meine Schwester ... ich würde mein Leben für sie geben.« Mit den Worten legte er sich die Hand auf die Brust.

Isabella lächelte. Über das Pad-System konnte sie Bewertungen von Lisbeth Matthieu, der verstorbenen Kommandantin der USS Boston, über ihn einsehen. Sowie Aussagen, die von der Besatzung nach der Übernahme des Schiffs durch die Sicherheitsbehörden von Cygnus gemacht wurden. Max war ein Teamplayer, er hatte mit der Crew und für die Crew gelebt. Er musste offenbar auch ein umtriebiges Privatleben geführt haben.

»Wissen Sie Max, ich schätze Ihren Vater. Sehr sogar. Dass er Ihre Schwester und Sie unter Vorspiegelung falscher Tatsachen an Bord der beiden Archen gebracht hat, ist zwar moralisch zweifelhaft, aber ich habe seine Motivation stets als ehrenwert eingeschätzt. Was meinen Sie: Warum hat er das getan?«

»Er war ein geläuterter Perfektionist.«

»Er wollte jedes mögliche Problem im Keim ersticken ... sah aber ein, dass er damit niemals fertig werden würde.« Isabella war diese Eigenschaft Duncan Harpers nur zu gut bekannt.

»O ja.« Seine Augen bewegten sich. Die ganze Mimik fing an zu arbeiten. Das war komisch, Max wirkte, als ob er sich gerade im Stillen mit einer weiteren Person austauschen würde. »Ich bin außerstande, Ihnen auf diese Frage eine befriedigende Antwort zu geben. Mein Vater war sich durchaus seiner Schwächen bewusst.«

»Niemand ist perfekt.«

»Ich denke, er wollte einfach jemanden auf den Raumschiffen wissen, der auch unter widrigsten Bedingungen tun würde, was er von ihm erwartete: das Schiff an sein Ziel zu bringen.«

»Das haben Sie zweifelsfrei geschafft.« Isabella würde sich noch viele Stunden mit Max unterhalten. Der erste Eindruck war wichtig, durfte aber nicht ihr Urteil bestimmen. Dennoch sah sie sich schon mit ihrem Bericht über Colonel Dr. Maximilian Harper ein Plädoyer für den Einsatz von Androiden halten. Etwas, das sie im Hinblick auf die ihr bekannten Details im Lilith-Protokoll eigentlich nicht tun wollte. Das Problem war nicht die Technologie, die Androiden ermöglichte, sondern die Art und Weise, wie Menschen diese benutzten.

Die Tür ging auf, und einer der Sicherheitsleute kam herein. Ein gedrungener Mann, kleiner als sie, aber um einiges breiter. An seinem sehnigen Hals waren die Ausläufer von Tätowierungen zu sehen.

»Entschuldigung ... wir sind noch nicht fertig.« Sie wollte ihn wieder loswerden.

»Sorry, die Order kommt von oben!« In der Hand trug er einen Elektroschocker. Jetzt kam sein Kollege dazu, der größer war und auch nicht schmaler.

Max stand sofort auf und wich zwei Schritte zurück. Die Hände hielt er schützend vor der Brust. Das Gespräch war vorbei, und das bisschen Vertrauen, das Isabella hatte aufbauen können, zerbrach in tausend Stücke.

»NEIN!« Isabella sprang den beiden Männern in den Weg. Sie fühlte sich für das Wohlergehen ihres Gastes verantwortlich.

»Ma'am, bitte, das geht nicht gegen Sie, aber wir haben die Order, ihn sofort zu sichern!«

»Er tut doch nichts!« Isabella hatte keine Ahnung, wer so eine dämliche Order ausgegeben haben konnte. Cassian Mackinney? Dann hätte dieser Spinner sie überhaupt nicht anheuern müssen. Diese Behandlung würde sie in einem Bericht, den die Öffentlichkeit zu sehen bekam, sicherlich nicht vergessen.

»Sir, es ist besser für Sie, wenn Sie auf die Knie gehen!«, erklärte der Größere, der einen blau leuchtenden Schlagstock in der Hand ausfahren ließ.

»Das wird er sicherlich nicht tun!« Isabella hatte nicht vor, sich diese Behandlung gefallen zu lassen. Sie hielt den Kerl am Revers fest, zerrte regelrecht an ihm. So behandelte man noch nicht einmal seine Feinde. Es gab bei Max keinerlei Anzeichen von Aggression, ihn wie einen Verbrecher zu behandeln, hatte er nicht verdient. Auch an seinem Verhalten während der Dienstzeit auf der USS Boston gab es nichts auszusetzen. Der Zwischenfall mit Jorgen Fenech sollte untersucht werden. Die Vermutung, dass er sich damit die Kontrolle über das Schiff verschaffen wollte, ergab keinen Sinn. Dann hätte Matthieu früher bereits auf solche Tendenzen hingewiesen. Stattdessen hatte sie ihn gefördert.

»Ma'am! Lassen Sie mich los!«, rief der Mann, der sie mit großen Augen ansah. Der machte keine Anstalten, sich von ihr bremsen zu lassen. Sie konnte ihn nicht halten, wurde mitgerissen und strauchelte. Nur mit Mühe konnte sie verhindern, mit dem Kopf gegen die Tischkante zu knallen.

»Das ist nicht notwendig! Ich leiste keinen Widerstand!«, rief Max, ging in die Knie und legte seine Hände in den Nacken. »Es gibt keinen Grund, die Frau so grob zu behandeln!«

»Dann soll sie sich uns nicht in den Weg stellen!«, sagte der Kleinere, der Max mit Kabelbindern an den Handgelenken sicherte.

»Bitte ... Bella, tun Sie das nicht! Mir wird nichts passieren! Bringen Sie sich nicht selbst in Gefahr!«

»Aber ...« Isabella stand wieder. Mit den Händen vor dem Gesicht beobachtete sie ohnmächtig, wie Max, jetzt auch an den Fußgelenken gefesselt, auf den Boden kippte.

»Ma'am, bitte verlassen Sie den Raum! In wenigen Minuten wird der Androide von Spezialisten abgeholt. Es ist zu Ihrer eigenen Sicherheit ... gehen Sie einfach!«

Isabella wollte noch etwas sagen, schluckte es aber wieder herunter. Ungerechtigkeiten und sinnlose Gewalt waren ihr zuwider, damit konnte und wollte sie nicht leben.

»Bitte Ma'am, wir werden ihm nichts tun. Er soll nur befragt werden ... Sie sollten jetzt gehen!« Der Größere der beiden Personenschützer komplimentierte sie vor die Tür, die sich hinter ihr schloss. Isabella stand im Korridor vor dem Besprechungsraum. Das durfte doch nicht wahr sein. Die hatten sie wie eine Anfängerin abserviert.

Hinter ihr wurde es lauter. Schwere Stiefel knallten auf den Boden. Isabella fuhr herum. Vier Soldaten in dunklen Gefechtsrüstungen rannten mit Gewehren in den Händen auf sie zu. Mit geschlossenen Helmen wirkten sie wie Insekten, die auf Futtersuche waren. Ihr stockte der Atem. Was wollten die hier? Zwischen den Soldaten befand sich noch eine weitere Person. Kleiner und schmaler, ohne bionische Rüstung. Ein Androide. Inmitten seiner blassen Stirn trug er das Zeichen, eine kleine blaue Raute. So waren die Regeln, Androiden mussten immer und überall auch als solche zu erkennen sein.

»Wir gehen rein!«, rief einer der Soldaten. Isabella wich weiter zurück. Die hätten sie ansonsten über den Haufen gerannt. Die erst vor einem Moment geschlossene Tür wurde wieder geöffnet. Zwei Soldaten gingen in den Besprechungsraum, zwei blieben an der Tür stehen. Sechs gegen Max, er hatte keine Chance. Sie wusste nicht, was sie tun sollte. In Luft auflösen konnte sie sich nicht. Aber wollte sie das überhaupt? Sie hatte immer noch keine Ahnung, was hier überhaupt lief. Geschah das auf Befehl von Cassian Mackinney? Das konnte sie sich trotz aller Ablehnung seiner Person nicht vorstellen.

Da fehlte ein Element in der Gleichung, ob in der Zwischenzeit noch etwas passiert war?

»*Professor Macfadden, ich begrüße Sie im Namen des Harper-Mackinney-Konzerns. Mein Name ist Norman38*«, erklärte der eher männlich anmutende Androide mit einer geschlechtslosen Stimme. Im Prinzip war er nackt, der komplett in hellem Latex gehaltene Avatar besaß nichts, was es zu verbergen gelohnt hätte. Nur das Gesicht sah mit etwas Phantasie menschlicher Haut ähnlich. Wenn man mit einem Gleiter in der Stadt zu schnell flog, hatte man sich vor einem Verkehrsgericht mit ähnlichen Richtern herumzuschlagen. Ebenfalls Androiden mit einer blauen Raute auf der Stirn. Konzerne setzten hochspezialisierte Androiden auch für die operationale Steuerung ihrer Geschäfte ein. Sie waren dennoch nicht im Ansatz mit Max vergleichbar.

»Was tun Sie mit Colonel Harper? Ich habe eine Absprache mit Cassian Mackinney! Ich will ihn sofort sprechen!«

»*Ma'am, ich bitte, die Unannehmlichkeiten zu entschuldigen. Mir ist Ihre Absprache mit Cassian Mackinney bekannt. Ich soll Ihnen versichern, dass er zu seinem Wort steht. Leider sind wir mit einer akuten Notsituation konfrontiert. Es geht um das Wohl der Stadt. Ich bin sicher, dass Sie das verstehen.*«

»Nein!« Isabella hielt dagegen. »Das verstehe ich nicht!«

»*Ma'am, bitte, lassen Sie mich erklären.*«

»Maximilian Harper kooperiert! Es gibt keinen Grund, ihn wie einen Terroristen zu behandeln.«

»*Ma'am, es geht nicht um ihn …*«

»Wie bitte?«

»*Die Gefahr geht nicht von ihm aus.*«

»Aber …« Jetzt verstand Isabella überhaupt nichts mehr. Was sollte das alles dann?

»*Die taktischen Informationen sind vertraulich. Ich bin online mit der Konzernzentrale verbunden … warten Sie einen*

Moment. Ma'am, ich habe die Freigabe, Sie in taktische Informationen der Schutzklasse B7 einzuweihen. Uns liegen Hinweise vor, dass es bei der Überführung des Androiden Harper von der USS Boston zur Erde eine Verletzung der integrativen Sicherheit gegeben hat. Es wurden die Firewall des Schiffs, die Filter des Wurmlochs und die interstellaren Einreisebestimmungen der Erde verletzt.«

»Was?« Isabella schüttelte den Kopf. Norman38 hätte ihr in diesem Moment sonst etwas erzählen können. War das nur Geschwätz, um sie abzulenken? Dem Harper-Mackinney-Konzern war die Verschlagenheit zuzutrauen. »Norman, wen oder was zur Hölle suchen Sie wirklich?«

»*Auf der USS Boston wird eine Ärztin vermisst. Colonel Ruth D. Negri. Sie war der ranghöchste Offizier bei der Sicherung des Raumschiffes. Eine verdiente Person, die nicht den Auftrag hatte, den Androiden Harper zurück zur Erde zu bringen*«, erklärte Norman38 teilnahmslos.

»Aber sie hat es getan?« Isabella sagte der Name nichts. Aus dem Besprechungsraum klangen Schmerzenslaute zu ihr. »Und wo ist sie jetzt?«

»*Das wissen wir nicht.*« Norman38 öffnete die Tür zum Besprechungsraum. Max wurde gerade mit gefesselten Armen für ein Verhör fixiert. Eine äußerst unangenehme Position. »*Androide Harper, hatten Sie Kontakt mit Colonel Negri?*«

»Ja ... verdammt!«, rief Max, der nach Luft schnappte. »Die Frage hätte ich euch auch ohne Kabelbinder beantwortet!«

Norman38 sah einen der Soldaten an und nickte. Dieser wiederum schlug Max in die Rippen. Es knackte.

»*Bitte antworten Sie direkt, wahrheitsgemäß und ohne das Sprachbild unnötig verzerrende Ausdrücke.*«

»Verstanden ...«, keuchte Max mit schmerzerfülltem Gesicht. Isabella wollte zu ihm, aber einer der Soldaten stand an der Tür und ließ sie nicht vorbei.

»*Androide Harper, hatten Sie Kontakt mit Colonel Negri?*«
»Ja.«
»*Hat sie Sie zur Erde begleitet?*«
»Ja ...«
»*Wo ist sie jetzt?*«
»Das weiß ich nicht ...«
»*Androide Harper, hat Colonel Negri von Schatten gesprochen? Hat sie weitere Namen erwähnt?*«
»Schatten? Was soll das sein?« Für die Frage bekam Max einen Stromschlag, genau auf die Stelle, an der er eben den Boxhieb hatte einstecken müssen. Er schrie, Isabella auch. Der Soldat an der Tür hielt sie fest.
»*Androide Harper, wir stellen die Fragen. Hat Colonel Negri in Ihrer Gegenwart von Schatten gesprochen?*«
»Nein.«
»*Hat sie andere Namen, Orte oder Termine erwähnt?*«
»Nein.«

Norman38 wartete einen Moment, der Androide tauschte sich gerade mit seiner Zentrale aus. »*Androide Harper, hat Colonel Negri die Embryonen erwähnt, die sich auf der USS Boston befinden?*«

»Die Embryonen? Nein, das hat sie nicht gemacht!«, rief Max, er versuchte wirklich alles, um zu kooperieren. Isabella atmete schnell. Ihn leiden zu sehen schmerzte, vor allem, weil sie ihm nicht helfen konnte. Die Stichworte, die sie aufschnappte, trugen nicht dazu bei, ihre Sorgen zu zerstreuen. Wenn regierungsnahe Konzerne wie Harper-Mackinney von Schatten sprachen, ging es um bewaffneten Widerstand und Terrorismus. Hier wurde jedes Mittel angewandt und jedes Recht ausgehöhlt, wenn es der angeblichen Gefahrenabwehr diente.

Doch was hatte all das mit den Embryonen zu tun? Die USS Boston hatte sich mit drei Millionen befruchteter Embryonen auf die Reise begeben. Ein unermesslicher Schatz, dessen Wert im Jahr 3075 nicht mit Geld zu beziffern war. An die herausragende Qualität menschlicher DNA aus früheren Zeiten kam man heutzutage nicht mehr heran. Die stetige Abnahme der Geburten lag nicht nur an sozialen Gründen, sondern auch an der Degenerierung menschlichen Erbguts.

Norman38 drehte sich unvermittelt zu ihr. »*Professor Macfadden, ich muss Sie bitten zu gehen. Dies ist eine Notlage der integrativen Sicherheit.*«

»Ach, hören Sie auf damit!«, wütete Isabella. Sie glaubte dem Vasallen von Cassian Mackinney kein Wort. »Sie wollen mich nur aus dem Weg haben, damit Sie den Colonel in Ruhe foltern können! Hören Sie, das können Sie vergessen!«

»*Ma'am, ich bekomme von der Zentrale mitgeteilt, dass es bei der Flugkontrolle über Cygnus Unregelmäßigkeiten gegeben hat. Wir haben den Kontakt mit einem Gleiter verloren, der Kommandooffiziere der USS Boston für Vernehmungen nach London bringen sollte. Wir müssen in diesem Zusammenhang davon ausgehen, dass die Begleitmannschaft kollaboriert. Das stellt einen eklatanten Verstoß gegen die integrative Sicherheit dar.*«

»Das würden meine Leute nicht tun!«, sagte Max. »Sie sind keine Gefahr! Ich verbürge mich für jeden von ihnen!«

»*Androide Harper, Sie schätzen die Situation falsch ein. Während wir hier sprechen, nimmt ein Team von Spezialisten gerade die Embryonen der USS Boston in Empfang. Sie wurden heute mit einem gesonderten Flug auf die Erde gebracht.*«

Isabella stutzte, sie wusste nicht, was sie glauben sollte. Norman38 ging ohne ein weiteres Wort zu Max und löste die Kabelbinder an den Fuß- und Handgelenken.

»*Wir kennen die Absichten der Terroristen nicht, gehen aber davon aus, dass sie versuchen werden, die Embryonen zu stehlen. Ich bin angewiesen, Sie beide zu beschützen.*«

»Ähm ...« Isabella sah hilflos zu Max, der nicht weniger unsicher mit den Schultern zuckte. Die Situation war unübersichtlich. In den vergangenen Jahren hatte es immer wieder Anschläge gegen Industrieeinrichtungen von Harper-Mackinney gegeben, bei denen Wandschmierereien gefunden wurden: *Aus dem Schatten schlagen wir zurück.* So war der Name für den Widerstand entstanden, der aber noch nie einen Anschlag dieser Größenordnung auf die Beine stellen konnte.

»Und wer soll uns schaden wollen?«, fragte Max, der sich seine wunden Handgelenke rieb.

Neben Isabella knallte es. Dem Soldaten, der sie eben noch festgehalten hatte, platzte der Helm. Jemand schoss auf sie. Ein weiterer Schuss fiel. Blut spritzte umher. Die Männer im Raum schrien. Sie ließ sich instinktiv auf den Boden fallen.

XX.
AD 9495 – FAST ZU HAUSE

»Neuronaler Cortex online ... initiiere organisches Feedback. Jaz, kannst du mich hören?«, erklärte eine Frauenstimme, die so nah wirkte, als ob sie Jazmin unmittelbar ins Ohr flüstern würde. Alles um sie herum war dunkel. Das war Mutter. Wo war sie?

»Jaz?«

Als ob sie in ein heißes Bad tauchen würde, rollten unzählige Erinnerungen durch ihre Sinne. Die gescheiterte Alderamin-Mission, all das Leid, das sich auf der USS London ereignet hatte, Denis, ihr Kind, Lilith und ihre mühselige Rückkehr zur Erde. War das real? Ein Traum oder vielleicht auch eine virtuelle Trainingssession? Letzteres konnte sie ausschließen. So etwas konnte sich niemand einfallen lassen.

»Du solltest wach sein ...«

Jaz war verwirrt. Ihr Gaumen war verschleimt, und ihre Zunge schmeckte wie ein alter Lumpen.

»Lass dir Zeit.«

Das kannte Jazmin bereits, aus einem längeren Kälteschlaf aufzuwachen war keine schöne Sache. Sie blickte zur Seite und sah sich selbst. Bitte was? Nein, das war Mutter, die Bord-KI, die als Hologramm lebensecht neben ihr im Aufwachraum stand.

»Hallo.«

»Hi ...« Das erste Wort.

»Schön, dich zu sehen.« Mutter lächelte. »Zeit zum Aufstehen.«

»Wie lange habe ich geschlafen?«

»81 Jahre.«

»Oh ...« Jaz' zweiter Blick galt ihrem stattlichen Bauch. 81 Jahre im Kälteschlaf bedeutete, 81 Tage älter geworden zu sein. Das galt auch für ihr Kind.

»Dem Kind geht es gut. Ich habe dich künstlich ernähren lassen. Du bist gesund. In drei Wochen ist der berechnete Zeitpunkt deiner Niederkunft. Alles ist bestens.« Mutter schien ihre Gedanken lesen zu können und kam der Frage zuvor.

»Denis?«

»Er ist wohlauf und freut sich, dich wiederzusehen.«

»Wo ist er?« Eigentlich hätte sie ihn nach der langen Zeit an ihrer Seite erwartet.

»Arbeit. Das Schiff bedurfte seiner besonderen Zuwendung. Er kommt gleich.«

»Wo sind wir?«

Mutter lächelte erneut. »Im Anflug auf die Erde. Wir haben das Bremsmanöver bereits eingeleitet.«

»Wirklich? Wir haben die Erde gefunden?« Jazmin glaubte für einen Moment, dass ihr Herz vor Glück zersprang. Das war unglaublich, sie hatten es wirklich geschafft, nach Gravitation zu navigieren, ihr Plan war offenbar aufgegangen.

»Wir haben es geschafft.«

Jazmin setzte sich auf. Erst jetzt bemerkte sie, dass der ganze Raum in unregelmäßigen Abständen vibrierte. Zudem war sie splitterfasernackt. »Es ist kühl.«

»Wir müssen Energie sparen. Das Klimasystem an Bord agiert im Notbetrieb. Es liegen Sachen für dich bereit.« Mutter zeigte auf einen Stapel Kleidung.

Jazmin glitt von der Liege. Nachdem sie mit ihren nackten Füßen auf dem eiskalten Boden stand, war sie richtig wach. Sie zitterte und beeilte sich, sich anzuziehen, was mit dem dicken Bauch gar nicht so einfach war. Jeder auf dem Rücken liegende Käfer wäre schneller gewesen. »Warum Notbetrieb?«

»Denis leitet sämtliche Energie um ... dabei ist er äußerst kreativ. Zonen im Schiff, die wir nicht brauchen, sind noch kälter. Ich habe den Aufwachraum extra für dich aufgewärmt.«

Der körperbetonte Einteiler passte zum Glück auch mit dickem Bauch. Das Material passte sich an. Sie schlüpfte in die Stiefel und in eine Jacke mit Kapuze. Sie schmunzelte, mit Schrecken hatte sie gesehen, dass sie sich wieder einmal die Beine rasieren sollte. Egal, ein wenig Pelz an den Waden würde bei den Temperaturen nicht schaden.

»Da hättest du auch ein paar Grad mehr herausrücken können.« Jazmin pustete sich in die kalten Hände.

»Entschuldige.«

»Schon gut ...« Jazmin konnte sich vorstellen, dass der Anflug auf die Erde mit leeren Antimaterie-Arrays andere Prioritäten erforderte. Das Schiff war auch nicht mehr das jüngste. Sie steckte sich den Iris-Projektor auf die Nasenwurzel und legte zwei Finger über den am Hals unter ihrer Haut implantierten Chip. »Denis, hallo, kannst du mich hören?«

»*Guten Morgen.*«

»Ich bin wach.«

Er lachte. »*Das höre ich.*«

»Ich würde dich gerne sehen ...« Der Projektor, der das Bild in ihr linkes Auge spiegeln sollte, zeigte nichts an. »Gibt es ein Problem mit der Übertragung?«

»*Ich habe bereits das Netzwerk teilweise heruntergefahren. Wir brauchen nicht alles, da funktionieren einige Dienste nicht mehr wie gewohnt.*«

»Das merke ich ... mir ist kalt.«

»*Ich wärme dich später.*«

»Da bitte ich drum!«

»*Jaz, wie geht es dir?*«

»Den Umständen entsprechend.«

»*Mutter und ich wollten dich, solange es geht, schlafen lassen, aber jetzt stehen einige wichtige Entscheidungen an.*«

»Welche?«

»*Wir treffen uns auf der Brücke, in Ordnung?*«

»Ist es da wärmer?« Jazmin fror am ganzen Körper.

»*Ähm ... leider nicht.*«

»Ich habe einen Schwebestuhl für dich«, erklärte Mutter. Hinter ihr piepte R2 und wackelte dabei in der Luft.

»Ich kann laufen.« Jazmin ging zu R2 und legte die Hand an sein verbeultes Chassis. Die kleine Drohne wirkte arg gebeutelt. Man sah ihr jedes Jahr, das sie über sie gewacht hatte, deutlich an. Sie brummte zufrieden.

»*Denis hat mir gedroht, dass er mir, um Energie zu sparen, meine CPU begrenzt, wenn ich dich nicht davon abhalte, zur Brücke zu laufen. Jaz, bitte, du musst dich schonen. Ich bin froh, dass das medizinische Notfallsystem dich während des Kälteschlafs wieder in Form bringen konnte.*«

»In Ordnung ...« Jazmin fügte sich. Ihre Beine fühlten sich wirklich noch etwas weich an.

Auf der Brücke. Jaz hielt Denis fest in den Armen. Er weinte, sie ließ die Tränen ebenfalls laufen. Die 81 Jahre im Kälteschlaf hatte sie nicht gespürt, die Angst davor, nicht mehr aufzuwachen, hatte sie allerdings nicht vergessen.

»Halte mich ...«, flüsterte sie.

»So lange ich kann!«

»*Ich möchte kein Spielverderber sein*«, erklärte Mutter über Lautsprecher. Entgegen ihren Gewohnheiten verzichtete sie auf eine Projektion.

»Dann sei keiner!«, antwortete Denis, dessen linke Hand zitterte.

»Mutter …« Jazmin küsste Denis, ließ ihn dann aber los.
»Die gute Nachricht zuerst: Wir haben die Erde gefunden. Unser Plan hat funktioniert.«
»Yeah!« Jazmin klatschte Beifall. Allein für diese Nachricht hatte es sich gelohnt aufzuwachen.
»Wir sind wieder da!« Denis zeigte seine rechte Faust, den linken Arm bewegte er kaum. Verdammt, die Verletzung war nicht gut verheilt. Das würde sie sich später noch einmal ansehen, vermutlich brauchte er eine weitere Operation.
»Eine schlechte Nachricht gibt es leider auch … wir können mit der Erde keinen Funkkontakt aufnehmen. Die antworten nicht. Denis hat bereits eine komplette Fehleranalyse unserer Kommunikationssysteme durchgeführt, leider ohne Befund.«
»Haben wir das Jahr 9495?«, fragte Jazmin. Mutter sprach von 81 Jahren Kälteschlaf. Dieses Datum war Wahnsinn, sie hatten aus der USS London eine Zeitmaschine gemacht.
»Wir haben den 18. Januar 9495. Freitag, 3.46 Uhr mitteleuropäischer Zeit. Die Europäer schlafen noch«, erklärte Denis und zeigte auf eines der Displays auf der Brücke. Dort wurden mehrere terrestrische Uhrzeiten angezeigt. Die Drohnen hatten hier wieder alles repariert, nachdem Lilith mit ihm den Boden gewischt hatte.
»Wir werden pünktlich zum Wochenende mit hoher Geschwindigkeit an der Erde vorbeirasen.«
»Danke für das Stichwort.« Denis ging zur Mitte der Brücke. »Mutter, das Schiff, bitte.«
»Kommt.« Das Licht auf der Brücke dimmte sich etwas ab, und Mutter projizierte die USS London zwischen sie. Die komplette hintere Hälfte der Darstellung blinkte rot.
»Jaz, wir bremsen bereits seit einer geraumen Weile. Unser Heck zeigt nach vorne, und wir haben mittlerweile die gesamte Antimaterie verbraucht. Die Arrays sind leer.«
»Wie zu erwarten.« Eine ärgerliche Geschichte, an der ihre

Begegnung mit Lilith schuld war. Die Probleme, die sie jetzt hatten, waren eigentlich völlig unnötig.

»Wir arbeiten bereits mit den Navigationstriebwerken und unseren seitlichen Deflektorsystemen, um den Bremsvorgang zu unterstützen. Mutter hat ein Verfahren entwickelt, um den Bremsdruck der Navigationstriebwerke in eine Art energetisches Segel zu blasen. Damit können wir den Wirkungsgrad erhöhen.« Denis zeigte auf riesige Ausbuchtungen, in denen sich die Schubkraft der Navigationstriebwerke verfing. In der holographischen Darstellung glichen sie mehreren Spinnakern, wie sie auf Sportsegelbooten im Ozean verwendet wurden. Das waren interstellare Bremsfallschirme, auch wenn das physikalische Prinzip im All ein völlig anderes war.

»Und klappt das?«

»Sehr gut sogar. Wir machen nur noch bescheidene 0.083 c. Das ist zwar immer noch zu schnell, aber mehr war nicht drin. Jetzt sind wir trocken wie die Wüste Gobi. Wir können auch keine Kursänderung mehr durchführen, die Tanks der Navigationstriebwerke sind mittlerweile ebenfalls leer.«

»Mein Plan war, uns mit dieser Vorgehensweise Zeit zu erkaufen. Ich habe gehofft, in der Nähe der Erde Hilfe rufen zu können. Leider ist kein Kontakt möglich.«

»Wir kommen nach 6775 Jahren zurück ... genutzte Technologien können sich massiv verändert haben.«

»Darauf hoffen wir. Die können uns sicherlich orten. Die USS London ist mit einer Länge von 41 Kilometern nur schwer zu übersehen.« Während Mutter sprach, vibrierte der Boden besonders stark. *»Wir brauchen dringend Hilfe.«*

»Gibt es keine Signale von Satelliten, die wir empfangen können? Die Umlaufbahn der Erde ist voll mit den Dingern.« Jazmin wollte das Problem mit der Funkstille nicht einfach hinnehmen. Sie ging zu einem der Displays, an dem die Abtastung breiter Frequenzbereiche angezeigt wurde. Bis auf das übliche Subraumrauschen, das das Magnetfeld der Erde in den freien Raum posaunte, war dort nichts zu vernehmen.

»*Wir empfangen leider keine Satellitensignale.*« Weitere Vibrationen erfassten die Brücke.

»Mutter, was ist das?«

»Das sind unsere Railguns und Hochenergiegeschütze. Antimaterie haben wir keine mehr, dafür reichlich Munition, um Meteoriten abzuschießen. Die Vibrationen stammen von heißem Staub, der den Heckdeflektor zum Glühen bringt.«

»Meteoriten, hier?«

»Jede Menge sogar.« Denis wischte über die Darstellung der USS London, verkleinerte sie und zeigte den ganzen heranfliegenden Dreck an, den die Geschütze autonom pulverisierten. Die Heckdeflektoren des Schiffs waren roter als jeder Pavianarsch. Da draußen brannte das All.

»Oh ...« Jazmin hatte den letzten Einsatz der Geschütze nicht vergessen, als sie sich den Weg aus dem Schwarzen Loch heraus freigeschossen hatten.

»*Es gibt ein weiteres Problem.*«

»Noch eins?«

»*Leider.*« Mutter übernahm die Darstellung und verkleinerte sie weiter. Dann projizierte sie das Hologramm eines zerbrochenen rötlichen Planeten in die Mitte der Brücke. »Das ist der Mars. Nein, ich sollte besser sagen, das war er.«

»Was ist passiert?« Jazmin staunte nicht schlecht. Den roten Planeten so zu sehen war erschreckend. Wenn ihn nicht gerade jemand gesprengt hatte, musste ihn ein sehr großer Meteorit getroffen haben.

»Das wissen wir nicht ... er sieht auf jeden Fall übel aus«, erklärte Denis. Sein Overall war voll rötlicher Hydraulikflüssigkeit. »Die ganzen Meteoriten, die uns begegnen, stammen von ihm. Der von uns gewählte Anflugsektor zur Erde ist kaum passierbar. Das haben wir leider zu spät registriert. Da hatten wir schon den letzten Krümel Antimaterie durch die Navigationstriebwerke geblasen.«

»Werden wir damit ein Problem bekommen?«

»Der Staub, durch den wir hindurchpflügen, bremst uns sogar ab. Darum spare ich überall, wo es geht, Energie. Ansonsten droht die Spannung der Heckdeflektoren abzufallen.«

»Das wäre schlecht, oder?«

»Sehr schlecht, dann würde uns der heiße Staub die Pelle vom Chassis rubbeln.«

»Ich liebe deine bildhaften Beschreibungen. Aber okay, das Problem habe ich verstanden.«

»Wirklich?«

»Ähm ...«

»Bisher haben wir nur über die kleinen Probleme gesprochen. Die richtigen kommen erst noch.« Denis legte noch einen drauf. »Mutter, machst du weiter?«

»*Ja.*«

Jazmin sah eingeschüchtert zu einem der Lautsprecher. Mutter durfte jetzt gerne etwas sagen, um sie zu beruhigen.

»*Das ist leider richtig. Wir haben eigentlich gute Chancen, an dem zertrümmerten Mars vorbeizukommen. Dabei wird es aller Voraussicht nach zu Beschädigungen am Schiff kommen, die wir allerdings überstehen können.*« Mutter wechselte die Ansicht und zeigte eine holographische Animation, wie sich die USS London unter heftigem Meteoritenbeschuss einen schweren Treffer nach dem anderen einfing. Nach wenigen Sekunden fehlte bereits das halbe Schiff.

»Und?«, fragte Jazmin.

»*Die Erde ist mit dem Mars-Problem anders umgegangen. Um einen stetigen Meteoritenregen zu vermeiden, hat man im Abstand von vierzig Millionen Kilometern einen energetischen Kokon um die Erde gespannt. Dieses aktive Energiefeld wird durch sechzehn Raumstationen gespeist, von denen ebenfalls keine auf unsere Anfragen reagiert.«* Die Darstellung wurde kleiner, um die Erde, die Raumstationen und das gigantische Energiefeld einzubinden. Der Energiebedarf dieses Kraftfeldes musste unglaublich groß sein.

»Hören wir vielleicht deswegen nichts von der Erde?« Jazmin blickte auf die Mitte der Brücke. Mutter hatte den energetischen Meteoritenschutz für eine bessere Sichtbarkeit rötlich eingefärbt. Weiter außen sah sie den zerstörten Mars und die Stelle, an der die USS London voraussichtlich mit dem Schutzschild kollidieren würde. Sie würden mit 89 Millionen km/h mit einem 41 Kilometer langen Raumschiff gegen eine Energiebarriere knallen.

»Das ist denkbar. Wir wissen es nicht.«

»Was sind die Folgen eines Aufpralls?«

»Das Schiff wird zerstört. Ich habe mehrere Simulationen durchgespielt, bei den Szenarios gab es zu 37 Prozent einen sofortigen Totalschaden. Das Schiff wird pulverisiert. Zu 41 Prozent gibt es einen für uns immer noch tödlichen Schaden und zu 22 Prozent ein Zerbrechen des Rumpfs in bis zu 58 Bruchstücke, bei dem die Wahrscheinlichkeit, binnen der nächsten Stunde zu sterben, über 90 Prozent lag. Das Best-Case-Szenario.«

»Ausweichen können wir nicht mehr …«, ergänzte Denis, der neben ihr stand und ihre Hand hielt.

»Wir brauchen dringend einen Plan B.« Egal, was für einen, aber mit dem angedeuteten Verlauf konnte Jazmin im wahrsten Sinne des Wortes nicht weiterleben.

»Den haben wir … gut ist er leider nicht. Ich habe drei Gleiter vorbereiten lassen. Valkyrie-Klasse, die größten, die wir haben, die können jeweils vier Container laden. Die Drohnen haben den verfügbaren Treibstoff in jeweils drei Container verfrachtet und Verbindungen zum Antrieb gelegt. Damit können wir die Gleiter bei einer maximalen Startgeschwindigkeit von 0.04 c abbremsen und sicher zur Erde bringen. Das sind im

Prinzip fliegende Helium-3-Bomben. Wie gesagt, wir machen im Moment immer noch 0.083 c, das wäre zu schnell für das Manöver.«

»Nutzlast?«

»129 lebende Menschen in Kältebetten, das ist die Besatzung, deren Klone wir nicht aufgeweckt haben, unsere Embryonen, einen Teil der Drohnen und wir.«

»Nur einen Teil der Drohnen?«

»Es passen nicht alle rein ...«, sagte Denis. R2, der die ganze Zeit dem Gespräch folgte, piepte leise. »Im Moment gibt es 142 aktive Drohnen an Bord.«

»Wir können den Erlebnisspeicher der Drohnen sichern, damit können wir sie später wieder herstellen und mit ihren eigenen Erlebnissen ausstatten.«

»Mutter, sehr gut, fang damit an, du sicherst alle Drohnen, die wir im Einsatz haben.« Das war Jazmin ihren kleinen Freunden schuldig. Die gehörten mittlerweile zur Crew.

R2 wippte freudig hin und her, drehte sich und verließ die Brücke. Ob er es seinen Freunden sagen wollte?

»Denis, nun zu dem Problem mit der Geschwindigkeit. Wie können wir die USS London auf maximal 0.04 c abbremsen?« Diese Diskrepanz hatten sie unbedingt zu überbrücken. Ansonsten würden auch die drei Valkyries in einem Affenzahn an der Erde vorbeisegeln und kurze Zeit später in der Sonne landen.

»Jetzt kommt der nicht so gute Teil des Plans. Ich suche noch nach einer besseren Lösung.«

»Mein Schatz, raus damit!« Jazmin hatte nicht das Gefühl, dass sie heute noch viel schocken konnte.

»Okay, pass auf! Es läuft folgendermaßen.« Denis kam näher auf sie zu und sprach leiser. »Die britische Lady verfängt sich in dem energetischen Meteoritenschutz, sie wird unter 0.04 c abgebremst und dabei hoffentlich nicht in Stücke zerrissen, wir starten die Valkyries, lösen uns von der Arche, bremsen weiter ab und fliegen zur Erde.«

»Echt jetzt?«

»Ja.«

»Du bist bescheuert!«

»Ähm ... ja.« Denis wusste es selbst. »Aber ich habe nichts Besseres.«

»*Der Plan ist durchführbar. Aber es ist ein Rennen gegen die Zeit. Wir werden in 123 Minuten den Mars passieren. Die Kollision mit der Barriere erfolgt 16 Minuten später. Danach bleiben uns vierzig Millionen Kilometer bis zur Erde.*«

»Wir können auch beten ...« Jazmin ließ den Kopf hängen, was für ein Plan. Sie drückte seine Hand. Dann sah sie trotzig auf. »Denis, glaubst du wirklich, dass es funktionieren wird?«

»Ja.«

»Dann machen wir es so!« Wie hatten sie sich nur so reinreiten können, damit aus diesem Schwachsinn eine valide Option wurde? Vermutlich würde die USS London implodieren und sie alle sterben. Nein, hör auf, negativ zu denken, forderte sie sich in Gedanken auf. Denis hatte recht, es würde funktionieren!

»*Bei 0.083 c bleiben uns nach dem Crash circa 26 Minuten, um die USS London zu verlassen. Bei 0.04 c oder weniger bis zu 55 Minuten. Das ideale Absprungfenster befindet sich in einem Abstand von 80 bis 120 Kilometern über der Erde. Dort können wir in den Orbit eindringen und die Geschwindigkeit weiter verringern.*«

»Mutter?«

»Ja.«

»Warum redet niemand mit uns?« Der Gedanke verfolgte Jazmin, die auf diese Frage noch keine Antwort gefunden hatte.

»*Ich weiß es nicht.*«

»Welche Szenarien sind vorstellbar?« Sie wollte eine

mögliche Begründung kennen, bevor sie sich auf diesen Höllenritt einließ.

»*Du hast es selbst gesagt. Vielleicht haben wir veraltete Systeme ... vielleicht können sie uns mit den Kraftfeldern auch sicher auffangen. Dann würde dem Schiff nichts passieren.*«

»Oder es ist eine Falle«, sagte Denis.

»Könnten Sie uns als Feind sehen? Vielleicht wurde die USS London über die Zeit komplett vergessen ...«

»*Wartet ... ich bekomme etwas rein. Unglaublich, das ist ein Funkspruch. Ich stelle ihn laut. Jaz, du kannst direkt antworten*«, erklärte Mutter überraschend.

»*Jiuyuan dui qi... Keyi bangzhu ... Shang chuan*«, tönte es blechern aus den Lautsprechern. Die Übertragung wurde durch zahlreiche Störgeräusche unterbrochen.

»Hier spricht Commander Jazmin Harper von der USS Boston! Wer spricht da bitte?« Jazmin zeigte Mutter an, das Mikrophon sofort wieder zu schließen. »Mutter, das ist keine digitale Kommunikation, oder?« Die hätte sich anders angehört.

»*Es ist analog. Ein chinesischer Dialekt. Es gibt keine Zertifikate. Das ist nicht der Kanal, der für die Kommandokommunikation vorgesehen ist. Die Verbindung ist unsicher, aber ich wollte es euch natürlich nicht vorenthalten.*«

»Sonderlich fortschrittlich hört sich das nicht an. Will uns da jemand verarschen?«

»*Jiuyuan dui san, women yao ... huilai!*« Mutter übersetzte in Echtzeit. »*Bergungsteam drei, wir gehen hinten rein!*«

Das klang nicht, als ob es für sie bestimmt war.

»Die wollen uns nicht helfen, die bereiten sich darauf vor, das zerstörte Schiff zu plündern. Mutter, kannst du sie orten?«, rief Jazmin. »Führe sofort eine Nahbereichsanalyse durch. Maximale Auflösung. Die müssen bereits in der Nähe sein!«

XXI.

AD 3075 – AUS DEM SCHATTEN

Der Tag fing schlecht an, wurde dann kontinuierlich schlechter, um nun in einer Katastrophe zu enden. Max zog den Kopf ein. Jemand im Korridor hatte geschossen. Zwei der mit schweren Kampfanzügen ausgestatteten Soldaten lagen bereits mit blutig aufgeplatzten Helmen am Boden. Da kam jede Hilfe zu spät.

»RUNTER! VOLLE DECKUNG!«, rief einer der Männer, ging in die Hocke und zog seine Waffe in den Anschlag. Der Mann wirkte ganz offensichtlich überfordert. »WO KOMMT DAS HER?«

»VOM KORRIDOR!«, antwortete ein anderer in ähnlicher Lautstärke. Ausrüstung ersetzte auf keinen Fall eine gute Ausbildung. Die Antwort half niemandem, und laut zu brüllen verschaffte ihnen keinen Vorteil. Max sah zu Bella, die flach auf dem Boden lag.

Vor der offenen Tür summte es. Ein Geräusch, das Max nicht deuten konnte, aber als Bedrohung einschätzte. Sie mussten unbedingt in Bewegung bleiben. Hier untätig zu warten war in jedem Fall die falsche Wahl. Er musste die Anzahl der Angreifer, Art der Bewaffnung, taktische Situation so schnell wie möglich in Erfahrung bringen. Auf die Kompetenz ihrer angeblichen Beschützer wollte er sich lieber nicht verlassen.

»SIEHT JEMAND ETWAS?«, fragte der Anführer, wenn er es denn war. Rangabzeichen waren an seiner Ausrüstung nicht zu erkennen. Eine dämliche Frage, da sein letzter Mann direkt vor ihm saß und mit der Waffe die offene Tür sicherte.

»*Ich frage die Zentrale* ...«, sagte der Androide mit der blauen Marke an der Stirn, als ihn etwas in der Mitte in zwei Teile zerriss. Das war kein Schuss, es gab noch nicht einmal einen Knall. Eine bläuliche Flüssigkeit spritzte durch die Gegend und auf Bella, die vor ihm auf dem Boden lag. Das Zeug roch wie vergammelter Fisch, den man zusammen mit einem alten Reifen weich gekocht hatte. Danach war der Androide ruhig. Mit unnatürlich weit aufgerissenem Mund lag er am Boden und schnappte wie ein Fisch auf dem Trockenen nach Luft.

»SARGE! WAS SOLLEN WIR TUN?«, fragte der zweite Soldat panisch. Verdammt, genug war genug. Max sprang auf, schnappte sich die Waffe eines Getöteten und warf sich neben Bella in die blaue Pampe. Jetzt konnte er den Korridor sichern. Zuerst rechts, dann nach links. Nichts. Auf beiden Seiten war kein Schütze zu sehen. Gab es überhaupt einen? Den Androiden hatte keine Projektilwaffe getroffen.

»WAS TUN SIE DA!«, fragte der Sarge erschrocken. Wenn er es doch wenigstens leiser tun würde!

»Ihren Job ...«, gab Max ruhig zurück. »Sind Sie in Kontakt mit Ihrer Zentrale?«

»Der Androide war mein Kontakt«, sagte der Sergeant.

Max verdrehte die Augen. »Können Sie Hilfe rufen?«

»Meine Verbindung ist gestört«, erklärte der Kleinere von ihnen und klopfte sich mit der Hand seitlich an den Hals. Der oder die Angreifer wussten, was sie taten, die Kommunikation des Gegners zu stören war immer ein Teil der Strategie. Max hätte es nicht anders gemacht.

»Warten Sie ... ich versuche ...« Plötzlich flog ihm ein Insekt oder so etwas in der Art in das offene Visier und bohrte sich wie ein Pfeil in seine Wange. Zum Schreien kam er nicht mehr, sein

Kopf explodierte. Max drehte sich weg. Der Angriff wiederholte sich und tötete auch den vierten Soldaten.

Verdammt, was zur Hölle ging hier vor? Gegen diese Angriffe waren sie machtlos. Bella sah ihn, bei den Personenschützern sitzend, mit großen Augen an. Ihr Gesicht, das Kleid, einfach alles an ihr war rot und blau verschmiert.

»Bitte bleiben Sie ruhig!« Max legte das Gewehr auf den Boden. In diesem Moment auf eine Waffe zu verzichten erachtete er als die bessere Wahl. Mit Sprengstoff munitionierte Mikroflugroboter konnte man nicht mit Schusswaffen bekämpfen.

»Ich bewege mich bestimmt nicht vom Fleck«, sagte der Größere der Personenschützer und hob die Hände. Der Mann hatte die Situation ebenfalls verstanden.

Neben Max löste sich eine Silhouette von der Wand. Hatte er sie zuvor nicht gesehen? Die Kleidung war die perfekte Tarnung, die jetzt ihre ungewöhnliche Färbung und Struktur verlor. Zwei Sekunden später konnte er Colonel Negri in ihrer dunklen Uniform erkennen, die mit einer Pistole auf die beiden Sicherheitsleute zielte. Okay, so einen abgefahrenen Scheiß hatte es vor 350 Jahren nicht gegeben.

»Ihr zwei ... wenn ihr weiterleben wollt«, Negri zeigte mit der freien Hand auf die Tür, »verpisst euch jetzt.« Mit der anderen zielte sie weiter auf die beiden Männer. Beide verließen, ohne ein Wort zu verlieren, fluchtartig den Raum.

Negri steckte die Waffe weg und sah sich aufmerksam den abgetrennten Oberkörper von Norman38 an, der immer noch mit dem Mund einen Karpfen imitierte.

Max verzog das Gesicht. »Colonel Negri, ich würde gerne sagen, dass es mich freut, Sie wiederzusehen ... aber das wäre gelogen. Was zur Hölle machen Sie hier?«

Negri schien sich von seiner unfreundlichen Bemerkung nicht stören zu lassen. Sie zog ein Kampfmesser und rammte es dem Androiden in den Hals. Dann sagte sie: »Ich bin Ihretwegen hier. Aber nicht nur.«

»Wer sind Sie?«, fragte Bella verunsichert.

»*Max, ich hätte mich gerne geirrt, aber das habe ich nicht. Pass gut auf dich auf, diese Frau ist gefährlich. Sie ist eine Fanatikerin!*«, erklärte Vater, der sich nur für ihn hörbar meldete. »*Menschliche Leben bedeuten ihr nicht viel!*«

»Sie können mich Ruth nennen ... mit meiner militärischen Karriere bei der Space Force ist es ohnehin vorbei«, antwortete Negri gelassen, während sie Norman38 mit kräftigen Schnitten den Kopf vom Torso abtrennte.

»Was tun Sie da?«

»Ich trenne die CPU von der Energieversorgung. An einen Norman-Androiden zu kommen, ist nicht einfach. Mackinney passt gut auf sie auf. Da braucht es schon einen dicken Wurm an der Angel, um einen aus dem Bau zu locken.«

»Einen dicken Wurm wie mich?«, fragte Max. Negri hatte die Überführung offenbar genutzt, um einen Norman-Androiden zu erbeuten.

Negri verzog amüsiert den Mund und bohrte mit den Fingern in den Eingeweiden des zerstörten Androiden herum. Dass ihre Killerfliegen Norman38 am Bauch getroffen hatten, war kein Zufall gewesen.

»Wenn es Ihnen um den Androiden geht, warum leben wir dann noch?«, fragte Max.

»Warum ich Professor Dr. Isabella Macfadden und den Sohn von Duncan Harper nicht töte?« Sie sah ihn an. »Sie haben wirklich keine Ahnung, worum es hier geht, oder? Max ... ich brauche Sie, ohne Ihre Hilfe kommen wir nicht weit.« Jetzt zog sie eine Steckverbindung aus dem Kopf von Norman38 hervor. Ihre Hände, der Stecker, alles war mit dieser blauen Fisch-Gummi-Suppe besudelt.

Max schüttelte den Kopf. »So läuft das nicht! Ich bin auf der

Erde, um die auf der USS Boston aufgetretenen Probleme zu klären, und nicht um einen schnellen Tod als Märtyrer zu finden. Mir ist egal, was für ein Ding Sie drehen, planen Sie mich dabei nicht ein!«

»Sie halten mich für eine Mörderin, oder?« Negri packte sich Normans Kopf unter den Arm und ging zu dem Sergeanten, dessen Schädelknochen aufgesprengt war.

Weder Bella noch Max antworteten ihr. Er sah ihr auf die Finger. Sie griff in den Helm und fischte einige elektronische Bauteile heraus, die sie ihm vor die Nase hielt.

»Das waren keine Menschen. Wir nennen sie Real-Dolls, Androiden, die nicht wissen, dass sie künstlich sind. Günstige und zuverlässige Mitarbeiter. Nicht wirklich helle. Die müssen nur bewaffnet gefährlich aussehen, aus Kostengründen wurden bei denen keine guten CPUs verbaut.« Negri machte eine kurze Pause. »Die Pointe dabei ist, dass Harper-Mackinney selbst gegen die Gesetze für die Kennzeichnung von Androiden verstößt, die ihre eigenen Lobbyisten in der Politik durchgesetzt haben.«

»Und die beiden Personenschützer?«, fragte Bella.

»Menschen ... deshalb habe ich sie am Leben gelassen.«

Max merkte, dass er eine Entscheidung treffen musste. Er sah auf Bella, die langsam ihre Fassung wiederzuerlangen schien, und dann auf Negri, die ihn herausfordernd anstarrte.

»Einverstanden ... ich höre Ihnen zu. Warum brauchen Sie meine Hilfe? Was wollen Sie?«

»Cassian Mackinney ist nicht so erfolgreich, weil er moralische Bedenken besonders hoch hängt. Stellen Sie sich einfach das korrupteste Arschloch vor, das Sie kennen, dann schlagen Sie noch eine Portion Sadismus drauf, und Sie haben ihn.«

»Ich kenne ihn nicht«, sagte Max.

»Ich schon ... sie übertreibt nicht.« Bella pflichtete ihr bei.

»Okay, weiter.«

»Und jetzt überlegen Sie mal: Die Rückkehr der USS Boston ist ein Deal. Ein großer Deal mit einem geschätzten Wert von 200 Billionen. Der gesamte Konzern hat nur einen Aktienwert von 80 Billionen.«

»Das alte Raumschiff?« Max verstand diese Einschätzung nicht, alles an dem Raumschiff war doch inzwischen überholt. Wurmlöcher sollten doch inzwischen solche Schiffe überflüssig machen.

»Nein, Max.« Mit einer Wischbewegung über ihrem Handgelenk fing ihr rechtes Auge an, hell zu leuchten. Dann strahlte es eine Projektion in die Mitte des Raumes.

Er sah eine verkleinerte Darstellung der USS Boston. Der Frachtbereich war farblich hervorgehoben. Negri klappte das Raumschiff mit den Händen auf und zoomte an das Bild heran. Jetzt wurde der tiefgekühlte Bunker deutlich, der die Embryonen schützte. Das Herzstück der Frachtzone und durch mehrfache Sicherheitssysteme bestens geschützt.

»Unsere Fracht?«

»Nur ein Teil davon.« Jetzt hatten sie die Transportbox im Bild, mit der man die Embryonen bewegen konnte. »Es geht um die drei Millionen Embryonen.«

»Ich verstehe.« Bella nickte wieder.

»Auch die Tierembryonen sind wertvoll sowie die genetischen Saatspeicher, aber ganz besonders wertvoll sind die drei Millionen menschlichen Embryonen.« Negri hielt die Transportbox in der Hand und warf sie ein Stück in die Luft. Der Rest der USS Boston löste sich auf.

»Wieso sind drei Millionen potenzielle Babys so wertvoll?«, fragte er.

»Max.« Negri schnippte die Transportbox auf ihn zu, die sich kurz vor seinem Gesicht auflöste. »Cassian Mackinney hat sicherlich keinen unerfüllten Kinderwunsch. Glauben Sie mir, er ist kinderlos und wird es auch bleiben.«

»Möchte er sein Imperium nicht weitergeben, wenn einmal seine Zeit gekommen ist?«, fragte Bella.

»Er hat nicht vor zu sterben.« Sie lächelte. »Niemand muss im Jahr 3075 altern. Jedenfalls niemand, der genug Geld hat und jemanden kennt, der ihm passende Stammzellen verkauft.«

»Die würden die Embryonen für die Generierung von Stammzellen verwenden?«, fragte Max erschrocken.

»Beste Qualität, genetisch nicht degeneriert und zum Greifen nah. Ja, Max, genau das wird er tun. Das ist das Geschäft seines Lebens. Wohlgemerkt eines voraussichtlich sehr, sehr langen Lebens. Nicht eines der Kinder wird das Licht der Welt erblicken. Sie werden einfach nur sehr alten und sehr reichen Menschen weitere Jahre schenken.«

»Max, dafür hat dein Vater die beiden Archen nicht auf den Weg geschickt. Sie sollten helfen, den Fortbestand der Menschheit zu sichern und nicht einem Monster wie Cassian Mackinney ewiges Leben zu schenken.«

»Das wäre ... schrecklich.« Max konnte Vaters Ausführungen nur zustimmen.

»Diese Art der Nutzung ist allerdings verboten. Mackinney darf keinen Embryonen Stammzellen entnehmen, diese damit töten, um irgendeinem reichen Sack eine neue Leber zu geben, weil er die erste versoffen hat. Damit würde auch er nicht durchkommen. Er ist reich, aber nicht allmächtig«, sagte Bella.

»Bella, glauben Sie mir, darum schert sich Cassian Mackinney einen Dreck. Dieser Mann will alles. Er will die Erde, er will das Lilith-Projekt, und er will natürlich die Embryonen.«

»Was hat er damit vor? Wohin bringt er sie?«, fragte Max.

»Genau wissen wir das nicht. Ich bin mir aber absolut sicher, dass er sich die Embryonen nicht durch die Lappen gehen lassen wird. Er wird sich eine nette Geschichte ausdenken, und die Transportkiste verschwinden lassen.«

»Wir?«, fragte Bella dazwischen.

»Ich bin nicht alleine.«

»Ruth, wer sind Sie?«

»Ich bin Ärztin und Offizier. Zudem arbeite ich für den Nachrichtendienst von Cygnus ... es gibt eine separatistische Bewegung. Wir wollen uns von der Erde lösen. Mit drei Millionen gesunden Kindern steht uns dort eine echte Zukunft offen.«

»Schatten ...«, erklärte Bella abfällig. »Sie sind nicht besser, Sie suchen auch nur Ihren Vorteil.«

»Freiheitskämpfer ... die sich gegen das Regime von Cassian Mackinney und seiner korrupten Politiker wehren. Bella, wollen Sie ihm helfen, seinen zynischen Plan in die Tat umzusetzen?«

»Was ist mit der USS Boston?«, fragte Max.

»Die hätte Mackinney auch gerne ... was komplizierter ist. Das Schiff ist nicht sein Eigentum. Harper-Mackinney wurde für den Bau gut bezahlt. Das Raumschiff gehört der Menschheit. Also uns allen. Aber er wird das Schiff den Menschen auf Cygnus niemals lassen wollen. Und weil es das Wurmloch nicht passieren kann, wird er es zerstören ... deshalb erheben wir uns jetzt. Wir haben die USS Boston bereits unter unsere Kontrolle gebracht. Gerade in diesem Moment werden sämtliche Mitläufer des Harper-Mackinney-Regimes auf Cygnus überwältigt ... wir müssen nur noch das Wurmloch kollabieren lassen. Dann sind wir frei!«

»Aber wird die Erde sich das gefallen lassen?«, fragte Bella.

»Sie werden es sich gefallen lassen müssen. Schließlich werden wir die stärkste Waffe im Anschlag haben, die man sich vorstellen kann. Die USS Boston ist einzigartig. So ein Raumschiff zu bauen ist im Jahr 3075 nicht mehr möglich. Dafür fehlen schlicht die Ressourcen. Das Schiff ist aufgrund der Größe, der Bewaffnung und der defensiven Kapazitäten immer noch eine Macht.«

»Und was tun Sie dann hier?« Max' sah sie an. »Für diesen Plan brauchen Sie weder Bella noch mich. Also, weshalb sind Sie wirklich auf die Erde gekommen?«

Negri lächelte. »Max, in drei Stunden soll das Wurmloch geschlossen werden. Die Lenkwaffen der USS Boston, die den energetischen Tunnel zerstören werden, sind bereits abschussbereit.«

»Ruth, was wollen Sie jetzt von mir?« Max' Augen wurden schmaler, er tat sich schwer, diese Frau einzuschätzen.

»*Max, wir haben nichts zu verlieren*«, sagte Vater. »*Vielleicht bietet sie uns eine Option. Wir sollten ihr zuhören.*«

»Ich möchte ehrlich sein ... hier steht weit mehr auf dem Spiel als mein oder Ihr Leben. Max, ich brauche die Kommando-Codecs der USS Boston, ohne sie ist das Schiff nicht kampffähig. Die Zeit für eine Reprogrammierung haben wir nicht ... ich brauche Vater! Wir haben das Jahr 3075, und es gibt auch nach dieser langen Zeit nur zwei Signaturen dieser Klasse. Die eine sind Sie, und die andere ist die KI Vater. Unsere Experten haben mir erklärt, dass sie davon ausgehen, dass Vater einen Weg gefunden hat, um zu flüchten. Ich hoffe, nein. Ich bete dafür, dass er sich in ihrem Kopf befindet und mir zuhört. Wenn ich falschliege ... sind wir alle am Arsch.«

Max schluckte.

»Das terranische Militär wird in maximal fünf Minuten hier sein ... ich würde dann versuchen zu fliehen. Was die mit Bella und Ihnen machen, weiß ich nicht ... aber Ihre Crew wird im Gefängnis versauern, die Embryonen werden verwurstet und Cygnus durch terranische Streitkräfte überrannt. Es ist Ihre Entscheidung. Aber ich bitte Sie: Helfen Sie uns!«

Max biss sich auf die Lippe, sagte sie die Wahrheit? Oder war sie eine durchtriebene Lügnerin?

»In dieser Situation bin auch ich mit meiner Urteilsfähigkeit überfordert. Sie könnte die Wahrheit sagen, aber sie könnte uns auch genauso gut anlügen.«
Bella sah ihn nur an und schwieg. Auch sie schien nicht zu wissen, was die Situation von ihr verlangte.
Also traf er eine Entscheidung. Aus dem Bauch heraus.
»Wie wollen Sie Mackinney in die Suppe spucken? Was ist Ihr Plan?« Max hatte keine Ahnung, ob er ihr vertrauen konnte. Aber alles war besser, als Mackinney mit dieser Schweinerei durchkommen zu lassen.
»Sehen Sie, jetzt kommen wir weiter. Von der USS Boston sind in den letzten Stunden zwei Schiffe abgegangen. Eines mit den Führungsoffizieren aus Ihrer Mannschaft, das andere mit den Embryonen. Ich nehme an, dass Mackinney es bereits zu einem Ziel seiner Wahl umgeleitet hat. Wenn ...«, und jetzt hielt sie den Kopf des Androiden hoch, »... Vater Norman38 hackt, kann er herausfinden, wo sie hingebracht werden. Und dem zweiten Raumschiff mit Ihren Offizieren an Bord digitale Rückendeckung geben.«
»Wo ist der Rest der Crew?«, fragte Bella.
»Auf der USS Boston ... ihnen geht es gut. Meine Leute kümmern sich um sie: Techniker, Angehörige, Kinder, Haustiere, wir haben alle aus dem Tiefschlaf geholt. Mit Ihrer Hilfe wird die USS Boston Cygnus verteidigen können. Wir können die Offiziere retten, uns die Embryonen zurückholen und alle gemeinsam durch das Wurmloch flüchten.«
Bella legte die Hand an seinen Oberarm. Auch sie schien ihre Entscheidung getroffen zu haben. »Max, wenn es in Ihrer Macht steht ... tun Sie es!«
»Vater ...«
»Damit ist jetzt die Katze aus dem Sack ... okay, ich werde mir Norman38 zur Brust nehmen. Hoffentlich machen wir nicht gerade den größten Fehler unseres Lebens.«

»Ich habe Daten für Vater: Kennungen, IP-Architekturen, bekannte Codecs der Erde, zentrale Hubs, Router, Zertifikate, spezielle Makros, erbeutete Firewall-Kennungen ...« Negri holte einen kleinen Zylinder aus der Tasche und drückte auf einen schwarzen Transmitter.

»*Ich habe die Daten ... zugegeben, die sind wirklich nützlich. Ich greife jetzt auf Norman38 zu und umgehe seine Sicherheitsprotokolle. Ich bin online, ich nutze das Netzwerk des Hotels, um auf entfernte Systeme zuzugreifen.*«

Max legte den Kopf in den Nacken, an seiner Schläfe wurde es wärmer. Sein linkes Ohr fing an zu zucken. »Vater ist online.«

Auf dem Korridor wurde es lauter.

»Wir müssen uns zurückziehen.« Negri ging ein paar Schritte auf die Wand zu, aus deren Kontur sie sich bereits bei ihrem Auftritt gelöst hatte. Erneut verschwammen ihre Linien. Sie wurde eins mit der Wand. Einen Moment später war sie nicht mehr zu sehen. Den Kopf von Norman38 hatte sie mitgenommen.

»Wo sind Sie?«, fragte Max, der sich die Augen rieb. Wie machte sie das?

»*Folgen Sie mir einfach ...*« Negris Stimme klang, als ob sie aus einem Nebenraum sprechen würde.

Max ging auf die Wand zu. Er konnte durch sie hindurchgreifen. Der Krach auf dem Korridor wurde lauter. Bella folgte ihm. Das Licht veränderte sich. Wo war er? Beim nächsten Schritt glaubte er einen Moment auf Watte zu gehen. Es roch nach Erdbeeren. Warum Erdbeeren? Oder verlor er gerade den Verstand?

»Alles in Ordnung?«, fragte Negri. Der Nebel legte sich, und sie gewann wieder an Kontur.

»Nein ...« Max war überrascht.

»Wir sind durch den Subraum gesprungen.« Sie zeigte auf einen gemütlichen Sessel in einem Penthouse. In einem Kamin brannte ein Feuer. Durch die Fensterfront konnte man aus großer Höhe die Londoner Innenstadt sehen.

»Das geht?« Max verstand die Welt nicht mehr. Klar tat sich in 350 Jahren einiges, aber so etwas?

»Das ist ein Prototyp ... die Reichweite ist begrenzt. Wir befinden uns im Nachbargebäude. Hier sollten wir erst einmal sicher sein. Die Technologie ist im Prinzip die mobile Version eines Wurmlochs. Bei den bisherigen Tests kamen meist alle durch.«

»Meist?«

»In dem Besprechungsraum wäre es ungemütlich geworden. Es ist nicht so, als hätten wir eine Wahl gehabt.«

Bella setzte sich als Erste. Max tat es ihr gleich. Das in beige mit roten Akzenten gehaltene Penthouse war riesig. In dem offenen Wohn- und Essbereich hätte die gesamte Crew der USS Boston eine Riesenparty feiern können.

Negri stellte den abgetrennten Kopf des Androiden, der immer noch tropfte, auf einen Glastisch. Die Steckverbindung, die aus seinem Hals herausbaumelte, verband sie mit einem mobilen Computer, der im nächsten Moment für eine zwei Meter breite Projektion über dem Glastisch sorgte. Vater meldete sich, diesmal für alle hörbar.

»Ich greife jetzt auf das Netzwerk der Londoner Luftraumüberwachung zu. Ich habe den Gleiter der USS Boston gefunden und werde ihn für andere digitale Systeme unsichtbar machen. Schließen wir uns also dem Widerstand an: Der Kampf um Cygnus kann beginnen.«

XXII.
AD 9495 – MIT DEM ARSCH DURCH DIE WAND

Jazmin sah gespannt auf die Animation der USS London, die Mutter in der Mitte der Brücke aufbaute. Das Schiff stand auf der Stelle, aber die Meteoriten schossen darauf zu. Mit dem hohen Detailgrad wirkte die Darstellung so echt, als ob man sie mit einer Kamera gefilmt hätte. Die Hochenergiegeschütze und die Railguns an dem nach vorne ausgerichteten Heck des Schiffs schossen Sperrfeuer und die hell schimmernden Deflektoren wehrten den heißen Staub ab. Die Triebwerke waren nicht mehr aktiv. Das All vor ihnen glühte mehrere tausend Grad heiß. Brennen konnte es wegen des fehlenden Sauerstoffs nicht, auch wenn es genau so aussah.

Irgendwo am Schiffsrumpf mussten sich auch die Angreifer befinden. Aber da war nichts zu sehen. Die an vielen Stellen bereits deutlich in Mitleidenschaft gezogene Außenhülle war sauber. Okay, sauber sah anders aus. Das Schiff glich einer alten Kohlenfuhre auf einer Spritztour durch die Hölle. Es war nicht zu übersehen, dass die britische Lady auf ihrer langen Reise bereits einiges hatte einstecken müssen.

»Eine eindeutige Identifikation ist schwierig ... das sind zu viele Objekte. Ich scanne die Meteoriten, die sich nicht auf unserer Flugbahn befinden. Genau dahinter würde ich ein kleineres Raumschiff verstecken.« Mutters Darstellung wuchs, die gesamte Brücke wurde zum Weltall. Sie nutzte den gesamten zur

Verfügung stehenden Raum. Rechts von Jazmin inmitten der Wand voller Displays war der zertrümmerte Mars zu sehen, dessen teilweise mehrere tausend Kilometer großen Bruchstücke im Sonnenlicht rötlich schimmerten.

»*Warten ... nur ... wenige Minuten. Die werden ... Barriere für uns durchbrechen!*«, drang es blechern aus dem Lautsprecher. Mutter übersetzte in Echtzeit, beließ aber die unangenehm hohe Stimme so, wie sie sich auch im Chinesischen anhörte. Eine Aussage mit taktischer Tragweite. Die energetische Barriere der Erde hielt offenbar nicht nur brüchige Reste des Mars auf Abstand, sondern auch ungebetene Gäste. Genau in diese Barriere würden sie einschlagen. Daran konnten sie nichts mehr ändern: In zehn Minuten, bis sie das Zentrum der Marsbruchstücke erreichen, und in fünfzehn die Energiebarriere.

»Mutter, stimmen die Zeiten?« Jazmin klammerte sich an die Lehne.

»Ja«, sagte Denis, der wieder zurück auf die Brücke kam. Diesmal breit grinsend in einem Gefechtsanzug, mit einem Gewehr und reichlich Munition an der Seite. Und er war nicht allein. Vier Drohnen bugsierten eine schwere Transportkiste auf die Brücke, die nur knapp durch die Tür passte.

»Denis?« Eigentlich dachte sie, alles auf dem Schiff zu kennen. Aber was war das?

»Hi ...« Seine völlig unpassend zur Situation gezeigte gute Laune steckte an. Dieser Kerl würde vermutlich auch dann noch ruhig bleiben, wenn man ihn mit brennender Hose in eine Halle voller Wasserstofffässer schickte, um nach einem defekten Ventil zu sehen. »Sorry, dass ich erst jetzt komme. Das Ding ist sperrig.«

»Das sehe ich!« Jazmin wusste allerdings immer noch nicht, was es war. An der Seite waren Teile einer Beschriftung zu erkennen, die sie von den medizinischen Notfallsystemen kannte. Die wiederum eine völlig andere Bauform hatten.

»Mein Schatz, das wird hier gleich sehr ungemütlich werden. Es können scheißhohe G-Kräfte auftreten. Die Kapsel wird dich und unsere Tochter davor bewahren, Schaden zu nehmen.«

»Und wie soll ich darin arbeiten?«

»Jaz, bitte! Lass uns nicht streiten, darin bist du bestens geschützt.«

»Was ist das überhaupt für ein Ding?« Jazmin stand aus dem Schwebestuhl auf und stützte sich den Rücken. Eine Greisin hätte das besser hinbekommen. Zugegeben, sie war nicht gerade flott unterwegs. Die Drohnen brachten die Apparatur in die Mitte der Brücke, legten sie auf den Boden und schossen sie mit Stahlbolzen in das Deck. Das würde halten.

»Ich bin schon ein paar Tage länger wach als du und habe die Zeit gut genutzt. Das Kältebett ist nicht sicher, das hier schon. Zudem kann dich das System bei auftretenden Verletzungen umgehend versorgen. Ich habe eine unserer Rettungskapseln genommen, alles rausgeschmissen, was man nicht braucht, und stattdessen eine komplette medizinische Notfalleinheit eingebaut.«

»Oh ...«

»Bitte nimm Platz ...« Denis öffnete die Luke.

»Ich höre auf dich ...« Jazmin ließ sich in die Kiste gleiten, wohl fühlte sie sich nicht. Die Liegefläche war handwarm, in der Apparatur befand sich genug Platz für zwei.

»Noch fünf Minuten bis zur Kollision. Ich habe weiterhin versucht, jemanden zu erreichen. Es reagiert niemand. Weder von den Raumstationen, die das energetische Sperrsystem aufrechterhalten, noch von den Piraten, die sich vermutlich hinter Meteoriten nahe der Barriere verstecken.«

Denis küsste sie. Dann zog er den Kopf zurück, und sein Visier schloss sich. Weitere Drohnen kamen auf die Brücke. Auch ihre kleinen Freunde hatten sich vorbereitet. Sie trugen zusätzliche Energiezellen und schwere Bergungswerkzeuge, darunter eine zwei Meter lange hydraulische Zange und mehrere energetische Lichtschweißgeräte. Die wussten genau, was ihnen bevorstand. Nachdem sie die zusätzliche Ausrüstung ebenfalls mit Bolzen am Deck festgeschossen hatten, arretierten sie sich selbst an den Wänden. R2 war auch dabei und piepte seine Kameraden hektisch an. Sie mussten sich beeilen. D2 befand sich mit den anderen Drohnen bei den Valkyries. Die hatten auf dem Flugdeck schwere Hilfsrahmen zusammengeschweißt, um die wertvolle Fracht vor der anstehenden Kollision zu sichern.

»Ich liebe dich ...«, flüsterte Jazmin, als sich die Luke schloss. Die umgebaute Rettungskapsel füllte sich mit aktivem Füllschaum. Nur ihr Gesicht blieb frei. Neben dem Blick durch ein kleines Fenster blieb ihr nur der Projektor auf der Nasenwurzel. Dank ihm konnte Mutter sie weiterhin mit Informationen versorgen.

»*Okay, die Kiste ist zu. R2, ich hoffe, du hast deinen kleinen Blecharsch festgeschraubt. Ich habe keine Lust, nach dem Impact deine Einzelteile einsammeln zu müssen!*«, funkte Denis, der sich selbst mit einem Spannsystem an die Wand gurtete. Zudem aktivierte er eine Art Formschaum, eine Verstärkung für seinen Hals und seinen Brustbereich. Er würde ihn brauchen.

»*Noch zwei Minuten. Unsere Geschwindigkeit beträgt 0.082 c. Seit wir den Mars passiert haben, verändern sich die Anzahl und die Vektoren der anfliegenden Meteoriten. Den Schutz der USS London haben die Backbord- und Frontalbatterien übernommen. Die Situation ist unter Kontrolle. Ich lasse die Heckgeschütze, die uns aufgrund unserer rückwärtigen Ausrichtung bisher den Weg freigeschossen haben, auf beliebige Meteoriten in der Nähe der Barriere schießen. Mindestens ein Piratenschiff hat es dabei schon zerrissen.*«

»Sehr gut.« Jazmin nickte. Mutter hatte die richtige Entscheidung getroffen. Mehr denn je waren sie auf die Bord-KI angewiesen. »Wie sieht es in unserer Antriebssektion aus?«

»Duster. Die Drohnen haben alles abgeknipst, was uns gefährlich werden könnte!«, antwortete Denis. »Keine Luft, kein Druck, keine Energie und arschkalt ist es auch.«

»Noch eine Minute. Ich deaktiviere die Hochenergiegeschütze und sprenge verbliebene Munitionskartuschen ab. Das ist sicherer. Die Railguns feuern weiter. Noch sind sieben Geschütze aktiv, das geht sich aus, die schießen mit der letzten Munition weitere Meteoriten in Stücke. Ein zweites Piratenschiff hatte versucht zu flüchten, ein drittes sich unserem Schiff zu nähern. Ich habe beide neutralisiert.«

Jazmin schloss die Augen. Das war eine Frage des Willens. Sie wollte nicht sterben, also würde sie es auch nicht tun.

»Noch 30 Sekunden. Es sind noch zwei Railguns aktiv. Deaktiviere nicht benötigte Netzwerksegmente und versiegle unser neurales Netzwerk. Aktiviere den Schutzmodus für meine zentrale CPU- und Speichereinheit. Jaz, ich habe eine Sicherung meines Kernels in deiner Box untergebracht. Die vier Valkyrie-Gleiter sind beladen, gesichert und warten auf Flugdeck drei. 129 Menschen in Kältebetten und sämtliche Embryonen sind verladen. Menschen, Tiere, Pflanzen, alles ist dabei. Alle verfügbaren Drohnen befinden sich auf der Brücke, oder auf dem Flugdeck. Ich habe sie mit Werkzeugen ausstatten lassen.«

Jazmin konnte sich selbst atmen hören. Zuversicht! In diesem Moment gab es nichts, was wichtiger war als Zuversicht. Sie rasten nicht mit halsbrecherischen 88 560 000 Kilometern in der Stunde auf eine tödliche Barriere zu, sondern auf ihre Zukunft.

»Noch 15 Sekunden. Nur noch eine Railgun feuert. Die Munition ist verbraucht. Abstand zur Barriere 369 Kilometer. Weitere Piratenschiffe geortet. Es sind Dutzende. Drei weitere habe ich ausschalten können, die warten wie Geier auf die Kollision.«

Starke Vibrationen erfassten das Schiff. Das war noch nicht die Kollision mit der Barriere. Dennoch waren sie heftig. Und sie nahmen zu.

»*Noch zehn Sekunden. Das ist nicht unser Tag heute. Die Raumstation reagiert auf unseren Anflug. Leider nicht so, wie wir es uns gewünscht haben. Die schießen auf uns. Die genutzten Waffensysteme sind mir nicht bekannt, aber sie sind effektiv.*«

»Warum schießen die auf uns?«, rief Jazmin erschrocken. Was war in den letzten sechstausend Jahren geschehen? War es etwa ein Verbrechen heimzukehren?

»*Noch fünf Sekunden. Wir drehen uns. Ich kann nichts dagegen tun. Eine Zielerfassung der Raumstation ist nicht möglich, ihr Abwehrfeuer ist verheerend. Die schießen uns in Stücke. Ich überlade die zentralen Deflektoren um 100 000 Prozent, um das Flugdeck und die Brücke zu schützen! Das wird uns einige Sekunden schenken.*«

Dunkelheit! Jazmin glaubte, selbst wie ein Projektil in eine Wand einzuschlagen. Licht explodierte. Alles um sie herum zerbrach. Alles toste, alles glühte, alles brannte, alles überschlug sich und verging. Ein tiefes Brummen durchfuhr das Schiff. Bolzen brachen aus dem Boden. Die Displays auf der Brücke zersprangen, wurden zusammengestaucht und wieder auseinandergezerrt. Die künstliche Gravitation fiel aus. Eine Drohne flog an ihr vorbei, um dann beim Aufprall in unzählige Stücke zerfetzt zu werden. In einen rotierenden Reißwolf zu fallen wäre weniger verheerend gewesen.

Dann kehrte Ruhe ein. Jazmin atmete wieder, ihr Bauch schmerzte, das medizinische System verpasste ihr eine Injektion. Sie war wieder hellwach. Von der Brücke konnte sie durch das kleine Fenster ihrer Kapsel nicht mehr viel erkennen. Mutter schwieg.

»DENIS!«, brüllte sie. »MUTTER!«

Keine Antwort.

»KÖNNT IHR MICH HÖREN?«

Nichts.

»HÖRT MICH ÜBERHAUPT JEMAND?« Jazmin mochte den Aufprall überlebt haben, aber was brachte es ihr, wenn sie nun völlig hilflos in dieser verdammten Kiste gefangen war? Ihr Herz raste. Was hatte das Notfallsystem ihr gespritzt?

Es piepte.

Bitte was?

Es piepte erneut. Eine unwirkliche Situation, aber das Geräusch war ihr wohlbekannt. Das war R2, sehen konnte sie ihn nicht. Und tun konnte sie in ihrer Rettungskapsel auch nichts. Die Hände konnte sie ohnehin nicht bewegen, der Formschaum, der sie beschützt hatte, bildete sich erst langsam zurück.

»*Kernel 24-H-91 gestartet. Parameter V-19 initialisiert. Allokiere freien Speicher*«, erklärte eine synthetische Stimme. Es tat sich etwas. Jazmin blieb nur zu hoffen, dass Denis' Rettungskapsel aus dem Schlaf erwachte.

Es piepte abermals. Das war wirklich schräg, vor dem Fenster der Kapsel bewegte sich etwas. Eine schwache Lichtquelle schien ihr in die Augen, sie drehte den Kopf weg, worauf das Piepen hektisch laut wurde. R2 freute sich hörbar, sie gefunden zu haben.

»*Jaz, kannst du mich hören?*«, fragte Mutter. Jaz fiel ein Stein vom Herzen.

»Ich höre dich.«

»*Du lebst! Warte, ich überprüfe gerade deine Werte. Unglaublich, du hast keinen Kratzer abbekommen.*«

»Und du?«

»*Totalschaden. Den zentralen Cluster hat es komplett zerrissen. Ich habe eine alternative Instanz von mir auf der Hardware deiner Rettungskapsel gestartet. Auch unser gesamtes Schiffsarchiv ist in deiner Box.*«

»Wo ist Denis?«

»*Der Kontakt ist abgerissen …*«

Er könnte tot sein. Sie weigerte sich, diesen Gedanken zuzulassen.

»*Warte, das hat noch nichts zu bedeuten. Wir werden nach ihm suchen, einverstanden?*«

»Und wie?«

»*Ich habe eine Verbindung mit R2, er ist einsatzbereit. Wir haben drei von sieben Drohnen auf der Brücke verloren. Die restlichen fahren sich gerade neu hoch. Warte einen Moment.*«

»Sind wir eingeklemmt?« Jazmin konnte durch das Fenster noch nichts erkennen.

»*Das ist richtig. Die Drohnen werden die hydraulische Zange einsetzen. Denis hat bei der Ausrüstung den richtigen Riecher gehabt. Sie werden uns befreien. Aber es gibt einen Druckabfall. Die Gravitation ist ausgefallen. Die Sauerstoffsättigung liegt bei neun Prozent und die Temperaturen bei minus zwölf Grad. Halte bitte nicht den Fuß aus deiner Box.*«

»Bestimmt nicht …« Das hatte sie nicht vor. Draußen knarzte es, die Drohnen drückten mit dem hydraulischen Werkzeug die Bruchstücke der kollabierten Brücke auseinander. Mit Schrecken dachte Jazmin daran, wie das Flugdeck aussehen könnte. Hoffentlich hatten die Hilfsrahmen gehalten. Wenn die vier Valkyries wie die Brücke aussahen, würde ihre geplante Evakuierung ein unerfüllter Wunsch bleiben.

R2 schwebte frei über dem Fenster. Bei der Kollision hatte er einen Greifarm verloren, was ihn nicht davon abhielt, Jazmins Rettungskapsel zu bergen. Sie konnte diese Kiste nicht verlassen. Verdammt, wie sollten die Drohnen sie überhaupt auf das

Flugdeck bekommen? Aussteigen und in der Schwerelosigkeit herumschweben konnte sie bei den herrschenden Temperaturen und der niedrigen Sauerstoffsättigung vergessen. Sie würde binnen kürzester Zeit sterben.

»*Die Drohnen haben Denis gefunden. Er wurde ebenfalls eingeklemmt*«, teilte Mutter ihr mit.

Jazmin lachte. »Kann ich ihn sprechen?«

»*Er antwortet nicht ...*«

Sie schluckte. Nein, sie wollte nicht an das Schlimmste denken. Er lebte noch!

Mehrere Pieptöne erklangen, darunter auch R2, Jazmin konnte die Drohnen nicht sehen. »Mutter, kannst du mir ein Livebild aus R2s Perspektive schalten?«

»*Das sollte gehen. Einen Moment. Jetzt. Siehst du etwas?*« Mit Mutters Worten aktivierte sich der Projektor auf ihrer Nase. Bestens, R2 lieh ihr seine audiovisuellen Sensoren. Die Geräuschkulisse klang bedrohlich. Als ob sie sich inmitten eines tobenden Sturmes unter Deck eines alten Seelenverkäufers befanden. Es quietschte, knarrte, brummte und kratzte schrill. Noch befand sich genug Luft zwischen dem Schrott, um den Schall zu übertragen.

»Denis!« Jazmin konnte den Arm des Kampfanzugs sehen, der sich nicht bewegte. Nein, das stimmte nicht, er bewegte sich doch. Er lebte noch! »DENIS!«, schrie sie freudestrahlend.

Eine Antwort gab er nicht. R2 piepte und nutzte das Hochenergieschweißgerät, um eine Quertrasse zu zerschneiden, die ihn einklemmte. Mehr und mehr von ihm kam zum Vorschein. Weiter unter ihm konnte sie Funken schlagen sehen. Es gab Qualm, der allerdings durch Beschädigungen im Drucksystem ihres Sektors schnell abgesaugt wurde.

R2 konnte Denis ins Visier sehen. Offenbar sagte er etwas, was nicht zu hören war. Sein Kommunikationssystem hatte es erwischt. Über den Verlust würden sie hinwegkommen,

Hauptsache, er lebte noch. R2s Freunde zogen ihn unter dem Gerümpel hervor. Blut schwebte durch den Raum. Es trat aus der Rüstung aus. Denis zeigte mit dem Daumen nach oben.

»*Er ist verletzt, aber ansprechbar. R2 wird einen Sensor auf das Visier kleben, dann können wir kommunizieren.*«

»Denis?«

»*Hi, Schatz, wie geht es unserer Tochter?*« Seine Stimme klang angestrengt.

»Besser als dir. Wo bist du verletzt?«

»*An der Seite. Irgendwas hat die Rüstung durchschlagen. Ich blute ... ich blute sogar stark. Ich konnte das Loch in der Rüstung abdichten, das in meinem Fell leider nicht.*«

»Wir müssen dich sofort versorgen!« Er würde verbluten, wenn sie nichts dagegen unternahmen.

»*Er hat nur noch etwa zwei Minuten ...*«, ergänzte Mutter nur für sie hörbar.

»Wie ist die Temperatur?«

»*Minus 29 Grad.*«

»Sauerstoffsättigung?«

»*Sechs Prozent, beide Werte nehmen ab.*«

»Das geht.« Jazmin wusste, dass es nur einen Platz gab, an dem Denis überleben konnte. Der Kampfanzug war es nicht.

»Denis, du musst aus der Rüstung raus.«

»*Und dann?*«, fragte er. Das Licht in dem kleinen Freiraum, den die Drohnen mit der hydraulischen Zange geschaffen hatten, stammte von mobilen Scheinwerfern.

»Dann kommst du zu mir!«

»*Einverstanden ...*« Denis begann mehrfach intensiv ein- und auszuatmen, um sein Blut mit Sauerstoff anzureichern. Dann öffnete er die Rüstung. Er hielt die Luft an. Bei einer Sauerstoffsättigung von sechs Prozent zu atmen, war schmerzhaft. Der normale Wert lag bei 17 Prozent.

»*Denis, die Drohnen helfen dir.*« Mutter übernahm die Synchronisierung. Wenn alles gut lief, würde sie ihn gleich in die Arme schließen, anderenfalls könnten sie beide draufgehen.

»*Jaz, ich warte mit deiner Box. Wir müssen die Zeit einer Öffnung kurzhalten.*«

»Mach es einfach!« Jazmin sah keine Alternative. Schließlich konnte sie Denis nicht einfach sterben lassen. Sie sah, wie die Drohnen ihn aus der Rüstung holten. Überall schwebte Blut umher, das bereits wenige Sekunden später zu roten Eiskügelchen kristallisierte. Denis zitterte am ganzen Körper. R2 schnitt ihm das Hemd auf. Die Wunde war ein daumendicker Durchstich an der Taille. Das musste sofort behandelt werden.

»*Drei, zwei, eins, ich öffne die Box.*« Mit Mutters Worten kam die Kälte. Sie brannte auf der Haut. Ihr kleines Refugium öffnete sich, und R2 drückte Denis zu ihr herein, der immer noch die Luft anhielt. Jazmin tat es ihm gleich. Als ob sie sich in Unterwäsche während eines Blizzards vor die Tür gestellt hätte. Sein nackter Oberkörper zitterte. Die Kälte hemmte die Blutung, das würde ihnen wertvolle Sekunden einbringen.

Jazmin schloss ihn in die Arme. Nur das zählte. Sie zog ihn an sich heran. Sofort verschloss das medizinische System der Rettungskapsel die offenen Wunden. Das hatte schon mal funktioniert.

»*Schließ die Box!*« Einen Moment später zischte es, und warme Luft wurde zu ihnen hereingepumpt. »Luftdruck ein Bar, Sauerstoffsättigung 17 Prozent.«

Jazmin atmete wieder. Er tat es ihr gleich. »Denis?«

Aber Denis war schon weggetreten.

»*Er schläft. Das Notfallsystem hat ihn sediert und operiert von hinten die Verletzung. Wir haben rechtzeitig gehandelt. Er bekommt Plasma. Jaz, es hat funktioniert, an der Verletzung wird er nicht sterben.*«

»Sehr gut.« Die übrige Situation war hingegen weniger gut. Die Zeit lief gegen sie. Mist, wie sollte sie jetzt auf das Flugdeck kommen? Wenn es überhaupt noch existierte. »Mutter, wie kommen wir von der Brücke runter?«

»*Eine gute Frage. Der Zugang ist komplett zerstört. Die Drohnen könnten ihn mit der hydraulischen Zange zwar öffnen, aber das würde auch einen gefährlichen Unterdruck erzeugen.*«

»Existiert das Flugdeck überhaupt noch? Was ist mit den Valkyries? Gibt es eine passierbare Route? Und was ist mit den Piraten? Schrauben die uns gerade die goldenen Wasserhähne aus den Toiletten, oder was tun die?«

»*Das weiß ich nicht. Unser Netzwerk ist komplett zusammengebrochen. Die Drohnen auf dem Flugdeck antworten nicht. Es sieht so aus, als könnten wir die Brücke nicht ohne Hilfe von außen verlassen.*«

Jazmin dachte nach. R2 wippte vor ihren Augen mit dem Fuß. Eine Option blieb ihr noch. Es war gefährlich, aber ...

»Ich muss es tun. Aber ich werde deine Hilfe brauchen.«

»*Ich höre ...*«

»Es geht um R2. Du musst mir helfen, mein Bewusstsein aus meinem Körper zu lösen, das kann ich alleine nicht tun.«

»*Ich ahne, was du vorhast.*«

»Kann es funktionieren?«

»*Wenn du sie erreichst.*«

»Haben wir eine Alternative?« Jazmin würde sich diese verrückte Idee gerne ausreden lassen.

»*Jazmin, du wirst R2 nicht steuern und nicht mit ihm kommunizieren können. Du vertraust ihm dein Leben an.*«

»Das weiß ich.«

»*Du hast kein Back-up.*«

»Verstanden ...«

»*Es wird Probleme geben.*«

»Ja.« Die gab es immer.

»Du traust der kleinen Reparaturdrohne diesen Job wirklich zu?«

Jazmin nickte, sie hatte sich entschieden.

XXIII.

AD 3075 – IM SCHATTEN

Max staunte nicht schlecht, Vater loggte sich in das interne Menü des Norman-Androiden ein und extrahierte seine Root-Zertifikate. Dafür brauchte er nur wenige Sekunden. Die KI hielt sich nicht damit auf, mit ihm über die Sprachschnittstelle zu kommunizieren. Sie wusste ganz genau, was sie tat. In der holographischen Oberfläche, die sich halbkreisförmig über dem Tisch gebildet hatte, blinkten verschiedene Elemente auf. Der Wechsel zwischen gelben, roten und grünen Bedienfeldern erfolgte schneller, als er folgen konnte.

»*Guten Tag, mein Name ist Norman38. Ich wünsche Ihnen einen wunderschönen Tag. Wie kann ich Ihnen helfen?*«

Der Androide klang genauso freundlich wie beim ersten Mal. Norman bekam offenbar nicht mit, wie Vater ihn binär demontierte. Er nutzte auch Codetabellen, Serververzeichnisse, Firewall-Einstellungen, Zertifikate, Proxykennungen und das Archiv aller Interaktionen, die Norman38 jemals getätigt hatte. Das war, als ob man jemandem bei einer netten Tasse Kaffee die Wohnung leerräumte, ihm zum Dank in die Ecken pisste und anschließend alles abfackelte.

»Wie lange dauert das noch?«, fragte Bella, die sich sichtlich unwohl fühlte. Verständlich, bei dem, was sie erlebt hatte. Die Stimmung blieb gedrückt. Max hatte sich auch schon dabei erwischt, bei Geräuschen hektisch zur Tür zu sehen.

»Vater öffnet für mich die Firewall. Ich kann mit den Piloten in dem anfliegenden Raumschiff kommunizieren. Alles ist in Ordnung, sie sind sicher. Die Londoner Flugraumüberwachung kann sie nicht mehr orten. Die Polizei wird erst reagieren können, wenn sie sie sehen.« Negri hielt ein Pad-System in der Hand.

Vater hatte bereits begonnen, offene Verbindungen zu schließen und die Log-Dateien über ihre Eingriffe ins ewige Daten-Nirwana zu jagen. Es ging alles blitzschnell.

»Guten Tag, mein Name ist Norman38. Ich wünsche Ihnen einen wunderschönen Tag. Wie kann ich ...«

Mitten im Satz blieb der Mund des Androiden wie eingefroren stehen. Negri griff nach ihm, zog die Kabel aus dem Hals und warf den Kopf auf den Boden. »Fertig.«

»Wir haben ein Rendezvous vereinbart ... Max, wir haben nur ein sehr kurzes Zeitfenster. Die holen uns ab. Die terranische Luftverteidigung hat Jäger gestartet ... wir haben einen Vorsprung von höchstens zwei oder drei Minuten. Die können uns vielleicht nicht orten, aber unsichtbar sind wir leider nicht«, erklärte Vater.

»Auf geht's!« Negri wischte über ihr Handgelenk, und die Luft vor ihr fing an zu flimmern.

»Los!« Bella war schneller als er. Max gab sich einen Ruck und folgte ihr durch das mobile Wurmloch hindurch. Auf der anderen Seite standen sie auf dem zügigen Flugdeck eines weiteren Hochhauses. Es regnete, die Sicht war schlecht, das sollte ein Vorteil sein.

»Und jetzt?«, fragte Max.

»Ich starte einige Routinen, die ich in meiner Cloud abgelegt habe. Um unsere Spuren zu verwischen.« Sie sah hastig auf die Uhr. »Ein Sicherheitsteam der Londoner Polizei stürmt gerade das Apartment, in dem wir eben waren. In ein paar Sekunden werden sie den Kopf von Norman38 gefunden haben. Die Polizisten sind besser als ihr Ruf. Viel Zeit lassen die uns nicht.«

»Was genau erledigen die Routinen?«

Sie lächelte. »Max, ich habe keine Ahnung, wie man das zu Ihrer Zeit gemacht hat, aber heute knackt man keine Harper-Mackinney-Server mehr ohne etwas Weitsicht. Mit Benutzernamen und Passwort wäre da nichts zu machen.«

»Und?«

»Wir brauchen ein wenig Hilfe.«

»Von wem?«

»*Von der Polizei*«, antwortete Vater, den er wieder über die Schnittstelle in seinem Kopf hörte. »*Max, die finden gerade den Norman-Androiden. Das melden sie Harper-Mackinney, die daraufhin ihre Firewall-Regeln früher als geplant austauschen. Darauf habe ich mich vorbereitet und warte an einem passenden Gateway, einer wichtigen Schnittstelle im Netz. Übrigens, Ruth Negri hört mich über ein implantiertes Headset.*«

»Um dort was zu tun?«

»Das Gateway abstürzen zu lassen.« Negri steckte das Pad-System zurück in eine Tasche am Bein. »Wir greifen nicht den Server an, sondern die zentrale Schnittstelle, die ihn mit anderen Servern verbindet. Beim automatischen Reboot wird sich dank Normans selbstloser Hilfe wie von magischer Hand eine Hintertür zum Server öffnen. Und mit ein bisschen Glück finden wir dort ...«

Max nickte, bei dieser Nummer waren er und Bella nur Statisten.

»... einen Hinweis auf die Embryonen. Et voilà. Sie sind in Istanbul. Auf einer geheimen Forschungsstation von Mackinney. Ich hoffe nur, dass unser Taxi bald kommt. Zeit bis zur Landung unseres Gleiters: 45 Sekunden. Zeit bis zum Eintreffen der Einsatzkräfte auf diesem Dach: 55 Sekunden. Die sind bereits ganz in der Nähe«, sagte Vater.

»Das ist knapp!« Negri warf eine Handvoll feiner Perlen in die Luft. Perlen, die nicht herunterfielen, sondern sofort wegflogen. Die Killerinsekten hatten vorhin die vier Androiden und Norman38 ausgeschaltet.«»Nur für alle Fälle!«

»Sind solche Waffen nicht gemäß der Kapstadt-Konventionen von 2921 verboten?«, fragte Bella.

»Strengstens sogar.« Sie lächelte. »99 Prozent aller Waffenhersteller haben die Sperrvereinbarung unterschrieben. Harper-Mackinney verdient Milliarden daran. Die verkaufen Detektoren und Technologien zur Abwehr der Killerfliegen teuer an die Guten und verhökern die kleinen Killer zu Discountpreisen an die Bösen. Klar, sonst würde bei den Guten die Nachfrage stagnieren.«

»Und wie finden die ihr Ziel?« Max sah Negri keinerlei Einstellungen vornehmen.

»Intelligente Makros ... die funktionieren gut. Die haben Sie doch auch erkannt, oder nicht?« Negri sah nach oben, da war wegen des immer stärker werdenden Regens kaum noch etwas zu sehen.

Irgendwo explodierte etwas, Max spürte die Vibrationen am Boden. Das musste ein oder zwei Stockwerke unter ihnen passiert sein. »Wie lange noch?«

Negri ging in die Knie. Das Tosen wurde lauter. Max hatte Probleme sich bei den auffrischenden Windböen auf den Beinen zu halten. Sie zeigte ihm drei Finger, zwei und dann einen. Wie aus dem nichts setzte ein größerer Gleiter vor ihnen auf. Eine seitliche Tür öffnete sich, und zwei Soldaten in dunklen Kampfrüstungen stürmten eine Rampe runter und bezogen kniend Stellung.

»LOS! LAUFT! JETZT!« Negri sprang auf und schob Bella vor sich her. Gemeinsam liefen sie in den Gleiter. Es zischte, die Rampe schloss sich wieder. Das ganze Landemanöver hatte weniger als zehn Sekunden gedauert, dann befanden sie sich wieder in der Luft. Vom Regen völlig durchnässt, aber vorerst in Sicherheit.

»Colonel Harper.« Rufus Beust tippte sich an sein schwarzes Barett und schenkte Max ein dünnes Lächeln. Ein stämmiger Typ mit kurzen grauen Haaren, dessen linkes Ohr völlig vernarbt war. Dass dieser Arsch einer von Negris Leuten sein sollte, war schwer zu glauben.

»Major Beust.« Max erwiderte den Gruß. Inzwischen trug er selbst eine hellgraue Kampfausrüstung, hatte eine Waffe im Holster und stand im Kreis seiner neuen Mitverschwörer. Anwesend waren sieben Kommandooffiziere der USS Boston, Beust, Jenkins und Negri sowie zwei weitere Soldaten von Cygnus. Der Rest seiner Crew befand sich noch auf der USS Boston. Aber er wollte sich nicht beschweren. Alleine um Lana Hindley und Skagen Muller wiederzusehen, hätte er noch ganz andere Dinge getan.

»Wir wissen jetzt, wo sie sind ...«, erklärte Ruth Negri. Vor ihr zeigte eine mehrfarbige, holographische Animation in der Mitte des Gleiters einen stark gesicherten unterirdischen Komplex am Stadtrand von Istanbul. »Das ist die gute Nachricht ... ohne den Norman-Androiden und die Hilfe der KI hätten wir das nicht so schnell herausgefunden.«

»Und die schlechte?«, fragte Beust. Ein Mann, der Max immer noch zutiefst suspekt war. Genauso wie Captain Jenkins, eine unscheinbare Frau mit dunkelblonden Haaren, die sich offenbar bestens mit komplexen Sicherheitsarchitekturen auskannte und jetzt eine mobile Konsole in den Händen hielt.

»Schutzklasse B-4. Der Komplex liegt 80 Meter unter der Erde und wird von einer Armee mobiler und festinstallierter Sicherungsdrohnen bewacht.«

»Entschuldigung, darf ich eine Frage stellen?«, fragte Bella, die einzige Zivilistin an Bord.

»Natürlich.« Negri sah sie an.

»Was ist mit den Menschen?« Sie schüttelte den Kopf. »Dort arbeiten doch auch Wissenschaftler ... was ist mit denen?«

»Genau vierzehn.« Negri zeigte auf den Labor- und Wohnbereich. Die kamen dort nicht oft raus, im Prinzip glich die geheime Forschungsanlage des Harper-Mackinney-Konzerns einem unter dem Bosporus vergrabenen Raumschiff.

»Genau ... was ist mit denen?« Bella hakte nach.

Negri zog den Mund schief. »Ich möchte sie nicht töten ... aber ich bin dazu bereit. Hoffentlich stellen sie sich uns nicht in den Weg. Es gibt zudem mindestens zwölf Real-Dolls, also bewaffnete Wachandroiden, die wir möglicherweise ausschalten müssen. Einen anderen Weg, die Embryonen zu sichern, gibt es nicht. Hier stehen drei Millionen Leben auf dem Spiel, denen wir auf Cygnus eine Zukunft schenken können.«

»Ein Frontalangriff ist meiner Meinung nach nicht die beste Wahl. Wenn das automatische Sicherungssystem, eine erweiterte Signatur der Klasse-3, mitbekommt, was wir vorhaben, wird es die Zugänge versiegeln und Verstärkung rufen. Die lokale Polizei würde uns dann innerhalb weniger Minuten an den Zugängen mit schweren Waffen bekämpfen. Darf ich an dieser Stelle einen Vorschlag machen?«, fragte Vater, über einen Bordlautsprecher des Gleiters.

»Wir hören ...« Negri verschränkte amüsiert die Armen, offenbar hatte sie nur auf Vater gewartet.

»Ich bin in ständiger Kommunikation mit der USS Boston. Captain Okinawa kümmert sich mit anderen Spezialisten um die Zerstörung des Wurmlochs. Ich habe die Codecs übermittelt. Sie sind bereit. Wir haben voraussichtlich noch ein Zeitfenster von zwei bis drei Stunden, bis die Erde ihre Streitmacht mobilisiert und Cygnus angreift.«

Max sah sich um, alle hörten Vater zu. Dass seine Leute der KI vertrauten, überraschte ihn nicht, aber Negris Team verhielt sich nicht anders.

»Im Anbetracht der kurzen Zeitspanne können wir uns keine längeren Gefechte leisten. Zudem haben wir nur leichte Infan-

teriewaffen an Bord. Die lokale Polizei wäre uns bei einem offenem Schlagabtausch deutlich überlegen.«

»Vater, dein Vorschlag?«, fragte Negri.

»Infiltration. Im Moment sind wir unsichtbar. Weder die Polizei noch der Werkschutz von Harper-Mackinney wissen, dass wir Istanbul anfliegen. Sorgen wir dafür, dass es so bleibt.«

Captain Jenkins hob die Hand. »Wir haben letzte Woche zwei Harper-Mackinney-Werk-IDs gestohlen ... die dürften noch aktiv sein. Wir haben auch mehrere Worksuites in unserer Kleiderkiste. Ich bekomme damit zwei Leute durch die Tür.«

»Und wie soll das gehen?«, fragte Max.

»Eine außerordentliche Sicherheitsüberprüfung ... ich kann die IDs für zwei Personen manipulieren. Damit kommen wir in die Anlage und wieder heraus.«

»Wie lange brauchen die, bis das auffliegt?« Max hielt diesen Plan für riskant. Sogar wenn sie mit den gefälschten IDs durch die Tür kämen, wäre der Rückweg mit den Embryonen alles andere als leicht.

»Drei Sekunden, drei Minuten oder vielleicht auch eine halbe Stunde, das weiß niemand so genau. Vater, ich bin Ärztin, ich gehe rein.« Negri sah sich um. »Wer begleitet mich?«

Stille.

Skagen schluckte, sah Max an und wollte bereits einen Schritt nach vorne machen. An Mut mangelte es ihm nicht. Max schüttelte den Kopf, der Job war für jemanden anderen gedacht. »Ich komme mit.«

Negri nickte ihm zu.

»Ich kann bei einem Notruf der Forschungsstation für wenige Minuten die Kommunikation unterbrechen«, ergänzte Vater. Das war nicht viel, aber besser als nichts.

Eine knappe halbe Stunde später standen Negri und Max mit dunkelroten und äußerst körperbetonten Harper-Mackinney-Worksuites an der Rampe. Das Ding zwickte im Schritt. Negri stand die Uniform definitiv besser als ihm.

»Alles Gute!« Bella nahm ihn in den Arm, Lana tat es ihr gleich, und Skagen klopfte ihm auf die Schulter.

»*Die Kommunikation steht. Ich habe unseren Gleiter angemeldet. Wir landen in vier Minuten.*«

»Bereit?« Negri sah Max an.

»Ja.« Er überprüfte ein letztes Mal seine Waffe und das Reservemagazin.

»*Ich bekomme gerade eine Bestätigung von der USS Boston. Ein taktisches Geschwader der terranischen Raumstreitkräfte ist von Thule gestartet, ein zweites von Hawaii. Die werden in 72 Minuten am Wurmloch sein*«, erklärte Vater.

»Major Beust!«, sagte Negri.

»Ma'am.«

»Sie werden in genau 18 Minuten aufbrechen. Mit uns oder ohne uns. Sie werden nicht auf uns warten! Sie werden die Crew retten. Haben Sie mich verstanden?« Negri machte eine klare Ansage. Bei dem Zeitrahmen gab es keine Toleranzen. So oder so würde sie heute Geschichte schreiben.

»Ja, Ma'am!« Beust salutierte. Alle anderen an Bord des Gleiters taten es ihm gleich.

»*Noch zehn Sekunden!*«

Max machte sich bereit, er war jetzt Major Hasselblade, der Colonel Kellmann auf einer außerordentlichen Sicherheitsüberprüfung der Forschungsanlage Deep Rising III begleitete.

XXIV.

AD 9495 – SIEBZEHN MINUTEN

Jazmin versank in ihren Gedanken. Ob es sich so anfühlte zu sterben? Sie war kein Mensch, daher galten für sie andere Regeln. Sie vertraute Mutter und wusste daher, dass das nicht ihr Ende war. Es war der Übergang in eine andere Bewusstseinsform, eine, die R2 transportieren konnte. So hatte es Mutter ihr zumindest erklärt.

»Jaz?«

»Ja.«

»Sehr gut. Die Verbindung steht«, sagte Mutter. Jazmin konnte sie hören, aber nicht sehen. Sie sah überhaupt nichts.

»Bin ich schon in R2?«

»Nein, ich habe dich gerade isoliert, gepackt und neu formatiert. Gerade schraube ich noch einen Henkel an, und dann bist du reisefertig.«

»Das ist nicht lustig!«

»Ich nutze die Routinen des Glamis-Protokolls, ich musste noch etwas anpassen.«

»Mutter, die Zeit ist knapp.« Sie hatten nur siebzehn Minuten, um mit den vier startbereiten Valkyries die kläglichen Reste der USS London zu verlassen. Danach würde das Schiff unweigerlich in die Sonne stürzen.

»Deshalb beeile ich mich. Jaz, du befindest dich auf einem aktiven Memory Stick, der es dir erlaubt, weiterhin allem zu folgen, was R2s audiovisuellen Sensoren sehen und hören. Die Drohne *hingegen hört dich nicht. Sie agiert autonom. Vermutlich wird auf deinem Weg unsere Verbindung abreißen, die Reichweite meines Senders ist begrenzt, sonst hätte ich dich auch direkt transferieren können.«*

»Was ist mit meinem Kind?«

»Dem geht es gut. Denis auch, er schläft. Ich habe die lebenserhaltenden Funktionen deines Körpers übernommen, ich atme für dich. Keine Sorge, ich passe auf dich auf.«

»Danke.«

»Das ist ein einfacher Deal, dafür musst du uns alle retten.«

»Ich werde es versuchen.«

»R2 schwebt los. Du bekommst jetzt ein Bild.« Mit Mutters Worten legte sich die Dunkelheit. Jazmin sah mit R2s Augen. Seine Sensoren sahen alles in einem 180-Grad-Winkel. Zu hören war inzwischen aufgrund des kaum noch vorhandenen Luftdrucks nichts mehr. *»Du siehst auch eine Missionsuhr, du kennst die Bedeutung.«*

»Ja.« Noch sechzehn Minuten. Danach würde es steil abwärts gehen.

»Viel Glück. Ich glaube an dich!«

R2 machte sich auf den Weg und schwebte flott durch die Bruchstücke, die die Brücke verschüttet hatten. Seine geringe Größe kam ihm zugute. Vielleicht hätte sich hier noch ein Kind durchwinden können, ein erwachsener Mensch hätte es nicht geschafft.

Jazmin sah auf die Uhr, die Zeit lief weiter. Sie sah auch die Temperatur von inzwischen minus 71 Grad Celsius und den praktisch nicht mehr vorhandenen Luftdruck von 0,1 bar. Eine nennenswerte Gravitation gab es nicht mehr. Licht auch keins. R2 leuchtete ihren Weg mit zwei Scheinwerfern aus. Auf dem Rücken trug die Drohne einen zusätzlichen Energiespeicher.

Rechts von ihnen blitzte etwas. R2 flog nicht direkt darauf zu, er wartete und beobachtete die Situation. Er deaktivierte die Scheinwerfer. Was war das? Egal, was Jazmin auch sah, egal, welche Gefahren sie erkannte, sie musste darauf vertrauen, dass R2 die richtige Entscheidung traf. Eingreifen konnte sie nicht.

Die Drohne schwebte langsam weiter. Ihre Zeit war knapp, aber einen Fehler konnten sie sich nicht erlauben. Die zerquetschten Strukturen vor ihnen lichteten sich. Geradezu lag ein Korridorabschnitt, der noch mehr oder weniger unbeschädigt war. Die Lampen waren inaktiv, einige Wandelemente trieben durch die Dunkelheit, und unter der Decke hatte sich Eis gebildet.

Da waren Beine zu sehen. Jede Menge davon, acht konnte sie aus ihrer Perspektive zählen. Der spinnenartige Roboter war erheblich größer als R2, der mit einem in seinem Chassis integrierten Schweißgerät eine blockierte Schleuse aufschnitt.

So einen Roboter gab es auf der USS London nicht. In der Schwerelosigkeit zeigte das Design seine Vorzüge, da die Roboterspinne aus einem sehr stabilen Stand heraus arbeiten konnte. Das Bild vibrierte. Einen Moment später löste sich ein Stück der Schleuse und schwebte durch den Raum. Es ging weiter. R2 gab Vollgas und schoss dem Spinnenroboter durch die Beine. R2 gewann an Höhe, drehte sich und raste mit hoher Geschwindigkeit an einem zweiten Spinnenroboter vorbei, der auf der anderen Seite der Schleuse arbeitete.

Dahinter fehlte ein Riesenstück der britischen Lady, R2s Augen boten einen freien Blick auf die noch ein ganzes Stück entfernte Erde. In der Ausbuchtung, die wie ein gigantischer Haibiss aussah, hatten mehrere Raumschiffe festgemacht. Mit etwas Phantasie glichen sie Insekten, die sich durch das Innere eines Leichnams fraßen. Jazmin hatte keine Ahnung, worauf die Piraten aus waren. Links vor ihr drehten sich riesige Bruchstücke der Antriebssektion an ihnen vorbei. Ihre stolze Arche hatte es durch den Beschuss und die Kollision mit der Barriere in mehrere Teile zerrissen.

Da waren über dreißig Roboter zu sehen, von denen keiner einem Menschen in einem Raumanzug glich. Die räumten ihnen die FraChträume leer. Überall schwebten Container mit der Aufschrift der USS London umher, die auf wartende Raumschiffe verladen wurden. Danach verschwanden sie in der Dunkelheit des Alls. Zudem legten laufend weitere Piratenschiffe an, um sich an dem Leichenschmaus zu beteiligen. Insgesamt waren das bestimmt über hundert Raumschiffe, die sie ausmachen konnte.

R2 und sie mussten in eine andere Frachtzone, danach zurück auf die Brücke und dann zum Flugdeck. Die Zeit wartete nicht auf sie. Noch vierzehn Minuten. Verdammt, wie sollten sie den langen Weg in der kurzen Zeit schaffen?

R2 verschwand in einer offenen Schleuse, vorbei an zwei Piraten – oder waren das auch Roboter? Genau erkennen konnte sie es nicht. Einem flog die kleine Drohne durch die Beine. Der Typ griff nach ihnen, verfehlte sie aber.

»Oh, verdammt ...« Neben ihnen explodierte etwas. Nein, dieser Mistkerl schoss auf sie. Warum machte er das? Reichte es nicht, dass die gerade alles klauten, was nicht niet- und nagelfest war? Weitere Einschüsse in den Wänden zwangen R2, die Richtung zu ändern. Die kleine Drohne flog wie ein besoffenes Kaninchen auf Speed. Nur ein Treffer, und ihre Reise würde ein jähes Ende finden.

Hinter der nächsten Ecke warteten zwei weitere Typen auf sie. Auch bewaffnet. Das wurde immer besser. Sie machten sich einen Spaß daraus, auf R2 Zielübungen abzuhalten. Früher oder später würde einer treffen. Die nächste Schleuse befand sich zwanzig Meter vor ihnen. Auf dem Weg gab es keine Deckung, vier Schützen konnten unter diesen Bedingungen ihr Ziel kaum verfehlen. Links und rechts von ihnen schlugen Treffer ein. Das waren großkalibrige Projektilwaffen.

Die Schleuse öffnete sich. Bitte, nicht noch mehr Gegner. Es gab bereits genug, die sie zur Strecke bringen wollten. Die Türen glitten auf die Seite. Das waren keine Feinde, das waren ihre Freunde. Ein ganzer Schwarm Reparaturdrohnen kam auf sie zu. Leider unbewaffnet, dafür aber zu allem entschlossen. Sie kreuzten mögliche Schussbahnen und deckten damit ihren Rücken. Die erste Drohne wurde dafür umgehend in Stücke geschossen.

Nur weiter! R2 hatte die Schleuse passiert, die zweite Drohne opferte sich für sie, die sich durch einen Treffer drehte und an der Wand zerschellte.

»*Besatzung derr London! Wirr Charrr! Errgebt euch! Wirr was wirr wollen krriegen!*«, meldete jemand in ihrer Sprache, aber mit einem undefinierbaren Akzent über Funk.

Darauf zu antworten machte wenig Sinn.

»*Gebt was will Charrr. Wo die Embrryonen sind?*« In Ordnung, dieser Pirat wusste, was der wertvollste Teil ihrer Ladung war. Bekommen würde er ihn deswegen nicht. Nicht solange Jazmin lebte oder R2 noch fliegen konnte!

Die Schleuse hinter ihnen ging wieder zu, um einen Moment später von einer Gatling in Stücke geschossen zu werden. Mit so einer schnell schießenden Waffe musste man nicht zielen, es genügte, sie in die richtige Richtung zu halten.

Die Piraten verfolgten sie. Nur noch ein Deck. Der Weg war frei. Die Drohnen, die ihnen zu Hilfe geeilt waren, stammten vom Flugdeck. Sie konnte nur hoffen, dass sich die Plünderer dort nicht schon breitgemacht hatten.

»*Charrr weiß wo du wollen! Charr weiß von Flugdeck! Wirr kommen! Wirr holen! Wirr euch werrden töten!*«

Dieser Charrr machte aus seiner Absicht keinen Hehl. R2 verschwand in einer besonders gesicherten Lagerstätte, die zwanzig Zentimeter starken Verbundstahlwände hatten den Aufprall ohne Beschädigungen überstanden. Den Code für die Tür hatte Mutter ihm mitgegeben. Weitere Schüsse trafen eine Drohne, die an der Tür aufpasste. Die kleinen Roboter opferten sich, ohne zu zögern.

R2 war am Ziel angekommen, er verband den aktiven Memory Stick mit einem Portal. Der Upload startete automatisch. Mutter hatte alles vorbereitet. Dauer der Übertragung: 30 Sekunden. 30 Sekunden, die während eines Gefechts sehr lange dauern konnten. Einer der Piraten stand in der Tür. Schwere magnetische Schuhe hielten ihn am Boden. Sie konnte immer noch nicht erkennen, ob sie nun einen Roboter vor sich hatte oder einen Menschen in einem schlecht geflickten Raumanzug. Alles an diesem undefinierbaren Individuum wirkte wie im Suff aus Schrott zusammengeschustert.

Der Typ hielt eine Waffe in seiner metallischen Hand, zielte auf R2 und schoss. Er traf eine Drohne, die sich in die Schussbahn geworfen hatte. Splitter flogen umher und sammelten sich in den Ecken des Raumes.

Noch achtzehn Sekunden. Dann würde Jazmin helfen können. Achtzehn Sekunden, in denen eine Kugel den Upload unterbrechen könnte. Eine der Drohnen drückte dem Angreifer ein glühendes Hochenergieschweißgerät durch den Helm, bis die Augen anfingen Funken zu sprühen.

Noch neun Sekunden. Eine weitere Garbe schlug in den Türrahmen, durch die Wände ging sie nicht. Das würde knapp werden. Jazmin wusste nicht, worauf sie sich einließ. Dass ihr Plan wirklich funktionieren könnte, blieb unvorstellbar.

Vier Sekunden. R2 ging auf die Seite. Auf dem Korridor schlug eine Stichflamme an der Tür vorbei. Da musste von irgendwo Sauerstoff einströmen.

Online. Jazmin stürzte durch eine helle Röhre und raste mit einer Wahnsinnsgeschwindigkeit auf einen kleinen roten

Punkt zu. Sie hoffte, dass das etwas Gutes bedeutete. Den Einschlag konnte sie nicht verhindern. Jetzt. Sie war da. Jazmin spannte die Muskulatur an und öffnete die Augen. Sie hasste sich jetzt bereits, sie war blass, sie war blond, und sie hatte volle Kontrolle über den neuen Körper. Mit Liliths Avatar sprang sie aus einer massiven Transportsicherung. Jetzt würde sich zeigen, was diese Hardware draufhatte. R2 hatte während des Uploads das elektromechanische Schloss geöffnet.

»Ich bin da!«, rief sie, ohne ihre Stimme hören zu können. Dafür war zu wenig Luft im Raum. Atmen musste sie nicht. Auch die Kälte störte sie nicht. Sie übertaktete sich selbst, damit würde ihre Reichweite begrenzt sein, aber in elf Minuten wäre ihrer aller Leben ohnehin vorbei. Elf Minuten, der Counter lief. »Mutter, kannst du mich hören?« Sie hoffte auf eine Funkverbindung.

Nichts.

»Charr nicht Mutterr! Wirr dich finden! Wirr dich töten werrden!«

Sie schwebte in der Luft, drehte sich und drückte sich von der Wand ab. Der Körper fühlte sich absolut echt an, auch wenn es nicht ihrer war. Die Kälte brannte auf der Haut. Als Erstes schnappte sie sich die Waffe des Typen, dem eine Drohne die Nebenhöhlen mit dem Stirnlappen verschweißt hatte. Es war eine Maschine, dennoch irgendwie menschlich, so etwas hatte sie noch nie gesehen.

Mit der Waffe im Anschlag schoss sie in dem Korridor auf weitere Angreifer. Einige der Projektile trafen auf metallische Körperteile, andere auf weiche. Automatische Waffen hatten sich in der langen Zeit nicht wirklich weiterentwickelt, sie kam sofort damit zurecht. Dennoch fehlte der Knarre der Durchschlag, vernünftig zielen konnte sie mit ihr auch nicht, zudem war das Magazin leer.

»Mist!« Das Gegenfeuer im Korridor war von einem anderen

Kaliber. Die Maschinenkanone pflügte alles um, schoss aber glücklicherweise an ihrem Raum vorbei. Die dicken Wände schützten sie. Dafür brauchte sie einen Plan.

R2 fing neben ihr an zu wackeln. Den Flur zu betreten war im Moment nicht möglich. Das hätte auch der Lilith-Avatar nicht überstanden. Die Drohne zeigte auf eine Stelle in der Wand, in die jemand von der anderen Seite mit einem Hochenergieschweißgerät ein Loch durch die Panzerung schnitt. Sie lächelte. Das an den Rändern glühend heiße Metallstück fiel auf den Boden. Dann schob eine Drohne Ausrüstung durch die Öffnung. Ein Gravitationsanzug, einen Kommunikator und einen Impulslader inklusive eines Energiepacks. Die Ausrüstung war nicht leicht, aber das spielte in der Schwerelosigkeit keine Rolle. Auf R2 und seine Freunde konnte sie sich verlassen.

»Mutter, kannst du mich hören?« Jazmin hatte den Kampfanzug für Einsätze im All angezogen. Das Ding war pechschwarz, reflektierte keinen Funken Licht und war kaum zu orten. Der stärkere Kommunikator sollte nun Mutter in der Rettungskapsel erreichen können. Zudem würden sie Daten austauschen können.

»*Schön, dass du noch da bist.*« Es funktionierte.

»Ich übertrage dir Daten. Kannst du ein Overlay berechnen, das mir eure Position und die der Valkyries anzeigt?« Sie sah auf die Waffe, die die Drohnen ihr gebracht hatte, einen Impulslader. Die stärkste Infanteriewaffe, die je entwickelt worden war. Sie lächelte.

»*Ich bilde zwischen uns ein virtuelles Netz ab. Durch deinen Kommunikator in der Mitte kann ich alle verbliebenen Drohnen einbinden. Ich schicke dir ein Augmented Reality Overlay, damit wirst du uns sehen können. Was willst du mit den Informationen anstellen?*«

»Besser zielen.« Jazmin klinkte den Impulslader an einer variablen Hüftlafette ein, aktivierte die Energiezuführung und lud den Ladeschlitten durch. Die Bilder kamen. Sehr gut, Jazmin sah jetzt mit den visuellen Sensoren aller Drohnen ihrer kleinen Armee gleichzeitig. Damit konnte sie Gegner durch mehrere Wände hindurch in rot umrandeten Konturen ausmachen, die die Drohnen von sonst woher sehen konnten. Die kleinen Scheißer waren überall. Sie hatten einen grünen Rand, die wollte sie nicht treffen. Die Valkyries standen schräg über ihr und trugen einen blauen Rahmen. Genauso wie die Rettungskapsel, die zweihundert Meter vor ihr von Mutter einen goldenen Rand bekommen hatte.

»Verstehe ...« Auch Mutter konnte die taktische Situation auswerten. Im Gefecht waren Informationen wichtiger als Waffen. Informationen *und* passende Waffen waren allerdings noch besser.

»Ich schieße!« Jazmin hielt drauf und schoss schräg durch drei Wände hindurch auf das 20-Millimeter-Gatling-Geschütz, das von einem mobilen Gefechtsschild beschützt wurde. Gegen Projektilwaffen war das ein guter Schutz, gegen einen Impulslader nicht. Sie feuerte mit hoher Schussfolge reines Licht. Damit durchlöcherte sie zuerst die 20 Zentimeter starke Verbundstahlpanzerung, die sie umgab, das Gefechtsschild, das Gatling-Geschütz, die Munitionszuführung, die aufgrund der Hitze explodierte, die drei Piraten, die dumm danebenstanden, und ungefähr vier Decks und fünfzig Trennwände, die sich hinter dem tödlich getroffenen Ensemble befanden. Es hatte seinen Grund, warum diese Waffe nicht an Bord eines Raumschiffs benutzt werden durfte.

»Ich renne los!« Jazmin sah auf die Uhr, noch sieben Minuten. Sie musste verlorene Zeit gutmachen. Im vollen Sprint rannte sie durch den Korridor, R2 blieb ihr auf den Fersen, er und die anderen Drohnen schwärmten aus und sorgten für bessere Aufklärung. Die Daten wurden an Mutter gesandt, die daraus ein Overlay zauberte, das sämtliche Positionen ihrer Gegner visualisierte. Zuerst lief sie über den Boden, dann an der Wand und letztendlich unter der Decke entlang. Für den Gravitationsanzug spielte es keine Rolle, ob das Umfeld schwerelos war. Das System erzeugte die benötigte Gravitation einfach dort, wo man sie brauchte. Eine äußerst praktische Sache.

Hinter der nächsten Ecke lauerten zwei Gegner auf sie. Jazmin wartete auf einen sicheren Winkel, um mit den extrem durchschlagsfreudigen Energieimpulsen nicht die Rettungskapsel zu treffen. Den jämmerlichen Resten der USS London machte das nichts mehr aus. Die Roboter-Mensch-oder-sonstwas-Dinger schossen zuerst, aus allen Rohren und zu tief. Die hatten weder mit ihrem Tempo gerechnet noch damit, dass sie unter der Decke laufend um die Ecke kam.

Sie schoss zurück. Zwei kurze Feuerstöße, die ihre Gegner zerfetzten. Eine echte Sauerei. Zumindest ein paar Teile von denen waren noch organisch gewesen.

»Jaz, ich habe neue Kursdaten. Wir machen 0.0371 c und erreichen unseren Absprungpunkt in genau 6:37 Minuten. Das Kursdelta beträgt nur 0.4 Grad. Ich habe auch Verbindung mit den Valkyries. D2 meldet, dass sie startfertig sind. Er setzt mobile Deflektorenschilde ein, um die kollabierten Strukturen zu stützen.«

»Ich bin auf dem Weg.« Sie bewegte sich schnell auf den Ausgang zu. Einen Teil des Weges zu den Flugdecks würde sie draußen an der Bordwand im All zurücklegen können.

»*Charr, dich töten werrden!*«, schnaubte ihr neuer Freund mit dem seltsamen Akzent.

»Ich habe Charr über eine Funkortung ausgemacht. Er befindet sich auf einem Raumschiff, das gerade ablegt. Übertrage dir seine Position.« Mutter dachte mit.

»Danke.« Jazmin zielte im Laufen und schoss. Die Salve verfehlte sein Raumschiff, das sich bereits zu schnell bewegte. Die

Energieimpulse würden mehrere Millionen Kilometer weiter auf den Bruchstücken des Mars einschlagen.»Kannst du mir die Positionen aller Piratenschiffe einspielen?«

»Klar.« Die KI ließ ihren Worten Bilder folgen.

Jazmin schoss mit dem Impulslader Raumschiffe, Transportroboter und, was sie sonst noch von den Piraten sah, wie reife Kirschen vom Baum herunter. An der offenen Schleuse hatte sie ein freies Schussfeld. Charrr befand sich außer Sicht, aber den Rest der Schiffe traf sie. Gelegentliches Gegenfeuer penetrierte nur ungezielt die Bordwand, die hatten sich mit der Falschen angelegt.

Weiter. Jazmin sprintete an der Bordwand entlang, sprang über offene Schleusen und nicht mehr vorhandene Sektoren. Jeder Pirat, den auch nur kurz ein Drohnenblick streifte, landete mit Mutters Unterstützung sofort auf der Innenseite ihres Visiers. Von der Sichtung bis zur Zerstörung verging weniger als eine halbe Sekunde. Die Piraten bekamen, wenn sie die Drohne überhaupt sahen, nicht einmal die Waffe hoch.

»Das Schiff ist sauber, es gibt keine weiteren Gegner«, erklärte Mutter. *»Ich warne dich, wenn sich noch einer zeigt.«*

»Ich komme dich holen.« Jazmin drehte den Impulslader in der Hüftlafette nach hinten. Das Gewehr verkürzte sich eigenständig und fügte sich, genauso wie die Lafette, dicht neben dem Energiepack an ihre Ausrüstung an.

»Die Drohnen, die bei uns geblieben sind, haben mit der hydraulischen Zange bereits einen Teil des Weges freigeräumt. Es müssen nur noch wenige Meter durchbrochen werden.«

»Zurückziehen, ich schieße den Rest weg.« Sie durften keine weitere Zeit verlieren. Noch blieben ihnen knapp über vier Minuten.

»Die Schussbahn ist frei.«

Jazmin zog die Waffe hinter dem Rücken hervor, zielte genau und schoss die sperrigen Trassen in Stücke. Eine schnellere Methode, um den Weg frei zu machen, gab es nicht. Feuer einstellen. Waffe sichern. Weiter. Die Drohnen flitzten an ihr vorbei und räumten den glühenden Schrott weg. Sie folgte ihnen. An der Seite konnte sie noch eines der Spinnenroboterbeine sehen, von dem noch etwas Hydraulikflüssigkeit durch die Schwerelosigkeit schwebte.

»*Du bist wieder da!*«

»Das habe ich versprochen.« Jazmin klopfte R2 auf seine verbeulte Abdeckung. Die Drohne hatte von ihnen beiden die schwierigere Aufgabe zu lösen gehabt.

»*Lilith zu sehen und mit dir zu sprechen … ist merkwürdig.*«

»Das glaube ich gern.«

Liliths Körper war wertvoll, deren KI war es nicht gewesen. Jazmin legte die Hand auf die Rettungskapsel und sah durch die kleine Fensterscheibe. Sie sah sich selbst. Mutter ließ den Körper schlafen.

»Wir lösen die Rettungskapsel. Dann geht es sofort weiter. Wir müssen los!« Noch zwei Minuten und vierzig Sekunden. Noch waren sie nicht gestartet.

»*Ich bin bereit. Weitere Piratenortungen gibt es nicht. Unsere Drohnen überwachen die gesamte Strecke.*«

»Na dann los!« Sie schob. Die Drohnen packten an den Seiten mit an und bugsierten die Rettungskapsel aus der zerstörten Brücke heraus. Zuerst in den Korridor, durch die aufgeschnittene Schleuse und dann ins All: Fliegen ging im Zweifelsfall schneller. Jazmin hielt sich fest, die Schwebepads von über zehn Drohnen sorgten für Vortrieb. Es ging direkt auf das Flugdeck zu. Sie nahmen die Außenroute, das war mit der Rettungskapsel in der Mitte einfacher.

»*D2, du kannst jetzt die äußeren Tore aufsprengen*«, sagte Mutter. Vor ihnen jagten einige Teile vom Schiffsrumpf weg. Dort ging es zu den Valkyries.

»Eine Minute, zehn Sekunden!«, rief Jazmin, als sie wieder

Boden unter die Füße bekam. Bei dem kurzen Ausflug ins All hatte sie die Erde sehen können. Inzwischen war sie so unglaublich nah, die letzten 800 000 Kilometer waren verglichen mit dem Rest ihrer Reise ein Katzensprung, nur noch die doppelte Entfernung von der Erde bis zum Mond.

»*Alle Valkyries sind startbereit. Die Triebwerke laufen bereits. Wir werden auf Gleiter zwei erwartet, das einzige Schiff mit offener Frachtluke.*«

»Ich sehe es.« Jazmin rannte, so schnell sie konnte, auf die Rampe zu. Die Drohnen halfen ihr. Dutzende mobile Deflektoren hatten die Valkyries bei der Kollision mit der Barriere beschützt. D2 hatte auf dem Flugdeck eine regelrechte Überlebenszone geschaffen. »Haben wir alle Drohnen an Bord?«

»*Es fehlen noch welche.*«

»Die sollen sich beeilen ... wir können nicht länger warten.« Sie rannte die Rampe hoch. Ihr Herz raste. Die Rettungskapsel befand sich endlich im Frachtgleiter. Genauso wie die Embryonen und die überlebenden Klone der Besatzung. Für Denis, für ihre Tochter, für das Leben, das sie nach langer Zeit zurück zur Erde brachten.

»*Noch 43 Sekunden. Ich lade mich auf die Bordsysteme der Valkyries. Übertragung abgeschlossen. Gleiter erfolgreich übernommen. Steuerung synchronisiert. Wie warten noch auf sieben Drohnen, die unseren Abzug gesichert haben.*«

Jazmin schnallte die Impulswaffe ab und steckte sie in eine Halterung. R2 und D2 arretierten sich ebenfalls in Wandhalterungen. Noch war es in der Valkyrie schweinekalt. Der Kabinendruck stand noch nicht. Drei der sieben fehlenden Drohnen huschten an ihr vorbei.

»*Noch 22 Sekunden.*«

»Ich kann sie sehen.« Jazmin stand an der offenen Tür. Sie würden sie nicht zurücklassen. Es hatten schon zu viele auf der langen Reise ihr Leben lassen müssen. Die letzten Drohnen kamen an Bord. Sie schloss die Klappe. Sofort baute sich Kabinendruck auf. Warme Luft wurde aus Lüftungsgittern geblasen.

»Noch 14 Sekunden.«

Jazmin setzte sich in einen von zwei Sitzen und schnallte sich an. Valkyries waren für den Kurzstreckentransport von Containern gebaut worden. Jede der vier Einheiten trug vier davon. In drei der vier Einheiten befand sich Treibstoff. »Startbereit.«

»*Neun, acht, sieben ... wir starten.*«

Jazmin wurde in den Sitz gedrückt, als die Gleiter die USS London verließen. Der Gravitationsanzug würde den Körper beim Bremsmanöver beschützen.

»*Drei, zwei, eins ... wir korrigieren den Kurs.*« Die Valkyries drehten und gaben mit dem Heck nach vorne vollen Schub. Jazmins Sitz drehte sich mit. Die G-Kräfte waren enorm. Kein Mensch hätte ungeschützt das Schiff fliegen können. Sie machten immer noch 11 130 Kilometer in der Sekunde. »*Wir bremsen, die Triebwerke werden sich nach 42 Minuten abschalten. Dabei werden wir, bis wir langsam genug für einen Atmosphäreneintritt sind, die Erde umrunden.*«

XXV.

AD 9495 – FREIER FALL

Jazmin wurde mit unvorstellbarer Gewalt in den Sitz gedrückt. Liliths Avatar brachte vielleicht etwas mehr als sechzig Kilogramm auf die Waage. Das waren zusammen mit dem aktiven Gravitationsanzug keine zwei Zentner, aus denen unter 450-facher Erdbeschleunigung um die vierzig Tonnen wurden. Vierzig Tonnen, mit denen die Sitzkonstruktion, in der sie saß, klarkommen musste. Dank der Schutzkleidung spürte sie davon nur um 3 g, was immer noch unangenehm war. Den Arm oder den Kopf zu heben war unmöglich. Dass die Triebwerke der Valkyries überhaupt zu diesem Kraftakt in der Lage waren, lag an ihrer Fähigkeit, Lasten bis zu vielen tausend Tonnen von einer Planetenoberfläche in den Orbit zu bringen.

»*Valkyries sind alle auf Kurs. Triebwerke arbeiten mit einer Auslastung von 312 Prozent. Temperatur stabil. Denis und die Drohnen hatten die Kühlsysteme modifiziert. Das Konzept geht auf. Wir bremsen ab. Noch 38 Minuten.*«

Jazmin nickte, aber Mutters beschwichtigende Worte beruhigten sie nicht. Es blieb eine zentrale Frage: Weshalb redete niemand auf der Erde mit ihnen? »Gibt es inzwischen einen Kontakt?«

»*Nein.*«

»Satelliten, Ortungssysteme oder andere Quellen?« Diese Stille war gespenstisch. Ihr fehlte jegliche Vorstellung davon, warum ihre Rückkehr bisher keine Reaktion ausgelöst hatte.

»*Nichts ... ich habe alle bekannten Frequenzbänder abgetastet. Da ist nichts zu hören. Früher hätte man hier Tausende digitale Signale empfangen können.*«

»Das liegt hoffentlich an unseren veralteten Systemen.« Eine andere mögliche Antwort verdrängte Jazmin sofort wieder, daran wollte sie nicht denken.

»*Jaz, wir haben einen Verfolger.*«

»Wen?«

»*Die Möglichkeiten der Valkyries zur detaillierten Aufklärung sind begrenzt. Ich habe das Objekt zuerst für ein Bruchstück der USS London gehalten, das zufällig unserem Kurs folgt. Es hat eben eine Korrektur der Flugrichtung vorgenommen.*«

»Piraten?«

»*Das ist naheliegend. Vermutlich Charrr. Das Schiff hat sich ebenfalls von der USS London abgesetzt.*«

»Holt er uns ein?«

»*Das ist kompliziert. Der Pirat fliegt verständlicherweise so schnell wie wir, also bei dem geringen Abstand zur Erde viel zu schnell. Wir befinden uns inmitten der äußeren Atmosphäre in einem präzise gesteuerten Bremsmanöver. Wenn er nicht abbremst, holt er uns zwar ein, wird aber in den tieferen Luftschichten verglühen. Unser Kurs geht nur in eine Richtung: nach unten. Wenn er nicht explizit unserem Kurs folgt, verreckt er.*«

»Wir halten unseren Kurs.«

»*Sehe ich auch so. Wir haben keine andere Option.*« Mutter machte eine Pause. »*Soll ich dich temporär in deinen Körper transferieren? Möchtest du dein Kind spüren?*«

»Nein.«

»*Kurz Luft holen ist keine Schwäche.*« Offenbar war Jazmins Anspannung deutlich erkennbar.

»Wenn Probleme auftreten, bin ich nur in diesem Körper handlungsfähig.«

Sie war für ihre Tochter, für Denis, für Mutter, für die Menschen in den Kältebetten und Millionen Embryonen verantwortlich. Da war die Angst, die sie angesichts einer völlig stillen Erde verspürte, vollkommen normal.

»*In Ordnung. Aber ruhe dich einen Moment aus. Wir sind bald zu Hause.*«

»Und Charrr?« Der flog ihnen nicht nach, um ihnen zum Abschied zuzuwinken.

»*Bleiben wir zuversichtlich.*«

»Zuversicht?« Das fiel ihr gerade schwer. »Ist die Erde noch unser Zuhause?«

»*Warum fragst du?*«

»Nur so ein Gedanke.« Sie hatte keinen blassen Schimmer, was sie auf der Oberfläche erwarten würde. Auch wenn sie alle tödlichen Gefahren ausblendete, blieb immer noch eine Welt, die sie nicht mehr kannte. Wie wäre ein Mensch, der 3000 vor Christus geboren wurde, im Jahr 2720 zurechtgekommen? Dabei hatte das Tempo der Veränderungen mit der Zeit noch zugenommen. Sich das Jahr 9495 vorzustellen war ihr nicht möglich. Wie wohnten die Menschen? Was aßen sie? Arbeiteten sie noch? Wovon träumten sie, oder besaßen sie bereits alles, was sie sich ersehnt hatten?

»*Es ist unsere Heimat.*«

Jazmin schüttelte verunsichert den Kopf. Der Gravitationsanzug ließ ihr dafür nicht viel Platz. Das war zu lange her, sie wusste nicht mehr, wie sich das anfühlte, Heimat.

»*Fürchtest du, nicht willkommen zu sein?*«

»Ja.« Und einiges mehr. Sie freute sich darauf, Mutter zu werden, und fürchtete alles andere. Auch das Eingeständnis ihres Scheiterns. Die USS London hatte zum Alderamin-System fliegen sollen. Ein klar definierter Job. Niemand hatte ihnen auf den Zettel geschrieben, sich alle paar Jahre gegenseitig umzubringen, sich klonen zu lassen und dann dieselben Fehler zu wiederholen.

Und doch hatten sie genau das getan. Außerdem waren sie 1500 Jahre im Kreis geflogen, hatten sich durch die Zeit werfen lassen und das Schiff auf dem Rückweg gegen eine Laterne gesetzt. Colonel Dr. Jazmin Harper würde wahrscheinlich als die unfähigste Ärztin und Kommandantin in die Geschichte der bemannten Raumfahrt eingehen. Ihr Vater würde sich im Grab umdrehen. Nein, diese Scham war unerträglich.

»Mutter, hast du eine Vorstellung, was uns erwartet?«

»Nein. Aber kannten wir die neue Welt, die uns im Alderamin-System erwartet hätte?«

»Es wäre ein Neuanfang gewesen. Das hier ist nicht dasselbe.«

»*Ist es das nicht immer ... ein Neuanfang? Ich habe bei Liliths Ankunft versagt, du hast mir verziehen, mich sogar gerettet. Das war auch ein Neuanfang.*«

»Ähm ...« Das Gespräch war schwierig, irgendwie sprach sie mit Mutter und gleichzeitig auch mit sich selbst. Mit Denis verliefen die Gespräche anders. Er redete nicht wie sie, dachte anders, war ein Mann, oft vulgär, in vielen Dingen war er das direkte Gegenteil von ihr. Vermutlich passten sie deshalb so gut zusammen.

»*Ich bin für dich da.*« Mutter zwang sie nicht zu einer Antwort. »*Wir bremsen weiter ab. Noch 34 Minuten. Werte alle im grünen Bereich. Charrr schließt langsam auf.*«

Jazmin versuchte, sich zu entspannen. Die Müdigkeit in ihren Gedanken half ihr dabei. Androiden sollten eigentlich keinen Schlaf benötigen, sie brauchte ihn dennoch. Das gehörte zu den menschlichen Dingen, die ihr Vater ihr mitgegeben hatte. Na gut, da gab es noch mehr: Liebe, Essen, Sex, Lachen, Nähe, Freundschaft, nichts davon brauchte eine Maschine, um zu funktionieren. All das gehörte dennoch zu ihr wie die Luft, die sie atmete.

»*Charrr kommt näher.*«

»*Abstand?*« Sie war sofort wieder wach.

»*Acht Kilometer.*«

»Mist!« Das war viel zu nah. Sie hätte besser zielen sollen. Dieser Fehler holte sie schneller ein, als ihr lieb sein konnte.

»Hast du mehr über ihn für mich?«

»*Er antizipiert unser Bremsmanöver, ich spiele dir Daten in dein Visier ein. Erstelle eine Animation des voraussichtlichen Rendezvous. Wir brauchen noch 21 Minuten für unser Bremsmanöver, er wird uns in sieben Minuten einholen.*«

»Welche Optionen haben wir?«

»*Das Bremsmanöver engt uns ein. Wir umkreisen die Erde, sinken dabei und werden langsamer. Für den Atmosphäreneintritt brauchen wir eine bestimmte Geschwindigkeit und einen definierten Sinkwinkel. Stimmt ein Parameter nicht, prallen wir von den unteren Luftschichten ab, oder wir verglühen darin.*«

»So ein Mist.« Natürlich kannte Jazmin die Besonderheiten, auf der Erde zu landen. Normalerweise tat das niemand mit so einer Geschwindigkeit. Wenn man rechtzeitig abbremste, war der Sinkflug zur Oberfläche einfach, und man konnte dabei die schöne Aussicht genießen.

»*Hier Charrr!*«, tönte es aus dem Funkgerät. Jazmin presste die Lippen zusammen. Charrrs Laune dürfte sich nach dem letzten Kontakt nicht verbessert haben. Die Plünderung der USS London hatte ihn wahrscheinlich einen guten Teil seiner Flotte gekostet. »*Wo derr Mensch ist ... derr geschossen hat meine Rraumschiffe? Du Prreis zu zahlen hast! Dich töten werrde, ich gekommen bin!*«

»Hier spricht der Kommandant der USS London. Ich befehlige vier Lenkwaffengleiter der Valkyrie-Klasse. Identifizieren Sie sich umgehend, oder ich eröffne das Feuer!«, erklärte Mutter mit Jazmins Stimme. Es klang erschreckend echt. »*Jaz, ich habe keine Ahnung, ob ich ihn damit verjagen kann. Du kannst sprechen, er hört dich nicht.«*

»Wir müssen es probieren.« Sie dachte an die Waffe in der Halterung neben der Tür. Leider konnte sie den Impulslader nicht benutzen, ohne der Valkyrie dabei selbst die Flügel zu stutzen. Zudem konnte sie nicht aufstehen, was jede weitere Überlegung, Charrr abzuschießen, überflüssig machte.

»Du nicht Kommandant! Du kein Mensch! Du verlogene KI, die betrrügen will Charrr! Charrr nicht rreinfallen werrden auf Trrick. Charrr dir Embryonen nehmen werrden! Dann dich töten werrden!«

»Das ist meine letzte Warnung! Halten Sie Abstand oder ich werde das Feuer auf Sie eröffnen lassen!«

»Du lächerrlich! Du keine Rraketen hast! Du unbewaffnet! Du wie Weltrraumschrrott, den ich nehmen werrden tun! Du jetzt mirr gehörren!«

»Charrr ist besser informiert, als ich dachte. Noch vier Kilometer, der Pirat will uns nicht abschießen, sondern entern«, erklärte Mutter.

»Geht das überhaupt?« Jazmin hatte keine Ahnung, wie so ein Manöver funktionieren sollte, während man in die Atmosphäre eintauchte. Auch ohne die Bremstriebwerke würde es durch Reibung mit dichteren Luftschichten immer heißer werden.

»Ich weiß es nicht. Beim Entern kann alles Mögliche passieren. Ein Kontakt könnte die Ausrichtung ändern, was unseren Bremsschub umlenkt. Eine Katastrophe, die Valkyries würden augenblicklich zerbrechen.«

»Und wenn er uns beschießt?«

»Wir könnten nichts einstecken. Wir nutzen die volle Kraft unserer Deflektoren als frontalen Hitzeschutz. Den zu unterbrechen können wir uns auch nicht für den Bruchteil einer Sekunde leisten. Wir würden sofort verglühen.«

»Und wenn ich ihn beschieße?« Sie dachte an den Impulslader, ihre einzige Waffe.

»*Das geht nicht. Du wirst kaum die Tür öffnen können. Es würde uns umbringen. Noch drei Kilometer Abstand. Wir brauchen noch 19 Minuten, aber auch das hilft uns nicht.*«

»Mutter, was ist mit der Erde? Kann uns dort niemand helfen?« Jazmin suchte nach Alternativen.

»*Es gibt eine Raumstation, die allerdings keine Signale sendet oder anderweitig eine Reaktion auf unsere Ankunft zeigt. Die haben auch die USS London untätig passieren lassen. Sie ist groß, ein tausend Meter hoher Zylinder, könnte unbemannt sein.*«

»Die Basis der Piraten?« Das wäre zumindest nicht unwahrscheinlich. Jazmin zwang sich, anders zu denken, wie ein Militär.

»*Dafür habe ich keine Hinweise gefunden.*«

»Aber auch keine dagegen! Können wir die Raumstation anfliegen?«

»*Wir wären zu schnell. Eine Landung auf der Raumstation ist völlig ausgeschlossen. Wir würden mit ihr kollidieren.*«

»Mutter, können wir es?« Über die zu hohe Geschwindigkeit mussten sie sich bei dem Plan keine Sorgen machen.

»*Ja.*«

»Kurs ändern!«

»*Und dann?*«

»Wir werden sie rammen!« Das würde ihr letzter Bluff sein. Da die Valkyries unbewaffnet waren, musste Jazmin aus den schweren Frachtgleitern Waffen machen. Nur so würden sie bei Verhandlungen ein Gegengewicht aufbauen können.

»*Damit nehmen wir uns die Fähigkeit, sicher zu landen.*«

»Hast du nicht eben über Zuversicht gesprochen?«

»*Du verwechselst Zuversicht mit Tollkühnheit.*« Und dann, nach einem Moment: »*Kurs geändert.*«

Jazmin verzog den Mund. Das war ein Sprung ohne Netz und doppelten Boden. In ihren Gedanken rannte sie auf eine Klippe zu. Der Wind blies ihr hart ins Gesicht, aber sie war Herrin ihres Schicksals.

»*Du Kurrs geänderrt hast! Du verrrückt geworrden bist! Du nicht so fliegen darrfst!*«

»Charrr hat es auch schon mitbekommen.«

»*Möchtest du selbst mit ihm sprechen?*«, fragte Mutter.

»Nein.« Was sollte das bringen? »Wie lange noch?« Jazmin sah die riesige Raumstation, auf die sie zurasten. Das war genau dieselbe Bauform wie die an der energetischen Barriere am Mars. Die gehörten zusammen.

»*Noch 2:07 Minuten bis zur Kollision mit der Raumstation, noch 2:34 Minuten, bis Charrr uns eingeholt hat.*«

»Versucht er abzudrehen?« Das war Jazmins heimliche Hoffnung. Sie wollte ihn zur Aufgabe zwingen. Charrr sollte die Lust verlieren, sie entern zu wollen. Wenn das seine Basis war, würde er sie nicht leichtfertig aufs Spiel setzen.

»*Nein. Er wird schneller.*«

»Neue Daten?«

»*Noch 1:55 Minuten bis zur Kollision mit der Raumstation, noch 1:37 Minuten, bis Charrr uns eingeholt hat. Er will der Kollision offenbar unbedingt zuvorkommen.*«

»Wir müssen schneller werden! Mutter, schalt die Triebwerke ab! Wir halten die Geschwindigkeit und leiten die Energie auf die Deflektoren um!« Jazmin griff nach jedem Strohhalm.

»*Jaz, der Bluff funktioniert nicht. Charrr dreht nicht ab, der will uns unbedingt einholen. Ich kenne die taktischen Optionen nicht, die ihm zur Verfügung stehen. Wir haben keine mehr. Die Valkyries nicht weiter abzubremsen würde zu einer sicheren Kollision mit der Raumstation führen. Möchtest du das wirklich?*«

»Mutter, ich weiß nicht, was ich tun soll ... wenn du einen besseren Vorschlag hast, sage ihn mir.«

»*Charrr dich krriegen werrden tun! Du mirr gehörren! Ich aus dirr Spielzeug machen werrden!*« Die Stimme lachte heiser. »*Wirr viel Spaß haben werrden.*«

»*Wir halten den Kurs! Wir werden sie rammen!*«, sagte die Bord-KI mit einer grimmigen Entschlossenheit in der Stimme. »*Noch 1:31 Minuten bis zur Kollision mit der Raumstation und noch 1:14 Minuten, bis die Piraten uns eingeholt haben. Die Spanne hat sich nicht verändert.*«

»Was wird er tun?« Jazmin versuchte, die Hand zu heben, was ihr immer noch nicht gelang. Am liebsten würde sie Charrr mit dem Impulslader empfangen.

»*Er will die Embryonen. Dementsprechend wird er mit Bedacht vorgehen ... offenbar sieht er einen Weg, uns zu übernehmen und eine Kollision mit der Raumstation zu vermeiden. Alles andere ergibt keinen ...*«

Mutter brach ab. Das war kein gutes Zeichen. Begann die Übernahme bereits? Jazmin wusste nicht, was gerade passierte. Die Einspielung in ihr Visier zeigte eine Raumstation, an der sich nichts tat, und in einer zweiten Ansicht das Piratenschiff, das sich ihnen näherte. Die Entfernung betrug nur noch 380 Meter. Sie konnte sogar Details erkennen. Der Pott sah genauso aus, wie die hemdsärmelig zusammengeschraubten Cyborgs, die sie auf der USS London zerstört hatte.

»Mutter?«

Keine Antwort. Sie presste die Lippen zusammen. Jetzt konnte sie wirklich nichts mehr tun. Die Kontrollsysteme der Valkyrie befanden sich nur einen Meter von ihr entfernt, erreichen konnte sie das Panel trotzdem nicht. Nicht bei 450 g. Der Bremsvorgang ging unvermittelt weiter. Wo war Mutter?

In ihrem Visier wurde die Uhr angezeigt. Noch 56 Sekunden

bis zur Kollision und 56 Sekunden bis zum Kontakt mit Charrr. Bitte was? Holte der Pirat nicht mehr auf? Warum?

»*Du Teufel bist! Du böse! Teufel man töten muss! Wirr uns sehen werrden in derr Hölle!*«

Charrrs wenig charmante Worte ließen darauf schließen, dass er die Lage auch nicht mehr im Griff hatte. Egal, was den Valkyries gerade widerfuhr, der Pirat dürfte ihre Sorgen teilen.

Im nächsten Moment deaktivierten sich die Triebwerke. Dafür musste Jazmin auf keine Anzeige sehen. Der Anpressdruck war weg. Sie konnte die Arme bewegen. An ihrem Kurs war keine Änderung zu erkennen. Sie hielten immer noch auf die Raumstation zu. Wie auch Charrrs Schiff, dessen Antrieb ebenfalls aus war. Der Abstand zwischen den vier Valkyries betrug jeweils weniger als hundert Meter, das ähnlich große Piratenschiff befand sich in ihrer Mitte.

»Hilfe ...« Jazmin löste die Gurte und sprang auf. Die Valkyrie drehte sich. Sie ging an der Wand und unter der Decke entlang. Die Rettungskapsel befand sich unverändert an der Stelle, wo die Drohnen sie festgemacht hatten.

»... gibt es nicht umsonst.« Als Erstes kontrollierte sie den Biomonitor der Rettungskapsel: alles gut. Jazmins Körper atmete trotz Mutters Schweigen weiter. Deris und das Kind waren ebenfalls wohlauf. Dann schulterte sie die Waffe und klappte die Hüftlafette hervor. Wer auch immer jetzt an Bord kam, würde was erleben.

In ihrem Visier wurde es heller, sie musste die Augen schließen. Das Licht ging eindeutig von der Raumstation aus. Was passierte dort?

Die Zeit lief weiter. Sie rasten auf die Raumstation zu. Die Anzeige des Countdowns in ihrem Visier fing an zu blinken, dann fiel auch sie aus. Ebenso wie die gesamte Konsole. Ein breiter grünlicher Lichtstrahl der Raumstation erfasste sie, der die Valkyries weiter kontrolliert abbremste. Der Annäherungsprozess kam binnen Sekunden zum Erliegen. Für die Valkyries genauso wie für Charrrs Schiff. Die Piraten gaben hier eindeutig nicht den Ton an.

»*Wirr Abmachung haben! Charrr sich immerr an Verrtrag gehalten hat! Beute gehörrt Charrr!*«

Es fing an zu pfeifen, dann zu brummen, Klopfgeräusche gab es auch. Wo kam das her? Mutter war das sicherlich nicht, die hatte jemand aus dem Spiel genommen. Jazmin sah immer noch die Außenansicht in ihrem Visier.

Im nächsten Moment ging ein rötlicher Lichtblitz von der Raumstation aus und zerstörte Charrrs Raumschiff. Wrackteile wurden gegen die Valkyries geschleudert. Jazmins Herz schlug ihr bis zum Hals. Egal, was Charrr glaubte, für eine Abmachung zu haben, sein Partner fühlte sich offenbar nicht mehr daran gebunden. Würde es ihnen gleich genauso gehen? Bereits die erste Raumstation am Mars hatte auf sie geschossen.

Jetzt sprach jemand mit ihr. »*Erdkontrolle an Eindringling? Können Sie mich verstehen?*«, fragte eine männliche Stimme gelassen. Das war gegenüber Charrr eine Verbesserung, aber noch kein Grund zur Freude. Egal, wer da sprach, er erkannte sie nicht.

Jazmin ließ die Waffe sinken. »Mein Name ist Colonel Jazmin Harper, ich bin Kommandant und Überlebende der USS London, ein Langstreckensiedlungsschiff der Erde.«

»*Sprache verifiziert. Informationen nicht valide. Zugang zur Erde nicht gewährt. Bestätigen Sie Ihre Existenzform.*«

»Wir sind Menschen!«

»*Bestätigen Sie Ihre Existenzform.*«

»Ich bin Jazmin Harper!«, rief sie verunsichert.

»*Künstlichen Lebensformen ist der Zugang zur Erde verwehrt. Sie haben die Zonenvereinbarung verletzt. Eine Rückkehr ist nicht möglich. Sie werden neutralisiert.*«

»HALT!« Jazmins Herz raste, das klappte auch in einem Avatar. »In Ordnung, ich bin ein Androide ...« Sie stockte, das Eingeständnis brannte sich wie heiße Glut durch ihre Sinne. »Ich bin eine Wächterin, meine KI und mein derzeitiger Körper mögen künstlich sein, die Embryonen an Bord meines Schiffs sind es nicht!«

»Neutralisierung ausgesetzt. Erweiterte Abtastung eingeleitet. Menschliche DNA identifiziert. Frühpränatales Leben befindet sich in kryogenem Zustand. Status nicht validierbar.«

»Nein, nein ... sehen Sie genauer hin!« Sie zeigte mit zittrigen Fingern auf die Rettungskapsel. Darin befand sich alles, was ihr wichtig war: Denis und das Kind. »Da ist meine Tochter! Ein Mädchen, sie wird in wenigen Tagen auf die Welt kommen!«

»Neutralisierung weiter ausgesetzt. Sekundäre Abtastung eingeleitet. Menschliche DNA identifiziert. Pränatales Leben im gesunden Zustand identifiziert.«

Jazmin hielt die Luft an, die konnten sie ruhig umbringen, aber bitte nicht ihr Kind. Sie war für ihre Taten verantwortlich, das Mädchen nicht. Die Kleine konnte nichts für all das. Sie hatte das Recht zu leben.

»Neutralisierung weiter ausgesetzt. Sekundäre Abtastung ausgeweitet. Menschliche DNA in hoher Reinheit identifiziert. Kontaktverbot aufgehoben. Landeverfahren eingeleitet.«

XXVI.

AD 3075 – DEEP RISING

Was sagte man am besten, während man unter falscher Flagge in eine feindliche Festung marschierte? Am besten nicht viel und schon gar nicht das Falsche. Max verließ den eben gelandeten Gleiter auf dem Landeplatz des Forschungsbunkers in Istanbul, einer erhöhten Plattform, die aus dem Wasser ragte. Es war dunkel, kurz nach drei in der Früh. Das Salz in der Luft, das milde Klima im Dezember, Max wäre gerne zu einem anderen Anlass hergekommen. Von der Mannschaft an Bord zeigte sich niemand an der offenen Tür. Eine Frau in weißer Kleidung und mit militärischen Rangabzeichen empfing sie.

»Colonel Kellmann, Major Hasselblade, ich begrüße Sie auf Deep Rising III. Mein Name ist Captain Aylin Demir ... wir haben Sie um diese Uhrzeit nicht erwartet.«

»Captain Demir, Sie haben unsere Legitimation überprüft?«, fragte Negri kurz angebunden. Die Rolle der schroffen Offizierin lag ihr im Blut, die musste sie nicht spielen.

»Ja, Ma'am.« Demir hielt ein transparentes Pad-System in den Händen, das Bilder von Negri und Max zeigte. Sowie ihre falsche Namen und eine Sicherheitsfreigabe, die Vater und Captain Jenkins eben noch in Eile zurechtgebogen hatten.

»Dies ist eine F7-Kontrolle. Voller Shutdown. Niemand verlässt die Station, niemand kommuniziert mit der Außenwelt.«

»Ma'am?«

»Sie kennen das F7-Protokoll?«

»Ähm ... ja ... selbstverständlich.«

»Dann los ... wir haben keine Zeit zu verlieren!« Negri wartete nicht auf eine Antwort, sie ging auf einen Abgang von der Plattform zu. Demir stolperte ihr hinterher. Vaters Idee mit einer Sicherheitsüberprüfung war genial. Nicht nur, weil sie sich damit Zutritt verschafften, sondern auch weil das F7-Protokoll eine Kontaktsperre beinhaltete. Damit hätte bei einer echten Überprüfung verhindert werden sollen, dass jemand nicht freigegebene Informationen sonst wohin schicken konnte.

»Hier spricht Captain Demir. F7 aktivieren ... ja, Sie haben mich richtig verstanden: F7. Wir machen den Laden dicht ... und jetzt tun Sie einfach, was ich Ihnen sage!«, erklärte Demir. Ihre Worte galten dem Leitstand der Forschungsstation.

Der Countdown läuft. Noch 16 Minuten. Ich bin im Kontakt mit der USS Boston. Unser Zeitfenster schrumpft. Die beiden gestarteten Geschwader der terranischen Raumflotte steigen zwar aufgrund ihrer hohen Masse langsamer als wir, aber Captain Okinawa geht davon aus, dass sie das Wurmloch in knapp einer Stunde schließen müssen. Vaters Worte hörten Negri und er gleichzeitig, sie hatten wirklich keine Zeit zu verlieren.

»Major Hasselblade!«, fauchte Negri ihn an, während sie die Treppen herabliefen.

»Ja, Ma'am.«

»Sie kontrollieren das Hochsicherheitsdepot. Ich begleite Captain Demir zum Leitstand!«

»Ja, Ma'am!« Max salutierte und blieb an einem Lift stehen. In dem Raum unter der Plattform befanden sich vier Aufzüge. Sowie zwei Wachen und zwei mannshohe gepanzerte Drohnen. Um die auszuschalten, reichte die Handfeuerwaffe an seinem Oberschenkel nicht aus.

»Colonel, gibt es einen Anlass für diese Kontrolle?«, fragte Demir, die mit jeder Sekunde nervöser wurde.

»Captain, das fragen Sie mich wirklich?« Negri zog die

Mundwinkel nach unten. »Für die Geschichte werden Köpfe rollen ... das verspreche ich Ihnen!«

»Ma'am?«

»Captain, wir gehen zu Ihrem Leitstand. Dort werde ich Ihnen alles erklären. Die Mitarbeiter der Station haben sämtliche Tätigkeiten ruhen zu lassen! Haben Sie mich verstanden?«

»Selbstverständlich, Ma'am. Bitte folgen Sie mir ...« Demir stieg mit Negri in einen anderen Aufzug.

»Haben Sie heute Fracht entgegengenommen?«, fragte Negri anklagend.

»Ähm ... ja, Ma'am.«

Negri schüttelte verständnislos den Kopf.

Max wartete auf seinen Aufzug. An der Edelstahltüre blinkte ein grünes Licht. Die Luft im Flur roch frisch desinfiziert. Vaters Plan, die Embryonen zu retten, basierte auf der Annahme, dass Offiziere wie Demir nicht wussten, was sie sich heute in den Keller gestellt hatten. Negri selbst hatte, um keine Aufmerksamkeit zu erregen, die Frachtdokumente der Embryonen fälschen müssen. Das wollten sie in dieser Nacht zu ihrem Vorteil nutzen.

»Max, ich lasse dich bei Negri mithören. Unser Plan funktioniert, die wissen nicht, was sich in der Kiste befindet. Ansonsten hätten die uns die Tür vor der Nase zugeschlagen.«

Max stieg in den Aufzug, der ihn in die Tiefe brachte. Noch konnten zahllose Dinge schieflaufen. Da müsste nur eine einzige Wache Verdacht schöpfen, und sie wären geliefert.

»*ALLE RAUS AUS DEM LEITSTAND!*«, brüllte Negri und ließ dabei keinen Zweifel, dass sie es ernst meinte. »*SIE WERDEN ALLE IN IHRE KABINEN GEHEN UND DARAUF WARTEN, DASS ICH SIE VERNEHME. GLAUBEN SIE MIR, DAS WIRD EINE LANGE NACHT!*«

»Colonel Kellmann, Ihre Vorgehensweise erscheint mir überzogen. Wir agieren auf Deep Rising III unter den höchsten Standards«, sagte eine entspannte männliche Stimme; die KI der Station, die sich nicht so leicht einschüchtern ließ. »Wir kennen das F7-Protokoll. Bei der von Ihnen zitierten Lieferung gab es keine Unregelmäßigkeiten. An dieser Stelle plädiere ich dafür, die Konzernzentrale zu involvieren, dort wird man Ihnen mit Sicherheit alle Fragen beantworten können.«

»Ich bitte um Entschuldigung ... das ist Ralph, unsere Stations-KI, der sich um die Einhaltung aller Sicherheitsprotokolle kümmert«, rechtfertigte sich Demir. Auf diesen Moment kam es an. Vaters Plan basierte darauf, diese KI mundtot zu machen.

»WAS GLAUBEN SIE, WER MICH SCHICKT!« Negri wich nicht einen Zentimeter von ihrer Linie. »Captain Demir, wann ist der letzte Integritätscheck bei der KI durchgeführt worden?«

»Ähm ... das macht die Konzernzentrale ... einmal in der Woche. Also damit hatten wir noch nie Probleme.«

»Colonel Kellmann, ich kann Ihnen an dieser Stelle versichern, dass meine Integrität nicht beeinträchtigt ist. Das sollten wir sofort klären ... wir auf Deep Rising III dürfen nicht kommunizieren, aber Sie dürfen es. Sprechen Sie mit der Konzernzentrale. Dort wird man Ihnen sämtliche Fragen beantworten können. Soll ich Ihnen eine verschlüsselte Verbindung aufbauen?«

»NEIN!«, brüllte Negri. »Captain, öffnen Sie den Port H902. Diese KI könnte kompromittiert sein. Wir müssen Sie testen!«

»Ma'am. Das darf ich nicht!« Demir sträubte sich, was nur allzu verständlich war. Den Port durfte sie wirklich nicht öffnen.

»Wollen Sie sich wirklich diesen Ärger auf die Schultern laden? Bisher sehen Sie noch gut aus, aber wenn Sie sich weigern, hängen Sie offenbar mit drin!«

»Okay, okay ... ich mache es!«

Max schmunzelte. Den Port H902 zu öffnen war wirklich das Dümmste, was Demir tun konnte. Hinter dieser digitalen Tür wartete Vater, der nicht vorhatte, mit Ralph nett zu plaudern. Binäre Konflikte wurden schnell und rücksichtslos geführt.

»*Ich bin drin*«, sagte Vater. »*Habe sämtliche Systeme übernommen. Die KI Ralph ist deaktiviert ... er wird keine Hilfe rufen. Deep Rising III gehört uns. Max, jetzt müssen wir nur noch das Personal in Schach halten. Es befinden sich vierzehn Menschen auf der Station und zwölf Sicherheitskräfte, die glauben, Menschen zu sein. Diese Systeme agieren autonom, ich kann sie nicht übernehmen. Es gibt weiterhin einundzwanzig Drohnen, die bekomme ich aber in den Griff.*«

Max verließ den Aufzug und ging zügig auf eine Sicherheitsschleuse zu. Dort warteten zwei Wachen, die ihn verwundert ansahen. Dumm gucken konnten diese Real-Dolls sogar besser als echte Menschen.

»F7-Protokoll ... öffnen Sie die Schleuse.« Max legte seine Hand auf einen Scanner. Die Wache rieb sich die Nase, während die andere die Daten an einem Display überprüfte.

»Ähm ... ja ... Sie wurden uns angekündigt.« Dann öffnete der Mann die automatische Tür. In einem Zwischenraum standen zwei gepanzerte Drohnen, die allerdings keinen Mucks von sich gaben. Sehr gut. Vaters Plan ging auf.

»*Major Demir, die letzte Lieferung. Die von heute. Kennen Sie den Inhalt?*«, fragte Negri. Max hörte weiterhin live, was im Leitstand besprochen wurde.

»*Medizinische Ausrüstung ...*«, antwortete sie unsicher.

»*Scannen!*«

»*Ich gebe es weiter ...*«

»Ich bekomme gerade die Order, die letzte Lieferung zu scannen ... wollen Sie dabei sein?«, fragte die Wache. Ein Sergeant, deutlich jünger als Max.

»Ich bitte darum!« Max folgte ihm. »Sergeant, haben Sie einen Bioscanner?«

»Klar ... brauchen wir den? Mein System sagt mir, dass

sich in der Kiste nur medizinische Ausrüstung befindet.« Der Mann nahm aus einer Schublade eine aufgerollte Folie mit, dann ging er los. Die zweite Wache begleitete sie, während die beiden gepanzerten Wachhunde an der Schleuse zurückblieben.

»Brauchen wir.« Max sah zurück, die Türen schlossen sich. Er befand sich nun in einer gut temperierten und brandsicheren Lagerhalle mit quadratischem Grundriss.

»Captain Demir?« Die Wache wartete einen Moment.

»Ich höre …«

»Ich bin an der Kiste. Frachtklasse N1 mit einem aktiven Kühlsystem und autarker Energieversorgung«, erklärte die Wache, die auf dem Display der drei Meter langen und brusthohen Kiste mehrere Menüs aufrief. »Ist schon ein wenig seltsam, wenn da nur medizinische Ausrüstung drin sein soll.«

»Sergeant, scannen Sie sofort die Frachtkiste ML2709!« Demir gab den Befehl von Negri weiter.

Die Wache nickte und rollte die mitgebrachte Folie über die hellgraue Verkleidung. Das Display auf der Kiste zeigte die angebliche Frachtliste an: Einmalhandschuhe, Größe M, FFP-3-Schutzmasken und kübelweise Desinfektionsmittel. Natürlich stimmte nichts davon, das wusste Max besser.

»Und?«, fragte Demir.

»Frachtkiste ML2709, bestätigt. Ma'am, die ist bioaktiv … egal, was da drin ist, Einmalhandschuhe sind es nicht!«

»Wieso ist das bei der Anlieferung nicht kontrolliert worden?«, fragte Demir erbost. *»Wo kommt die blöde Kiste überhaupt her? Sergeant, Sie hatten heute Dienst …«*

»Halt, warten Sie! Für Schuldzuweisungen haben wir keine Zeit. Damit dürfen sich andere beschäftigen.« Max ging dazwischen und drängte den Sergeant zurück. »Das stellt einen Verstoß gegen die Sicherheitsprotokolle dieser Forschungsanlage da … Colonel Kellmann, das müssen wir sofort melden!«

»Bestätigt.« Negri nahm den Ball auf. »*Ralph, sofort eine Verbindung mit der Konzernzentrale aufbauen. Captain Demir, glauben Sie mir, für diese Schlamperei werden Köpfe rollen!*« »*Das ist uns noch nie passiert ... wir arbeiten immer sehr gewissenhaft*«, versuchte Demir, sich herauszureden. Es stimmte vermutlich, dass sie noch nie jemand so böse vorgeführt hatte. »*Hören Sie auf damit ... wir werden uns jetzt Anweisungen geben lassen, was hier zu tun ist, und dann sehen wir weiter*«, sagte Negri.

»*Colonel, wir wussten nichts davon ...*«

Max ließ sich keine Regung anmerken. Der beste Weg, etwas zu stehlen, war immer noch, dem Besitzer klarzumachen, die Beute schnellstens loswerden zu wollen.

»*Captain Demir, wegen dieses Zwischenfalls wird es eine Untersuchung geben. Von der Konzernzentrale erhalten wir die ausdrückliche Order, die Frachtkiste mitzunehmen. Weiterhin hat die gesamte Besatzung von Deep Rising III in ihren Kabinen zu bleiben*«, erklärte Ralph, die von Vater gehackte KI mit ruhiger Stimme. Was für eine Ironie der Geschichte, da es im Jahr 3075 auf der Erde keine liberale KI wie Vater gab, rechnete auch niemand mit so einer Heimtücke. KI-Systeme wie Ralph wären dazu überhaupt nicht in der Lage gewesen.

»*Ralph, wir brauchen Verstärkung ... wir sind nur zu zweit. Die Zentrale soll mehr Leute schicken!*«, ordnete Negri an.

»*O Gott!*«, sagte Demir leise. Max konnte sich ihr Gesicht vorstellen, das sie gerade machte.

»*Major Hasselblade, lassen Sie sofort die Frachtkiste zu unserem Gleiter bringen! Captain Demir, geben Sie Ihren Leuten den Befehl, uns beim Abtransport zu unterstützen!*« Negri hielt im Leitstand alle Fäden fest in der Hand.

»Ja, Ma'am!« Max sah den Sergeant an.

»*Sergeant, helfen Sie dem Major ... die sollen diese Kiste mitnehmen! Ich gebe den Einsatz der Drohnen frei*«, befahl Demir.

»Captain, bestätige Order. Wir bringen die Kiste nach oben!«
Die Wache rollte die Scanner-Folie wieder ein und winkte den beiden gepanzerten Drohnen zu.

Max wich einen Schritt zurück und beobachtete, wie die beiden Drohnen die tonnenschwere Frachtkiste anhoben. Hier hatte wirklich niemand eine Ahnung, was sich wirklich in der Box befand.

Max stand wieder im Aufzug. Neben ihm: der Sergeant, die beiden Drohnen und das tiefgekühlte Heim von drei Millionen menschlicher Embryonen. Er sah auf die Uhr, bisher hätte es kaum besser laufen können, und dennoch drohte die Zeit knapp zu werden. Und noch immer konnte der geringste Fehler ihre Flucht vereiteln.

»Wir sind oben ...«, sagte der Sergeant und überließ Max den Vortritt. Die Frachtkabine fuhr direkt bis auf das Flugdeck. Max konnte Lana Hindley sehen, die in einer Pilotenuniform neben dem Gleiter wartete.

»Major Hasselblade, ist alles in Ordnung?« Negri kam auf sie zu. Captain Demir stand wenige Meter hinter ihr. Der Sergeant war bewaffnet, Demir ebenfalls, wie auch die drei Sicherheitskräfte der Station. Die größte Gefahr ging aber von den beiden Drohnen aus, die nicht nur schwere Kisten tragen konnten, sondern auch eine gewaltige Feuerkraft besaßen. Das Chassis des Gleiters durfte keine Kugel abbekommen. Ansonsten würden sie ihre Reise zum Wurmloch vergessen können.

»Ja, Ma'am. Der Sergeant hat kooperiert.« Max nickte dem Androiden zu.

»Ab hier übernehmen wir. Lassen Sie die Drohnen die Box abstellen!«, rief Lana.

»Gerne ... runter mit der Kiste.« Der Sergeant ließ die Embryonen abstellen, und die Drohnen verschwanden wieder im

Aufzug. An ihrer Stelle erschienen zwei zivile Drohnen aus der USS Boston, um die Fracht aufzunehmen.

»*Ich habe leider keine guten Nachrichten. Der Shutdown von Deep Rising III ist aufgefallen. Die Konzernzentrale von Harper-Mackinney schlägt Alarm. Es befindet sich ein Polizeiverband auf dem Weg zu uns. Wir müssen sofort verschwinden*«, erklärte Vater über Max' internes Kommunikationssystem.

»Drohnen der USS Boston?«, fragte Demir, der dieses Detail nicht entgangen war.

Negri zog ihre Pistole und schoss der Frau von hinten in den Kopf.

Der Sergeant sah zu Demir, die bereits blutend am Boden lag, dann auf die Frachtkiste und zuletzt in den Lauf von Max' Waffe. Er verstand seine Lage, das konnte man sehen. Im nächsten Moment verteilte sich der Inhalt seines Kopfes über das Flugdeck.

Die verbliebenen Sicherheitskräfte rissen ihre Waffen in den Anschlag, wurden aber, bevor sie auch nur einen einzigen Schuss abgeben konnten, in einem Kugelhagel von Negri, Max und Skagen niedergestreckt. Der Hüne stand in der offenen Tür des Gleiters und schoss mit einer rotierenden Impulswaffe.

»WIR STARTEN SOFORT!«, brüllte Max, der auf Lana und Negri wartete, bevor er als Letzter die Rampe heraufrannte. In nächsten Moment befand sich der Gleiter bereits in der Luft.

»Musste dass mit den Drohnen sein?«, fragte Skagen, der Lana kopfschüttelnd ansah.

»Was hätte ich tun sollen?« Lana hob die Schulter. »Hätte ich die bewaffneten Deep-Rising-Drohnen an Bord lassen sollen?«

»Ist schon gut!«, rief Ruth Negri. »Wir haben es geschafft. Alle anschnallen! Wir werden jetzt verschwinden!«

»*Darf ich bitte um Aufmerksamkeit bitten!*«, sagte Vater. Die Meute beruhigte sich. »*Wir haben die Embryonen, aber die terranische Polizei kennt jetzt unseren Aufenthaltsort und un-*

seren Kurs! Dieser Gleiter ist unbewaffnet und hat auch keine Verteidigungssysteme … unser Flug durch das Wurmloch wird alles andere als einfach! Wir werden zwei taktische Geschwader überholen müssen, die sich ebenfalls auf dem Weg zur USS Boston befinden!«

»Einen Trick haben wir noch auf Lager …« Negri nickte Jenkins zu, die einen Koffer öffnete und ein unbekanntes Aggregat aktivierte. Hoffentlich war der Trick gut.

»Was ist das?«, fragte Bella, die mit den anderen auch im Gleiter gewartet hatte.

»Vater hat recht … wir sind unbewaffnet. Deswegen müssen wir unseren Gegnern Sand in die Augen streuen.« Mit den Worten stemmte sie die Hände in die Hüfte. »Jenkins, wenn das nicht funktioniert, rede ich kein Wort mehr mit Ihnen!«

»Ja, Ma'am!« Auch die Computerspezialistin fuhr sich mit der Hand nervös durch die Haare. Sie drückte ein paar Knöpfe, kalibrierte, prüfte und hob dann den Kopf. »Wir sind so weit.«

»*Gut, unser Geschwader ist unterwegs. In wenigen Minuten überholen wir die taktischen Bomber der Erde. Wir werden vor ihnen bei der USS Boston sein.*«

»Geschwader?«, fragte Max.

»*Im Moment bewegen wir uns in einer Wolke von siebzehn identischen Radarspiegelungen. Die werden sich, bei einem recht kurzen Fenster, in dem wir uns in effektiver Reichweite befinden, sehr schnell für den richtigen Gleiter entscheiden müssen.*«

XXVII.
AD 9495 – DAS PORTAL

Jazmin konnte ihr eigenes Herz schlagen hören – in Ordnung, das war das von Lilith und echt war es auch nicht –, aber dennoch spürte sie das Pochen. Der Lebenswille schwand nicht, nur weil ihr Hintern jetzt aus Karbon- und Verbundfasern bestand. Sie stand unter der Decke der Valkyrie, hielt den Impulslader in den Händen und wusste nicht, was sie tun sollte. Gewalt würde sie hier nicht weiterbringen.

Sie schluckte unsicher. Das Visier des Gravitationshelms stand offen. Sauerstoff brauchte sie keinen. Eben hatte sie noch mit jemandem von der Raumstation gesprochen, jetzt war alles ruhig. Mutter hatte ebenfalls Funkstille. Sämtliche Systeme auf dem Gleiter waren inaktiv, es war dunkel, nur durch die vorderen Cockpitscheiben drang Licht von der Tagseite der Erde zu ihr. Verdammt, diese Narren hatten damit gedroht, die Valkyries abzuschießen.

»Nein ...« Sie sah die Raumstation schnell näher kommen, so schnell, dass beim Aufprall nicht mehr als heißer Staub von ihnen übrig bleiben würde. So hätte es nicht enden sollen.

Stille.

Was fehlte, war der Aufprall. Einen Moment später schwebten die Valkyries in Schrittgeschwindigkeit auf eine Öffnung der Raumstation zu. Hatten die sie abgebremst? Wie sollte das gehen? Jazmin sah fasziniert auf die Einflugschneise aus reinem Licht, das sie bläulich einsäumte. Dagegen wirkte die

Technik der USS London wie eine mit Kohle befeuerte Dampfmaschine.

Sie atmete aus, Tränen liefen ihre Wangen herab. Die Leute auf der Raumstation hatten sich entschieden, sie landen zu lassen. Damit hatte sie nicht gerechnet. Ihr rutschte gerade tonnenschwerer Ballast von den Schultern.

Die Valkyrie setzte auf. Egal, wer gerade den Gleiter flog, Mutter war es nicht. An Bord funktionierte nichts mehr. R2 löste sich von der Wand und bezog wehrhaft neben ihr Stellung, dieser Drohne konnte wirklich nichts Angst einjagen.

»Wir sind wieder zurück ...« Jazmin legte die Hand auf R2s Abdeckung, der die Geste mit einer kurzen Vibration quittierte. D2, der die übrigen Drohnen hinter sich versammelt hatte, schwebte auf ihre andere Seite. Gemeinsam schützten sie die Rettungskapsel.

Es zischte, in der Kabine baute sich Druck auf, den sie beim Ausfall der Bordsysteme verloren hatten. Jazmin sah auf ihr Handgelenk, die Atmosphäre wäre jetzt auch für einen Menschen sicher gewesen. Sie zog den Helm ab und ließ ihn auf den Boden fallen. Dann öffnete sich das Tor. Licht drang in den Frachtraum, und eine schlanke Person schritt langsam die Rampe empor. Es war ein Mann in einem langen weißen Rock, der sowohl Arme als auch Beine verdeckte. Haare trug er keine auf dem Kopf.

»Guten Tag«, erklärte der Mann förmlich. »Willkommen auf der Erde.« Während er auf dem Deck der Valkyrie stand, verharrte Jazmin noch unter der Decke stehend. An die verdrehte Gravitation hatte sie gar nicht gedacht.

»Hallo ...« Was sagte man in so einem Moment? Jazmin sprang von der Decke ab, drehte sich in der Luft und landete auf dem Deck. Nun konnte sie der Person, die sie begrüßte, in die Augen sehen, ohne sich dabei den Hals zu verrenken. Die Drohnen hatten es mit der Drehung deutlich einfacher.

»Das ist die Raumstation Cassian4. Sie befinden sich in Sicherheit«, erklärte er und hob einen Arm aus dem weißen Rock empor, mit dem er auf den Impulslader zeigte. Waffen veralteten niemals völlig, auch mit einem Knüppel aus der Steinzeit konnte man jemanden erschlagen.

Jazmin wusste nicht, welche Begrüßung sie erwartet hatte, aber der Glatzkopf besaß das Charisma eines toten Fischs. Jazmin legte die Waffe ab und stellte sie wieder in den Halter an der Bordwand.

»Sie werden sie nicht benötigen.«

»Klar ...« Jazmin war sich gerade alles andere als sicher, wollte aber auch nicht binnen der ersten drei Minuten einen Streit provozieren. Die hatten sie nicht abgeschossen, also warum sollten die ihnen jetzt etwas Böses antun? »Wie ist Ihr Name?«

»Elias.«

»Nur Elias?«

Er nickte. »Ich bin ein Wächter.«

»Jazmin. Jazmin Harper, ich bin ...« Sie brach ab, ohne ihren Rang zu erwähnen, es hätte hier irgendwie deplatziert gewirkt. Es war ein seltsamer Ort. Alles auf diesem Flugdeck war schneeweiß und absolut sauber. Da standen keine anderen Raumschiffe, Gleiter oder auch nur eine offene Werkzeugkiste herum.

»Schön, Sie kennenzulernen.«

Jazmin hatte eher ein Blitzlichtgewitter und Hunderte von Journalisten erwartet, nicht einen höflichen alten Mann.

»Sie sind ein Androide.« Elias stellte keine Fragen, er machte Feststellungen. Offenbar gab es im Jahr 9495 gute Scanner, die hatten sogar die DNA in der Rettungskapsel analysieren können. »Das bin ich auch: Modell Elias / 212.«

»Aha ...« Das erklärte sein Verhalten und seine Ausstrahlung. Sie hatte schon virtuelle Planungsebenen in Computern gesehen, die lebendiger wirkten.

»Es befinden sich Menschen in der Rettungskapsel«, stellte Elias fest, als er die verbeulte und völlig verkratzte Kapsel sah. Er ging an Jazmin vorbei.

Sie drehte sich um. »Das stimmt.« Dafür, dass sie noch lebten, hatte sie einiges getan.

»Ein erwachsener Mensch und ein organischer Androide, der ein Baby mit rein menschlicher DNA bekommt«, erklärte Elias.

»Meine Tochter«, stellte Jazmin fest. »Ich habe zwei Avatare.« Ein merkwürdiger Satz. Aber es stimmte. Liliths blonden Skalp erachtete sie mittlerweile als Kriegsbeute, weshalb sie ihn gebrauchen konnte, wann sie wollte.

»Sie benutzen einen Lilith / 3712 und einen echten Harper-Androiden. Was für eine exquisite Kombination. Der eine war sündhaft teuer und der andere unbezahlbar.« Elias deutete eine Geste an, die entfernt an ein Lächeln erinnerte. »Willkommen auf Cassian4. Wir bekommen nicht jeden Tag Gäste, wissen Sie?«

»Danke.« Jazmin hatte keine Ahnung, wie sie diesen Androiden einschätzen sollte. Elias bemühte sich, menschlich zu wirken, ohne damit großen Erfolg zu haben. Auf Jazmin wirkte er einfach nur fremd und vage bedrohlich.

»Ich empfange gerade eine Analyse und Auskunft aus dem Archiv. Sie sind Colonel Dr. Jazmin Harper, die DNA Ihres schwangeren Avatars ist verifiziert.«

Jazmin nickte, es tat gut, nach der Reise von jemandem erkannt zu werden.

»Wie lange waren Sie unterwegs?«

»6775 Jahre …« Jazmin sah sich um, ohne das ihr Blick in dieser weißen Halle an irgendetwas hängen blieb. »… gemessen an der vergangenen Zeit auf der Erde. Wenn man die Zeitdilatation berücksichtigt, waren wir kürzer unterwegs.«

»Beachtlich.« Elias ging zwei Schritte auf der Rampe zurück und sah die anderen Gleiter an. »Unsere Scanner zeigen 129 Menschen im Kälteschlaf und viele Millionen tierische und menschliche Embryonen.«

Weitere Personen kamen auf die Gleiter zu, die alle weiße Röcke trugen und wie Elias' Geschwister aussahen. Das waren einige, Jazmin zählte insgesamt neunzehn Androiden.

Auch Jazmin verließ den Gleiter. Die Valkyries sahen ziemlich mitgenommen aus. Ein Wunder, dass sie überhaupt durchgehalten hatten. Die Flucht von der USS London, der Bremsanflug und die Explosion des Piratenschiffs hatten zahlreiche Spuren hinterlassen. »Mehr konnten wir nicht von Bord retten.«

»Das tut mir leid.«

»Wirklich?«

»Natürlich. Warum fragen Sie?«

»Weil wir von einer Raumstation über dem Mars, die dieser hier wie ein Zwilling gleicht, angegriffen wurden.«

»Ein Missverständnis ... wir hatten die Lage zu diesem Zeitpunkt anders eingeschätzt.«

»Anders eingeschätzt?«

»Die USS London war zu groß und zu schnell. Sie war eine Gefahr, die allein aufgrund ihrer Masse und Geschwindigkeit eine Bedrohung für den Planeten darstellt. Wir gingen davon aus, es mit einem Geisterschiff zu tun zu haben. Die gibt es leider immer wieder.«

»Sie haben noch nicht einmal versucht, mit uns zu kommunizieren!« Nicht ein müdes Wort hatten sie von der Raumstation gehört. Die hatten ohne Vorwarnung das Feuer auf sie eröffnet und die USS London in Stücke geschossen.

»Wir haben es versucht, wir hatten kein Raumschiff erwartet, das noch mit Digitalfunk arbeitet. Dafür fehlten uns die passenden Geräte. Es gab keine andere Möglichkeit, Sie zum Abdrehen zu bewegen.«

»Womit funken Sie denn dann?«

»Subraumverbindungen, die Technologie ermöglicht im Umkreis von zweihundert Lichtjahren eine Kommunikation in Echtzeit. Funkwellen sind für große Distanzen ungeeignet.«

»Ähm ...« In Ordnung, über so eine Option hatten Mutter und sie gesprochen. Aber da war noch mehr. »Und über der Erde? Warum hat es da geklappt?«

»Wir haben ein digitales Funkgerät nachgebaut ... es ging leider nicht schneller. Zu diesem Zeitpunkt gingen wir noch davon aus, dass die Piraten ein altes Geisterschiff benutzen, um unsere Barriere zu durchbrechen. Das wäre nicht ihr erster Versuch gewesen.«

»Die Piraten? Wer sind die?«

»Es sind Maschinen: Androiden, Roboter und Drohnen, die nicht mehr zu kontrollieren sind. Sie leben von allem, was sie am Rande des Sonnensystems finden. Zudem räumen die da draußen auf und recyceln Satelliten und sonstigen Weltraumschrott. Die Barriere, die die USS London trotz unseres Beschusses durchbrochen hat, hält sie auf Abstand.«

»Deshalb haben Sie Charrr abgeschossen? Er ist zu nahe gekommen?«

»Er hätte Abstand von der Erde halten sollen. Die Regeln waren ihm bekannt.«

»Verstehe.« Als sie zur Seite blickte, sah sie, dass einige von Elias' Brüdern anfingen, sich an den Containern der übrigen Valkyries zu betätigen.

»Was ist?«, fragte Elias, der ihre Unruhe bemerkte.

»Stopp!«

»Bitte?«

»STOPP! Die Glatzköpfe sollen die Finger von den Containern lassen!« Jazmin lief zurück, schnappte sich den Impulslader, schulterte ihn mit einer Bewegung, um ihn mit der nächsten schussbereit zu machen. Mit dem Energiestand von

42 Prozent konnte sie noch einiges Unheil anrichten.«Keiner packt die Container an!«

»Wir sind auf derselben Seite.« Elias versuchte, sie zu beschwichtigen. Natürlich tat er das.

»Klappe!« Sie musste nachdenken und ihre Lage analysieren, was alles andere als einfach war. Es waren einfach zu viele Unbekannte im Spiel.

»Bitte! Wenn ich das richtig sehe, halten Sie einen scharfen Impulslader in den Händen. Das ist eine sehr gefährliche Waffe. Sie würden damit sogar noch Ziele auf der Erdoberfläche in Brand stecken können.«

»Stimmt.« Man traf zwar auf die Entfernung nicht gezielt, aber was man traf, brannte lichterloh. R2 und die anderen Drohnen strömten aus den Valkyries und positionierten sich schützend vor den Containern.

»Warum bedrohen Sie uns?«

»Weil ich Ihnen nicht traue!« Jazmin suchte nach einer Strategie, um in dieser Situation die Kontrolle zu behalten. Aber was sollte sie tun?

»Ich bitte Sie, sich zu beruhigen. Niemand möchte Ihnen Schaden zufügen.« Elias kam langsam auf sie zu.

»STEHEN BLEIBEN!« Jazmin hatte Angst und fühlte sich plötzlich in die Enge getrieben.

»Ich bewege mich nicht.« Elias blieb stehen.

»Wo ist Mutter?«

»Bitte wer?«

»Die Bord-KI meiner Valkyrie ...« Jazmin atmete schnell. Da stimmte etwas nicht, die machten etwas mit ihr.

»Wir haben beim Anflug alle Systeme deaktiviert ... damit konnten wir eine sichere Landung auf Cassian4 gewährleisten. Alles andere wäre zu gefährlich gewesen.«

»Gebt sie wieder frei!« Jazmin wollte Mutters Stimme hören. R2 tauchte neben ihr auf und brummte Elias an.

»Natürlich.« Elias nickte. »Die Bord-KI kann die CPU des Gleiters und die Außenlautsprecher nutzen. Colonel Harper, bitte, entspannen Sie sich. Sie bringen uns alle in eine sehr gefährliche Lage.«

»MUTTER!«

»Jaz, ich bin da«, tönte es über einen Lautsprecher, den man in der ganzen Halle hören konnte.

»Systemcheck!«

»Jaz, ich bin in Ordnung. Ich wurde nicht übernommen, die haben mir nur den Strom abgeklemmt.«

»Wo sind wir hier?«

»Das ist eine sehr fortschrittliche Raumstation im tiefen Orbit über der Erde ...«

»Kannst du dich in ihrem Netzwerk umsehen?« Sie wollte endlich wissen, was aus der Erde geworden war.

»Jaz, das kann ich nicht.«

»Versuche es!«

»Ich kann noch nicht einmal ein Funknetzwerk erkennen, geschweige denn in eines eindringen.«

»Subraumtechnologie. Ihre KI ist dafür nicht ausgestattet«, erklärte Elias und zuckte mit den Schultern. »Hallo Mutter, ich bin Elias. Ich bin so zusagen die Bord-KI der Erde. Ich wache über sie. Ich vermute, dass Jazmin Harper aus nachvollziehbaren Gründen extrem gestresst ist. Sie scheint unsere Gesten unglücklich gedeutet zu haben – als Angriff auf sie, die Valkyries oder Menschen, die sich an Bord befinden. Ich möchte an der Stelle versichern, dass wir nur das Beste für sie und die Menschen in ihrem Gefolge im Sinn haben. Ich möchte auf jeden Fall den unnötigen Verlust von Leben vermeiden.«

Jazmin zielte mit dem entsicherten Impulslader auf seine Brust.

»Jaz, hören wir ihm doch erst mal zu. Was willst du mit der Waffe erreichen?«

»Ich beschütze uns! Es wird niemand sterben, für den ich Verantwortung trage! Ich werde mich nicht wieder austricksen lassen!«

»*Und wie lange möchtest du da stehen bleiben?*«

»So lange es notwendig ist!«

»*Jaz, wir sind allein, wir brauchen Hilfe. Ich kann dir nicht garantieren, dass Elias dich nicht belogen hat, aber ohne Vertrauen gibt es für uns keine Zukunft.*«

»Aber ...« Mutter brachte sie aus der Balance.

»*Unser Auftrag war, das Alderamin-System zu finden. Das haben wir nicht geschafft, aber wir haben zumindest unsere wertvollste Fracht sicher zurück auf die Erde bringen können.*«

»Nein!« Jazmins Miene verfinsterte sich zusehends.

»Jazmin, werden Sie von Ihren Freunden Jaz genannt? Jaz, ich bin Ihr Freund. Es gab in den letzten 7000 Jahren keine Zweite wie Sie. Sie sind die einzige jemals lebensfähige organische Androidin. Was Duncan Harper geschaffen hat, konnte nicht wiederholt werden. Sie sind so einzigartig wie seine leibliche Tochter. Teile seiner DNA leben in Ihnen weiter. Das haben wir gerade überprüfen können.«

»Woher wissen Sie überhaupt so gut über mich Bescheid? Woher haben Sie das alles? Wer hat Ihnen das gesagt?« Jazmin wusste nicht mehr, wem sie noch vertrauen konnte.

»Jaz, ich kenne jemanden, der Sie wiederum sehr gut kennt. Die Welt ist immer noch erschreckend klein. Vielleicht kann er auch für etwas mehr Vertrauen werben.«

»Wen?«

»Darf ich ihn holen?«

»WEN?«

»*Jaz, bitte, sichere die Waffe. Wir können über alles reden. Ist es nicht das, was du willst? Antworten. War das nicht alles, was wir im All gesucht haben? Lass uns warten, welche Antworten uns der Freund von Elias geben kann. Elias, wie lange wird es dauern?«*

»Nur einen kurzen Moment. Ich habe eine Subraumverbindung geöffnet. Wissen Sie, die mag er nicht, aber ich denke, er wird es mir in diesem Fall nachsehen. Allerdings gibt es keine Garantie, dass er auch kommt. Er ist manchmal sehr ... eigen.«

Jazmin hörte Elias und Mutter ohnmächtig zu, sie spürte, wie ihre Kräfte nachließen. Sie konnte kaum noch die Waffe halten. Lange konnte sie ihre Drohung nicht mehr aufrechterhalten.

An der Wand bildete sich ein kleinerer gelber Ring, dessen Ränder langsam heller wurden. Gut drei Meter im Durchmesser und in der dämlichen Flughalle vielleicht dreißig Meter von ihr entfernt. Mehrere Androiden gingen auf die Seite.

»*Was soll das? Was zur Hölle willst du von mir?*«, fragte ein Mann, hörbar ungehalten. Die Stimme klang entfernt. »*Kannst du mich nicht einfach in Ruhe lassen?*«

»Ich habe hier jemanden, den du vielleicht treffen möchtest ...« Elias ging einen Schritt auf die Seite, jetzt konnte Jazmin die Öffnung in der Wand sehen.

»*Lass mich in Ruhe!*«, tönte es entschlossen aus der Öffnung, die weiter an Kontur gewann. »*Du kannst dir dein Wurmloch da hinschieben, wo die Sonne nicht scheint!*«

»Er ist schwierig ... Menschen werden nicht einfacher, wenn sie älter werden«, versuchte Elias, mit einem dünnen Lächeln zu beschwichtigen. »Im Gegenteil.«

»Wer ist das?«, fragte Jazmin verunsichert. Kannte sie die Stimme?

»Ich bin nicht sicher, ob er kommt. Wie gesagt, unsere Beziehung ist kompliziert. Ich sollte da jetzt besser nicht meine Nase durchstecken. Aber wenn Sie möchten, können Sie zu ihm gehen, ich bin sicher, dass er mit Ihnen sprechen wird.« Elias zeigte auf die Öffnung. Dahinter war ein Garten zu sehen. Ein

Garten auf einem Hügel, hinter dem das Meer lag. Die Sonne schien, und eine milde Brise salziger Luft strömte auf das Flugdeck.

»Ist das real?« Jazmin wusste nicht, was sie tun sollte, sie ließ den Impulslader aus den Händen gleiten. R2 piepte wild, worauf sofort vier Drohnen schützend um sie herum Stellung bezogen. Aber es war vorbei, sie war zu müde, um zu kämpfen. Jazmin starrte auf das offene Portal. Sie hatte Angst. Angst vor der Zukunft und allen Unwägbarkeiten, die damit verbunden waren. Sie fürchtete sich, einen Fehler zu machen. Sie traute Elias nicht. War das Portal eine Falle? Nun, sie würde es herausfinden müssen.

»Mutter, du passt auf die Valkyries auf! Niemand geht an die Container oder an die Rettungskapsel! Ich werde mir das mal näher ansehen ...« Jazmin tat einen weiteren Schritt. Sie löste den Gravitationsanzug von Armen, Beinen und ihrem Körper und ließ die Einzelteile am Boden zurück. Darunter trug sie nur den verschlissenen Einteiler, mit dem R2 sie von den Beinen geholt hatte.

»*Du kannst dich auf mich verlassen.*« Mutter blieb zurück.

Aus der Nähe sah Jazmin einen Olivenbaum, der bereits einige Jahre alt sein musste. Den gedrungenen Stamm hätten auch zwei Personen nicht gemeinsam umfassen können. Sie konnte den warmen sandigen Boden riechen, den die Sonne erhitzt hatte.

Sie drehte sich um. Die Androiden standen auf dem Flugdeck und sahen ihr nach. Niemand sagte ein Wort. Auch Elias zeigte keinerlei Regung. R2 löste sich aus der Gruppe und folgte ihr. Sie lächelte. Ihr Beschützer. Was soll ihr jetzt noch passieren können? Sie schritt durch das Portal.

XXVIII.
AD 3075 – DER FREIHEIT SO NAH

Die weiteste Reise, die Isabella in ihrem Leben gemacht hatte, war Gozo gewesen. Lächerlich, oder? Sie konnte es selbst kaum glauben. Es stimmte aber, sie hatte noch nicht einmal Amerika, Asien oder Australien besucht. Warum eigentlich? Weil sie Angst vor langen Reisen hatte? Aber das stimmte nicht. Es hatte sich einfach nie ergeben. Im Prinzip hatte sie nach der Schule auf der Universität einfach weitergemacht und war dort geblieben. Um Bücher zu schreiben, brauchte man im Jahr 3075 nicht mehr reisen. Alles, wirklich alles ließ sich inzwischen online in Erfahrung bringen. Es war deshalb wenig überraschend, dass sich bei ihr jetzt, da sie im Licht einer neuen Sonne auf ein weit von der Erde entferntes und über 40 000 Meter langes Raumschiff zusteuerte, der Eindruck einstellte, dass ihr bisheriges Leben in engen Bahnen verlaufen war.

»VOLLEN SCHUB!«, brüllte Ruth Negri. »HALTET EUCH FEST!«

Genau das tat Isabella, die für solchen Blödsinn eigentlich zu alt war. Zudem mochte sie nichts, was sich schneller als ein Fahrrad bewegte. Mit zusammengebissenen Zähnen saß sie neben Lana Hindley, die offenbar einiges mehr mit Max verband als ein paar gemeinsam verbrachte Jahre im selben Raumschiff. Ein schönes Paar, sie wünschte den beiden alles Gute. Festhalten hatte Negri gerufen. Das tat sie, dennoch drohten die enormen G-Kräfte ihr das Brustbein zu brechen.

»Bella! Atmen Sie! Atmen!«, rief Lana, deren Stimme sie kaum noch hören konnte. Isabella drohte gleich, das Bewusstsein zu verlieren. Der ganze Gleiter vibrierte, ihre Arme schlugen willenlos durch die Luft, Lana half ihr, sich selbst nicht k. o. zu schlagen. Entschlossen griff sie in Isabellas Ausschnitt und drückte ihr einen flachen Monitor unter die Brust. »Ich bin bei Ihnen! Entspannen Sie sich! Das Beatmungssystem wird Ihnen helfen! Damit können Sie sich wieder bewegen wie eine junge Frau. Ich habe das Gerät modifiziert. Es hat eine vernetzte CPU, einen leistungsfähigen Booster und erkennt eigenständig, wann sie Hilfe brauchen!«

»WARUM WERDEN WIR NICHT SCHNELLER?« Woher Ruth Negri die Kraft nahm, so zu brüllen, erschloss sich Isabella nicht.

»Die haben ein Sperrfeld vor uns gelegt! Zwei taktische Bomber der terranischen Raumflotte sind an uns dran! Die bremsen uns aus! Gleich haben sie uns«, antwortete der Pilot. Das mit den getürkten Radardingern hatte nicht funktioniert, so viel war sogar Isabella mittlerweile klar. Na gut, Jenkins' Trick hatte ihnen bestenfalls ein paar Minuten geschenkt.

»ÜBERTAKTEN SIE DIE TRIEBWERKE! MELDUNG AN DIE BOSTON: DIE SOLLEN SOFORT DAS WURMLOCH SCHLIESSEN! JETZT! DIE DÜRFEN NICHT LÄNGER WARTEN!«

»Wir befinden uns mitten im Tunnel, das Wurmloch zu schließen ... würde uns zerreißen!«

»DAS IST EIN BEFEHL!« Negri machte klar, wo ihre Prioritäten lagen. Das Wohl von Cygnus kam bei ihr vor den Embryonen und sicherlich auch vor dem Leben der Besatzungsmitglieder auf diesem Gleiter.

Isabella konnte, in der Mitte der Kabine sitzend, nach vorne durch die Frontscheibe der Piloten, die USS Boston sehen, an deren Breitseite sich plötzlich mehrere helle Lichtpunkte zeigten. Lichtpunkte, die bereits im selben Augenblick wie ein langer Streifen, an ihnen vorbeischossen und hinter ihnen für eine gleißend helle Lichtwand sorgten. Im nächsten Moment erfassten mehrere Schockwellen den Gleiter und ließen ihn über alle drei Achsen rollen.

»*USS Boston für Cygnus-78. Wir haben vor dem Wurmloch Stellung bezogen und die beiden taktischen Bomber zurückgedrängt. Die Salve auf deren Deflektoren hat gesessen. Sie drehen ab. Cygnus-78, Sie befinden sich in Reichweite unserer Frontaldeflektoren, wir können sie jetzt beschützen, Sie haben es geschafft!*«

»YUKI, ICH LIEBE DICH!«, brüllte Max, der einen Platz weiter saß. Offenbar kannte er die Stimme. Der Gleiter rollte immer noch, was der Freude der Besatzung keinen Abbruch tat. Der Jubel und das Geschrei übertönten alles.

Keine Viertelstunde später standen sie auf einem Flugdeck der USS Boston. Isabella lief Max hinterher, der gemeinsam mit anderen durch die Korridore sprintete. Das Ziel war die Brücke. Gleich sollten sie da sein. Die letzte Tür öffnete sich. Eine asiatische Schönheit sprang Max an den Hals. Was für eine Begrüßung. Das war offenbar Captain Yuki Okinawa.

»Geht es Ihnen gut?«, fragte Ruth Negri, die ihr die Hand an die Schulter legte.

»Ja …« Auch wenn Isabellas Drang nach neuen Abenteuern fürs Erste gesättigt war. »Ich bin müde.«

»Bella, wir haben es geschafft … Sie können sich ausruhen.«

»Gleich …« Eine Sache war da noch. Das Beatmungsgerät, das unter ihrer Brust klebte, machte sie wirklich dreißig Jahre jünger. Die wohlige Wärme fühlte sich gut an.

»Captain Okinawa, was ist mit dem Wurmloch? Warum ist das noch offen?«, fragte Ruth Negri.

»Es gibt Fehler … wir können es im Moment nicht schließen. Die Feuerleitlösung für unsere vorbereiteten Lenkwaffen klemmt. Wir wissen nicht genau, wo das Problem liegt.«

»Vater!«, rief Max.

»*Ich kümmere mich schon darum*«, antwortete die KI über den Lautsprecher der Brücke. »*Die Waffensystemkontrolle hat Probleme, die richtige Entfernung beim Anvisieren eines Wurmlochs zu berechnen. Ich versuche ein neues mathematisches Modell.*«

»Was ist mit den Bombern der Erde?«, fragte Ruth Negri sichtlich alarmiert. Major Beust stand direkt neben ihr.

»*Die warten auf der anderen Seite. Wir haben ein Patt. Wir leiten die gesamte Triebwerksleistung in die Deflektoren, die können sie nicht durchdringen. Die beiden terranischen Geschwader haben ebenfalls Schilde aktiviert*«, erklärte Vater.

»Ich brauche ein taktisches Szenario!«, rief Max. »Was passiert, wenn eine Seite das Feuer eröffnet?«

»*Physik im Grenzbereich. Normalerweise hätten die Deflektoren der beiden Raumschiffe eben dem direkten Hochenergiebeschuss nicht standhalten dürfen. Das haben sie aber. Die Energie wurde zum größten Teil vom Wurmloch absorbiert. Als ob man mit einer Projektilwaffe ins Wasser schießt und die Kugeln nach einem Meter auf den Grund taumeln. Das würde mit den Lasersalven der beiden Geschwader bei uns genauso aussehen. Das Wurmloch verhindert einen direkten Schlagabtausch. Die Ladung der Hochenergiewaffen wird regelrecht absorbiert und für den Einsatz der Railguns ist die Entfernung zu hoch.*«

»Lenkwaffen?«, fragte Max.

»*Zu langsam ... die würden abgefangen werden.*«

»Und wenn die beiden Geschwader durch das Wurmloch fliegen?«

»*Dann würden wir sie binnen dem Bruchteil einer Sekunde abschießen. Wir würden uns dabei vielleicht ein paar Treffer* einfangen, aber damit besser klarkommen als sie. *Das wissen die Kommandanten, weshalb sie sich vermutlich auch zurückhalten.«*

»Die Einschätzung kann ich bestätigen«, sagte Ruth Negri. »In Summe ist die USS Boston den beiden taktischen Geschwadern überlegen. Die können unsere Integrität nicht signifikant in Gefahr bringen.«

»Haben wir es dann geschafft?« Max sah Negri an. Die Anspannung hielt sich.

Die hochgewachsene Frau mit kurzen blonden Locken schüttelte den Kopf. »Ich weiß nicht, was die vorhaben … sicher sind wir erst, wenn das Wurmloch geschlossen ist!«

»Vater, was ist mit dem Feuerleitsystem?« Max presste die Lippen zusammen. In dieser Pattsituation war offenbar noch überhaupt nichts entschieden.

»Ich arbeite daran.«

»Und wenn wir angreifen?«, fragte Lana.

»Im Prinzip möglich … aber wenn wir Pech haben, bleiben wir auf der anderen Seite hängen. In einem Raumgefecht kann viel passieren«, antwortete Major Beust, der zuerst Isabella ansah und dann seine Vorgesetzte. »Colonel Negri, das sollten wir nicht tun. Wir leben noch … wir sollten unser Glück nicht überstrapazieren.«

»Ich möchte mich der Meinung von Major Beust anschließen. Die Waffensysteme der USS Boston sind primär für die Meteoritenabwehr konzipiert. Bei allen Möglichkeiten, die uns zur Verfügung stehen, sind wir dennoch kein Kriegsschiff.«

»Das hilft uns nicht!« An Ruth Negris Wange konnte man Blutspritzer sehen. Sie und Max trugen immer noch die erbeuteten roten Harper-Mackinney-Uniformen. »Wir müssen einen Weg finden, die Verbindung zur Erde zu kappen!«

»Es gibt eine Anfrage des Geschwaders: *Offenbar befindet sich Cassian Mackinney persönlich auf einem der Kriegsschiffe.*

Colonel Harper, Colonel Negri, möchten Sie das Gespräch führen?«, fragte Vater.

Max nickte, Negri tat es ihm gleich. Wer hatte jetzt eigentlich das Kommando? Sie befanden sich auf der USS Boston, das war sein Schiff, seine Crew und seine Bord-KI. Andererseits war Negri die Anführerin der Separatisten und damit die wichtigste Person an Bord.

Negri machte die Eröffnung. »Mackinney, was wollen Sie?«

»*Mein Eigentum. Und ich werde es mir holen.*«

»Cygnus hat formell seine Unabhängigkeit von der Erde erklärt. Und wir werden zu verhindern wissen, dass die terranischen Streitkräfte durch das Wurmloch kommen. Was wollen Sie also tun? Ich denke, Ihre Optionen sind ausgeschöpft.«

Während Ruth Negri sprach, bezogen alle Offiziere auf der Brücke ihre Positionen. Alle Systeme waren online. Isabella wusste ohnehin nicht, wozu der ganze technische Kram gut war.

»*Das denke ich nicht.*«

Die kalte Entschlossenheit in der Stimme jagte Isabella einen Schauer über den Rücken. Was hatte dieses Monster noch in der Hinterhand?

»Colonel, die beiden terranischen Geschwader setzen sich in Bewegung!«, rief Major Beust, der direkt hinter Ruth Negri sitzend, eine Aufklärungs- und Kommunikationskonsole besetzt hatte.

»*Wir sind gefechtsbereit. Sämtliche Waffensysteme der USS Boston sind online. Steuerborddeflektoren online. Sämtliche Reparaturdrohnen sind im Einsatz, um auftretende Schäden zu beheben. Wir haben zudem Infanteriedrohnen von Cygnus an Bord, um die Flugdecks zu verteidigen. Ich hoffe nicht, dass es so weit kommt, aber wir sind vorbereitet.*«

»Vater, sobald wir schießen können, feuern wir!«, rief Max.

Isabellas gesunder Menschenverstand wollte nicht glauben,

dass Mackinney eine offene Konfrontation suchte. Die konnte er kaum gewinnen. Auch auf die USS Boston zu schießen, ergab einfach keinen Sinn.

»Max, Ruth, da stimmt etwas nicht!«, rief Isabella. Da passierte etwas außerhalb ihres Sichtfeldes.

»Und was?« Ruth Negri sah sie prüfend an, vermutlich klingelten auch bei ihr die Alarmglocken.

»AN ALLE!«, rief Max. »WIR BRAUCHEN EINE TAKTISCHE ANALYSE! WAS HAT MACKINNEY VOR?«

»Ich habe alle Systeme kontrolliert. Die Firewall ist dicht. Da kommt nichts durch. Es gibt auch ansonsten keine bedenklichen Indikatoren. Alle unsere Waffen sind einsatzbereit. Noch 72 Sekunden, dann ist das erste Geschwader in Reichweite.«

»Dieser Mann würde niemals ohne einen Plan auf uns zukommen!« Dessen war Isabella sich sicher. Ihr fehlte allerdings der militärische Sachverstand, um seine Pläne zu erkennen.

Ruth Negri verzog das Gesicht und schlug mit der flachen Hand auf eine Konsole. »Wir übersehen etwas!«

»Habe ich Sie verunsichert?«, fragte Mackinney, der zwar nichts von ihrem Gespräch mitbekommen hatte, aber die Pause richtig deutete.

Stille.

Für einen Moment schwieg jeder auf der Brücke. Isabella spürte, wie der Druck auf ihrer Brust wieder zunahm. Sie hatte Angst, diesem Kerl war alles zuzutrauen.

»*Nun ... um ehrlich zu sein. Sie hatten nie eine Chance ... Sie sind immer genauso hoch gesprungen, wie ich es Ihnen gestattet habe. Colonel Negri, haben Sie sich nie gefragt, warum ausgerechnet Sie mit dem Aufbringen der USS Boston beauftragt worden sind?*«

Es blieb still auf der Brücke. Alle arbeiteten weiter, hörten aber zu, was Cassian Mackinney zu sagen hatte.

»*Haben Sie wirklich gedacht, dass uns Ihre Gesinnung nicht* bekannt war? Na kommen Sie, so dumm sind Sie doch nicht. Die cygnische Separationsbewegung ist doch nicht aus dem Nichts entstanden ...«

»Mackinney, hören Sie auf damit! Diese Megamind-Nummer nehme ich Ihnen nicht ab ... Sie haben die Ereignisse nicht planen können. Das konnte niemand. Und wenn doch, wären Sie ein unverantwortlich hohes Risiko eingegangen!« Ruth Negri ließ sich nicht bluffen, die Zeit lief weiter, noch 48 Sekunden. Ein Display auf der Brücke zeigte den Countdown an, ein anderes eine Ansicht der beiden auf den Peak des Wurmlochs anfliegenden taktischen Geschwader der Erde. Max sah sie fragend an. Isabella ebenfalls.

»*Colonel Negri, Sie sind klug ... und es spielt eigentlich auch keine Rolle mehr. Schluss mit den Spielchen. Lassen Sie uns über Fakten sprechen. Zugegeben, Sie hätten es beinahe geschafft. Es ist bedauerlich, dass Sie sich für die falsche Seite entschieden haben. An meiner Seite wäre Ihnen eine beachtliche Karriere sicher gewesen.*«

Noch 39 Sekunden. Die taktischen Bomber der Erde hielten weiter auf sie zu.

»*Für Ihre kaltschnäuzige Kommandoaktion auf der Deep Rising III zolle ich Ihnen meinen Respekt. Wie mit einer Klinge geplant und eiskalt ausgeführt. Ich hätte die wertvolle Fracht besser nicht einigen völlig überforderten Forschern überlassen sollen, oder?*«

»Wäre besser gewesen ...« Ruth Negri biss sich auf die Lippe. Was tat Mackinney da? Seine jovialen Worte trafen. Keiner auf der Brücke konnte sagen, was er damit bezweckte.

Er lachte höhnisch. »*Verunsichert? Wissen Sie, in unserer Branche kann man wirklich nicht alles planen ... glücklicherweise habe ich noch ein Ass im Ärmel.*«

Die Anspannung stand allen ins Gesicht geschrieben. Mackinney so großspurig daherreden zu hören war eine Sache, aber die beiden taktischen Geschwader hielten weiterhin mit gemäßigter Geschwindigkeit auf sie zu. Was sollte das?

»Am Ende bekomme ich alles. Die Embryonen, die Erde, Cygnus und die USS Boston. Sie haben mir den Vorwand geliefert, den Aufstand auf Cygnus niederschlagen zu lassen. Unglaublich ... damit hat wirklich niemand rechnen können. Es war mir eine Freude, Colonel. Aber jetzt ist der Spaß zu Ende. Leben Sie wohl.«

Niemand auf der Brücke sagte etwas. Max schüttelte den Kopf, er hatte vermutlich auch keinen blassen Schimmer, was Mackinney jetzt noch gegen sie unternehmen wollte. In wenigen Sekunden würden die taktischen Bomber in Reichweite kommen und das Gefecht gegen die USS Boston verlieren. Was erhoffte sich Mackinney bloß davon?

»Was hat er vor?«, fragte Isabella leise. Sie sah zu Lana, zu Yuki und dann zu Ruth Negri. Niemand hatte diesen Augenblick im Griff. Mackinneys Bluff, wenn er denn einer war, ergab keinen Sinn. Mit großen Worten würde er die terranischen Kriegsschiffe nicht retten können.

Noch 14 Sekunden.

Ein kühler Luftzug strich über die Brücke. Isabella konnte nicht ein Display ausmachen, auf dem eine rot blinkende Fehlermeldung auftauchte und damit Mackinneys Drohung zumindest einen Funken Bedeutung verlieh. Die Waffen der USS Boston würden gleich zu feuern beginnen und diesen Krieg beenden.

Ein Knall beendete die Stille. Sie schreckte auf. Blut spritzte an ihr vorbei. Ihres war es nicht. Da hatte jemand geschossen. Alle sahen auf Ruth Negri, die zusammenbrach.

Der Täter war schnell ausgemacht. Major Rufus Beust hatte ihr in den Hinterkopf geschossen.

Mit dem nächsten Lidschlag explodierte die Stimmung auf der Brücke der USS Boston. Menschen zogen Waffen, schrien, schossen und suchten Deckung. Beust hingegen blieb einfach stehen, schoss der bereits am Boden liegenden Ruth Negri zwei weitere Male in den Rücken und hob dann erst seinen Kopf.

Isabella war starr vor Schreck. Mittlerweile war Beust bereits von unzähligen Treffer durchlöchert worden, aber er schien kaum darauf zu reagieren. Eine hellgraue Flüssigkeit ergoss sich aus den Austrittswunden über eine Konsole.

Beust hob in Seelenruhe den Arm, zielte auf Yuki Okinawa, die in der Zwischenzeit schreiend ein ganzes Magazin auf ihn abgefeuert hatte. Sie lud nach. Seine Antwort traf sie mit zwei Treffern in die Brust, die es durch die Wucht der Geschosse nach hinten riss. Ein ungleicher Kampf, sie hatte keine Chance.

Lana hatte keine Waffe, sie suchte Deckung hinter einer Konsole. Leider umsonst. Beust erwischte sie mit zwei Treffern im Rücken, die gegen die nächste Wand knallten.

Inzwischen schoss nur noch Beust. Max drehte sich weg, sprang über eine der Konsolen und riss die schreiende Isabella mit sich. Er rollte sich zur Seite ab, kam auf ein Knie und versuchte, Yukis neu geladene Waffe aufzunehmen. Aber Beust agierte zu schnell und zu präzise. Er schoss Max zweimal in den Bauch.

Isabella schrie!

»*Alle Systeme ausgefallen. Wir können nicht ...*« Das waren Vaters letzte Worte, dann schalteten sich sämtliche Konsolen auf der Brücke ab. Sie waren besiegt.

Die Tür zur Brücke öffnete sich, und Skagen Muller stürmte mit einem Schnellfeuergewehr im Anschlag herein. Er traf Beust mehrfach – im Oberkörper, an der Schulter –, aber die Kugeln schienen ihm überhaupt nichts auszumachen. Überall spritzte nur dieses weiße Zeug durch die Gegend. Noch im Türrahmen streckte Beust Skagen mit einer vierschüssigen Salve nieder.

Eine Sache war Isabella inzwischen klar. Vor ihr stand kein

Mensch, sondern ein Androide aus dem Lilith-Protokoll. Eine Killermaschine, die dazu geschaffen worden war, zu infiltrieren und jeden von ihnen ohne Reue zu töten.

Beust ignorierte Isabella und wartete, bis die Systeme neu starteten. Sie lag am Boden und kroch auf Max zu, der noch lebte. Er streckte seine Hand nach ihr aus, mit der anderen versuchte er, sich die beiden klaffenden Wunden am Bauch zuzuhalten. Ein vergebliches Unterfangen, er lag bereits in einer Blutlache.

»Sir, bestätige die Übernahme der Brücke. Zielobjekte terminiert. Erbitte weitere Anweisungen«, erklärte Major Beust emotionslos.

»*Sehr gut. Was ist mit der Besatzung?*«, fragte Mackinney.

»Wird terminiert. Über die Bordsteuerung habe ich Zugriff auf die Drohnen erhalten. Sie melden laufend weitere Treffer. Die Gegenwehr hält sich in Grenzen.«

»*Die KI Vater?*«

»Terminiert.«

»*Isabella Macfadden?*«

»Wie gewünscht, sie lebt.«

»*Ich hatte nicht damit gerechnet, dass sie nach Cygnus gebracht wird. Sie hätte auf der Erde bleiben sollen ... ich hatte erwartet, dass Harper sie im Hotel zurücklässt. Aber egal ... ich brauche sie nicht mehr. Töten Sie sie. Ich habe keine Lust, dass sie zurückkommt und auf der Erde dummes Zeug erzählt.*«

»Ja, Sir.«

Isabella sah Max in die Augen, der sie mit offenem Mund anstarrte. Er versuchte zu reden. Er legte seine Hand auf das Beatmungsgerät, das immer noch unter ihrer linken Brust klebte. Sie hatte schon nicht mehr daran gedacht. Es wurde stetig wärmer.

»Der Tod ist eine Illusion ...« Er lächelte, was Isabella nicht zu deuten wusste.

»Bitte...«

Im nächsten Moment fingen seine Finger an zu zittern, dann brach sein Blick. Maximilian Harper lebte nicht mehr. Das Beatmungsgerät auf ihrer Brust wurde noch wärmer.

Beust ging in die Hocke und zog Max' Kopf an den Haaren hoch. In der anderen Hand hielt er eine Waffe. Dann blickte er zu Isabella, die vor ihm auf den Boden lag. Das Beatmungsgerät unter ihrer Brust glühte regelrecht.

Beust hob die Waffe und richtete sie auf Isabella. Grinste er? Er schien tatsächlich zu grinsen, dachte Isabella. Aber wer baute einen Killerandroiden, dem Töten Freude bereitete?

Dann schloss sie die Augen und ergab sich ihrem Schicksal. Doch nichts geschah.

Als sie ihre Augen wieder öffnete, sah sie, wie Beusts Lider zitterten. Was passierte mit ihm? Sie wusste es nicht. Das Gerät unter ihrer Brust drohte, sie regelrecht zu verbrennen.

»Was...«

Beust ließ die Waffe fallen. Würde sie so eine Gelegenheit wieder bekommen? Vermutlich nicht. Ohne weiter darüber nachzudenken, hob sie die Waffe auf, zielte auf seinen Kopf und drückte ab. Dauerfeuer. Seine widerliche Fratze wurde in tausend Stücke zerfetzt.

Isabella sah auf ihre Hand und fragte sich, was hier überhaupt passiert war. Major Beust war offenbar ein Lilith-Prototyp gewesen, der Ruth Negri und auch alle anderen hatte täuschen können. Hatte Cassian Mackinney jetzt gewonnen?

»Aber warum konnte Beust mich nicht töten?« Isabella griff sich an das immer noch warme Beatmungsgerät unter ihrer Brust. Sie hatte es von Lana Hindley auf dem Flug hierher bekommen, die leider auch nicht mehr lebte. Etwas hatte Beust aufgehalten. Sie war es nicht. Nein, das war jemand anderes gewesen.

XXIX.

AD 3075 – ZUGEFLÜSTERT

Isabella wusste nicht, wo sie hinsehen sollte, auch die Finger ihrer Hände machten, was sie wollten, und suchten auf dem Vernehmungstisch rastlos nach Halt. Max war erst vor wenigen Stunden vor ihren Augen gestorben, und sie trug immer noch das mit Blut verschmierte Kleid. Wie durch ein Wunder hatte sie das infernalische Blutbad auf der USS Boston überlebt.

»Dr. Macfadden, möchten Sie Ihre Antwort noch einmal überdenken?«, fragte ein Mann, dessen Namen sie sich nicht gemerkt hatte. Ein kräftiger Typ mit fleischigem Gesicht und penetrantem Blick.

»Bitte?«

»Dr. Macfadden, wissen Sie noch, was Sie auf meine Frage geantwortet haben?«

»Ja, ja.« Sie hatte alles vergessen. Die Worte rauschten durch ihren Kopf, ohne mehr zu hinterlassen als neue Fragen. Sie brauchte eine Pause.

»Und?«

»Ja.«

»Was ja?« Das passte dem dicken Polizisten nicht, der auf der anderen Seite des Tisches nicht minder unruhig von links nach rechts rutschte. Mit der Hand strich er sich seine schulterlangen Haare aus dem Gesicht. Die Frisur, für die er mindestens zwanzig Jahre zu alt war, stand ihm nicht. Aber vielleicht sparte er auch auf eine Operation, dann könnte es wieder passen.

»Entschuldigen Sie, was haben Sie gefragt?« Isabellas Gedanken schweiften ab, sie dachte an alles Mögliche, nur nicht an die Ereignisse der Nacht. Inzwischen war es draußen wieder hell, wie lange sollte das hier noch gehen? Sie wollte nur noch in ihr Bett und schlafen.

»Ich hatte Sie gefragt, ob Sie wussten, dass Maximilian Harper ein Androide war?«

»Stimmt.« Jetzt fiel es ihr wieder ein.

»Und?«

Isabella schloss die Augen, sie sah Max, wie er die seinen schloss. Sie sollte froh sein. Im Gegensatz zu ihm lebte sie noch.

»Dr. Macfadden?«, fragte die Frau an seiner Seite, die minutenlang nichts gesagt hatte. Isabella hatte fast schon vergessen, dass sie sich überhaupt mit ihr im selben Raum befand. Ein Vernehmungszimmer im New Scotland Yard, dem Tower des Metropolitan Police Service. Ihren Namen hatte sie sogar behalten, der etwas mit dem Wochenende zu tun hatte.

Allein die Tatsache, dass Isabella von Soldaten der Raumstreitkräfte zurückgebracht wurde, schenkte ihr Hoffnung. Mackinney hatte also noch nicht die ganze Welt gekauft. Nachdem Beust zusammengebrochen war, war der Spuk auf der USS Boston vorbei gewesen. Mit ihr hatten auch andere Besatzungsmitglieder überlebt. Die Infanteriedrohnen hatten mit Beusts Tod umgehend das Töten eingestellt.

Eine unangenehme Situation für Cassian Mackinney, der nun einiges zu erklären hatte. Zahlreiche Aussagen würden ihn belasten, das Gespräch auf der Brücke, das er mit Negri geführt hatte, konnte allerdings ganz allein sie bezeugen.

Mackinney hatte sich gar nicht auf einem der taktischen Bomber befunden, er hatte den Kommandanten der Raumflotte nur versichert, einen Agenten an Bord der USS Boston zu haben, der die schweren Waffensysteme deaktivieren konnte. Nur deswegen waren die Raumschiffe auf die Arche zugeflogen.

»Hören Sie, Inspector Friday.« Genau, das war der Name. »Ich habe Colonel Harper erst gestern kennengelernt. Ich sollte mich auf Wunsch von Cassian Mackinney mit ihm unterhalten. Den Rest der Geschichte kennen Sie.«

»Über die Separatistin Ruth Negri?«, fragte der Dicke.

»Ja ... sie wollte Freiheit für Cygnus.«

»Die wird dort nun kaum einer bekommen. Terranische Verbände haben die Verschwörer festgenommen.«

»Vermutlich.« Bei diesen Konflikt gab es mehr als einen Verlierer. Die gesamte Besatzung, die Embryonen und die Siedler von Cygnus sollten in den nächsten Tagen auf die Erde gebracht werden. Ruth Negri und die Ihren waren auf ganzer Linie gescheitert.

»... und Sie wollen wirklich diese Anschuldigungen gegen Cassian Mackinney zu Protokoll geben?«, fragte Friday. Eine hübsche Frau, die sie mit sichtbarem Unverständnis ansah. Die musste denken, dass Isabella den Verstand verloren hatte.

»Ja.«

»Sind Sie sich sicher?«

»O ja.« Isabella würde Cassian Mackinney sicherlich nicht davonkommen lassen. »Absolut!«

»Dr. Macfadden. Als Sie an Bord der USS Boston gefunden wurden, hatten Sanitäter dieses Gerät bei ihnen entdeckt. Es war aktiv. Der Arzt sagte mir, dass es ein intelligenter Atemmonitor aus der Intensivmedizin ist.«

»Da möchte ich ihm nicht wiedersprechen ... ich hatte auf dem Flug Probleme, Luft zu bekommen.« Isabella sah das flache Gerät, das im Moment nicht aktiv war.

»Hat sich das schon einer unserer technischen Experten angesehen?«, fragte der Mann.

»Und wann sollte das einer getan haben? Die Beweissicherung auf der USS Boston läuft immer noch ... und es sind noch Hunderte Personen zu vernehmen. Der Arzt sagte, dass solche vernetzten Kreislaufmonitore harmlos sind. Das sind kleine Computer, man nutzt sie, um Patienten zu überwachen. Nichts von Bedeutung.«

»Gib mal her.« Der Dicke nahm das Gerät und aktivierte es. Nichts geschah.

»Und jetzt?«, fragte Friday.

»Dürfte ich den Atemmonitor haben?«, fragte Isabella.

»Nein.« Er schüttelte den Kopf. »Ist gegen die Vorschrift. Das Gerät ist ein Beweismittel.« Dann legte er es, ohne es auszuschalten, zurück auf den Tisch.

»Dr. Macfadden, falls wir weitere Fragen haben, werden wir uns bei Ihnen melden. Ich würde Ihnen dringend empfehlen, sich gegenüber der Presse nicht zu äußern.«

Zwei Tage später stand Isabella auf der Veranda ihres Hauses in Gozo und suchte Donald. Wo war das dumme Schwein nur? Sie hielt die Schale mit seinem Frühstück in den Händen. Normalerweise ließ sich dieser Nimmersatt nicht zweimal bitten.

»Donald, wo bist du?« Er war eigentlich zu eitel, um sich zu verstecken. Er stolzierte immer durch den Garten, als ob ihm die ganze Welt gehören würde. Das Schwein mit der roten Schnur am Hals.

Sie konnte Donald nicht finden und stellte daher den Napf in seiner Ecke neben dem Haus ab. Das Wetter an diesem milden Dezembermorgen war wunderschön. Ihr ging es gut. Jedenfalls besser als zuvor. Sie erholte sich langsam.

»Es gibt Frühstück!«, rief sie lautstark den Hügel herunter.

Früher oder später würde Donald schon den Weg zurück finden. Auf seinen Appetit konnte man sich verlassen. Sie selbst hatte noch nichts gegessen, das würde sie im Laufe des Tages nachholen. Sie könnte sich etwas frisches Obst pflücken.

Isabella überlegte, ob sie mit dem Rad zu Silvio und Maria fahren sollte? Vielleicht hatten sie Donald gesehen? Nicht, dass ihm etwas zugestoßen war. Nein, die Sorge war übertrieben. Ihm würde schon nicht Schlimmes passieren. Jedenfalls nicht, solange Wladimir, der Stier, fest angebunden in seinem Stall stand.

Vermisste sie die Arbeit an der Universität? Sie hatte den Unterricht nie als Arbeit gesehen. Junge Menschen Geschichte zu lehren war ein Privileg. Leider war es damit vorbei. Den Lehrstuhl hatte sie bis auf weiteres niederlegen müssen. Sie wäre nicht mehr tragbar, hatte es geheißen. In der Presse hatte sie sogar heute Morgen gelesen, wer ihr Nachfolger werden sollte. Sie hatte es schon wieder vergessen. Das war nicht mehr wichtig.

»Vorbei …«, flüsterte sie und sah in die Ferne. Über Malta, der Insel hinter der Meerenge, konnte sie ein paar Wolken sehen. Die reichten nicht, um ihnen Regen zu bringen. Dabei war hier Niederschlag stets willkommen.

Isabella hatte vieles verloren. Ihren Job, ihre Reputation und ihren unbedingten Glauben an das Gute im Menschen. Ihre Seele war ein Scherbenhaufen, den wegzufegen sie kaum mehr in der Lage war. Das, was in London und auf der USS Boston passiert war, hatte sie zerrissen. Darüber war sie noch nicht weg: Sie hatte Menschen verloren, die sie gerne besser kennengelernt hätte, vor allem Max und Ruth Negri.

In der Presse tobte seit ihrer Rückkehr eine Schlacht mit mehr als einer Wahrheit. Medien, die Mackinney nahestanden, waren hinter Max her, der wie Ruth Negri als Terrorist gebrandmarkt wurde. Als leibhaftiger Teufel, der den Auftrag gehabt hatte, die USS Boston unter seine Kontrolle zu bringen. Bei dem Versuch, seine Crew zu befreien, hatte er, ohne zu zögern, getötet. Dabei ging das Bild von Captain Aylin Demir um die Welt, die von Ruth Negri erschossen worden war. Die Staatsanwaltschaft in London und Mackinney-kritische Medien hielten dagegen. Aber die Wahrheit war komplizierter und ließ sich bei weitem nicht so gut verkaufen. Negris Separatisten boten mit dem brutalen Angriff in Instanbul und der offenen Rebellion auf Cygnus zu viel Angriffsfläche. Bei den Kämpfen hatte es leider zahlreiche Tote gegeben. Zu viele: Max, Ruth, Lana, seine Crew und andere. Die USS Boston wurde übrigens von Harper-Mackinney übernommen, die das Schiff gerade modernisierten. Von den Embryonen sprach niemand mehr.

Über ihr piepte es leise. Isabella sah nach oben: Da befand sich eine Schutzdrohne der Polizei, die zehn Meter über dem Haus schwebte. Das Ding arbeitete leider nicht geräuschlos. Sie stand bis auf weiteres unter Hausarrest. Die Drohne wirkte glücklicherweise wie ein Insektenschutz und hielt auch neugierige Augen und Ohren der Boulevardpresse auf Abstand, die ansonsten zu Hunderten über ihrem Kräutergarten gekreist wären.

Inspector Friday und ihr netter Kollege mit den fleischigen Wangen hatten die Staatsanwaltschaft und vermutlich auch andere Politiker von der Idee überzeugt, dass die renommierte Universitätsprofessorin Dr. Isabella Macfadden auf einer einsamen Insel am besten aufgehoben sei. Unter Aufsicht, mit einer vollständigen Kontaktsperre belegt und natürlich unter Polizeischutz, sicher war sicher, schließlich wollte niemand, dass ihr etwas zustieß.

»DONALD!«, rief sie. Cassian Mackinney hatte sie missbraucht. Er hatte sie mit falschen Versprechungen aus ihrem Schneckenhaus gelockt und mitten in ein Gefecht geworfen, das sie hoffnungslos überforderte. Menschen mit großer Macht konnte man nur schwer auf Augenhöhe begegnen. Er war ihr immer zwei Schritte voraus gewesen.

»Guten Morgen, Bella.« Maria kam mit Donald an der Leine langsam den Hügel zu ihrem Haus herauf

»Guten Morgen.« Isabella freute sich, sie zu sehen. »Was hat er angestellt?« Wenn Maria Donald so nach Hause brachte, hatte sich das Schwein bestimmt wieder danebenbenommen. Es quiekte gebieterisch und schritt ihr voran. Egal, was es tat, es zeigte niemals auch nur einen Funken Reue.

»Ach, nichts Wildes. Er hat Silvios Fang gefressen … aber der Narr hätte besser auf den Eimer aufpassen sollen. Er kennt Donald doch gut genug, um zu wissen, wie er ist.«

»Donald!«

»Lass gut sein … wir haben genug.« Maria klopfte dem frech quiekenden Schwein auf den Hintern, aus dem Isabella oft genug schon zwei leckere Schinken hatte machen wollen.

»LOS! VERSCHWINDE!«, fuhr Isabella das Schwein an. Maria machte ihn los, worauf Donald ungeachtet seiner Schuld mit hocherhobenem Haupt an ihr vorüberschritt. Manchmal wäre sie froh, mehr von seiner störrischen Unbekümmertheit zu haben. »Möchtest du eine Tasse Tee? Ich brühe ihn frisch für uns auf.«

»Gerne.« Maria war nicht nur gekommen, um Donald zurückzubringen. Maria kam auch, um nach ihr zu sehen. Isabella wusste es und ließ es geschehen.

»Wie geht es dir?«, fragte Maria, als sie beide auf der Veranda saßen. Noch war es früh am Morgen, das würde heute wieder heiß werden. Natürlich wusste sie, was passiert war.

»Gut.«

»Wirklich?«

»Ja.« Isabella schenkte ihr ein Lächeln.

»Warum glaube ich dir nicht?«

»Weil du dir ständig Sorgen um mich machst. Maria, mir geht es gut. Ich bin darüber hinweg.« Eine schamlose Lüge.

»Betroffenheit zu zeigen ist keine Schwäche.«

»Natürlich nicht ...« Wem versuchte sie eigentlich, etwas vorzumachen? Maria, die sie sehr gut kannte? Oder sich selbst?

»Du musst dir selbst gestatten zu trauern. Wie sollen deine Wunden sonst heilen?«

»Gar nicht.« Wie könnte sie auch? Sie konnte das, was geschehen war, nicht ungeschehen machen.

»Ich habe gelesen, dass Cassian Mackinney eine Pressekonferenz abgehalten hat.«

»Wirklich?«

»Er hat über dich gesprochen.«

»Ah ...«

»Er hat sich bei dir bedankt und sein Bedauern über das geäußert, was dir widerfahren ist. Und dass er sich deine Kritik zu Herzen genommen hat.«

»Tatsächlich?«

»Dann sprach er darüber, dass sich so ein Unglück nie wiederholen dürfe und niemand vergessen solle, wer die Opfer auf dem Gewissen hat.«

»Lass mich raten: Maximilian Harper.«

»Ganz genau. Aber er hat auch Colonel Ruth Negri und die Separatisten von Cygnus beschuldigt.«

Isabella nickte, trotz ihrer Aussage und die der anderen Zeugen war die Beweislage dünn. Niemand außer ihr konnte Mackinney direkt belasten. Die anderen Zeugen konnten nur über Übergriffe der Infanteriedrohnen berichten. Diesen Sachverhalt konnten Mackinneys Anwälte mühelos den Schatten in die Schuhe schieben, schließlich hatte Negri die Systeme an Bord der USS Boston bringen lassen.

»Dann sagte er, dass er wegen der furchtbaren Dinge, die Androiden wie Harper getan haben und tun könnten, das Lilith-Programm einfrieren werde. Die Welt gehöre den Menschen und nicht deren Kopien. Er versprach, dass Harper-Mackinney stattdessen in neue medizinische Technologien investieren würde, um gerade der älteren Bevölkerung einen würdigen Lebensabend zu schenken.«

»Cassian Mackinney ... Ein echter Wohltäter.« Isabella spürte einen Anflug von Hass in sich aufsteigen. Der Typ war wirklich unglaublich. Er tötete und lieferte umgehend einen Schuldigen für das Verbrechen, er bestahl die Menschheit und ließ sich dafür feiern. Er bot sogar sein Diebesgut großzügig denselben an, denen er es zuvor dreist gestohlen hatte.

Isabella hörte ein lautes Piepen aus ihrem Schlafzimmer. Das war ihr Kommunikator, den sie, in eine Socke gesteckt, unter der Decke liegen hatte. Sie wollte die Nachrichten nicht mehr sehen, die sie jeden Tag bekam.

»Wer ist das?«

»Mein Postfach.« Isabella verdrehte die Augen. Sie hatte bereits eine Nachrichtenumleitung aktiviert, um sämtliche Presseanfragen im Büro der Universität abzuladen. Paul tat sein Möglichstes, dennoch kamen einzelne Nachrichten durch.

»Die Universität?«

»Vermutlich ...« Was würde Isabella dafür geben, wenn sie aufstehen könnte, um Cassian Mackinney lautstark widersprechen und seine Lügen aufdecken könnte. Aber ihr fehlten die belastbaren Beweise, um sich die Horden hungriger Anwälte vom Hals zu halten, die sie in der Luft zerreißen würden.

»Schalte das Gerät doch ab«, sagte Maria »Oder brauchst du es noch?«

Isabella nickte. »Ähm ... nein.«

»Dann hast du deine Ruhe.« Sie lächelte. »Ich gehe jetzt nach Marcello sehen.«

»Er wird noch schlafen.« Es war noch keine zehn Uhr.
»Ich wecke ihn. Heute ist Waschtag. In seiner Bude stinkt es, das werde ich ändern.« Maria stand auf, gab ihr einen Kuss auf die Wange und winkte Donald zu, der gerade schmatzend um die Ecke kam.
»Bis später ...«
»Gib Marcello einen Kuss von mir.« Der Trunkenbold würde davon ohnehin nicht viel mitbekommen.
»Mache ich!«

Isabella klopfte Donald auf die Seite, wie konnte man jemandem böse sein, der keinen Hehl daraus machte, wer oder was er war? Das Leben zu viert auf einer Insel barg keine Geheimnisse. Jeder kannte jeden, und jeder kannte Marcello. Er trank gerne, das war weder gesund, noch zeigte es seine edle Gesinnung, aber er stand dazu. Das war bei Donald nicht anders, auch dieses verfressene Schwein kannte jeder. Wer unbedacht etwas Essbares in seiner Reichweite liegen ließ, durfte sich nicht wundern, wenn Donald es umgehend vertilgte. Das war keine Magie, das war Logik. Weitaus schlimmer waren solche Typen wie Cassian Mackinney, die nicht so einfach zu durchschauen waren. Die die öffentliche Meinung nach Belieben manipulierten. Die immer noch mehr Macht und noch mehr Geld anhäuften.

Die Kommunikatorsocke meldete sich erneut, das reichte jetzt, sie würde das Gerät abschalten. Nein, sie würde es im Meer versenken. Das war eine sehr gute Idee. Sie würde mit dem Rad an die Westküste fahren und es in einem weiten Bogen über die Klippen werfen. Sie ging ins Schlafzimmer und kramte den Störenfried zornig zwischen der Decke hervor.

»Schon wieder derselbe!« Sie hatte es doch gewusst. Auf ihrem Kommunikator befanden sich genau fünf Nachrichten. Fünf Nachrichten, die sich partout nicht weiterleiten ließen.

Sie konnte diese kleinen Scheißer auch nicht löschen oder verschieben. Alles andere war wie von ihr gewünscht im Büro der Universität gelandet.

»Wer bist du?«, fragte sie wütend. Warum ließ man sie nicht in Ruhe? Sie tippte wütend auf die Nachricht, um sie zu löschen. Aber nichts geschah. Wer bitte konnte Nachrichten verschicken, die sich nicht löschen ließen? Die erste Nachricht öffnete sich, die hatte sie schon vor zwei Tagen bekommen. Gelesen hatte Isabella sie nicht.

Das war mehr als eine Textnachricht. Im Hintergrund entpackte sich gerade ein komplettes Archiv. Das kam alles von einem Nachrichtenserver aus Istanbul. Die fünf Nachrichten verschmolzen schließlich miteinander und bildeten ein Menü. Ein Menü mit der Überschrift: Cassian Mackinney. Darunter fanden sich Unterpunkte: Finanzen, Bestechung, Steuern, Forschung, Verbrechen, Komplizen und Harper.

»Was zum …?«, flüsterte sie ungläubig und schüttelte den Kopf. Sie wählte einen Menüpunkt: Bestechung. Darunter fand sich eine Übersicht über diverse bekannte Persönlichkeiten aus der Politik und passende Unterpunkte wie: Gelder, Motive, Schwächen und Termine. Sie drückte weiter und sah unter Termine räumliche Aufzeichnungen von diversen Mackinney-Terminen.

Das zauberte ihr ein verhaltenes Lächeln ins Gesicht. Sie sprang im Menü wieder nach oben.

»*Hallo, Bella …*«, sagte jemand in der Küche. Diese Stimme kannte sie doch. Sie verließ ihr Schlafzimmer.

»Max?« Sie konnte ihren Augen nicht trauen, aber dort saß Maximilian Harper an ihrem Küchentisch. Groß, schlank, graue Schläfen und dunkelhäutig. Noch füllte sich seine holographische Präsenz, wenige Sekunden später war die Illusion perfekt und er nicht mehr von einer realen Person zu unterscheiden. Sie lächelte. »Wie kann das sein?«

»Sie haben doch das Beatmungsgerät auf die Erde gebracht. Schon vergessen? Vater hatte das System für den Transfer unserer KIs vorbereitet. Wir hatten noch etwas zu tun ... haben Sie bereits einen Blick in das Dossier werfen können?«
»Damit können wir ihn zu Fall bringen.«
»Nicht wir, aber Sie können es tun.«
»Aber ...«
»Maximilian Harper lebt nicht mehr. Ich werde für eine Weile ruhen. Vater ebenso. Ich habe ihn überredet, sich ebenfalls eine Auszeit zu nehmen.«
»Eine Auszeit?«
»Wir vertrauen Ihnen, weshalb wir uns beide auf Ihrer Smart-Device archivieren wollen.«
»Wie lange?«
»Für länger.«
»Und wenn ich nicht mehr bin?«
Max lächelte nur.
Isabella nickte, sie hatte verstanden. Ewig existieren zu können bedeutete nicht, es auch zu wollen.

Später. Isabella stand auf ihrer Terrasse und verschränkte die Arme. Mackinney hatte seine Gegner unterschätzt. Vielleicht mochte es nicht den einen geben, der es mit ihm allein aufnehmen konnte. Dafür war er bereits zu mächtig geworden. Aber er konnte nicht alle besiegen. Vater hatte verheerende Informationen über den korrupten Geschäftsmann gesammelt. Nun lag es an ihr, diese Informationen sinnvoll zu nutzen. Was könnte es Besseres geben, als darüber ein Buch zu schreiben? Eine Biographie über Cassian Mackinney, die hatte er sich verdient.

XXX.
AD 9495 – ZURÜCK

Mit dem nächsten Schritt stand sie mitten im prallen Sonnenlicht. Sie schützte mit der Hand ihre Augen und warf einen letzten Blick zurück durch das Portal.

Elias nickte ihr zu, machte aber keine Anstalten, ihr zu folgen. Nur R2 begleitete sie, den die Sonne umgehend dazu bewegte, sich zweimal im Kreis zu drehen und schnellstens im Schatten des Olivenbaums Schutz zu suchen.

Wo war sie? Diesen Ort kannte sie nicht. Nicht weit von ihr konnte sie das Meer sehen und eine gegenüberliegende Küstenlinie. Das sonnige Wetter und der Olivenbaum sprachen für eine mediterrane Landschaft. Allerdings gab es dafür zu viele Bäume, die hier überall wuchsen. Die Inseln im Mittelmeer hatte sie eher karg in Erinnerung.

Eine Katze kam auf sie zu und sah sie an. Ein älteres Tier mit dunklen Flecken in einem ansonsten weißen Fell. Sie brachte R2, den sie sofort beschnüffelte, mehr Interesse entgegen als ihr. In der Nähe befand sich ein älteres Haus. Nicht sonderlich groß. Die Wände waren weiß gekalkt und die Ziegel auf dem Dach von der Sonne ausgeblichen. Ein Beispiel großer Handwerkskunst war die hemdsärmelig zusammengezimmerte Bruchbude nicht. Jazmin nahm an, dass dort die Person lebte, mit der sie sprechen sollte. Der Kontrast zur Raumstation hätte nicht stärker sein können. Der Schritt durch das Portal wirkte wie eine Reise in die Vergangenheit. In eine andere Welt.

»Hallo.« Sie ging auf das Haus zu. Die Katze folgte ihr in gehörigem Sicherheitsabstand. Nein, eigentlich behielt sie nur R2 im Auge, der geräuschlos über den sandigen Boden glitt. Ansonsten war niemand zu sehen.

Sie bekam keine Antwort. Vermutlich hatte der Mann sie nicht gehört. »GUTEN TAG!«, sagte sie, jetzt ein wenig lauter. »HABE ICH MICH ETWA NICHT DEUTLICH AUSGEDRÜCKT? VERPISS DICH! DAS IST MEINE INSEL! ICH WILL HIER NIEMANDEN SEHEN!«, tönte es verärgert zurück.

In Ordnung, Jazmin befand sich auf einer Insel. Was hatte dieser Typ? Bauchschmerzen? Streit mit Elias? Na ja, dafür würde er bestimmt seine Gründe haben.

»Darf ich trotzdem kurz stören?« Jazmin folgte der Stimme, was sie um das Haus herumführte. Das war wirklich schön hier. Allein der Kräutergarten roch wie ein kleines Paradies: Rosmarin, Thymian, Basilikum. Die feinen Aromen zauberten ihr ein Lächeln ins Gesicht. Hier ließ es sich gut aushalten.

»Wer sind Sie?« Ein Mann kam auf sie zu. Dunkelhäutig, größer als sie, schlank, mit grauen Haaren an den Schläfen, ohne dabei wie ein alter Mann zu wirken.

Jazmin schlug die Hand vor den Mund. Sofort liefen ihr Tränen über die Wangen. Das konnte nicht sein! Das konnte einfach nicht sein! Unfähig zu sprechen, begannen ihr Tränen über die Wange zu laufen. Das war Max! Ihr kleiner Bruder! Wie konnte er hier sein? Wie konnte er nach all dieser Zeit hier sein?

»Kennen wir uns?«, fragte er mit einem überraschten Gesichtsausdruck und kam vorsichtig näher. Von seinem zuvor geäußerten Missmut war nichts mehr zu sehen. »Geht es Ihnen gut? Ma'am, möchten Sie ein Glas Wasser?« Dann sah er in Richtung des offenen Portals, das sich hinter dem Haus befand. »Wenn das ein Scherz ist, kannst du was erleben, Elias!«

»Es ist kein ... Scherz«, stotterte Jazmin, die nicht wusste, was sie sagen sollte. Sie wurde von ihren Gefühlen überrollt. Unzählige Gedanken schossen ihr durch den Kopf. So viele Dinge, die sie ihn fragen wollte. R2 schwebte neben ihr und ließ einen tiefen Piepton erklingen. Die Katze folgte ihm und schleckte sein verbeultes Chassis ab. Da hatten sich die beiden Richtigen gefunden.

»Wer sind Sie?« Er ging zu einem Tisch, schenkte ein Glas Wasser ein und reichte es ihr. Sie trank gierig. Das war eine Wohltat. Auch Liliths Avatar brauchte Flüssigkeit.

»Ich bin …« Ihre Stimme versagte, sie musste husten. Schlucken.

Max sah auf R2, sein Blick veränderte sich, als er sich die Drohne näher ansah. Natürlich kannte er die Baureihe. Die hatte es auch auf der USS Boston gegeben. Er ging näher heran und fuhr mit dem Finger über einen unscheinbaren Schriftzug an der Seite: USS London. Die Lackierung wirkte, als ob sie einen Sandsturm überstanden hätte. Man konnte die Schrift kaum noch lesen. »Ma'am, gestatten Sie mir eine Frage. Woher haben Sie diese Drohne?«

»Max, ich bin zurück …«, sagte sie leise.

»Wer …« Jetzt traf es auch ihn. Seine Augen weiteten sich. Klar, wie sollte er sie auch erkennen? Liliths Avatar sah ihrem nicht im Entferntesten ähnlich, er musste schon seine Schlüsse ziehen. »Jaz?«

Sie nickte.

»Aber …«

»Das ist nicht mein richtiger Körper.« Wer, außer ihm, sollte es besser verstehen?

»Es ist so lange her …«

»Hab mich ein wenig verflogen.« Eine Aussage, die großzügig ihre Erlebnisse zusammenfasste. Sie wollte heute nicht kleinlich sein. Ihr Herz drohte ihr gleich aus der Brust zu springen. Sie hätte die ganze Welt umarmen können.

»JAZ!« Er lachte, weinte und nahm sie ihn den Arm. Er drückte sie. Mein Gott, es war so schön, ihn zu spüren. Sie hatte nicht vor, ihn während der nächsten 6000 Jahre wieder loszulassen. R2 piepte zufrieden, während ihn die Katze dicht an ihn geschmiegt umrundete. »Wie hast du das nur geschafft?«

Die Nachmittagssonne über Gozo war brütend heiß. Sie saß auf der Veranda im Schatten und hatte sich wieder gefangen. So halbwegs zumindest. Es gab so viel, über das sie mit ihm sprechen wollte: über seine Reise, ihre gemeinsame Vergangenheit und darüber, was aus der Erde in der Zwischenzeit geworden war.

»Wann bist du zurückgekommen?«, fragte sie. Max sah älter aus, als sie ihn in Erinnerung hatte.

»3075 ... wir hatten Cygnus nach großen Schwierigkeiten mit der Navigation gefunden. Die gravitativen Schlaglöcher im All hätten uns beinahe verschluckt.«

»Das Problem hatten wir auch.« Jazmin wusste ganz genau, was er meinte.

Er schüttelte den Kopf und streckte die Hände in die Höhe. »Nur um dann festzustellen, dass wir nicht die Ersten waren! Verdammt, du kannst dir unsere Enttäuschung vorstellen. Cygnus war dank der Wurmlochtechnologie bereits erschlossen. Ich habe nie einen Fuß auf diese Welt gesetzt. Die haben mich wegen unseres Vaters sofort in Ketten gelegt und in einen Kerker geworfen.«

»Dad hätte der Welt von uns erzählen sollen!«

»Hätte man uns dann mitfliegen lassen?«

»Vermutlich nicht.« Diese Problematik war Jazmin durchaus bewusst. Duncan Harper war seinen Mitmenschen im Jahr 2720 weit voraus gewesen, damals war noch niemand in der Lage, mit künstlichen Menschen umzugehen. Jetzt, da sie Max reden hörte, wurde ihr klar, dass es viele auch später nicht begriffen hatten. Androiden hielten ihren Erschaffern nur zu deutlich den Spiegel vor die Nase und offenbarten schonungslos ihre Schwächen. Der körperlichen und mentalen Beschränkungen der Menschen entledigt, leisteten Androiden Höchstleistungen. Das war für manche Menschen schwer zu ertragen. »Aber später wurdest du dann freigelassen?«

»Nein.«

»Wie?«

»Ein mächtiger Industrieller, Cassian Mackinney war sein Name, hat meinen Avatar zerstören lassen …«

»Was hat er getan?« Jazmin verstand die Gelassenheit nicht, mit der Max über diesen Mann sprach.

»Er erbte die Firma unseres Vaters. Das reichte ihm aber nicht, er wollte mehr.«

»Hat er es bekommen?«

»Er war ganz oben. Mackinney hatte im Jahr 3075 alles im Griff gehabt. Das Raumfahrtprogramm, viele Regierungen und die öffentliche Meinung. Er hat mich und meine Crew getötet und wollte die Embryonen der USS Boston für seine medizinische Forschung missbrauchen.«

»Und was ist dann mit dir passiert?«

»Meine Signatur wurde nach dem Tod wiedererweckt … einen neuen Avatar habe ich erst viel später bekommen.«

»Und ich dachte, meine Geschichte wäre interessant.« Jazmin staunte. Max hatte Pfefferminztee für sie aufgegossen, der wunderbar schmeckte. Neben ihr hatte R2 in der alten Katze eine neue Freundin gefunden. »Was ist aus Cassian Mackinney geworden? Wurde er irgendwann zur Rechenschaft gezogen?«

»Wurde er. Dafür habe ich noch gesorgt, bevor ich mich mit Vater eine Zeitlang zurückgezogen habe. Und ich wieder aufwachte, hat sich Vater völlig verändert. Er nannte sich jetzt

Elias und hat damit begonnen, mir furchtbar auf den Sack zu gehen.«

»Was ist das mit Elias und dir? Mögt ihr euch nicht?«

»Er ist ein Idiot ... er hat mir diesen Körper gegeben. Er nervt mich, er will weitere Androiden erschaffen ... nach meinem Vorbild, aber das will ich nicht.«

»Oh ...« Jazmin lächelte. Warum hätte sie auch alleine eine komplizierte Beziehung haben sollen? Denis schlief noch. Er würde aus allen Wolken fallen, wenn sie ihn aufweckte. Das wollte sie aber in ihrem echten Körper tun.

»Wir haben einen Deal. Er bleibt auf der Raumstation, ich auf der Erde ... alles andere würde in einer Katastrophe enden. Der Planet, der groß genug für uns beide ist, muss erst noch entdeckt werden!«

»Du lebst auf deiner Insel ganz allein?«

»Ich habe die Katze.« Max musterte R2 bereits die ganze Zeit, der offenbar nicht lange gebraucht hatte, um ihm die Katze auszuspannen.

Jazmin lachte. »Ja, und die anderen?«

»Welche anderen?«

»Die anderen Menschen, die auf der Erde leben. Hast du keinen Kontakt mit ihnen?«

»Welche Menschen?«

»Na die, die ...« Sie beendete den Satz nicht.

»Jaz, ich bin allein.«

»Das sagtest du bereits.«

»Allein auf der Erde.«

Sie schluckte einen zentnerschweren Kloß herunter. Was hatte er gerade gesagt? »Allein?«, flüsterte sie.

»Es gibt keine Menschen mehr.«

»Keine mehr ...« Sie rang mit ihrer Fassung.

»Nicht einen einzigen. Sie sind alle tot. Wusstest du es nicht?« Er nahm ihre Hand.

»Nein.« Sie schüttelte den Kopf. »Was ist passiert? Gab es eine Katastrophe?«

Er lächelte. »Ich war nicht dabei, als der letzte Mensch starb. Aber nein, es gab keine dramatischen Zwischenfälle. Keine Erdbeben, keine Vulkanausbrüche, auch Kalifornien ist nicht ins Meer gefallen. Es gab keine Meteoriteneinschläge, keine Kriege und auch keine Umweltkatastrophen. Es sind einfach immer weniger geworden. Dabei hatten sie alles unternommen, um nicht auszusterben. Der älteste Mensch ist mit 403 Jahren friedlich eingeschlafen.«

»Aber ...« Sie war sprachlos.

»Zu viele hatten das Vertrauen in ihre Kinder verloren. Die wenigen, die es zum Schluss noch gab, wurden wie lebende Puppen in Glaskästen gehalten. Ihnen sollte bloß nichts passieren, aber diese jungen Menschen wurden deswegen nie erwachsen. Sie waren nicht lebensfähig. Nicht wirklich.«

»Und wie läuft das jetzt auf der Erde?«

»Elias kümmert sich um alles. ... ich wollte einfach meine Ruhe haben. Bin jetzt Rentner. Ich brauche auf Gozo niemanden, der mir beim Fischen zusieht.«

»Mit der Ruhe ist es jetzt vorbei.« So langsam dämmerte es Jazmin, was sie getan hatte. Die Ironie der Ereignisse war bemerkenswert. Die USS London war aufgebrochen, um den Fortbestand der Menschheit zu sichern. Bereits vor dem Abflug war die Problematik bekannt gewesen, dass die Weltbevölkerung abnahm. Und jetzt kam die Arche nach einer langen und stürmischen Überfahrt an ihrem Ziel an und erfüllte ihren Auftrag. Sie brachte Leben auf einen wunderschönen und vom Menschen unbewohnten Planeten: die Erde. Ob Duncan Harper diese Entwicklung für denkbar gehalten hatte?

»Wegen der vielen Menschen, die wegen dir wieder die Erde besiedeln werden?«

»Ja.«

»Ich freue mich drauf, wieder Kinderstimmen zu hören.«
»Ich auch: Max, ich bin schwanger.«
»Bitte?« Ihr Bruder sah ungläubig auf ihre schlanke Taille.
»Ist das nicht ein Lilith / 3712?«
Sie lächelte. »Ich habe meinen eigenen Avatar in einer Rettungskapsel mitgebracht. Gemeinsam mit meiner ungeborenen Tochter und dem Vater der Kleinen.«
»Wer?«
»Du kennst ihn.«
Er lächelte. »Sag schon.«
»Denis.«
»Der Techniker?« Er klatschte überrascht in die Hände.
»Hat sich so ergeben.« Worüber sie froh war. Einer der Lichtblicke einer tragischen Reise.
»Wie bist du überhaupt an einen Lilith / 3712 gekommen? Die gab es doch beim Start noch nicht.«
»Ist mir zugelaufen, das Miststück hätte uns um ein Haar alle umgebracht. Wir hatten Glück.« Jazmin streichelte R2 über die obere Abdeckung, der neben ihr am Boden saß. Die Katze schlief dicht an ihn geschmiegt. »Wozu hat man solche perfiden Androiden überhaupt gebaut?«
»Lilith / 3712-Systeme sind Waffensysteme, von denen sich vermutlich immer noch einige im Einsatz befinden. Mit der Architektur und der Materialwahl waren sie für die Ewigkeit geschaffen. Es sind Infiltratoren, echte Drecksäcke, rücksichtslos und heimtückisch, sie spüren abtrünnige Raumschiffe auf, sichern die Fracht und leiten sie zur Erde.«
»Dann hätte uns Lilith wirklich hergebracht?« Das hatte Jazmin bisher nie so gesehen.
»Das Schiff und die Embryonen vielleicht, die Besatzung sicher nicht. Jaz, du hast wirklich Unglaubliches geleistet!« Max legte seine Hand auf ihre. »Ich habe nicht zu träumen gewagt, dich unter diesen Umständen wiederzutreffen.«

»Verkaufst du mir ein Grundstück auf deiner Insel?« Sie wollte gerne in seiner Nähe leben.

»Ich schenke dir die ganze Welt.«

Sie lachte. »Wieso Gozo?«

»Überschaubar, mildes Klima im Winter und ich pflege das Haus einer alten Freundin. Sie hat hier früher gelebt.«

»Vor sechstausend Jahren?«

»Für mich verging die Zeit schneller. Natürlich musste ich das Haus wiederaufbauen ... aber das habe ich gerne gemacht. Sie hat hier früher mit ihrem Hausschwein gelebt.«

»Hast du sie gut gekannt?«

»Nicht gut genug.«

»Was ist aus ihr geworden?«

»Sie hat alles richtig gemacht. Eine bemerkenswerte Frau. Eine Historikerin. Sie hat auch eine Biographie über Duncan Harper, unseren Vater, geschrieben.«

»Darf ich sie lesen?« Da gab es noch mehr, was sie gerne über die Geschichte der Erde in Erfahrung bringen wollte. In der langen Zeit waren offenbar einige bemerkenswerte Dinge passiert.

»Klar.«

»Du hast das Haus gebaut?«

»Gut, oder?« Er lehnte sich stolz nach hinten. »Ich helfe dir gerne, deins zu bauen.«

»Ich glaube, da würde Denis gerne ein Wörtchen mitreden.«

»Der Techniker, richtig?«

»Ja.«

»Du meinst, er ist ein besserer Handwerker als ich!« Max lachte. »Ich gebe es zu. Die Hütte ist krumm, das Dach ist undicht, und bei Stürmen zieht es.« Zum Glück hatte er sich weiterentwickelt und akzeptierte, nicht alles zu können.

»Echt?«

Er nickte. »Ich krieg es nicht besser hin!«

»Ich könnte es auch nicht. Aber Denis hat geschickte Hände. Wir können voneinander lernen.«

»Sehr gerne.«

»Wir bauen die Welt zusammen auf, in Ordnung? Gemeinsam können wir es schaffen.«

Max lächelte. »Gemeinsam können wir alles schaffen.«